그, 그녀에게

태클걸다

# 그, 그녀에게 태클 걸다

초판 1쇄 찍은 날 | 2016년 5월 20일
초판 1쇄 펴낸 날 | 2016년 5월 27일

지은이 | 김정숙
펴낸이 | 예경원

편집 | 유경화 · 안유진

펴낸곳 | 예원북스
등록번호 | 제396-2012-000132호
등록일자 | 2012. 7. 25
YRN | 제1-0146호

주소 | 경기도 고양시 일산동구 호수로 646-24 위너스21 Ⅱ 206A호 (우) 10401
전화 | 031-819-9431 팩스 | 031-817-9432
http://cafe.naver.com/yewonromance
E-mail | yewonbooks@naver.com

ⓒ 김정숙, 2016

ISBN 979-11-5845-158-5 03810

# 그, 그녀에게 태클 걸다

YEWONBOOKS
ROMANCE
STORY

**김정숙** 장편 소설

프롤로그

　진회색 슈트에 검은색 구두를 신고 새까만 안경알이 박혀 있는 선글라스를 쓴, 훤칠한 키와 명품 몸매가 돋보여 어딜 가도 모델로 오해를 받곤 하는 주호는 서현준 박사의 전담 간호사인 양 선생이 보이지 않자 그냥 똑똑, 진료실의 문을 노크하고는 곧바로 문을 열고 안으로 들어갔다.

　"양 선생은 점심 먹으러 간 것 같은데 아버진 식사하셨어요?"

　주호는 점심시간임에도 불구하고 진료실을 지키고 앉아 있는 서 박사를 보며 물었다.

　"너 만나려고 조금 일찍 먹었다. 멀뚱히 서 있지 말고 앉아, 목 아프니까."

　서 박사가 185센티미터나 되는 주호를 올려다보며 미간에 주름을 잡았다.

"간만에 오프라 푹 쉬려는데 왜 오라고 하셨어요? 혹시 집에 무슨 일 있어요?"

주호가 환자용 의자에 앉자마자 다짜고짜 그를 보자고 한 목적부터 물었다. 그런 주호를 보며 서 박사가 쯧쯧 혀를 찼다.

"오프인데 어쩐 일로 슈트 차림이야?"

"여기 병원이잖아요. 혹시라도 누가 알아보면 어떡해요?"

"선글라스는? 그것도 누가 알아볼까 봐 쓴 거야?"

"아뇨."

"그럼 벗어. 실내에서 쓰고 있으니까 답답해."

"답답하셔도 좀 참아주세요. 다래끼가 나서 어쩔 수 없이 쓴 거니까. 하필이면 양쪽 눈에 다래끼가 나서 안대를 하고 다닐 수가 있어야죠."

주호의 말이 끝나자마자 이내 서 박사가 걱정스런 표정을 지었다.

"무슨 일 있어? 너 신경 많이 쓰면 다래끼 나잖아."

"좀 신경 쓰이는 환자가 들어와서요."

"어떻게 신경이 쓰이는 환자인데 다래끼까지 나?"

"팔십오 세 할머님 환자이신데 우울증과 불면증이 같이 와서 고생을 하시거든요. 처방해 드린 약도 잘 안 듣는다고 하시고……. 그나저나 전 왜 보자고 하셨어요?"

"이제 그만 집으로 들어오라는 말 하려고 불렀다."

"또 그 말씀이세요?"

"같은 병원에서 근무하는데 네 얼굴을 하루에 한 번 보는 것도 가뭄에 콩 나듯 하잖아. 아침 밤에라도 얼굴 볼 수 있게 이제 그만 집으로 들어와."

"병원에서 서로 얼굴 못 보는 게 뭐 제 탓인가요? 아버지께서 주로 수술방에 계시니까 그런 거잖아요."

"난 그렇다 쳐. 네 엄마가 너무 적적해해."

"엄만 작업실 들어가시면 시간 가는 줄도 모르는 분이신데 적적하시다고요? 저한테 그런 핑곈 안 통해요."

"그래서, 집엔 안 들어오겠다는 거야?"

"네."

"대체 왜 집에 들어와 살지 않겠다는 거야?"

"제 나이가 몇인데 부모님 집에 얹혀살아요? 독립해서 사는 게 당연한 거예요."

주호는 단호히 대답했다.

아버지 서 박사와 그는 같은 종합병원에 근무하고 있었다.

워낙 큰 규모의 병원이기도 했지만 수술을 잘하기로 유명한 서 박사는 거의 쉴 틈 없이 수술 일정이 잡혀 있었다. 게다가 주호의 절친한 후배인 태민의 부친이자 이 병원의 원장이기도 한 김 원장이 매달리다시피 해서 어쩔 수 없이 부원장을 맡고 있었다.

사실 서 박사는 몸이 두 개라도 모자랄 정도로 바빴다. 바쁜 티를 안 내고 일처리를 하는 터라 과중한 업무에 허덕이고 있음을 아무도 눈치채지 못하고 있지만 말이다.

서 박사와는 견줄 수도 없겠지만 주호 그도 나름 바빴다. 그리고 그의 어머니이자 서 박사의 아내인 진 여사 또한 유명한 화가라 주로 작업실에서 지내기 때문에 외로움을 느낄 새가 없었다.

세 가족은 그렇게 각자 자신의 일을 열심히 하면서 살아가고 있었다. 그런 상황을 누구보다 잘 알고 있는 서 박사가 왜 갑자기 그에게 집에 들어오라고 요구를 하는지 주호는 이해할 수가 없었다. 어차피 집에 들어가도 세 명이 모여서 도란도란 대화를 나누기는 커녕 하루에 얼굴을 한두 번 스치듯 볼까 말까 한 상황인데 말이다.

"도대체 이유가 뭐야? 독립하면 여자도 만나고 결혼도 일찍 할 것 같아서 네가 독립하겠다고 했을 때 흔쾌히 허락을 한 거였는데 여자 만난다는 소식도 없고……."

"그래서 안 들어간다는 거예요."

"그게 무슨 소리야?"

"집에 들어가면 아버지도 엄마도 저만 보면 선을 보라고, 제발 결혼 좀 하라고 잔소리하실 거 뻔히 아는데 제가 뭐 하러 집에 들어가겠어요? 그런 소리 듣기 싫어서 독립한 건데."

"네 나이 벌써 서른다섯이야. 하루 이틀 넋 놓고 살다 보면 금방 마흔 되는 걸 왜 몰라? 평생 혼자 살 거 아니면 한 살이라도 더 먹기 전에 결혼해."

"나이를 먹었다고 해서 아무 여자하고 결혼할 순 없어요."

"누가 아무 여자하고 결혼하래? 이 여자 저 여자 만나보고 마음에 드는 여자가 있으면 결혼을 하라는 거지."

"그런 만남들이 싫다니까요."

"너 혹시 게이냐?"

"아버지!"

말도 안 되는 서 박사의 물음에 주호는 자신도 모르게 버럭 소리쳤다.

"그럼 독신주의자냐? 그런 거야?"

오늘은 매번 없애 버리려고 벼르던 나무를 뿌리째 뽑아버릴 심산인지 서 박사가 눈도 꿈쩍 안 하고 다시 물었다.

"아뇨. 전 절대로 독신주의자는 아닙니다."

"근데 왜 결혼에 그렇게 무관심한 거야? 하나밖에 없는 아들이 혼자 늙어가는 걸 보고 있어야 하는 부모 마음은 생각 안 해?"

서 박사가 이번에는 절대로 물러서지 않겠다고 작정을 한 듯 거센 기세로 주호를 몰아세웠다. 아마도 어머니인 진 여사의 특명이 떨어진 모양이었다.

주호는 오늘 아침 깨어나자마자 기지개를 켜며 목운동을 하려다 삐끗하는 바람에 목에 담이 들었다. 자신도 모르게 고개를 살짝 숙였는데도 통증이 느껴져 뒷목을 주물렀다.

"목은 또 왜 그래?"

"아침에 삐끗하더니 담이 들었나 봐요."

"양쪽 눈 다래끼에 목까지…… 성한 데가 없구나."

"두 가지 빼면 다 멀쩡해요."

"장하다."

걱정 반 비꼬임 반이 섞인 서 박사의 말에 주호는 피식 웃음을 흘렸다. 계속 핀잔을 주더니 그래도 아들 걱정을 하는 아버지라는 생각이 들어서였다. 그런 주호를 서 박사가 정색하며 쏘아보았다.

"왜 결혼에 그렇게 무관심하냐고 물었잖아! 네 엄마랑 내가 속 터져 죽는 꼴을 보고 싶은 거야?"

"아버지, 아버지께서 그러셨죠? 엄마를 만났을 때 이 여자다 싶었다고요."

"그래. 그게 왜?"

"전 아직 이 여자다 싶은 여자를 못 만났어요. 만약 이 여자다 싶은 여자를 만나게 되면 엄마 아버지가 반대를 하셔도 결혼할 거니까 기다려 주세요."

"선을 봐서 이 여자 저 여자들을 만나봐야 이 여자다 싶은 여자를 만날 거 아냐?"

"선 안 봐도 인연이면 언제든 만날 수 있어요. 그러니까 제가 결혼하고 싶은 여자를 만날 때까지만 기다려 주세요."

"선도 안 보면서 어떻게 결혼하고 싶은 여자를 만나? 설마 운명적인 만남 같은 걸 기대하고 있다는 둥 운명의 상대가 나타나기를 기다린다는 둥 그런 소리를 하는 거라면 네 생각을 바꿔. 그런 건 소설이나 영화, 드라마 속에서나 나오는 얘기니까. 만남도 현실이고 결혼도 현실이야."

"조금 전에 아버지께서 말씀하셨던 대로 제 나이 지금 서른다섯이에요. 특별한 운명적인 만남을 기대하거나 그런 운명의 상대가 있을 거라는 생각 따윌 할 정도로 저 철없지 않습니다. 그 정도로 순수하지도 않고요."

"근데 왜 선을 안 보겠다는 거야?"

"다만 나이가 찼으니 그럭저럭 조건에 맞는 여자랑 결혼하는 게 싫어요. 죽도록 사랑해서 결혼해도 이혼하는 커플들이 많은 세상인 거 아시죠? 전 죽어도 이혼은 안 할 겁니다. 제 아이들을 결손가정에서 자라는 꼴을 보느니 차라리 결혼 안 하고 혼자 살 겁니다."

"그래서 뭐? 혼자 살겠다는 거야?"

"아뇨. 전 제가 사랑하고 절 사랑하는, 결혼에 대해 책임감이 강한 여자와 결혼할 겁니다. 열정적이고 만날수록 재밌는 사람이면 더 좋고요. 전, 저한테 결혼이라는 걸 하고 싶다는 생각이 들게 만드는 여자와 결혼하고 싶어요. 그런 여잘 만날 때까지만 기다려 주세요."

"그러니까, 그런 여자를 언제 만날 거냐고?"

"그거야 저도 모르죠. 뭐 오늘 당장 만날 수도 있고 또 육십이 돼서 만날 수도 있지 않겠어요?"

능글능글한 주호의 대답에 서 박사는 기가 딱 막혔다.

주호는 태어나서 지금까지 단 한 번도 부모의 속을 썩인 적이 없는 아들이었다. 사춘기 시절마저 조용히 넘어갔고, 뭐든 자기 할 일은 분명하게 해내는 믿음직한 아들이었다. 그래서 결혼도 제때 제가 알아서 할 줄 알았다. 주호의 결혼 때문에 서 박사와 진여사가 조바심을 내고 가슴앓이를 하게 될 줄은 꿈에도 몰랐었다. 그래서 서 박사는 더 속이 상했다.

"허, 뭐? 육십? 이거 원 소 귀에 경을 읽는 것도 아니고……. 됐다. 그만하자. 네 녀석하고 더 말하다간 멀쩡한 내 혈압만 올라가겠어."

서 박사가 결혼하겠다는 말이 아니면 더 이상 대화를 나눌 필요가 없다는 표정으로 주호에게 그만 나가보라는 손짓을 했다.

"이번 주말엔 집에 들를게요. 엄마한테 전해주세요."

주호는 일어나 인사를 하고는 진료실 문 쪽을 향해 걸어갔다. 뒤통수에 꽂히는 마뜩잖아하는 서 박사의 눈총을 고스란히 느끼면서.

"엇!"

"어맛!"

문을 열고 진료실에서 나오던 주호는 문 앞에 서 있던 여자와 부딪혔다. 그 바람에 여자가 양손에 들고 있던 케이크 상자와 테이크아웃용 커피 컵이 복도 바닥에 떨어지고 말았다.

"기척도 없이 갑자기 나오면 어떡해……?"

노크를 하려는 순간 갑자기 문을 열고 나온 남자를 향해 쏘아붙이던 성주는 따지다 말고 그만 입을 다물고 말았다.

'어머, 시각장애인인가 봐.'

대낮에 선글라스를 쓰고 있는 것도 그렇고, 눈이 보이는 사람이라면 분명 떨어진 케이크와 커피를 보기 위해 바닥을 보고 있어야 하는데 남자의 시선이 그녀를 향해 있었다. 바닥 상황이 어떤지 전혀 모르는 것처럼.

"죄, 죄송해요. 전 괜찮으니까 신경 쓰지 마시고 가세요."

성주는 가급적 남자가 당황해하지 않도록 침착하게 말을 했다.

"정말 괜찮습니까? 도와드리지 않아도 되겠어요?"

주호는 담이 든 탓에 고개를 **빳빳**이 세운 채 시선만 아래로 깔고 바닥에 떨어져 있는 케이크 상자와 커피가 흥건히 쏟아진 것을 보며 물었다.

'앞이 안 보이는 사람은 청력이 발달한다더니 내가 케이크 상자랑 커피 컵을 떨어뜨린 걸 아는 걸 보면 정말 그 말이 맞나 보네.'

성주는 혹여나 시각장애인인 남자가 상처를 받지 않도록, 그가 볼 수는 없겠지만 최대한 부드러운 표정을 지어 보였다.

"괜찮아요. 그러니까 그냥 가셔도 돼요."

성주는 상냥한 음성으로 말했다.

'이 여자…… 설마 날 오해하고 있는 건가? 선글라스를 쓴 것 때문에?'

누구의 잘못이랄 수도 없는 상황이지만 주호는 그대로 가는 것이 영 찜찜했다. 무엇보다 시꺼먼 알이 끼워져 있는 선글라스를 쓰고 있어서인지, 여자의 행동과 말하는 것을 들으니 그를 시각장애인이라고 오해한 듯했다. 하지만 주호는 오해를 풀어주기 위해 선글라스를 벗어 다래끼가 나서 흉해진 두 눈을 여자에게 보여주기는 싫었다.

"변상해 드리겠습니다. 얼마를 드리면 되겠습니까?"

"아뇨, 괜찮아요. 여긴 제가 치울 테니까 신경 쓰지 마시고 가세요."

"신경 쓰입니다. 그러니 변상하겠습니다."

"변상하지 않으셔도 된다니까요."

"제 맘이 편치 않아서 그럽니다."

주호는 주머니에서 지갑을 꺼내 오만 원짜리 한 장을 꺼내 내밀었다. 하지만 여자는 진심으로 변상을 원하지 않았던 것인지 돈을 받을 생각이 없는 듯 보였다.

"받으세요."

주호는 손에 쥔 지폐를 조금 더 앞으로 내밀었다.

'화장기 하나 없는 맨얼굴도 눈이 절로 가게 예쁜데 이렇게 마음까지 따뜻하고 아름다운 여자라!'

주호는 상대방이 호의를 베풀면 기꺼이 보상을 해주고 싶어진다. 여자가 변상을 하라고 길길이 날뛰었다면 그의 성격상 잘잘못을 따졌을 테지만, 아무리 착각한 것이라고 해도 시각장애인을 약자로 생각하고 선의를 베푸는 여자가 참 예뻐 보였다. 그래서 주호는 더더욱 여자가 돈을 받기를 원했다.

"괜찮습니다!"

여자가 답답한지 제법 큰소리로 또박또박 말했다. 그러더니 갑자기 소리를 죽여 그의 귓가에 속삭이듯 말을 이었다.

"저기 혹시…… 불편하시면 제가 가시는 곳까지 모셔다 드릴까요? 아무래도 제가 길을 안내해 드리면 조금 더 편하게 가실 수 있을 것 같아서요."

'아직은 살 만한 세상이군. 이렇게 착한 여자가 있는 걸 보면.'

주호는 여자의 마음씀씀이가 하도 예뻐서 순간적으로 시각장애인이 아님을 고백하고 싶어졌다. 하지만 그 말을 하면 여자가 무안해할 것 같아 그냥 오해하도록 놔두기로 했다.

"괜찮습니다. 이곳은 하도 익숙해서 어디든 다 찾아갈 수 있습니다."

여자에게 호감을 느낀 주호는 깍듯하게 말했다.

"그래도……."

"마음만 받겠습니다. 감사합니다."

아무래도 순순히 받을 것 같지 않아 주호는 여자의 손에 돈을 쥐어주자마자 재빨리 몸을 돌렸다. 오프인 날까지 병원에서 보내고 싶지 않아 로비로 향하는 복도를 빠르게 걸어갔다.

"변상 안 해줘도 된다는데 굳이 주고 가네."

남자가 손에 쥐어준 오만 원짜리 지폐를 보던 성주는 케이크와 커피값 치고는 조금 많은 돈이라 되돌려 주기 위해 남자가 간 쪽으로 시선을 돌렸다.

'뭐야? 지팡이도 없는데 꼭 앞이 보이는 사람처럼 걸어가잖아? 이 병원을 얼마나 자주 왔으면 앞을 볼 수 없는 사람이 저렇게 자연스럽게 걸어갈 수 있는 거지?'

멀어져 가는 남자의 뒷모습을 쳐다보던 성주는 고개를 갸웃하다 이내 안타까운 표정으로 혀를 찼다.

"쯧쯧. 키도 훤칠한 데다 잘생기기까지 한 사람이 어쩌다가……."

남자가 보이지 않게 되자 성주는 그제야 쪼그리고 앉아 케이크 상자 안을 살펴보았다. 다행히 직선으로 떨어진 케이크는 한쪽으로 쏠리거나 뭉개지지 않고 멀쩡했다. 문제는 쏟아진 커피였다. 성주는 어깨에 메고 있던 빅백에서 휴대용 티슈를 꺼내 엎질러진 커피를 닦았다. 바닥을 깨끗이 닦아낸 성주는 화장실로 가서 젖은 휴지 뭉치와 컵을 버린 후 손을 닦고는 다시 서 박사의 진료실 문 앞으로 돌아왔다.

똑똑.

점심시간이 아직 끝나기 전이라 양 간호사가 없는 진료실 문을 노크하니 '네' 하는 서 박사의 목소리가 들려왔다. 성주는 문을 열고 안으로 들어갔다.

"잘 지내셨어요?"

성주는 환하게 웃으며 인사를 했다.

"어서 와. 어머님께선 안녕하시지?"

"그럼요. 지난달에 완치 판정받아서 그런지 아버지 말씀에 의하면 거의 날아다니시는 수준이래요. 다 박사님 덕분이에요. 감사합니다."

5년 전에 서 박사에게 위암 수술을 받은 성주의 모친 이 여사를 병원에 모시고 다닌 사람은 성주였다. 그 덕분에 서 박사와 친분을 쌓게 되었고, 지금까지도 성주는 가끔 서 박사를 만나러 오고 있었다.

"나야 내가 할 일을 한 거고, 성주 양 어머님께서 고된 암수술을 잘 견뎌내시고 치료를 잘 받으신 덕분에 완치가 되신 거지. 서 있지 말고 앉아요."

"박사님께서 좋아하시는 치즈케이크예요."

성주는 케이크 상자를 서 박사의 책상 위에 올려놓고는 환자용 의자에 앉았다.

"박사님께서 좋아하시는 더치커피도 사왔었는데 어떤 남자분이랑 부딪히는 바람에 쏟아져 버렸어요. 다음에 올 때 꼭 사올게요."

"그냥 빈손으로 와도 돼. 매번 이런 걸 사 들고 오면 내가 외려 맘이 편치 않지."

"서 박사님께선 우리 엄마께 새 생명을 주신 분이세요. 그런 박사님께 맛난 거 사다 드리는 건 저한테 크나큰 즐거움이에요. 그러니까 빈손으로 오란 말씀은 하지 마세요."

"허허 참. 성주 양의 즐거움을 빼앗을 수도 없고……. 그나저나 성주 양 어머님 욕하는 소리가 그립구만."

"그래도 서 박사님에 대해 욕하시는 건 한 번도 못 들었어요."

"그래? 난 또 나 없는 데선 내 욕도 하시는 줄 알았지."

"전혀 아니에요. 엄마가 서 박사님을 얼마나 좋아하시는데요."

"하하하. 악의 없이 하시는 욕인데 들으면 또 어때? 난 괜찮아. 오히려 어떨 땐 들어보지도 못했던 어머님의 욕들이 듣고 싶어질 때가 있다니까."

"엄마한테 전화할까요? 서 박사님께 전화해서 욕 한 바가지 퍼드리라고요?"

"그것도 좋은 생각이네."

성주의 말에 서 박사가 너털웃음을 웃었다.

"농담이에요."

"나도 알지. 그 정도 알아듣는 센스는 있거든, 내가. 하하하."

"맞아요. 서 박사님께선 언제나 센스 만점이세요."

"그거 칭찬이지?"

"당연하죠. 만약 누가 서 박사님 흉이라도 보면 우리 엄마 가만히 계시지 않을걸요. 평소 하시는 욕보다 더 센 욕들을 마구 퍼부으실 거예요. 우리 엄마 완전 서 박사님의 빠순이시잖아요."

"하하하. 든든한 백이 생겼군. 나도 성주 양 어머님의 팬이라고 전해주게."

"그럴게요. 후후."

성주는 빅백에서 봉투 하나를 꺼내 책상 위에 올려놓았다.

"연극표?"

"네. 시간 나실 때 오셔서 보세요."

"표 매매해서 관람을 해도 되는데, 매번 초대권을 받아서 어쩌지?"

"매번 초대권을 드릴 수 있어서 제가 행복해요. 그러니까 절대 부담 갖지 마세요."

"그래도 다음에 새 연극 올릴 땐 연락해요. 내가 표 사서 보러 갈 테니까."

"싫어요. 초대권 드리는 핑계 대고 제가 박사님을 찾아뵙는데 저한테서 그 기쁨을 빼앗으시면 안 되죠."

"연극 보러 가서 만나면 되지."

"그래도요. 그리고 박사님께 초대권 안 드렸다고 하면 저 엄마한테 맞아 죽어요."

"허허 참."

난감해하면서도 즐거운 듯 서 박사의 입꼬리가 보기 좋게 휘어졌다. 서 박사가 봉투에서 초대권을 꺼냈다.

"이번 연극 제목은 지독한 열망이네."

"네."

"제목이 참 좋군."

"내용은 더 좋아요."

활짝 웃으며 말하는 성주의 넉살에 서 박사가 껄껄 웃었다.

"성주 양이 올해 몇 살이지?"

"스물여덟이에요."

"그렇군."

"근데 갑자기 제 나이는 왜 물으세요?"

"쓸 만한 놈 하나 소개시켜 줄까 해서. 혹시 애인이 있나?"

"그럼요."

"흠, 애인이 있었구면."

서 박사가 실망한 눈빛으로 성주를 바라보았다. 그런 서 박사를 보며 성주는 싱긋 웃었다.

"연극이란 녀석이 바로 제 애인이에요. 절 울고 웃게 만들어주는, 저한텐 이 세상에서 가장 멋진 놈이 바로 연극이거든요."

"아! 난 또 진짜 애인이 있다는 말인지 알았네."

"그러셨어요? 호호호."

"연극 말고, 현재 사귀는 남자가 없으면 내가 누구 좀 소개시켜 줄까? 나이 차가 좀 나긴 한데…… 나름 쓸 만한 녀석이거든. 둘이 잘 어울릴 것 같아서 말이야."

서 박사의 말이 너무 진지해서 성주는 순간 당황했지만 이내 상냥한 미소를 지어 보였다.

"감사하지만 사양하겠습니다."

"아니, 왜? 사양하는 특별한 이유라도 있나?"

"지금은 하고 있는 일만으로도 벅차요. 연애까지 할 시간이 없어요."

"시간이야 만들면 되는 거고."

"그렇긴 한데…… 솔직히 말씀드리면 전 독신주의자예요."

성주는 에둘러 말하지 않고 솔직하게 말했다. 그게 서로를 위해 좋을 것 같아서였다. 시간 낭비도 안 하고.

"아니 왜? 성주 양처럼 예쁘고 능력 있는 아가씨가 어쩌다 독신주의자가 된 거지?"

"말씀드리자면 복잡해요."

"아쉽구만."

서 박사가 진심으로 안타까운 표정을 짓고 있었다.

"죄송합니다. 그리고 절 좋게 봐주셔서 감사합니다."

"죄송하긴…… 사람 인연이라는 게 어디 억지로 이어지나. 다 하늘의 뜻인 거지. 둘이 인연이라면 내가 소개를 시켜주지 않아도 언제 어디서든 만나게 될 테지."

"……"

"단, 성주 양을 사랑하는 남자가 나타난다면 무조건 피하지 말고 만나게. 진짜 인연은 피한다고 해서 피해지는 게 아니니까. 그리고 결혼한다고 해서 무조건 성주 양이 하고 있는 일을 포기해야 하는 것도 아냐. 남편과 타협점을 잘 찾는다면 얼마든지 자기 일을 하면서 행복한 결혼 생활을 할 수 있으니까."

"그런 남자가 나타나면 생각해 볼게요."

성주는 전혀 결혼하지 않겠다는 결심을 바꿀 생각이 없었지만 서 박사의 마음이 고마워서 그러겠다고 말했다. 하지만 더는 사랑이든 인연이든 결혼이든 그런 이야기는 하고 싶지 않았다. 그러기 위해서는 화제를 돌리는 게 최고로 좋은 방법이었다.

"아, 참! 조금 전에 이 방에서 나간 남자분 있잖아요. 혹시 그분도 박사님 환자세요?"

"누구……?"

"선글라스 쓴 사람이요."

"아, 내 환자는 아닌데…… 왜?"

"시선도 정면만 보고 또 병원에서 까만 선글라스를 쓴 걸 보면 시각장애인이란 뜻이잖아요. 훤칠하니 인물도 아주 좋던데…… 젊은 사람이 참 안됐어요."

"내가 개인적으로 잘 아는 녀석인데, 그 녀석 눈뜬장님 맞아."

"엄마가 암 치료할 때 생각이 나서인지 익숙하게 병원 복도를 걸어가는 그 사람의 뒷모습을 보니까 가슴이 아프더라고요. 그렇게 될 정도로 병원 출입이 잦았다는 뜻일 테니까요."

"성주 양이 정이 많은 사람이라 그래."

"에이, 저 그렇게 정 많은 사람 아니에요."

"하하하. 본인이 아니라고 하니 내가 뭐라 반박할 말이 없네. 아무튼 내 시간 내서 이번 연극 꼭 보러 감세."

성주는 시간을 확인하고는 얼른 일어섰다.

"극장에 가봐야 해서 그만 가야겠어요. 박사님 휴식 시간 방해해서 죄송해요."

"별말을 다 하네. 자네를 보는 것만으로 나한텐 힐링이 돼."

"그렇게 말씀해 주셔서 감사합니다. 박사님, 건강 잘 챙기시고 연극 꼭 보러 오세요. 비구니의 처절한 사랑과 삶에 대한 연극인데 연기도 좋고 스토리도 탄탄하거든요. 제 자랑 같지만 정말 좋은 연극이니까 사모님도 꼭 모시고 오세요."

"그렇게 하도록 하지. 매번 하는 말이지만 티켓 고맙네."

"매번 극장을 찾아주시니 제가 외려 더 감사하죠."

서 박사와 헤어진 성주는 지하주차장으로 내려가 주차되어 있는 자신의 승용차 앞으로 걸어갔다. 차의 운전석에 앉아 안전벨트를 착용한 후 시동을 걸던 성주의 시야로 앞 라인에 주차되어 있는 차가 들어왔다. 아니, 정확히 말하면 그 차의 운전석에 앉아 통화를 하고 있는 남자가 눈에 띈 것이다.

"어? 저 사람은……!"

지금도 남자는 까만 선글라스를 쓰고 있었다. 분명 아까 서 박사의 진료실 앞에서 그녀와 부딪혔던 그 남자였다. 그런데 왜 그가 조수석이나 뒷자리가 아닌 운전석에 앉아 있는 것인지 성주는 이해가 되지 않았다.

"서 박사님께서 눈뜬장님이라고 하셨는데……."

성주는 그제야 서 박사의 말이 이상하다는 걸 느꼈다. 서 박사가 시각장애인이라고 하지 않고 눈뜬장님이라고 했던 것은 앞을 보지 못한다는 뜻으로 한 말이 아닐 수도 있다는 걸 이제야 깨달은 것이다.

"박사님께서 농담을 하신 거였어? 난 진짜로 시각장애인인 줄 알았네."

통화를 끝낸 남자가 핸들을 잡자마자 차가 움직이기 시작했다. 곧이어 남자의 차가 그녀의 차 앞을 지나가 지하주차장의 출구 쪽으로 미끄러지듯 달려갔다.

"정상인이라 다행이다. 근데 김성주, 네 오지랖은 어쩌냐? 아주 태평양 대서양 오대양을 다 합친 것 같다!"

성주는 혼자 구시렁거리며 중얼거리며 남자의 차가 빠져나간 출구를 향해 차를 몰았다.

"왔어?"

성주가 현관문을 열고 들어가자 소파에 앉아 있던 여진이 일어나 그녀를 반겼다.

"그래, 이 언니가 오셨다."

"언제 나간 거야?"

"너 데려다 눕혀놓고."

"뭐 하러 밤샘까지 해가며 장부 정리를 해? 다음 연극 무대에 올리기 전까지만 하면 되는데. 안 피곤해?"

"나 성격 더러운 거 몰라서 하는 소리야? 미리 해놓지 않음 뒷간 갔다 뒤도 안 닦고 나온 것처럼 찜찜할 게 빤한데……. 피곤해도 얼른 해치우는 게 나아. 어제 쫑파티 할 때 꽤 마셨는데 속이 지랄 맞진 않아? 내가 해장국 끓여놓고 나갔는데 먹었어?"

"응. 해장국에 밥 말아 먹으니까 속 울렁거리는 것도 없어졌어."

"걱정했는데 술병이 안 나서 다행이다."

성주와 여진은 같은 대학 연극학과 동기생이었다. 두 사람은 연극에 대한 남다른 열정 덕분에 급속도로 친해졌다. 여진의 요청에 의해 한 달간의 하숙을 접고 여진의 집에서 동거한 게 어느덧 8년째에 접어들었다.

졸업 후 성주는 여진과 함께 청솔극단을 꾸려가고 있었다. 그런 두 사람은 동료이자 친자매 이상의 관계였다. 성주의 부모님과 여진도 대학 시절부터 계속 친부모와 딸처럼 지내고 있었고.

원래 청솔소극장과 청솔극단은 여진의 부친이 원대한 꿈을 담아 만든 곳이었다. 하지만 무리해 지은 청솔소극장은 감당할 수 없을 정도로 부채가 쌓이고 말았다.

여진이 스무 살이 되던 해, 아버지 재욱의 친구인 찬수로부터 돈을 빌려주겠다는 연락이 왔고, 마음이 급한 여진의 부모님은 서둘러 밤길에 차를 몰았다. 그리고…… 그날 밤 교통사고로 두 사람 다 목숨을 잃고 말았다.

빌딩 신축공사에 돈이 묶여 도움을 주지 못했던 석형의 부모가 그때 뒷수습을 해주었다. 여진의 부모님과 친구였던 석형의 부모님이 대출까지 받아 여진의 아버지가 남긴 부채를 한꺼번에 해결해 준 것이다. 그것도 모자라 지금까지 그녀를 친딸처럼 챙겨주었다. 그 이유는, 여진의 부모님과 친분이 두텁기도 했지만 무엇보다 외아들인 석형이 여진을 오랫동안 짝사랑해 왔다고, 나중에 그녀와 결혼하고 싶다고 고백한 게 결정적인 이유였다.

여진은 석형과 그의 부모에게 너무 미안하고 고마웠다. 양심상 도저히 받기만 할 수가 없어서 마다하는 석형과 그의 부모님들을 설득해 청솔소극장의 명의를 민석형으로 해두었다.

석형의 부모는 혈혈단신이 된 여진을 끔찍이 아꼈다. 오죽하면 석형이 여진과 약혼을 하고 싶다고 했을 때 무조건 대환영이라며 약혼식을 일사천리로 진행했을까. 여진은 석형을 사랑하지 않음에도 그동안 받은 도움이 너무 커서 어쩔 수 없이 약혼식에 나가 석형의 옆자리에 앉아 있어야만 했다. 배은망덕한 사람이 될 수 없어서였다.

법적인 소유자인 석형이 청솔에 관여를 하지 않기 때문에 여진이 대표가 되어야 마땅했지만, 작년 대한민국 연극제에서 대상을 받았던 여진은 대학 졸업 후 처음 일을 시작할 때부터 연기에만 몰두하고 싶다며 기획을 담당하고 있던 성주에게 대표 자리를 억지로 떠맡겼다.

"지독한 열망 막 내려서 서운하지?"

"작품 막 내릴 때마다 매번 느끼는 거지만 이번엔 더 허전한 것 같아."

소파에 마주 앉은 성주의 물음에 여진이 고개까지 끄덕이며 대답했다.

"네가 워낙 애착을 갖고 연기해서 그래. 반응도 좋았고."

"그런가 봐. 성주 너도 고생 많이 했어."

"고생은 무슨. 원래 내가 맡은 일을 했을 뿐인데, 암튼 우리 여배우께서 알아주시니 고맙긴 하네. 후후후."

"호호호. 너 없었으면 엄두도 못 냈을 거야. 정말 고마워."

"네 연기력이 후달렸으면 한 번 올리고 막 내릴 연극이었어. 내용이 좀 어두웠어야지. 그러니까 지독한 열망이 성공한 건 네 출중한 연기 덕분이야."

"네가 이리 뛰고 저리 뛰어다니며 애써준 덕분이라니까. 네 덕에 계획했던 두 달보다 보름이나 더 연장 공연할 수 있었어."

"후후후. 좋아. 우리 둘 다 고생했고, 우리 둘 덕이다."

성주는 웃으며 명쾌한 결론을 내렸다.

"엊그제 서 박사님 내외분들도 한참 동안이나 박수를 쳐주시더라."

"박수뿐이야? 박사님도 사모님도 나한테 얼마나 칭찬을 많이 해주셨는지 몰라. 네 연기력하고 연극 내용 모두 칭찬 일색이셨어."

"다행이다."

"마땅히 들어도 될 말들이었지."

"어쭈, 성주 너 막 내렸다고 어깨가 하늘로 승천하네?"

"어깨 승천뿐이야? 나 목에 깁스도 할 수 있어."

"호호호. 네가 해주는 그런 말들이 나한테 얼마나 격려가 되는지 몰라."

"마지막 공연 때 객석이 꽉 찼다는데도 서서 보겠다고 한 관람객들 보면서 내가 얼마나 감동했는지 몰라."

"마지막 공연 커튼콜 할 때 봤어. 객석이 꽉 찬 건 물론이고 통로랑 객석 뒤랑 서서 관람하던 사람들로 꽉 차 있더라고. 그걸 보니까 얼마나 흥분이 되는지 심장이 튀어 나올 뻔했어."

여진이 다시 그 감동이 밀려오는지 심장을 손으로 꾹 눌렀다.

"그 관객들 중에 브로드웨이에서 온 사람들이 있을 줄 누가 알았냐?"

"그러게. 난 꿈에서조차 생각하지 못했던 일이었어."

"다음에 함께 일해보자는 말이 난 더 감동이더라. 그 사람들이 준 명함에 몇 번이나 뽀뽀를 해댔는지 명함이 구멍 날 뻔했어. 큭큭큭."

성주가 배를 잡고 웃어댔다. 그때였다. 테이블 위에 놓여 있던 여진의 휴대폰에서 카톡이 왔음을 알리는 알림음이 들렸다. 휴대폰을 집어 들고 카톡을 확인한 순간 여진의 얼굴에 남아 있던 웃음기가 싹 사라졌다. 그 모습을 본 성주는 인상을 확 찡그렸다.

"표정이 왜 그래? 민석형 그 작자한테 연락이라도 온 거야? 만나자고?"

정색한 성주의 물음에 여진이 심란한 표정으로 고개를 끄덕였다.

"전화 안 하고 메시지를 보낸 걸 보면 그래도 양심이란 게 쬐끔은 있는 놈이었나 보네. 그런 것도 없는 놈인 줄 알았더니. 그래서? 만날 거야?"

"……그래야지."

"뭐? 그래야지? 그 인간이 너한테 무슨 짓을 했는데 그래야지

란 대답이 나와? 너 멍충이야? 설마 망각의 은사라도 받은 거야?"

"……."

"아후, 답답해! 그 인간, 부모님의 반, 아니, 반의반만 닮았어도 인간 망종 소리는 안 들을 텐데. 그 인간 정말 맘에 안 들어."

여진이 애꿎은 휴대폰만 주물럭거리고 있었다. 그 모습을 보니 성주는 화가 치밀었다.

"뭐? 그래야지? 넌 그 끔찍한 인간 얼굴이 보고 싶니? 아니, 볼 수 있어? 어떻게 그럴 수 있는데? 그 인간 말종 만나서? 그 작자가 빌면 또 용서해 줄래? 대체 언제까지 그렇게 살 건데? 나가지 마! 민석형 그 작잔 인간도 아냐! 알아들어?"

"그런 말 하지 마. 아줌마 아저씨 들으시면 서운해하시겠다. 사실은 석형 오빠가 좋은 사람인 거 너도 알잖아. 다 나 때문에 그러는 것도 잘 알면서……."

"시끄러! 좋은 사람이 네 질투심 구걸하려고 이 여자 저 여자 만나 잠이나 처자고 다니냐? 딱 부러지게 헤어지잔 말도 못하고……. 내 마음에 안 드는 건 현여진 너도 마찬가지야. 썩을 년."

"나 금방 씻고 나올게. 아, 참! 이 썩을 년이 널 무지하게 사랑해!"

쪽!

여진은 성주의 뺨에 소리 나게 입을 맞춰주고는 욕실로 향했다. 그런 여진의 뒷모습을 보며 혀를 끌끌 차던 성주는 대전에 있는 본가로 가기 위한 짐을 챙겼다. 새로운 연극을 시작하기 전 일주일 정도 부모님과 함께 지내다 올 생각이었다.

여진을 혼자 두고 일주일 동안이나 집을 비우는 게 마음에 걸렸지만, 성주는 자식이라고는 딱 딸 하나밖에 없는데 극단 일 때문에 바쁘다는 핑계로 부모님을 자주 찾아뵙지 못하는 것이 마음에 걸려 여진과 상의 끝에 이번엔 큰맘 먹고 아예 일주일 동안 휴가를 내버렸다.

"같이 가고 싶은데…… 아쉽다. 어머님 아버님께 내 안부 인사도 전해 드려."

젖은 머리를 수건으로 감싼 여진의 표정에 아쉬움이 가득했다.

"싫어."

성주는 석형을 만나러 나가려는 여진이 마음에 안 들어 톡 쏘아붙였다.

"아잉, 그러지 말고 어머님 아버님을 내가 많이 사랑하고 존경하고 있다고 꼭 전해주라."

여진이 성주의 팔을 잡고 어린아이처럼 떼를 썼다.

"알았어, 기집애야."

성주가 불퉁스레 대답했다. 그제야 여진이 환하게 미소를 지으며 잡고 있던 성주의 팔을 놓았다. 그런 여진을 보며 성주는 속으로 한숨을 푸욱 내쉬었다.

"민석형 만나지 말고 나랑 같이 우리 집에 내려가자. 울 엄마 음식 솜씨 죽이는 거 알지? 이참에 우리 집에 가서 몸보신이나 실컷 하고 오자. 응?"

"벌써 약속했는데 어떻게 취소해?"

"그깟 약속 좀 깨면 어때? 그 작자 만나고 오면 너 늘 잠도 못

자고 잘 먹지도 못하잖아."

"그래도 어쩔 수 없어. 석형 오빠하고 한 약속 어긴 거 아주머니
랑 아저씨께서 아시면 많이 속상해하실 거야."

"야! 민석형 그 작자의 부모님이 너한테 아무리 고마운 분들이
라고 해도, 널 그분들이 아무리 예뻐한다고 해도, 그 두 분을 위해
남자로서 사랑하지도 않는 민석형이랑 결혼을 하는 건 말도 안 되
는 짓이야! 사랑하지도 않는데 결혼해서 그 작자랑 평생 어떻게
살아? 지옥이 뭐 별거니? 사랑 없는 결혼 생활이 바로 지옥이야!"

"내가 노력하면 돼. 너도 알잖아, 그분들이 나한테 어떻게 해주
셨는지? 그분들 아니었으면 지금의 청솔소극장도 청솔극단도 없
어. 힘들 때마다 그 생각하면서 견딜 거야. 나, 그분들께 은혜를
갚기 위해서라면 지옥이 아니라 그 어떤 곳에도 가야 해. 성주야,
나 노력할 거야."

"네가 노력 안 했니? 사랑이 노력으로 되는 거면 넌 벌써 민석
형 그 작자를 미친 듯이 사랑하고 있어야 해! 근데 아니잖아! 지금
까지도 너 민석형 사랑하지 않잖아!"

"……더 많이 노력할 거야."

여진의 말이 허허롭게 들리는 건 분명 성주의 착각이 아니었다.
여진도 석형을 사랑할 자신이 없는 것이다. 이성을 사랑하는 것이
노력만으로 되는 것이 아님을 감성이 풍부한 배우인 여진이 누구
보다 잘 알고 있을 터였다.

석형이 여진을 사랑한다는 것도 안다. 하지만 그 방법이 틀렸
다. 성주가 보기에 여진에 대한 석형의 감정은 본인만 사랑이라고

박박 우기는 병적인 집착이었다. 여진의 감정은 전혀 배려하지 않은.

"네가 지금 들어가려고 하는 곳은 불구덩이야. 다시 한 번 말하지만 민석형 그 작자는 네 짝이 아냐. 널 행복하게 해줄 수 없는 사람이라고!"

"성주야 나…… 적어도 우리 모두 불행해지지 않도록…… 내가 죽어라 노력할 거야."

"맹추! 맹꽁이! 등신! 머저리! 귓구멍이 막힌 것도 아니고, 어쩜 그렇게 말을 안 들어 처먹나 몰라. 죽어라 노력하다 네가 죽어 등신아! 그리고 네가 그렇게 사는 모습을 네 부모님께서 하늘에서 지켜보시면서 내 딸 장하다며 좋아하시겠냐? 제발 정신 좀 차려!"

다다다 쏘아붙이는 성주를 보며 여진이 서글픈 미소를 지었다. 다 알지만, 그녀도 어쩔 수 없다는 뜻이었다.

"얼른 나가자. 나 약속 시간 지키려면 지금 나가야 해. 너도 빨리 출발해. 밤늦게 운전하면 어머님 아버님 걱정하셔. 게다가 넌 밤샘까지 해가며 일을 했는데 얼른 가서 쉬어야지."

"끝까지 남 걱정이야? 제발 넌, 네 걱정이나 해!"

"네가 왜 남이야? 대전에 계신 어머님 아버님도 나한텐 남이 아니야. 가족이지."

여진이 몹시 서운한 표정을 지었다.

"에이그, 말이나 못하면…… 남이란 말 취소! 그리고 민석형에 대해선 더 말해봤자 내 입만 아프니까 그만하자."

"잘 생각했어."

여진이 배시시 웃었다. 웃음 끄트머리에 슬픔의 여운이 드리워져 있었다.

"대신, 민석형 만나서 무슨 일 생기면 꼭 전화해. 알았지?"

"무슨 일 안 생겨. 걱정하지 마."

"암튼 무슨 일 생기면 꼭 전화해, 당장 달려올 테니까. 혼자 끙끙 앓지 말고!"

"알았어. 무슨 일 생기면 꼭 전화할게."

"말로만 알았다고 하지 말고 진짜로 전화해야 해!"

"알았다니까. 무슨 일 생기면 반드시 전화할 테니까 얼른 나가자."

성주는 핸드백을 메고 앞장서서 현관으로 향하는 여진의 뒤를 따라 여행용 캐리어를 끌고 터벅터벅 걸어갔다.

2

"어서 와라, 우리 딸."

"무슨 놈의 지지배가 집엘 가뭄에 콩 나듯이 들러?"

승용차를 마당 귀퉁이에 주차해 놓고 성주가 차에서 내려 여행용 캐리어를 꺼내자마자 미리 나와서 그녀를 기다리고 있던 아버지 김 사장의 인사에 이어 어머니 이 여사의 타박이 들려왔다.

"그동안 일이 많았어."

"너 혼자 세상 일 다 하냐? 너 없으면 지구가 안 돌아간대? 말이 되는 소릴 해야 이해를 하든가 말든가 하지, 어디서 귀신 씻나락 까먹는 소릴 지껄여?"

"엄마, 아빠처럼 그냥 반가워하면 안 돼? 꼭 그렇게 타박부터 해야 직성이 풀려?"

"이놈의 지지배가 뚫린 입이라고 어디서 지 엄마한테 말대꾸부터 하고 지랄이야, 지랄이? 그놈의 입 이참에 내가 확 꿰매 버릴까 보다."

"어허, 몇 달 만에 보는 딸인데, 이제 그만 좀 하지."

험한 소리를 하는 이 여사를 김 사장이 제지했다. 하지만 그런다고 김 사장의 말을 순순히 들을 이 여사가 아니었다.

"몇 달 만에 보는 딸은 내 딸이 아니라 남의 딸이래요? 장장 열달 동안 내 뱃속에 품고 있었고, 낳을 때에도 난산이라 내 목숨 내놓고 낳은 내 딸인데 내 맘대로 말도 못하냐고요!"

이 여사의 잔소리가 김 사장에게로 넘어갔다. 그런 이 여사를 보며 성주는 속으로 혀를 찼다. 참, 아무도 못 말리는 이 여사다.

이 여사가 욕을 잘하는 건 김 사장의 모친, 즉 욕쟁이 할머니로 유명했던 성주 친할머니의 영향을 너무 심하게 받은 때문이었다. 싫다, 싫다 하면서 닮는다더니 평소 시어머니가 욕하는 걸 아주 싫어하던 이 여사가 어느새 시어머니가 듣던 '욕쟁이'란 별명을 물려받은 것이다.

"엄마 속 시원할 때까지 퍼부으시게 그냥 놔두세요, 아빠. 이제 귀에 인이 박여서 전 아무렇지도 않아요."

"내 어머니께 물려받은 건데 내가 무슨 할 말이 있겠냐. 그냥 한 귀로 듣고 한 귀로 흘리는 거지."

"저도 그렇게 하고 있어요."

성주가 미소를 지은 채 김 사장에게 윙크를 해 보였다.

"헛소리 그만 지껄이고 밥상 차려놨으니까 얼른 들어가서 처먹

37

기나 해. 니년 기다리느라 우리도 뱃가죽이 등짝에 붙어버릴 참이니까."

"우와, 신난다! 석 달 만에 울 엄마가 해주는 맛있는 밥 먹는다아!"

성주는 신이 나서 김 사장의 팔짱을 끼고는 현관문을 향해 들어갔다.

"누가 석 달 만에 오라고 했어? 조신하게 집에서 살림이나 배우다가 좋은 사람 골라 시집이나 가면 좋을 것을 무슨 연극인지 지랄인지를 하겠다고 나서서 객지에 나가 생고생을 하고 자빠졌어?"

집 안으로 들어가는 성주와 김 사장의 뒤로 이 여사의 잔소리가 쏟아졌다.

이 여사의 욕설을 들으니 성주는 본가에 온 실감이 났다. 이 여사의 욕설 섞인 잔소리는 그녀가 건강하다는 뜻이었다. 암에 걸려 수술을 하고 항암치료를 받을 땐 저렇게 큰소리로 욕설을 퍼붓지 못했었다. 그래서 그런지 고래고래 소리를 지르면서 욕을 해대는 이 여사가 성주는 싫지 않았다. 결혼 때문에 꿈을 이루지 못한 걸 평생 후회하며 살아온 이 여사가 성주에게 조신하게 집에서 살림이나 배우다가 좋은 사람 골라 시집이나 가면 좋을 거라는 말을 하는 건 참으로 이해가 되지 않지만.

이 여사는 자신의 꿈을 이루기 위해 죽어라 공부해 서울에 있는 Y대학에 합격했다. 그 덕분에 서울에서 자취를 할 수 있었고, 미스코리아 지역 선발대회에 출전해 미스 서울 진의 왕관을 차지했다. 그런데 뜻하지 않게 그 일을 부친에게 들키는 바람에 본선 대회에 참가하기는커녕, 미스코리아에 입상해 배우가 되고 싶었던 이 여사의 간절한 꿈마저 산산조각이 나고 말았다.

부친의 명 때문에 이 여사는 졸업 후 바로 귀향을 해야만 했고, 틈틈이 배우가 될 길을 모색하던 이 여사는 '더 나이 들기 전에 결혼해!' 라며 소개를 시켜준 같은 Y대학 출신인 김 사장과 결혼을 해야 했다.

현재 김 사장은 돌아가신 부친이 자수성가해 운영하던, 충청도 내에서는 제법 건실한 기업으로 인정받고 있는 CN건설회사의 대표이사다.

성주가 어렸을 때 엄마인 이 여사는 시집살이에 시달릴 때마다 어린 딸을 붙들고 넋두리를 늘어놓았다. 외할아버지의 강요만 아니었으면 결혼을 해서 이렇게 호된 시집살이를 하는 대신 여배우가 되어 연기를 하고 있었을 거라는 푸념을 거의 매일 들어야만 했다. 결혼한 걸 죽을 만큼 후회한다는 하소연과 함께.

이 여사의 삶을 가장 가까이에서 보며 자란 성주는 '난 커서 결혼 따윈 절대 하지 말아야지!' 라고 결심했다. 어린 나이임에도 결혼은 여러모로 여자에게 불합리한 제도임을 깨달았기 때문이었다. 이 여사가 불쌍하다는 생각도 들었고.

아직 이 여사는 그녀가 결혼을 하지 않기로 결심한 것을 모르고 있었다. 이 여사에게 죄책감을 주고 싶지 않아 성주는 자신이 독신주의자가 된 이유만큼은 이 여사에게 끝까지 말하지 않을 작정이었다. 물론 김 사장에게도.

"역시 우리 엄마표 밥상이 최고야!"

잘 차려진 밥상을 보니 말은 험하게 해도 딸이 온다고 이 여사가 신경을 쓴 티가 역력했다. 엄한 시어머니에게 눈물을 쏟아가며 전수를 받은 터라 이 여사의 요리 실력은 아주 좋은 편이었다. 밥상 위에 차려진 음식들을 보는 것만으로도 성주는 입안에 침이 가득 고였다.

성주는 침을 꼴깍 삼키고는 김 사장과 이 여사가 먼저 숟가락을 들고 음식을 먹기를 기다렸다. 김 사장과 이 여사가 밥을 먹기 시작한 것을 본 성주는 서둘러 숟가락질을 했다. 아직도 뚝배기 안에서 보글거리는 청국장 맛이 일품이었다. 그리고 딱 알맞게 익은 배추김치와 총각무 김치도 정말 맛이 있었다. 여러 종류의 장아찌들은 완전 밥도둑이었고.

"아우, 행복해라!"

성주는 밥 한 그릇을 뚝딱 비우고는 양 손바닥을 엉덩이 뒤쪽 방바닥에 대고는 상체를 쭉 펴서 부른 배를 쑤욱 내밀었다.

"저 지지배 하고 있는 꼴 좀 봐요. 저러니 아직 남자친구 하나 못 만들고 일에만 미쳐 있지. 안 그래요?"

이 여사가 동의를 해달라는 듯 김 사장을 보며 혀를 찼다.

"뭘 그리 성급하게 굴어? 때가 되면 어련히 제 임자를 만날 텐데."

"이 양반이! 속 갑갑한 소리 좀 그만해요. 감나무 아래에서 입 떡하니 벌리고 드러누워 있으면 감이 저절로 떨어져서 입안으로 쏘옥 들어간대요? 자식이라고는 딱 저 지지배 하나밖에 없는데 딸내미 처녀 귀신 만들고 싶지 않음 하루라도 서둘러야죠. 저년 저거 등이라도 떠밀어 무조건 결혼식장에 처넣어야 한다고요."

"그게 억지로 돼? 저도 다 생각이 있겠지."

"아이구, 속 터져. 당신이 그렇게 덜 말린 곶감처럼 물렁물렁하니까 저 지지배가 아직도 정신을 못 차리고 있단 생각은 안 들어요?"

"임자, 난 내 딸 믿어. 부모가 안 믿어주면 누가 우리 딸을 믿어주겠어? 그러니까 그만 좀 보채. 오랜만에 왔는데 편히 쉬다가 가게 해주자고."

"악처는 소크라테스가 만들었다더니 악모는 당신이 만드네요. 쳇, 당신은 성인군자 노릇 실컷 해요. 난 저 지지배 시집만 보낼 수 있으면 천하의 둘도 없는 악모 노릇을 할 작정이니까."

"허허, 그러지 말라니까 그러네."

"거들지 않을 거면 내 맘대로 하게 놔둬요! 지금 당신하고 저 지지배 땜에 속에서 열불이 나 암이 도지려고 하니까."

"여보!"

"엄마!"

김 사장과 성주는 동시에 이 여사를 부르며 그녀를 쏘아보았다.

성주는 그녀가 스물다섯 살을 넘기면서부터 늘 들어왔던 부모님의 대화라 한 귀로 듣고 다른 귀로 흘려보내고 있었지만, 암이 도지려고 한다는 이 여사의 말에 발끈했다.

"아우, 깜짝이야. 이년이 버르장머리없이 어디서 버럭질이야, 버럭질이!"

"내가 지금 소리 안 지르게 됐어? 아무리 농담이라도 암 도진다는 얘긴 하지 마요! 완치 판정받은 지 얼마나 됐다고 암이 도지네 뭐네 그런 재수 없는 말을 해요?"

"맞아, 당신 그런 말은 함부로 하는 게 아냐. 이번엔 당신이 실언한 거야."

성주의 질책에 김 사장이 거들었다.

"내가 그런 말 안 하게 니년이 신랑감을 데리고 오면 되잖아!"

두 사람의 말과 시선을 싹 무시한 이 여사가 아주 당당한 표정으로 말했다.

"내가 아무하고나 결혼하면 좋겠어요?"

"누가 아무하고나 하래?"

"근데 왜 자꾸 결혼할 사람을 데려오라고 그래요?"

"귓구멍이 꼬부라졌어? 대학까지 나온 년이 왜 핵심 파악을 못하고 엉뚱한 소릴 지껄이고 지랄이야, 지랄이? 내 말은, 일에만 미쳐서 지랄 떨지 말고 남자들도 만나고 하란 뜻이야!"

"마음에 드는 남자가 없는데 어떡하라고요!"

성주는 지지 않고 맞받아쳤다. 여기에서 밀리면 이 여사가 당장이라도 그동안 물색해 놓았던 사윗감 후보들을 만나게 할지도 모르기 때문이었다.

"지금 니 나이가 몇인지 알아? 스물여덟이야! 눈 깜짝하면 서른이 된다고, 이 지지배야!"

"나도 내가 몇 살인지는 알거든요!"

"그런 년이 여태 나 몰라라 속 편하게 뒷짐이나 지고 있어?"

"사람이 일관성이 있어야지, 결혼 땜에 꿈을 접었다고 하소연하면서 외할아버질 원망할 땐 언제고, 왜 날 시집 못 보내 안달이에요, 안달이!"

이 여사에게는 끝까지 이야기하지 않겠다고 결심했던 말들이

기어이 성주의 입에서 터져 나오고 말았다. 아차 싶었지만 이미 엎어진 물이었다.

'언제나 요놈의 주둥아리가 문제야! 여태 입 잘 다물고 있다가 갑자기 그런 말을 왜 내뱉은 거야? 미쳤어! 미쳐도 단단히 미쳤어, 내가!'

성주는 자신의 입을 쥐어박고 싶은 걸 간신히 참아내며 이 여사의 표정을 살폈다. 다행스럽게도 눈치 빠른 이 여사가 그녀가 한 말의 의도를 눈치채지 못한 듯했다.

"그거야 내가 시집살이가 너무 힘들어서 그냥 한 소리였고!"

다행히 이 여사가 평소의 그녀답게 눈을 부라리며 버럭 소리를 질렀다.

"엄마가 그냥 한 소리든 아니든 난 결혼 같은 거에 얽매일 생각 없어요!"

"자식 하나 없이 혼자 늙어 죽을래? 남들처럼 결혼해서 애기들도 낳고 남편이랑 알콩달콩 살아봐야 할 거 아냐! 니가 어디가 모자라서 남들 다 하는 결혼도 못해? 돈이 없어, 학벌이 후져, 외모가 딸려! 동네 사람들이 터진 주둥이로 뭐라고들 떠드는 줄 알아? 너한테 문제가 있는 거 아니냐고 하더라! 스물여덟이나 처먹도록 그 외모에 남자 하나 집에 못 데려오는 거 보면 혹시 니년 성격이 이상해서 그런 거 아니냐고 쑥덕거린단 말이야! 겉도 속도 다 멀쩡한 년이 뭐 하러 그런 씨알도 안 먹힐 잡소리까지 들으면서 살아? 남들 다 하는 결혼인데 왜, 굳이 안 하겠다고 생고집을 부려 부리긴! 터진 김밥 옆구리마냥 내 속 터져 죽는 꼴을 보고 싶어서 그러는 거야 뭐야? 대체 이유가 뭐냐고? 엉?"

"특별한 이유 없어요! 그리고 남이 뭐라 하든 그게 무슨 상관이에요? 난 그런 거 신경 안 써요!"

"너! 내가 죽는 꼴 보고 싶지? 니가 계속 내 말 무시하면 번개탄 피워놓고 죽든 목매달아 죽든 할 거야, 내가!"

이 여사가 당장이라도 대답을 하지 않으면 정말 죽기라도 할 것 같은 표정으로 성주를 노려보았다.

"그깟 남자, 만나면 될 거 아니에요!"

상황이 상황인지라, 성주의 입에서 그녀의 의지와는 전혀 상관없는, 애먼 말이 불쑥 튀어나와 버렸다.

"그래, 만나! 만나서 나랑 니 아버지 앞에 데려와!"

"뭐, 뭐 땜에 엄마 아빠한테 데려와요? 둘이 만나면 됐지!"

"이 기름에 튀겨도 튀겨지지 않을 년아! 지금까지 내가 입 아프게 한 소릴 귓구녕이 아니라 똥구녕로 들었냐? 왜 자꾸 헛소릴 지껄여?"

"남잘 만나래서 엄마 말대로 남잘 만나겠다는데 뜬금없이 웬 헛소리 타령이에요?"

"스물여덟이 되도록 니 외모에 남자 하나 집에 못 데려오는 거 보면 혹시 네 성격이 이상해서 그런 거 아니냐고 동네 사람들이 쑥덕거린다고 했잖아! 그리고 지 부모한테 인사도 안 시키고 결혼하겠단 소리를 하고 자빠져 있는 거잖아, 지금!"

"결혼까지 하라는 거예요?"

"그럼 연애만 하다 죽어 썩을래? 당연한 걸 뭐 하러 물어, 주둥이만 아프게?"

이 여사가 쐐기를 박듯 성주를 똑바로 쳐다보며 소리쳤다.

"엄마!"

"지 눈앞에 있는 엄만 왜 소리쳐 불러재끼고 지랄발광이야? 그래, 이왕 부른 거 어디 할 말 있음 해봐. 터진 주둥이로 할 말 있음 어디 해보라고!"

"결혼은 내가 하고 싶을 때 하면 안 돼요?"

"안 돼!"

"대체 왜요? 왜 안 된다는 건데요?"

성주는 진심으로 궁금해서 물어보았다. 그녀의 진심을 느꼈는지 이 여사의 표정이 한층 누그러지더니 두 눈에 눈물이 고였다. 이내 눈물이 이 여사의 볼을 타고 주르륵 흘러내리기 시작했다.

"엄마……?"

"니년이 내 맘을 몰라서 그렇지…… 훌쩍, 내가 암 완치 판정을 받았다고 해도 언제 다른 곳에서 암 덩어리가 발견될지 어떻게 알아? 훌쩍, 병원에서 환자들한테 물어보니까 완치 판정받고도 훌쩍, 다른 데 암 덩어리가 전이돼서 병원에 입원한 사람들이 꽤 되더라 이 말이야. 훌쩍, 그러니 내 맘이 급하지 않게 생겼냐고, 이년아!"

훌쩍이며 말을 마친 이 여사가 옆에 있던 티슈를 두어 장 뽑더니 눈물을 닦고는 코를 팽, 풀었다.

"엄마……."

"그러니까 내가 건강할 때, 몸이 성할 때 널 시집을 보내놔야 내

45

맘이 편하겠다 이 말이야. 내 말이 무슨 뜻인지 알아먹겠어?"

"엄마, 절대로 전이 안 될 거예요."

"그걸 니가 무슨 수로 장담해? 암 덩어리가 내 몸에 착 달라붙어 있고 싶음 그만인 건데."

"절대로 전이 안 된다니까!"

성주는 속이 상해서 소리쳤다. 어느새 이 여사의 두 눈이 또 젖어 있었기 때문이었다.

"이 엄마 소원이야. 1년 안에 결혼해. 안 그럼 내가 스트레스받아서 다시 암에 걸릴 것 같으니까. 그놈의 스트레스가 암 덩어리들이 제일 좋아하는 먹이라잖아."

"말이 되는 소릴 해요! 지금 사귀는 사람도 없는데 1년 안에 어떻게 결혼을 해요?"

"그러니까 일에만 미쳐서 미친년처럼 싸돌아다니지 말고 얼른 남자들 만나서 괜찮은 놈 있으면 결혼까지 밀어붙이란 말이야."

"……."

"암 수술할 때 내가 머리 빡빡 밀고 돌아다니니까 다들 머리카락도 없는데 어쩜 그렇게 고우냐고 하더라."

"무슨 말이 하고 싶은 거야? 내가 알아듣기 쉽게 말 좀 해봐."

"딱 1년이야. 1년 안에 네가 결혼 안 하면 내가 머리 빡빡 깎고 절로 들어가 버릴 테니까 알아서 해!"

"엄마!"

"내 몸 내가 죽이는 건 저승에 가서 부모님 뵀을 때 할 말이 없어서 못하지만, 머리 깎고 절로 들어가는 건 내가 맘만 먹으면 언제든 할 수 있어! 너도 알지? 내가 한번 하겠다고 마음먹으면 죽어도 해내고 마는 거! 그러니까 내가 괜히 하는 말이라고 어설프게 듣지 마. 지금까지 내 고집 꺾어 주저앉은 사람은 미스코리아 서울 본선에 못 나가게 한 너희 외할아버지랑 보따리도 못 쌀 정도로 호되게 시집살이 시킨 네 친할머니밖에 없어. 이젠 그 두 분도 안 계신데 내가 비구니가 못 될 게 뭐야?"

"대체 절엔 왜 들어간다고 하는 건데?"

"스트레스 안 받고 암에 다시 안 걸리려면 절에 들어가서 세상사 인연 끊고 사는 게 최고니까 그런다, 이년아!"

"엄마!"

"잔소리 말고 무조건 명심해, 다시 한 번 말하지만 니 엄만 한다면 하는 사람이야! 지난 5년 동안 서 박사님이 하라는 대로 하고 먹으라는 대로 먹고 살았어. 내가 하려고 마음만 먹으면 독하게 해내고 마는 건 네가 좋아 죽는 서 박사님도 인정한 사실이야! 그러니까 네 엄마 팔자에도 없는 비구니 만들고 싶지 않음 무조건 1년 안에 결혼해!"

"미치겠네, 정말."

성주는 더는 반박할 말이 생각나지 않았다. 이 여사의 말마따나 외할아버지와 친할머니가 안 계신 지금은 그녀가 뭐든 마음먹으면 마음먹은 대로 하는 사람임을 너무나도 잘 알기에 성주는 손으로 자신의 애꿎은 머리만 마구 흐트러뜨렸다.

"토끼 똥 피하려다 소 똥 밟는 년, 네 머리가 뭔 죄가 있어서 엉망으로 만들고 지랄이야, 지랄이! 그 머리카락 다 내가 만들어준 거 몰라? 네 몸은 다 내 거야! 내 뱃속에 품어서 다 내가 만들어준 거란 말이야. 목숨 걸고 낳아놨더니 니년이 무슨 자격으로 멀쩡한 머리카락을 미친년 머리로 만들어, 만들긴!"

"엄마 땜에 미치고 환장하겠어서 그래요!"

"미치고 환장할 년은 니년이 아니라 바로 나야! 어쩔 거야? 엄말 비구니로 만든 세상에서 젤로 불효막심한 년이 될 거야 아니면, 내 말대로 1년 안에 결혼해서 효녀란 소릴 들을 거야?"

한 치도 물러설 생각이 없다는 듯 단호한 표정으로 이 여사가 성주를 노려보았다. 그런 이 여사의 태도에 성주는 속으로 한숨을 푹푹 내쉬었다. 어쨌거나 엄마를 비구니로 만든, 세상에서 제일 불효막심한 년이 될 수는 없기 때문이었다.

"알았어요! 1년 안에 결혼할 테니까 1년 동안은 제발 날 좀 닦달하지 말고 스트레스도 받지 말고 지내세요."

성주는 항복하는 시늉을 하고 말았다. 물론 지킬 생각이 전혀 없는 빈 약속이다. 하지만 적어도 앞으로 1년 동안은 이 여사가 그녀의 결혼을 두고 맘고생을 하지는 않을 테니 나쁜 거짓말은 아니었다.

'1년 후의 일은 1년 후에 생각하자.'

성주는 한시름 놓은 표정을 짓고 있는 이 여사를 보며 일부러 상냥한 미소를 지어 보였다. 항암 치료를 하면서 나이답지 않게 마냥 곱기만 했던 이 여사의 얼굴에 생긴 자잘한 주름들이 눈에 띄었기 때문이었다.

"엄마 참 예쁘다."

성주는 일부러 환한 미소를 지어 보였다.

"넌 내가 나보다 더 예쁘게 낳아줬어, 이년아! 그 인물 갖고 스물여덟이나 처먹도록 남자 하나 못 꼬드기고 뭐 하고 돌아다녔어? 으이구, 한심하다 못해 둔하디둔한 년."

"무슨, 내 눈엔 엄마가 나보다 훨씬 더 예뻐."

"입에 침이나 바르고 거짓말해! 저 사진 좀 봐."

이 여사가 벽에 걸려 있는 커다란 액자를 가리켰다. 그 액자 안에는 하얀 드레스를 입고 미스코리아 서울 진의 띠를 두른 이 여사의 젊은 모습이 담겨 있었다.

"봤어. 저 사진이 뭐?"

"저 얼굴이 미스 서울 진이면 넌 세계대회에 나가서 입상할 년이라 이 말이야. 그런 얼굴과 몸매를 물려줬는데 제 몸 꾸밀 줄을 아나, 여태 남자친구 하나 없이······. 으이구, 생각할수록 열 받고 속 터지네."

이쯤 되면 작전상 후퇴를 하는 게 현명하다. 성주는 씩씩대는 이 여사를 덥석 안았다.

"아잉, 엄마가 훨씬 더 예쁘다니까. 내 눈엔 엄마가 세상에서 제일 예뻐요오옹!"

이 여사가 징그럽다면서 밀어내려고 했지만 성주는 더더욱 힘주어 그녀를 끌어안았다. 그리고는 항암 치료 때문에 야윌 대로 야윈 이 여사의 어깨에 코를 박고는 엄마의 향기를 맡았다. 아주 오랜만에.

3

마지막 환자를 내보낸 주호는 의자에 앉은 채 기지개를 켜다 목 뒤에 붙어 있는 파스의 감촉을 느끼고는 고개를 좌우로 움직여 보았다. 근육이완제를 복용하고 파스도 붙여서 그런지 담이 들었던 목에 아무런 통증도 느껴지지 않았다. 주호는 단숨에 파스를 떼어 버렸다. 그때 짧은 노크 소리에 이어 문이 벌컥 열리더니 그가 친동생처럼 생각하는 태민이 들어와 책상 앞에 섰다.

"오늘은 수술이 없었나 보네, 이 시간에 온 걸 보면?"

"응."

주호는 의자에서 일어나 가운을 벗어 옷걸이에 걸었다. 그리고 평소처럼 무표정한 태민을 바라보며 슈트 상의를 입었다.

"저녁 같이 먹을래?"

"형 도움이 필요해."

뭔가 심상치 않은 기운을 느낀 주호는 눈을 크게 뜨고 태민을 바라보았다. 보통 일이 아닌 것 같아 보였다.

"뭐든 말해, 다 들어줄 테니까."

잠시 곤혹스러움이 태민의 얼굴에 나타났다 사라졌다.

"내가 사랑하는 여자 알지?"

입이 무거운 태민은 그만큼이나 입이 무거운 주호에겐 공적인 일들은 물론이고 사생활까지 다 이야기를 하며 지내왔다. 덕분에 주호는 태민에 대해 모르는 게 거의 없었다. 태민도 주호에 대해 거의 다 알고 있었고.

"당연히 알지. 배우 현여진 씨잖아. 혹시…… 여진 씨한테 무슨 문제가 생긴 거야?"

태민이 심각한 표정으로 고개를 끄덕였다.

"아."

여진에게 문제가 생겼는데 그의 도움이 필요하다는 건 그녀가 정신과 치료를 받아야 하는 상황이란 뜻이었다. 주호는 잽싸게 다시 가운으로 갈아입었다.

"여진 씨 어딨어?"

배우라 속 깊은 태민이 정신과 병동에 입원시켰을 리가 없다는 걸 알기에 주호는 그녀의 거취 장소부터 물었다.

"우리 과 특실."

"가자."

앞장서서 나가는 태민을 따라 주호는 자신의 진료실을 나갔다.

성형외과 특실 침대 위에 안색이 창백한 여진이 잠자듯 누워 있었다. 직접 만난 적은 없지만 태민이 보여준 팸플릿으로 여러 번 봤기에 주호는 한눈에 여진을 알아볼 수 있었다.

"잠든 거야?"

태민이 고개를 저었고 주호는 고개를 끄덕였다.

"언제 입원하신 거야?"

"어제저녁에."

"식사는?"

이번에도 태민이 고개를 저었고 주호는 고개를 끄덕였다.

'어제 저녁부터 잠도 못 자고 식사도 안 했다…… 큰 충격을 받은 게 분명하군.'

주호는 생기라고는 전혀 찾아볼 수 없는 여진을 안타까운 눈빛으로 바라보았다. 얼마나 큰 충격을 받았으면 잠도 못 자고 먹지도 못할까 싶어서였다.

섣불리 치료를 시작하는 것보다 중요한 건 여진을 안심시키는 것이었다.

"현여진 씨, 난 태민이의 선배이자 친한 형입니다."

"……"

"어디 불편한 데 없으십니까?"

"……"

여진이 대꾸하기는커녕 미동조차 하지 않았다. 태민이 걱정스런 눈빛으로 그녀를 바라보다 주호를 쳐다보았다. 주호에게 도움을 간절히 바라는, 처음 보는 태민의 눈빛이었다. 주호는 안심하란 뜻으로 태민의 어깨를 도닥여 주었다.

"오늘 저녁도 안 드시면 영양제를 놔드릴 수밖에 없습니다. 숙면하실 수 있도록 진정제나 수면제도 투여할 수밖에 없고요."

그제야 여진이 천천히 눈을 떴다. 퀭한 눈동자가 잠시 주호를 바라보더니 옆에 서 있는 태민에게 옮겨졌다. 애원하는 눈빛이었다.

"주사…… 싫어요. 자고 싶지…… 않아요."

"무슨 일이 있었는지 묻지 않겠습니다. 주사 맞기 싫으면 먹고 자야 합니다. 아셨습니까?"

"주사…… 싫어요. 자고 싶지…… 않아요."

여진이 같은 말을 되풀이했다. 잠을 못 자 충혈이 된 두 눈동자에 단호함이 담겨 있었다.

"그럼 오늘은 주사 안 놓을 테니까 저녁은 드시는 겁니다?"

여진이 천천히 고개를 끄덕였다. 그제야 태민이 조금은 안도하는 표정을 지었다.


여진이 죽을 한술 뜨는 것을 본 주호와 태민은 특실을 나왔다. 태민과 함께 그의 진료실에 간 주호는 소파에 마주 앉았다. 여진을 치료하기 위해선 그녀에 대한 것을 하나라도 더 알아야 하기 때문이었다.

"무슨 일이 있었던 거야?"

"여진 씨한테 약혼자가 있다는 건 형도 알고 있지?"

그 얘긴 이미 태민에게 들어서 알고 있었다. 그 약혼자가 태민이 오래전 친구로 지냈던 민석형이라는 것도.

"왜? 그자가 또 사고 쳤어?"

"그 자식이 태양물산 외동딸 오혜선하고⋯⋯."

태민이 말을 하다 말고 입을 다물었다. 말을 하는 게 죽기보다 싫은 표정이었다.

"그 오혜선이면 얼마 전에 너랑 선봤던 여자 아냐? 네 첫사랑이었던?"

"맞아. 짐승 같은 두 연놈이 술과 약에 취해서 그 짓을 하는 걸 여진 씨가 봤어. 나도 봤고."

"이런. 여진 씨 충격이 컸겠네."

주호는 식음을 전폐하고 잠도 못 자는 여진의 상태가 이해가 되었다. 그런 충격적인 장면을 목격했으니 입맛이 있을 리 만무하고 또 혹시라도 잠들면 그 추악한 모습이 꿈에 나타날까 봐 잘 수가 없는 것이리라.

"넌 뭐 좀 먹었어?"

태민이 고개를 저었다.

"너라도 끼니 챙겨 먹어. 네가 힘이 나야 여진 씰 돌보지."

"그래야지."

"여진 씬 일단 그냥 놔둬. 지금 저러고 누워 있어도 나름 생각을 정리하고 있을 테니까. 죽 얼마나 먹었는지 꼭 체크하고. 탈진되기 전에 수액 맞아야 돼."

"알았어, 형. 고마워."

"내가 필요할 땐 언제든 콜해. 새벽이라도 상관없어."

"그럴게."

주호는 힘내라고 태민의 어깨를 꽉 잡아주고는 진료실에서 나왔다.


이틀 후, 오후.

[형, 여진이 이대로 더 놔두면 안 될 것 같아. 아무래도 조치를 취해야겠어.]

"알았어. 지금 갈게."

태민의 전화를 받은 주호는 서둘러 성형외과 병동으로 향했다. 태민이 미리 확인을 한 후 전화를 건 것인지, 때마침 예약환자도 외래환자도 뚝 끊겼을 때였다.

여진은 주호의 진료를 받고 있었지만, 연극배우인 그녀의 입장을 고려해 태민이 그가 전문의로 있는 성형외과 병동 안 가장 깊숙한 곳에 있는 특실에 입원을 시킨 상황이었다. 만에 하나 기사화되었을 때, 배우에게 신경정신과 치료를 받는다는 것보다는 성형외과 치료를 받고 있다는 소문이 그나마 더 낫다는 판단에서 주호도 굳이 정신과 병동으로 옮기자는 말은 하지 않았다.

친동생 같은 태민이 데려온 환자이기도 하거니와 여자를 돌로 보던 태민이 진심으로 사랑하는 첫 여자라 주호는 더욱 신경이 쓰였다. 그래서 주호는 번거로움을 무릅쓰고 여진을 보기 위해 성형외과를 수시로 드나들고 있었다. 오늘만 해도 아침 회진을 비롯해 벌써 세 번째였다.

아무런 의욕도 없는 사람처럼 눈을 감은 채 침대 위에 누워 있는 여진을 보던 주호는 걱정 가득한 표정을 짓고 있는 태민을 바라보았다.

주호는 아직도 태민이 한 여자를 이토록 사랑할 수 있다는 게 믿어지지가 않았다.

하필이면 태민이 왜 이렇게 어려운 사랑을 선택한 것인지, 주호는 후배가 참으로 안타까웠다. 사랑을 가장한 집착으로 그녀를 괴롭히는 약혼자와 진심으로 사랑하는 태민 사이에서 힘들어하는 여진도 안쓰러웠고, 힘겨운 사랑을 하고 있는 두 사람이 참 딱해 보였다.

'이렇게 고집 센 환자는 처음이네.'

주호는 파리한 안색으로 잠든 듯 누워 있는 여진을 보며 속으로 결심했다. 더는 환자의 의견에 따를 수 없고 또 반드시 수액을 맞게 만들겠다고.

"현여진 씨, 오늘은 링거를 꼭 맞아야 합니다."

여진이 고개를 벽 쪽으로 돌렸다. 싫다는 뜻이었다.

"계속 거부하면 탈진은 물론이고 더 위험한 상황에 처할 수도 있어요."

"잠들게 하는 약은…… 싫어요."

여진이 눈을 감은 채로 말했다. 남아 있는 힘을 총동원해 간신히 쥐어짜는 음성 같았다. 그래서 더 절박하게 들렸다.

"영양제만 놔줄게요. 날 믿어요. 여진 씨가 식음을 전폐하고 잠도 안 자는 동안 태민이도 아무것도 먹지 않고 자지 않습니다. 애타하는 태민일 생각해서라도 수액만이라도 맞읍시다."

"……."

여진이 천천히 고개를 끄덕였다. 주호는 이럴 줄 알았으면 진즉에 태민일 이용할 걸 그랬다는 생각이 들었다.

주호는 그가 들고 들어왔던, 탈수가 되지 않도록 영양제가 섞인 링거액을 걸고 직접 주사를 놓았다.

"양 선생한테 들었는데 민석형이란 그 친구 부모님, 첫날부터 매일 오셨다가 여진 씨 못 만나고 돌아가셨다며?"

주호는 눈을 감은 채 침대 위에 힘없이 누워 있는 여진을 바라보고 있는 태민을 보며 물었다.

"응. 내가 그냥 돌아가시라고 했어."

"잘한 거야. 아무리 여진 씨한테 부모님 같은 분이라도 민석형의 부모님이잖나. 누가 됐든, 그 친구와 관련된 사람들과는 서로 접촉하지 않는 게 여진 씨가 하루라도 더 빨리 안정을 찾는데 도움이 될 거야."

"내 생각도 그래."

주호의 말에 태민이 동조했다.

'아무리 사랑하는 남자가 아니라고 해도 약혼자인데 약혼자가 마약에 취해 벌거벗은 여자와 뒹구는, 그런 끔찍한 짓을 벌이는 상황을 목격했으니 아무것도 보고 싶지 않고 아무것도 생각하고 싶지 않고 그 어떤 말도 하고 싶지 않겠지. 이런 경우엔 약물치료도 별 효과를 보지 못하는데…… 환자의 의지만이 지금과 같은 상태를 벗어나게 할 수 있는데, 도통 의욕이 없어 보이니 걱정이네.'

주호는 죽은 듯이 누워 있는 여진을 보며 속으로 한숨을 내쉬었다. 그때 여진에게서 시선을 떼지 않고 있던 태민이 고개를 돌려 얼굴을 주호의 귓가로 가져다 댔다.

"선배, 더 이상은 안 되겠어요. 신경정신과 병동으로 옮겨서 본격적으로 치료를 하는 게 좋을 것 같아요."

"내 생각에도 그게 나을 것 같아. 간호사 선생들한텐 내가 입단속 단단히 시킬게. 매스컴에서 떠들어대면 여진 씨의 입장이 곤란해질 테니까."

태민의 귓속말에 주호는 단숨에 동의를 했다.

"싫어······."

두 사람이 속삭이는 말을 알아들었는지 갑자기 여진이 입을 열었다.

"그러지······ 마요."

"당신이 잘못되면 서 선배의 입장이 난처하게 돼. 우리 병원도 마찬가지이고."

"그럼, 날 집으로 데려다줘요. 나 때문에 다른 사람이 불편하게 되고, 곤란한 일이 생기는 거 원치 않아요. 집에 가고 싶어······."

여전히 눈을 감은 채 독백처럼 말을 하던 여진이 말끝을 흐렸다. 더는 말을 이어갈 기운이 없는 듯했다.

잠시 고민을 하던 태민이 입을 굳게 다문 채 주호에게 눈짓했다. 고개를 끄덕인 주호는 병실을 나갔다가 잠시 후 간호사를 대동하고 들어왔다.

수면제가 들어 있는 주사기를 든 간호사가 다가와 서자, 태민은 고개를 끄덕이고는 링거액과 연결된 주삿바늘이 꽂혀 있는 여진의 소매를 살짝 걷어 올렸다. 그제야 여진이 눈을 뜨더니 태민을 보며 고개를 저었다. 진정제를 맞고 싶지 않다는 표시였다.

"더는 안 돼. 벌써 사흘째 한숨도 못 잤어. 그러니까 조금이라도 자자. 응?"

"싫어요."

여진이 고집스레 말했다.

"먹지도 않고 자지도 않고 어떻게 살아? 잠이라도 자야 살 수 있으니까 주사 맞고 푹 자. 내가 옆에 있을 테니까 아무 걱정하지 말고."

태민이 몸부림을 치며 거부하는 여진의 어깨를 완력으로 누르자 그녀가 사력을 다해 고개를 좌우로 저어댔다.

"제발요! 나 잠드는 게 무서워요. 꿈에 나타날까 봐 자는 게 무섭다고요!"

여진이 남아 있는 힘을 모두 끌어모아 소리쳤다. 그 순간 태민이 여진의 몸에서 손을 떼고는 주호를 바라보았다. 주호는 핏발 선 눈으로 그에게 호소하듯 바라보고 있는 여진을 보았다. 그녀의 눈빛이 너무나 확고하고 애절해 보였다.

주호는 꿈을 꿀까 봐 잠을 자지 않겠다는 여진의 심정을 충분히 이해했다. 여진과 같은 증상을 보이는 환자들이 가끔 있었기 때문이었다.

주호는 태민을 보며 고개를 끄덕이고는 여진을 보며 입을 뗐다.

"알았어요. 내가 약속했던 대로 여진 씨가 원하지 않으면 억지로 재우지 않겠습니다. 그러니까 진정해요."

주호는 여진이 그를 신뢰할 수 있도록 최대한 부드럽게 말을 했다. 그의 의도가 통했는지 여진이 안심이 된다는 표정으로 다시 눈을 감았다. 사흘 동안이나 잠을 못 잔 터라 빨갛게 충혈이 된 눈을 뜨고 있는 것이 힘겨운 모양이었다.

"난 이만 가볼게. 우리 병동에 여진 씨가 있을 특실을 빼려면 지금 입원해 있는 환자한테 부탁을 해야 하니까. 퇴원을 해도 되는데 군이 병원에 있겠다고 고집을 피우는 환자라 2인실로 옮겨달라고 부탁해도 별말 없이 내 부탁을 들어줄 거야. 그 환자 목적은 입원해 있는 거니까. 통원치료를 해도 되는데 병실이 가장 안전하다며 입원을 고집하는 환자거든."

"부탁해요. 그리고 고마워요, 형."

"별말을 다 한다, 우리 사이에. 금방 해결하고 올게."

주호는 기운을 내라는 뜻으로 태민의 등을 툭툭 쳐주고는 병실 밖으로 나왔다.

"그깟 사랑이 뭐라고 다들 사랑 때문에 힘들어하는지 원."

복도를 걸어가며 주호는 고개를 절레절레 흔들었다.

심장이 언 사람처럼 여자에겐 눈길조차 주지 않던 태민의 심장이 이리도 뜨거워질 줄은 상상도 못했던 주호였다. 게다가 태민은 현여진이라는 여자의 늪에 깊이, 아주 깊이 빠져 있었다.

'차라리 속 편하게 혼자 살고 말지, 어렵고 힘든 사랑 따윈 절대로 아니, 무조건 사양이다!'

그 순간 문득 서 박사의 병실 앞에서 만났던 여자가 떠올랐다. 파운데이션이나 립스틱은 고사하고 요즘은 남녀 구별 없이 다 바른다는 BB크림과 립밤조차 바르지 않은, 정말 아름다웠던 완벽한 민낯. 그리고 약한 자를 배려하는 마음까지 따뜻하고 예뻤던 그 여자가.

'그런 여자라면 결혼을 해도 괜찮지 않을까?'

자신도 모르게 문득 든 생각에 주호는 화들짝 놀랐다.

'서주호 너 미쳤구나! 미쳐도 아주 단단히 미쳤어! 처음 본 여잘 두고 결혼을 생각하다니 제정신이 아니구나! 이제 보니 나 완전 미친놈일세.'

주호는 잽싸게 머릿속에서 그 여자의 영상을 지워 버렸다. 하지만 그의 의지와는 상관없이 마음이 속살거렸다. 요즘 아가씨들답지 않게 약자에 대한 배려심도 있고 민낯이 아름답기까지 한 그런 여자라면 사랑을 할 가치가 있지 않겠느냐고.

'바보야, 넌 그 여자의 이름도 전화번호도 모르잖아. 그냥 한 번 스쳐 지나간 인연이야.'

주호는 그래도 미련을 버리지 못한 채 '다시 한 번 부딪히게 된다면 어쩌면…… 인연이라 생각해도 되지 않을까.' 하는 생각을 하며 신경정신과 병동을 향해 빠르게 걸어갔다.


본가 자신의 방에서 뒹굴며 책을 읽던 성주는 휴대폰 벨이 울리는 소릴 듣고는 보던 책을 바닥에 엎어놓고 휴대폰을 집어 들었다. 액정화면을 보니 '미친놈'이었다.

"아니, 이 미친놈이 왜 나한테 전화를 하고 지랄이야!"

민석형이 그녀에게 직접 전화를 걸 이유가 없었다. 곧장 끊어버리려던 성주의 손짓이 멈추었다.

"설마 여진이한테 무슨 일이 있는 거 아냐?"

여진에 관한 일이 아니면 석형이 그녀에게 전화를 걸 이유가 없다. 성주는 곧바로 통화 버튼을 밀어버렸다.

"무슨 일이에요? 여진이한테 무슨 일 있어요?"

[여진이 지금…… 태민이가 근무하고 있는 병원에 입원해 있습니다. 여진이한테 성주 씨가 필요할 것 같아서…….]

"여진이가 왜 병원에 입원해 있는데요? 대체 무슨 일이 있었던 거예요? 여진이 어디가 아픈데요? 다치기라도 했어요? 어딜 얼마큼이나 다친 거예요?"

태민의 말을 자른 성주는 속사포처럼 질문들을 쏟아냈다.

[다친 건 아니니까 걱정 마시고 여진이한테 가주세요. A종합병원 성형외과 특실에 입원해 있어요.]

"서, 성형외과요?"

[여진이 지금 많이 힘들 겁니다. 성주 씨가 옆에 있어주길 바랄 거예요. 그리고 여진이 만나면…… 내가 몹쓸 짓을 했다고…… 많이 미안해하고 있다고 전해주세요.]

통화가 끊겼다.

성주가 아는 여진은 절대로 얼굴에 손을 댈 사람이 아니다. 그런 여진이 왜, 무엇 때문에 성형외과에 입원을 했다는 것일까. 성주는 궁금해 미치고 환장할 지경이었다.

성주는 황급히 여진에게 전화를 걸었지만 전원이 꺼져 있었다. 다시 석형에게 전화를 해봤지만 그의 전화기도 꺼져 있었다.

"휴대폰은 왜 다들 꺼놓고 지랄들이야!"

짜증이 난 성주는 휴대폰을 휙 던져 놓고는 부랴부랴 서울로 가기 위해 짐을 쌌다.

4

A종합병원 성형외과 병동 특실 앞에 선 성주는 앞뒤 생각할 것
도 없이 병실 문에 붙어 있는 '환자 현여진'이라는 글자와 문에 붙
어 있는 '절대 안정'이란 글씨를 보고는 냅다 문을 열고 안으로 들
어갔다.

'내가 미쳐 정말!'

특실 담당 간호사를 만나 여진의 상태에 대해 대충 듣고 왔지
만, 아무도 없는 병실의 침대 위에 누워 있는 여진의 안색이 너무
나 창백한 걸 직접 눈으로 보니 가슴이 시퍼런 칼날로 베이는 것
처럼 아팠다.

'얼마나 몹쓸 짓을 했기에 애를 이 지경으로 만들어? 대체 무슨
짓을 했기에 밥도 못 먹고 잠도 못 자게 만든 거냐고? 민석형 이

미친놈! 개자식! 썩을 놈! 통으로 찜통에 넣고 삶아 기름에 튀겨서 믹서기에 갈아도 시원찮을 놈!'

흡사 하얀 종이 인형이 누워 있는 것 같았다. 안 그래도 마른 편인데 한눈에 봐도 더 말라 있었다. 더 가슴이 아픈 건 눈을 뜨고 있을 기운조차 없는 듯 두 눈을 감고 있는 여진의 눈초리를 타고 눈물이 쉼 없이 흘러내리고 있다는 것이었다.

주먹을 꽉 쥔 성주는 크게 심호흡을 하고는 평소의 그녀다운 표정을 지었다.

"아니, 이게 무슨 일이니? 비실비실해 보여도 오뚝이처럼 발딱 일어나고, 다리에 깁스는 했었어도 지금까지 병원에 입원 한 번 한 적 없는 네가 왜 여기에서 이러고 누워 있는 건데?"

성주는 여진을 끌어안고 차라리 소리 내서 울기라도 하라고 다그치고 싶은 마음을 꾹 누른 채 일부러 평소처럼 큰소리로 말했다. 목청 좋은 성주의 목소리를 들은 여진이 눈을 뜨더니 그녀를 보며 힘겹게 미소를 지어 보였다.

"눈은 울고, 입은 웃고. 참 나 원, 별 생쇼를 다 하네. 너 그거 연습하려고 병원 침대에 죽치고 누워 있었니? 그것도 특실에? 하나도 안 예쁘니까 연습하지 마! 울 거면 실컷 울고 웃으려면 배꼽이 튕겨 나가서 찾지도 못할 정도로 미친 듯이 웃기만 해! 이게 뭐냐? 이건 무슨 너절한 청승도 아니고, 설마 맛 간 여자 코스프레 중이야? 그런 거라고 대답만 해봐. 볼기짝을 찰싹찰싹 소리 나게 때려 줄 테니까."

성주는 일부러 평소의 그녀답게 통박을 이어갔다.

"다음 주에 온다더니, 왜 벌써 왔어?"

힘이라고는 전혀 느껴지지 않는 여진의 음성이 참으로 공허하게 들렸다.

사실 성주는 본가에 도착한 날 밤부터 이상하게 계속 꿈자리가 사나웠었다. 꿈을 꾸다가 잠에서 깨고 나면 기분이 영 찜찜하고 심란했다. 딱히 나쁜 일이 생길 일이 없었기에 1년 안에 결혼을 하겠다고 부모님께 거짓 약속을 한 것 때문에 스트레스를 받아서 그런 모양이라고 생각했다. 혹시 몰라 여진에게 전화를 걸고 싶었지만 그녀가 괜한 걱정을 할까 봐 꾹 참았다.

성주는 깊은 한숨을 내쉬며 병원 침대 위에 힘없이 누워 있는 여진을 안쓰럽고 안타까운 눈빛으로 바라보았다.

성주는 크게 심호흡을 했다. 긴장했을 때에나 중요한 말을 할 때 그리고 뭔가 작정을 할 때마다 하는 그녀의 습관이었다.

"계속 꿈자리가 사나워서 이상하다 싶더니만 너, 그동안 내 꿈값 치르고 있었니? 도대체 어디가 어떻게 아픈 거야?"

성주는 석형과 통화한 내용을 쏙 빼고 물었다.

"아픈 데 없어."

"미쳤네! 미쳐도 아주 단단히 미쳤어! 아픈 데도 없는데 병실 침대는 왜 꿰차고 누워 있어? 그것도 제일 비싼 특실에! 네가 미치지 않고서야 이런 짓을 할 인간이냐? 그리고 일반 병동도 아니고 성형외과 병동이 뭐야? 뜯어고칠 데라고는 눈 씻고 찾아봐도 없는 네가 뭐 때문에 성형외과 병동 병실에서 죽치고 자빠져 있느냐고?"

"후후."

여진의 입에서 실웃음이 새어 나왔다.

"진짜 미쳤나 보네, 미친 짓을 하고서도 실없이 웃는 걸 보니까 정말 미쳤어. 아주 제대로 미쳤구나, 너!"

"응. 정말 제대로 미친 것 같아."

참으로 신기했다. 들릴 듯 말 듯한 그녀의 목소리가 싱싱한 등 푸른 생선의 팔딱임 같은 성주의 음성을 삼켜 버렸다. 그녀의 혼 잣말과도 같은 속삭임이 병실 안에 떠도는 모든 소리를 잠재웠다.

무겁고도 고요한 침묵이 여진과 성주 사이에서 조금씩 영역을 넓혀가고 있었다.

성주는 비록 독신으로 살 결심을 하고 있었지만 다른 선택을 한 여진은 행복한 사랑을 하길 바랐다. 설렘과 행복이 되어줄, 서로 가 진정으로 사랑할 수 있는 사람을 만나 아름다운 사랑을 하길 바랐다. 사랑하지도 않으면서 의무감 때문에 어쩔 수 없이 약혼한 민석형을 과감하게 떨쳐 내고.

'여진아, 널 어쩌면 좋니?'

성주는 표가 나지 않게 다시 한 번 크게 심호흡을 했다.

여진을 위한 위로의 말들이 입안에서 채찍 맞은 팽이가 돌듯 뱅 글뱅글 돌아가고 있었지만, 성주는 입술을 꾹 다물고 마른 목을 축이기 위해 냉장고 문을 열었다.

눈물이 핑 돌았다. 하지만 자신만의 고통을 끌어안은 채 제 생 기(生氣)를 갉아먹고 있는 여진 앞에서 눈물을 보일 수는 없었다. 그거야말로 여진을 최악의 수렁에 빠뜨리는 짓이기에.

냉장고에서 꺼낸 생수를 벌컥벌컥 들이켜며 눈물까지 함께 삼커 버린 성주는 그제야 몸을 돌려 여진을 마주했다.

"가자!"

갑작스러운 그녀의 단호한 말에 여진의 눈이 커졌다.

"어딜⋯⋯?"

"미친 것. 미친년이 갈 곳이 어디냐?"

"성주야?"

"여긴 네가 있을 곳이 못 돼. 너랑 난 연극에 미친년들이잖아. 연극이 막 내렸다고 쉴 생각을 한 우리가 한심하다 못해 죽일 년들이지. 비어 있는 무대의 곡성이 들리는데, 어디서 감히 놀 생각을 하느냐고! 얼른 일어나. 집에 가서 다음 작품 구상해야지!"

"후후후."

"웃는 걸 보니 이제야 제정신이 돌아왔나 보네. 야, 근데 왜 하필 성형외과 병동이냐? 난 네가 성형하러 입원해 있는 줄 알았잖아."

"병실이 부족했나 봐."

여진이 멋쩍은 표정으로 웃음을 흘렸다. 마치 변명을 하는 사람처럼.

"뺑치지 마."

"응?"

"너 성형하려다 들켜서 발뺌하려고 수 쓰는 거지?"

성주는 일부러 큰소리로 어깃장을 놓았다. 여진의 작은 웃음소리라도 듣고 싶어서.

"그럼 기왕 성형외과 병동에 입원한 김에 기념으로 네가 해줄래?"

"현여진, 너 그 얼굴 뜯어고치면 천벌 받는다. 내 얼굴도 손 안

대고 사는데, 너 같은 애가 더 예뻐질 욕심을 부리면 네 턱에 커다란 혹이 생길 거야. 평생 떼어낼 수 없는 욕심 주머니를 달고 살게될 거라고. 왜냐고? 그 혹은 성형이 불가능하거든. 그거 떼어내는 수술을 했다가는 곧장 저승으로 직행하거든."

"후후후……. 성주야, 고마워."

"고마워? 뭐가?"

"고마워, 성주야. 정말 고마워."

"그러니까! 뜬금없이 뭐가 고맙다는 거야?"

"지금 나한테 와준 것도, 네가 내 옆에 있다는 기분이 들게 하는 말들도…… 전부 다."

"허, 너 내 욕설이 그리웠던 모양이구나? 이제 보니 너 날 그리워하다 병이 난 거였네! 보고픈 님 그리워하다 꼴까닥 죽을 수도 있다는, 유명한 그 상사병이었던 거야! 맞지?"

"후후후. 그랬었나 봐. 널 보니까 살 것 같은 걸 보면."

작은 웃음을 뿌리던 여진이 그렁그렁 눈물을 매달고 그녀를 쳐다보았다.

성주의 마음을 모를 리 없는 여진이었다. 그녀의 기분을 풀어주려고 오버하고 있음을 알고 있는 여진이 무슨 말을 할지 성주 또한 잘 알았다.

"헛소리하려거든 아예 입 다물어. 징그럽게! 네 상사병의 주체가 내가 되는 것만은 사양한다. 그러니까 너도 그만 징그러운 소린 아예 하지도 마라. 내 입에서 무슨 소리가 튀어나올지 나도 장담 못하니까."

성주는 여진의 말에 맞장구를 치다 보면 서로 부둥켜안고 눈물
바람을 일으킬 것 같아 계속 억지소리를 해댔다.

"미친년보다 더한 소리가 있을라고."

"웃기셔. 그보다 더한 소리가 왜 없어? 너, 우리 할머니가 대전
에서 유명한 욕쟁이 할머니였다는 건 알지?"

"당연히 알지. 건설 현장 사람들 밥해주는 식당을 운영하시면
서 욕쟁이가 되셨다고 했잖아. 그런데 돌아가신 지 꽤 됐잖아."

"7년 전에 돌아가셨지! 근데 싫다 싫다 하면서 배운다고, 우리
욕쟁이 할머니의 대를 이은 우리 엄마한테 내가 들은 욕만 해도
무대 위에서 사흘 밤낮 독백해도 모자라."

"에? 어머니께서 할머님의 대를 이으셨다고?"

"그래. 우리 할머니의 욕설들을 아주 그대로 물려받으셨다."

"설마…… 난 어머니 욕하시는 거 한 번도 못 들은 것 같은데,
정말 어머니께서 욕을 하신다고?"

"그렇다니까! 미스 서울 진 출신에 누가 될까 봐 밖에선 우아한
척하시지만 가족들끼리 있거나 뉴스나 드라마에서 나쁜 사람이나
악역 배우들이 하는 짓을 보면서 주구장창 욕을 입에 달고 계신
다. 집에서 새는 바가지 밖에서도 샌다고 울 엄마 위암 수술 받고
입원해 있을 때 티브이 보면서 욕하느라 노크 소리도 못 듣고 있
다가 회진 오신 서 박사님께 딱 걸렸었잖아. 그때 엄마 표정을 너
도 봤었어야 했는데 아쉽다. 진짜 웃겼었는데 큭큭큭."

"무슨 욕을 하시다 서 박사님께 들키셨는데?"

여진이 궁금하다는 표정으로 성주를 바라보고 있었다. 처음 봤

을 때보다 미약하게나마 텅 빈 눈동자에 조금씩 생기가 들어차고 있는 것을 본 성주는 이제야 마음이 조금 놓였다. 여진이 늘 보여주던 반응을 보이기 시작한 것만으로도 걱정이 반의반 쿰쯤은 줄어들었다.

"미친년은 미친놈은 기본이고, 그것에 따라붙는 옵션은 수도 없이 많아. 너무 많아서 셀 수도 없어. 우리 엄마 손 크고 인심 좋은 거 알지?"

"당연히 알고 있지."

"마구 욕설과 악담을 퍼줬어, 원 없이. 그 모습을 서 박사님이 다 지켜보신 거야. 그때부터 울 엄마의 우아 콘셉트는 날아가고 말았지. 서 박사님은 그냥 허허허 웃으시고. 그날 이후부턴 울 엄마가 때와 장소를 안 가리더라고. 어차피 들켰다 이거지. 한술 더 떠 욕을 해대면서 서 박사님께 동의까지 구하더라니까."

"아, 맞다. 나도 어머니 문병 갔다가 뉴스 보시면서 욕하시는 거 들었다. 후후, 어머님 욕설이 그립네."

"그리워?"

"응."

"좋아, 내가 그대로 읊어줄 테니까 잘 들어! 내가 우리 엄마다 생각하고."

"알았어. 기대된다. 얼른 해봐."

"자, 시작한다! 헛소리 씨부리다 이빨 몽창 빠질 년, 제일 살찐 돼지 잡아먹고 시치미 떼다 말 뒷발에 채여 죽을 년, 땡감을 단감이라고 박박 우겨 팔아먹다 연시 밟고 넘어져 뒤통수 깨질 놈, 멸

치 한 마리 먹고 장어 먹었다고 떠들고 다니다 장어한테 목 졸려 죽을 놈…… 아, 입이 아파서 더 이상 못하겠다."

"으으. 상상하면서 들으니까 너무 끔찍해서 소름이 돋아. 욕의 내용이 너무 무서워."

"무식한 년."

"왜?"

갑작스런 성주의 욕설에 여진이 커다란 두 눈을 동그랗게 떴다.

"설마 우리 엄마가 그렇게 되라고 그런 욕을 하겠냐? 그 정도로 나쁜 인간이란 뜻이지. 그런 건 뭐 하러 상상해? 우리 오마니 스트레스 해소용 만담이다 생각하고 그냥 듣고 치워야지."

"그거야 나도 알지. 참, 어머니의 그 걸쭉한 입담, 언제 한번 우리 연극에 써먹자. 어때? 괜찮은 생각이지?"

여진의 눈빛이 갑자기 반짝 하는 것을 놓치지 않은 성주는 성큼 다가가서 여진이 덮고 있는 시트를 확 걷었다.

"얼른 일어나! 우린 할 일이 많은 사람들이야. 여기서 신선놀음 할 시간이 어디에 있다고, 태평하게 시간을 보내? 일분일초가 아까워 죽겠고만."

그녀의 말에 몸을 일으켜 앉던 여진이 어지럽다며 인상을 썼다.

"거봐라. 팔자에 없는 이런 주삿바늘이나 꽂고 있으니까 몸도 거부반응을 일으키잖아."

"후후, 맞아. 팔자에 없는 짓을 했어, 내가."

"너, 잘 들어. 나 걱정시키면 두 배로 너한테 복수할 거야. 알았어?"

"복수는 무슨……."

"어쭈, 이게 사람 말을 안 믿네. 야! 너, 내가 한다면 하는 거 몰라?"

"도대체 무슨 복수를 할 건데?"

"좋아, 정 원한다면 말해주지. 현여진! 만약 네가 술 먹고 지랄을 떨면 난 술 처먹고 개지랄을 떨 거고, 네가 병실에 드러누워 눈물 찔찔 흘리고 있으면 난 시체 안치실에 엎어져서 콧물 줄줄 흘려 고드름 만들고 있을 거고, 네가 밥 안 먹어서 배곯아 비실거리면 난 죽어라 먹고 배 터져서 죽을 거야. 알았냐?"

"정말 무서운 복수네. 후후후후……."


"저게 대체 다 무슨 소리야? 여자 입에서 나오는 말들 맞아?"

여진의 병실 앞에 선 주호는 감히 노크를 할 엄두도 내지 못한 채 옆에 서 있는 태민을 바라보았다. 태민 역시 여자가 퍼부어대는 욕설에 충격을 받은 표정이었다.

"대체 저게 다 어느 나라 말이냐?"

"형도 다 알아들었으면서 뭐 하러 물어?"

"우리나라 욕이 저렇게 다양했었는지 오늘에야 알았다."

주호는 혀를 내둘렀다.

여진을 정신과 병동으로 옮기기 위해 태민과 함께 병실 앞에 도착했을 때였다. 진이 빠진 여진의 목소리는 거의 들리지 않았고, 목청이 아주 좋은 웬 여자의 입에서 터져 나오는 험악한 욕설들은 똑똑히 들렸다. 생전 들어보지도 못했던 살벌한 욕들이 토씨 하나

빠지지 않고 정확하게 주호의 귓속에 꽂혔다.

'절대 안정을 취해야 할 환자 앞에서 살벌한 욕설들을 아무렇지도 않게 내뱉다니!'

주호는 짧게 노크를 한 후 문을 열고 안으로 들어갔다. 태민도 뒤따라 들어왔다. 두 여자는 그들이 들어온 것도 모르는 듯 뭐가 그렇게 재밌는지 서로 마주 보며 수다를 떨고 있었다.

여진을 본 주호의 눈이 휘둥그레 해졌다. 여진이 웃고 있었다. 핏기 하나 없던 창백한 안색도 제법 정상으로 돌아와 있었다. 뜻밖이었다.

죽은 듯이 누워만 있던 여진이 침대 위에 앉아 있는 것도 놀라운 일이거니와 그녀가 여자의 말에 일일이 말대꾸를 하며 웃고 있는 것도 신기했다.

'앗, 저 여자는……!'

비록 옆모습밖에 보이지 않았지만 분명 아버지 서 박사의 진료실 앞에서 부딪혔던 여자였다. 주호는 여자를 다시 만난 게 너무 반가워서 반사적으로 악수를 청할 뻔했다. 어디 그뿐인가. 심장이 밖으로 튀어나올 정도로 빨리 뛰어댔다. 저 여자가 뭐라고 그의 심장이 이리도 날뛰어대는지, 전혀 예상치 못했던 신체적 반응이었다.

'서주호 미쳤어? 저 여자가 뭐라고! 왜 오매불망 저 여자와 다시 만나길 기다렸던 것처럼 굴어? 왜?'

주호는 이유를 알 수 없는 몸의 반응에 기분이 확 상했다. 게다가 여자는 그에게 관심도 없었다. 그래서 더 심기가 더 언짢았다.

아주 드물게 터지는, '너, 어디 쓴맛 좀 봐라' 하는 못난 심보 주머니가 터져 버렸다.

"지금 환자를 협박하시는 겁니까?"

"남이사 협박을 하든 애원을 하든 댁이 무슨 상관이에요?"

의외의 대꾸가 들려왔다. 적반하장도 유분수지, 여자가 마치 불청객이라도 들이닥친 양 주호를 휙 돌아볼 때였다.

"앗!"

성주는 갑자기 비명을 지르며 목을 부여잡고 그 자리에 주저앉았다. 아무도 예상하지 못했던 상황에 많이 놀랐는지 협박을 하는 거냐고 버럭 소리를 쳤던 금테 안경을 쓴 의사와 여진 그리고 태민이 두 눈을 크게 뜬 채 주저앉은 성주를 바라보고 있었다.

동작 그만! 잠시 그 상태로 있던 성주는 시선만 살짝 들어 눈을 부릅뜨고는 의사를 노려보았다.

"환자가 입원해 있는 병실에 기척도 없이 들어와 소릴 지르면 어떡해요? 깜짝 놀랐잖아요! 의사 맞아요? 도와주지는 못할망정, 환자 기분 전환용 프로젝트를 의도적으로 망치는 이유가 뭐냐고요?"

주호에게 속사포를 쏘아대는 것처럼 성주가 다그치자 놀란 여진이 침대에서 발을 내렸다. 그러자 태민이 눈짓으로 링거를 가리키며 움직이지 못하게 했다. 그제야 링거를 의식한 여진은 침대에 그냥 걸터앉았다. 그런 그녀에게 미소를 지어 보인 태민이 한 손으로 아직도 목을 부여잡고 있는 성주에게 다가갔다.

"왜 그러십니까?"

"우이씨, 쪽팔려."

주호도 태민도 예상하지 못했던 말이 성주의 입에서 툭 튀어나왔다.

"네?"

황당한 표정을 지은 태민이 고개를 들지 못하고 있는 성주를 살피기 위해 눈높이를 맞추어 그녀 앞에 쪼그리고 앉았다.

"쪽팔리는 건 아니 다행이네."

태민이 상황 파악을 제대로 하기 위해 입을 열기도 전에 주호가 선수를 쳤다.

"뭐예요? 앗!"

팩 고개를 들고 주호를 쳐다보던 여자의 입에서 또다시 단말마의 비명이 터져 나왔다.

"무슨 여자가 입이 그리도 험합니까? 영 들어줄 수가 없네. 환자를 문병 왔으면 안정을 취하도록 해줘야지, 그만한 생각도 못하는 사람입니까? 그렇게 생각이 모자라서 원, 세상 살기 힘들겠네."

"이 의사 선생이 정말!"

성주가 목을 움켜쥔 채 인상을 쓰며 벌떡 일어나는 바람에 태민도 따라 일어섰다.

평상시에는 친절한 의사였지만 경우에 맞지 않는 일을 하는 사람을 질색하는 주호였다. 게다가 열 받으면 할 말 다 하는 버릇이 있었다. 아무리 봐도 쉽게 넘어갈 것 같지가 않았다.

여진 옆에 선 태민은 흥미진진한 눈빛으로 보통 성격이 아닐 것 같은 성주와 주호를 쳐다보았다. 그런 그의 가운 소매가 살짝 잡아당겨지는 것을 느낀 태민은 고개를 돌려 여진을 보았다.

여진이 걱정된다는 표정으로 주호와 성주를 눈짓으로 가리켰다. 어깨를 으쓱해 보인 태민은 걱정하지 말라는 뜻으로 여진을 보며 미소를 지어 보였다.

태민은 여진의 밝아진 표정을 보는 것만으로도 목을 부여잡고 있는 여자가 그녀가 종종 말했던, 함께 살고 있는 친구 성주임을 알아챘다. 그는 성주가 아무리 험한 말을 하더라도 이해해 줄 작정이었다. 여진을 평소의 모습으로 되돌려 놓았으니까. 그녀가 다시 말을 하고 웃을 수 있게 해주었으니까. 그 이유만으로도 태민은 입이 거친 성주가 아주 마음에 쏘옥 들었다.

태민은 두 사람의 눈싸움이 계속되는 동안 여진과 속삭이며 속으로는 성주를 응원했다. 주호에게는 미안한 일이었지만, 어쩌랴. 마음이 그리 가는 것을.

"주호 형 성주 씨한테 관심 있나 봐."

"설마…… 관심 있는데 저렇게 한마디도 안 져요?"

"아니, 분명히 뭔가 있어. 평소 주호 형답지 않아. 원래 말 길게 하는 편이 아닌데 지금 성주 씨하고 말장난하듯 말싸움을 하고 있잖아. 후후. 앞으로 재밌겠는걸."

"……?"

여진이 유심히 살피듯 눈싸움을 하고 있는 주호와 성주를 바라보았다.

"난 당신 친구 편이야. 당신은?"

"정말 재미있나 보네. 편까지 들고."

"흠. 당연히 친구 편일 줄 알았더니, 당신은 좋은 친구가 못 되는군."

"그러는 누구는 좋은 후배고 또 좋은 동생이고요?"

"좋아, 난 좋은 후배와 동생 되는 거 포기야. 나더러 좋은 후배도 좋은 동생도 못 된다고 말한 누구 때문에."

"내 핑계는 왜 대요?"

"난 당신이 하는 말 그대로 따르기로 작정한 남자야. 몰랐어?"

다시 붉어지는 여진의 뺨이 참으로 예뻐 보였다. 쑥스러움과 수줍음이 교차하는 눈빛이 너무나도 사랑스러웠다. 여진의 얼굴로 태민의 손이 뻗어나가는 순간이었다.

"지방 방송 좀 꺼주지? 신경 쓰여서 싸울 수가 없잖아!"

버럭 소리를 지르는 성주의 말에 여진의 뺨으로 향하던 태민이 얼른 손을 거두었다. 여진에게는 여러모로 도움을 주는 성주였다. 태민이 으르렁거리며 서로를 노려보고 있는 성주와 주호에게로 시선을 돌리자 걱정 가득 담긴 여진의 시선도 그를 따라 두 사람에게로 옮겨졌다.

눈싸움을 하고 있는 두 사람의 눈빛이 허공에서 맞부딪히며 시퍼런 불꽃을 튀기고 있었다. 한 치의 양보도 없는 두 사람의 눈싸움으로 인해 그 안에 갇힌 공기들만 몸살을 앓듯 떨어대는 중이었다.

"의사 선생, 내 생각이 모자랄지 아니면 넘칠지 선생이 내 머릿속에 들어가 보셨소?"

"꼭 그 조그만 머릿속에 들어가 봐야 아나? 겉으로 봐도 머릿속이 빤히 다 보이는구만."

"뭐예욧!"

"내가 틀린 말을 했나? 환자 문병 와서 기껏 한다는 소리가 험한 욕이요, 복수를 하느니 마느니 하는 사람이 정상은 아니지."

"듣자듣자 하니까 이 의사 선생이 정말!"

성주는 시선을 내려 의사 가운 윗주머니 상단에 검은 실로 '신경정신과 서주호'라고 수를 놓은 것을 확인했다.

"서주호 선생님, 당신 평생 반톨 쌀알로 지은 밥만 처드셨소? 날 언제 봤다고 반말이야, 반말이?"

"당신? 처드셨소? 하! 이 아가씨가 정말! 이봐요 아가씨, 나 지금까지 그쪽한테 반말한 적 없습니다. 이제 알아들으셨습니까?"

"이보세요! 전 귓병 같은 거 안 키우거든요? 그럼, 제가 지금까지 들은 반토막 말은 다 뭐랍니까? 서주호 의사 선생의 몸속에 들어 있는 귀신이 한 말이랍니까? 어디서 귀신 씻나락 까먹는 소릴 하고 있어, 정말!"

"혼잣말과 자기한테 하는 말도 구분 못하는 거 보니까, 귓병 있는 거 맞네."

"뭐라고욧!"

"성주야, 그만해. 서 박사님도 그만하세요. 이러다 진짜 싸우겠어요."

보다 못한 여진이 두 사람을 말렸지만, 성주도 주호도 물러설 기미가 없었다.

"다시 말해봐요! 내가 뭘 키우고 있다고욧!"

성주의 새된 외침이 병실을 뒤흔들었다. 그렇다고 눈 하나 깜짝

할 주호가 아니었다.

"귓병이요! 그리고, 아가씨는 혼잣말이라고 밝히고 다다다다 쏘아대고, 지금부턴 너한테 하는 말이다 얘기하고 따따따따 따발총 쏩니까? 말이 되는 소릴 해야지 원."

"너? 하, 기막히고 코 막혀서 정말. 이보세요. 난, 적어도 상대방이 들을 때 구분이 가게는 하고 있어, 요. 그쪽처럼 경계선이 모호하게는 안 하거든, 요?"

"경계선이 모호하다고 느끼는 사람이 둔한 거라는 생각은 안 해보셨습니까? 능력 없는 사람이 연장 탓을 하는 법이란 것 정도는 아실 만한 분 같은데, 의외입니다 그려."

주호의 말이 끝나자 성주가 갑자기 그의 위아래를 살폈다. 그러자 그가 기분 나쁜 표정으로 그녀를 쏘아보았다.

"지금 뭐 하는 짓입니까?"

"말 못하다 죽은 귀신이 붙어 있나 살펴보고 있소. 귀신에 씐 사람을 방치하는 건 착한 시민이 할 짓이 아니니, 최소한 떼어주는 노력은 해야 하지 않겠습니까?"

"하, 이젠 덮어씌우기까지? 그 귀신 그쪽한테 들러붙어 있는 거 안 보입니까?"

"하, 이젠 그나마 눈까지 망가졌나 보네. 이보세요, 이 몸한테 들러붙어 있는 귀신은 말 못하다 죽은 귀신이 아니거든요?"

"아, 그러십니까? 그쪽한테 붙어 있는 귀신은 뭐 하다 죽은 귀신인지 궁금하네."

"어리석은 신하들한테 휘둘리는 왕한테 바른말 하다 참수당한 귀신이라고 들어는 보셨나 모르겠네? 하긴 그런 귀한 귀신을 의사 선생이 알 리가 없지."

"그 귀신이 왜 붙어 있는지 그 이유도 모르는 모양이군. 헛소리만 해대는 누가 오죽이나 안타까웠으면 자진해서 그리로 붙었을까."

"의사 선생, 의사 면허 진짜로 딴 거 맞아요? 환자 보호자한테 이래도 되는 거라고 시험에 나옵디까? 아니면, 전공과목 어디에 그렇게 쓰여 있습디까?"

"아, 그쪽이 환자 보호자였습니까?"

"아하, 그것을 여태 모르셨습니까?"

"그럼, 보호자가 절대안정을 요하는 환자의 병실에서 갖은 욕설을 내뱉는 걸로도 모자라 환자한테 협박해도 된다고는 어디에서 배웠을까? 들어오다 문에 절대안정이라고 쓰여 있는 종이가 붙어 있는 걸 봤을 텐데, 그것도 아주 큰 글자로."

"배웠을까?"

"혼잣말."

"그것 참 편리하네. 남자가, 그것도 의사 선생씩이나 되어가지고 환자와 보호자가 하는 얘기나 엿듣고 있었다니. 참 한심하다 한심해."

"뭐요?"

"아니면 내가 뭔 소릴 지껄였는지 의사 선생이 어찌 아실까. 이제 보니 내가 아는 누구랑 쏙 빼닮은 인간 망종이구만. 치사하게 자신이 저지른 일도 발뺌하는 것을 보니."

성주는 석형을 떠올리며 주호를 치사한 인간으로 몰아붙였다.

'근데 저 인간이 왜 이렇게 낯이 익지? 어디서 봤었나? 어디서 봤더라……?'

성주는 한 손으로 목을 감싼 채 다짜고짜 주호의 앞으로 가서 다른 손으로 그의 눈을 가려보았다. 역시 그 남자였다.

"선글…… 라스?"

"이제야 알아본 걸 보면 눈썰미도 별로네."

"그쪽이 개성 없다는 소린 안 하네. 밍숭밍숭 생겨서 알아볼 수가 있어야지."

성주는 지기 싫어 어깃장을 놓았다.

"뭐? 밍숭밍숭하게 생겨?"

"혼잣말도 구분 못하는 멍청이."

"이 아가씨가 정말, 말이면 다 말인 줄 알아?"

"그래도 똑똑한 편이긴 하나 보네. 혼잣말을 한 건데 자기한테 하는 말인지 즉각 알아듣는 걸 보면."

"야!"

"왜!"

어쩜 둘이 그리도 똑같은지, 결국 주고받던 말싸움은 험악하게 서로를 부르며 노려보는 것으로 일단락이 지어졌다. 하긴 아무리 성질이 나도 동성끼리가 아니니 머리카락을 붙잡고 쥐어뜯으며 싸우거나, 주먹다짐을 할 수는 없을 것이었다.

"무승부!"

태민의 한마디에 두 사람이 동시에 그를 노려보았다.

"왜 무승부야?"

"누구 좋으라고 무승부예요?"

주호와 성주의 입에서 동시에 불만이 터져 나왔다.

"환자의 안정을 위해서."

여진을 바라보며 조용히 읊조린 태민의 말에 크게 벌어졌던 성주와 주호, 두 사람의 입이 조용히 다물어졌다.

환자의 보호자더러 나가라고 할 수는 없을 테니, 방을 나가야 할 사람은 성주가 아닌 회진 시간이 아닌 시간에 특실을 방문한 주호였다. 의기양양하게 두 팔을 가슴에 모아 팔짱을 낀 성주가 침대 끄트머리에 걸터앉았다.

"그만 나가주시죠, 서주호 박사님."

성주를 잠시 노려보던 주호가 여진에게로 시선을 돌렸다.

"우리 병동 특실 비워놨으니까 그리로 옮기시죠."

"여러모로 신경 써주셔서 감사한데, 저 제 친구와 함께 집으로 갈게요."

"아직은 더 안정을 취하셔야 합니다."

주호의 퇴원 만류에 성주는 발끈했다.

"여진이의 안정은 내가 책임질 테니까 퇴원하게 해줘요!"

"안 됩니다!"

"퇴원시켜 달라니까요!"

"여긴 병원입니다. 병원에선 의사의 허락 없인 퇴원이 불가합니다!"

"이 선생이 정말! 난 무조건 여진일 집에 데리고 갈 테니까 알아서 해욧!"

"이봐욧!"

성주와 주호가 서로를 잡아먹을 듯한 눈빛으로 마주 노려보고 서 있었다. 그 모습을 보다 아무래도 안 되겠다는 표정으로 침대에서 내려선 여진이 혀를 내두르며 링거대를 뽑아 들고는 두 사람 곁으로 가서 섰다.

"서 박사님, 저 이제 퇴원해도 돼요. 성주랑 집에 있는 게 병실에 있는 것보다 훨씬 나아요."

"이쪽 이름이 성 자 주 자입니까?"

여진의 말에 주호가 대뜸 물었다.

"네, 제 친구 김성주예요. 성주야, 너도 정식으로 인사드려. 신경정신과 서주호 박사님이셔."

"흥!"

성주는 고개를 홱 돌려 버렸다. 그 바람에 뻐끗했던 목의 통증 때문에 다시 그대로 주저앉고 말았지만.

"참 골고루 하십니다, 김성주 씨. 그래 갖고 어디 환자를 돌볼 수 있겠습니까?"

주호는 자기도 목에 담이 들어 고생했던 것을 까맣게 잊고는 비아냥거렸다. 그러자 성주가 손으로 뒷목을 감싸 안고는 벌떡 일어났다.

"이 정도는 파스 붙이면 끄떡없거든요! 설마 박사님씩이나 되셔 갖고 그 정도도 모르진 않을 텐데요!"

'아우 정말, 여자만 아니면! 그런데 따박따박 말대꾸하는 게 왜 이렇게 귀여워 보이는 거야? 여전히 민낯인 얼굴도 예쁘고! 같이 살면 참 재미있겠네. 헉! 내, 내가 지금 무슨 생각을 하는 거야?'

주호는 얼른 말도 안 되는 생각들을 털어내고 태민에게로 시선을 돌렸다. 지금까지와는 달리 진지한 눈빛과 표정으로 태민을 직시했다.

"여기 두 여자분들 말대로 병원에 있는 것보단 집에서 쉬게 하는 게 좋겠어. 김성주 씨가 옆에 있으니까 곧바로 생기가 도는 걸 보면 지금 현여진 환자한테 최고로 필요한 명약은 김성주 씨인 것 같아. 김 박사 생각은 어때?"

"나도 동감이야, 형."

태민의 대답에 주호가 성주를 바라보았다.

"수납처에 가서 퇴원 수속 밟아요."

주호는 시선을 돌려 여진을 바라보았다.

"링거도 거의 다 맞았으니까 주삿바늘 빼겠습니다."

주호는 직접 여진의 팔에 꽂혀 있던 주삿바늘을 빼주었다.

"집에 보내주는 대신 반드시 밥도 먹고 잠도 자야 합니다. 될 수 있으면 나쁜 생각은 하지 마시고 즐거운 마음으로 지내시고요."

"……네."

"저하고 약속하는 겁니다!"

"네. 약속할게요."

"그럼 잘 가십시오. 전 외래환자 때문에 그만 나가봐야 해서 배웅은 여기 있는 김 박사한테 맡기겠습니다."

"그동안 감사했어요."

"별말씀을 다 하십니다. 다음엔 좋은 일로 뵙길 바랍니다."

여진이 희미한 미소를 짓고 고개를 끄덕이자 주호가 병실의 문 쪽을 향해 걸어갔다.

"진즉에 그럴 것이지……."

막 문손잡이를 잡는 순간 주호의 귀에 성주의 투덜거림이 들려왔다. 주호는 고개를 휙 돌려 성주를 노려보았다.

"우리 승부 아직 안 끝난 겁니다!"

"뭐, 뭐예요?"

"정확히 승부를 가릴 때까지 긴장하고 살아요! 내가 언제 도전장을 내밀지 모르니까."

호기로운 웃음을 흘린 주호가 문을 열고 나갔다. 그리고 문이 닫혔다.

"얼마든지 도전해 봐요! 늘 승리자는 나, 김성주일 테니까!"

닫힌 문을 향해 버럭 소리를 친 후, 손바닥에서 먼지를 털어내듯 두 손바닥을 탁탁 쳐댄 성주가 성큼 걸어가 여진 옆에 서 있는 태민과 마주 보며 섰다. 그가 뭔가 할 말이 있는 표정으로 그녀를 쳐다보고 있었기 때문이었다. 성주는 힐끔 가운 윗주머니 상단에 새겨져 있는 그의 이름을 보았다.

"김태민 선생님도 저한테 하실 말씀이 있으십니까?"

"궁금한 게 있습니다."

태민이 정중하게 말했다.

"그래요? 제가 대답해 줄 수 있는 거라면 얼마든지 물어보세요, 속 시원하게 대답해 줄 테니까."

"못 들어본 욕들도 많던데, 그 많은 욕들은 다 누가 지어낸 겁니까? 혹시 본인의 창작입니까?"

"후후, 별걸 다 궁금해하시네요. 모 박사님과는 달리 아주 예의가 바른 의사 선생님이시네요. 마음에 들어요."

성주가 손을 내밀어 악수를 청했다. 태민은 기꺼이 성주의 손을 잡고 악수했다.

"저도 여진이의 친구분이 마음에 아주 쏘옥 듭니다."

"설마 여자로서의 관심은 아니죠?"

여진을 '여진 씨'가 아닌 '여진이'라 부르는 태민 때문에 성주는 내심 놀랐지만 그의 깊은 두 눈동자를 직시하며 일부러 농담으로 받아쳤다. 태민과 여진, 서로를 바라보는 눈빛과 표정을 통해 이미 두 사람이 보통 사이가 아님을 간파했기 때문이었다.

"물론 아니죠. 저한테 여잔 여기 있는 현여진뿐입니다."

역시 그녀의 예상대로 태민과 여진은 특별한 관계였다. 태민과의 관계에 대해 말하지 않은 여진이 괘씸했지만, 석형에게서 벗어날 수 있는 길을 스스로 찾은 것이 다행이란 생각에 성주는 일단 여진에게 괘씸죄를 적용해 따따부따 따지지는 말자고 마음을 먹었다.

"호호, 약속했으니까 대답해 드릴게요. 사실 그 욕들은 저희 할머니와 엄마의 합작품이에요. 할머닌 몇 해 전에 돌아가셨고, 이젠 우리 엄마의 고유 영역이 되었죠. 욕에 관한 한 우리 고향에선 우리 엄마가 스승님이신 할머니보다 더 창의적인 분으로 소문이 나 있어요."

"그러실 것 같군요. 하하. 보답 차원에서 제가 충고 하나 해드리죠."

"충고…… 요?"

"서 선배와는 일찌감치 화해하시는 게 좋을 것 같습니다."

"화해는 무슨 얼어 죽을. 그 의사 선생은 다시 보고 싶지 않아요. 이젠 다시 볼 일도 없고요."

"미래를 장담할 순 없죠. 서 선배가 승부를 내자고 경고한 걸 보면 무슨 수를 쓰든 성주 씨와 내기를 하자고 할 겁니다. 더구나 여진이의 입원 기록 때문에 성주 씨가 사는 곳까지 알고 있잖습니까. 차라리 서둘러 화해하시는 게 좋을 겁니다."

"날 찾아내는 건 무섭지 않아요. 무시하면 그만이니까. 그런데 왜 꼭 화해를 하라고 말하는 거죠? 딱히 그래야만 할 이유가 있나요?"

"조금 전에도 말씀드렸다시피, 화해를 안 하시면 승부를 가릴 때까지 평생 성주 씨와 내기를 하자고 쫓아다닐 겁니다."

"말도 안 돼! 그 사람하고 내가 왜 내기를 해요?"

"어머! 정말이에요?"

성주의 어이없어하는 외침에 이어, 여진도 놀랐는지 두 눈을 동그랗게 뜨고 태민을 바라보았다.

"서주호 선배, 승부욕이 남다른 편이거든요."

"하, 승부욕은 개뿔! 그럼 평생 쫓아다니라고 하죠 뭐. 이젠 밤길 다녀도 무섭지 않겠네. 경호원 하나 됐다고 생각할래요, 귀가 좀 괴롭긴 하겠지만."

"그런 각오라면 더 이상 화해 권유는 안 하겠습니다."

"누구와는 달리 얘기가 잘 통하는 분을 만나서 반갑네요."

태민은 얘기가 잘 통해서 좋다는 성주의 말에 여진과 함께 차 안에서 대화를 나누다 서로 말이 통한 것에 좋아하던 기억을 떠올리며 그녀를 쳐다보았다. 그러자 여진도 같은 생각을 했는지 그를 보며 미소를 지었다.

"그런데 도대체 두 사람은 무슨 사이지? 대체 언제부터 눈빛만으로도 통하는 사이가 된 거예요?"

성주는 여진과 태민을 번갈아 바라보며 물었다.

두 사람의 관계에 대해 여진에게 따져 묻지 않기로 마음을 먹었지만 성주는 궁금한 것은 그때그때 해결을 해야 직성이 풀리는 성격이라 어쩔 수 없이 묻고 말았다.

성주는 두 사람한테 그들의 관계에 대해 정확히 듣고 싶은 마음에 여전히 한 손으로 목을 잡은 채 의미심장한 눈빛으로 두 사람을 바라보았다. 둘 중 한 사람이라도 대답을 해주길 바라면서.

"우리 관계에 대한 대답을 듣는 것보다 더 급한 게 있는 것 같군요. 아까부터 목은 왜……?"

"아, 이거요? 별거 아니에요, 갑자기 고개를 돌리다 삐끗한 거니까. 스트레칭 부족이라고 해두죠. 나가다 약국에 들러 파스 사서 붙이면 금방 나아질 거니까 걱정하지 마세요."

"하하하."

"쿡쿡쿡."

예상치 못한 성주의 대답에 태민은 웃음을 터뜨렸다. 그러자 여진도 고개를 숙인 채 쿡쿡거리기 시작했다.

잠시 두 사람이 웃는 모습을 지켜보던 성주는 참다 참다 버럭 소리쳤다.

"둘이 어떤 사이냐니까? 두 사람 무슨 사이냐고요?"

대답 대신 태민과 여진의 가벼운 웃음소리가 병실 안을 팔랑팔랑 날아다녔다. 두 사람의 대답을 굳이 듣지 않아도 성주는 알 수 있었다. 둘이 이미 서로 마음을 주고받은 사이가 분명했다.

성주는 여진이 그녀에게 사랑하는 남자가 생겼다는 말을 하지 않은 것이 조금 서운했지만 이내 고개를 저었다. 여진은 분명 태민과 이루어질 수 없는 사랑이라는 결론을 내렸을 터이고, 결실을 맺지 못할 사랑에 대해 그녀에게 터놓고 이야기하기가 쉽지 않았을 것이다.

'이 남자 때문에 여진이가 더 힘들어했었군. 사랑하지 않는 민석 형과 약혼을 했는데 진심으로 사랑하는 남자가 나타났으니……'

사랑이 듬뿍 담긴 시선으로 서로를 바라보는 태민과 여진을 보던 성주는 문득 서주호란 작자가 떠올라 기분이 나빠졌다.

'화해를 안 하면 평생 승부를 가릴 때까지 나한테 내기를 하자며 쫓아다닐 거라고? 누가 겁날 줄 알아? 나, 욕쟁이 이 여사의 무남독녀야! 내기하라고 해! 무슨 내기를 하든지 난 절대로 안 질 자신 있으니까!'

성주는 속으로 이를 갈았다. 그러다 얼른 마음을 바꾸어 다시는 그 남자와 만날 일이 없게 해달라고 기도했다. 어떤 식으로든 그 남자와 엮이면 골치가 아파질 것 같은 불길한 예감이 들어서였다.

5

　성주가 퇴원 수속을 하는 동안 여진이 기꺼이 환자복을 벗었다. 마치 성주가 있는 집으로 돌아가고 싶어 안달이 나 있었던 사람처럼, 그동안에는 성주가 없는 집으로 돌아갈 자신이 없어서 어쩔 수 없이 병원에 머물렀던 것처럼 힘에 부쳐 하면서도 서둘러 몸을 움직이려 애썼다.

　집으로 돌아오자마자 목에 파스를 붙인 성주는 여진에게 먹일 죽을 끓이기 시작했다.

　"죽 안 먹어도 돼. 귀찮게 뭐 하러 죽을 끓여?"

　"입 다물어라. 피죽 한 그릇도 못 얻어먹은 얼굴을 하고 있으면서 뭔 말이 많아? 넌 소파에 가만히 앉아서 쉬고 있어. 우리 간만에 와인 마시자."

"우리가 떨어져 있은 지 사흘밖에 안 됐는데 간만은 무슨."

"야, 나한텐 하루도 너와 떨어져 있으면 간만이야. 그리고 사흘 밖에라니? 나한텐 사흘씩이나인데……. 너 나에 대한 애정이 식은 거지? 그렇지?"

성주는 냄비 안에서 보글보글 끓고 있는 죽을 나무로 만든 숟가 락으로 휘휘 저으며 일부러 어깃장을 놓았다. 그러자 여진이 그녀 를 뒤에서 끌어안으며 등에 얼굴을 비벼댔다.

"보고 싶어서 미칠 뻔했어."

여진의 말에 성주는 코끝이 시큰했다. 그녀가 없는 동안 여진이 얼마나 힘든 시간을 보내고 있었는지, 그녀의 힘겨운 가슴앓이까 지 고스란히 느껴졌다. 성주는 눈물이 날 것 같아 입술을 깨물어 치밀어 오르는 눈물을 삼켜 버렸다.

"이제 와서 아양 떨어봐야 소용없어. 난 이미 엄청 삐졌거든?"

"사랑해, 내 친구 김성주."

여진의 고백을 한두 번 들은 성주가 아니었지만 오늘따라 유난 히 가슴에 와 닿았다. 마치 여진이 네가 없으면 안 되니까 제발 날 좀 지켜달라고 말을 하고 있는 것 같았다.

"좋아. 인심 팍팍 써서 삐짐 모드 해제다!"

성주는 몸을 돌려 여진을 보며 환한 미소를 지어 보였다.

"고마워. 빨리 해제해 줘서."

"고마우면 죽 끓이는 데 불편하니까 이제 좀 떨어져 줄래? 거실 로 가서 소파에 얌전히 앉아서 죽이 다 되길 기다려 주면 더 고맙 고."

"알았어. 네 말대로 소파에 앉아서 얌전히 기다릴게. 죽 냄새 맡으니까 배가 고픈 것 같아."

"사흘 동안 한 끼도 안 먹었으니까 그렇지."

"링거를 맞아서 그런지 배가 고픈 줄도 몰랐어."

"아주 장하다."

성주가 비꼬면서 하는 말에 여진이 그녀를 안았던 팔을 풀었다.

"그럼 장한 여진이는 소파에 가서 앉는다."

여진이 미소를 지어 보이고는 주방에서 나갔다. 성주는 거실로 가 소파에 힘없이 앉는 여진을 보며 그녀가 안고 있던 양 옆구리를 두 손으로 쓸어내렸다.

"기집애, 살이 쪄도 모자랄 판인데 안 그래도 가는 팔이 더 가늘어졌네. 살짝만 잡아도 톡 부러지게 생겼어."

성주의 두 눈에서 애써 참고 있던 눈물이 기어이 주르륵 흘러내렸다. 성주는 손등으로 눈물을 닦아내고는 더 이상 울지 않기 위해 입술을 깨문 채 죽이 냄비 바닥에 눌어붙지 않도록 휘휘 저었다.

성주가 테이블 위에 잘 끓여진 죽 두 그릇과 와인 잔 두 개, 그리고 와인 병을 놓자 여진이 소파에서 일어나 바닥에 앉았다. 소파에 등을 기대고 앉은 여진과 마주 앉은 성주는 와인 병의 마개를 따서 두 개의 빈 잔에 레드와인을 따랐다.

"자, 오늘의 안주는 죽이야. 넌 일단 최소 죽 반 그릇 비우고 나서 와인 마시기 시작해. 와인도 술이야. 빈속에 먹으면 탈나."

"알았어."

"내가 공들여 끓인 죽인데 맛있게 안 먹으면 나 삐짐 모드 한 달 예약이다. 알았지?"

"후후. 그거 너무 무서운 벌칙인데……. 알았어. 한 그릇 다 맛있게 먹을게."

"너무 무리하진 말고."

"아냐. 네가 날 위해 끓여준 죽이잖아. 나, 다 먹을 수 있을 것 같아."

"역시 우리 여진이 착해. 우쭈쭈, 맛있게 많이 먹어요옹."

성주의 장난기 섞인 말에 여진이 웃으며 죽을 먹기 시작했다. 신경 써서 맛있게 끓인다고 끓이긴 했지만, 입맛이 없을 게 빤한데도 맛있게 먹어주는 여진을 성주는 고마운 눈빛으로 바라보며 와인을 한 모금 입에 머금었다.

"진짜 맛있다."

"내가 우리 엄말 닮아서 한 손맛 하잖아. 우리 엄말 닮아서 입도 거칠긴 하지만 말이야."

"어머니 닮아서 인정도 많잖아. 그건 왜 빼?"

"그 인정 욕설로 다 까먹는데 뭐."

"너도 어머니도 아무한테나 욕을 하는 건 아니잖아. 꼭 욕을 먹어야 할 사람들한테만 하지. 그러니까 너나 어머니께서 베푸시는 푸짐한 인정은 그대로 남아 있는 거야."

"하긴. 우리가 선한 사람들한테까지 저주를 퍼붓는 건 아니지. 좋아, 네 말 접수한다!"

여전히 창백한 안색이긴 했지만 여진이 죽을 떠먹으며 미소를 지었다.

"아구구, 예쁘기도 하지. 이 언니가 끓여준 죽이 링거 수액보다 훨씬 낫지?"

"당연하지."

"어쩜 이리도 예쁘게 잘 먹을까! 잘 먹는 모습 보니까 예뻐 죽겠네, 그냥."

엄마라도 되는 것처럼 여진의 죽 먹는 모습을 칭찬하던 성주는 갑자기 떠오른 생각에 인상을 썼다.

"아니, 근데 민석형은 왜 코빼기도 안 보이고, 나한테 전화질이었지? 무조건 몹쓸 짓을 했다던데, 도대체 그 작자가 너한테 무슨 짓을 한 거야? 내가 웬만하면 네 팔에 주삿바늘 꽂혔던 자국이 없어지고 나면 그때 물어보려고 했는데, 조갈증이 나서 도저히 안 되겠다. 미안하다고 전해달라던데, 대체 그 인간이 너한테 무슨 몹쓸 짓을 한 거야?"

성주는 궁금증을 참지 못한 채 여진에게 질문을 퍼부어댔다.

"사실은 말이야……."

여진은 숟가락을 테이블 위에 내려놓고 그간에 있었던 일들을 털어놓았다. 성주가 한번 집요하게 파고들자 마음먹으면 그 어떤 것으로도 그녀의 고집을 막아내지 못함을 여진은 너무나도 잘 알고 있었다. 또 굳이 성주에게까지 숨기고 싶은 마음도 없고.

여진은 그날 석형이 운영하고 있는 로제에서 있었던 일들을 대략 이야기를 해주었다. 아니나 다를까, 대충 이야기만 듣고도 성주가 치미는 화를 어쩌지 못하고 벌떡 일어나더니 팔짝팔짝 뛰었다. 평소에도 석형의 난잡한 여자 문제에 대해 이를 갈던 그녀였으니, 그리할 만도 했다.

"미친놈! 죽일 놈! 고추장에 코 박고 죽을 놈. 된장 소스 발라 석쇠에 구워도 쉰 맛이 나서 쓰레기통에 처박아도 시원찮을 놈!"

성주가 어떻게든 화를 풀어야 하는데 그러지 못해서 미치겠다는 얼굴로 발을 동동 구르더니 이리저리 오가며 실타래를 풀어놓듯 욕을 이어갔다.

"락스 원액에 담갔다 꺼내도 소독되지 않을 놈! 세탁기에 넣고 돌려도 깨끗해지지 않을 놈! 여자들 뒤꽁무니 쫓아다니다가 그 여자들이 뀐 방귀에 질식사할 놈……! 아휴, 정말 이 자식을 죽일 수도 없고, 정말 미쳐 버리겠네!"

숨이 차는지 성주가 잠시 호흡을 고르더니 다시 소리를 질러대기 시작했다.

"도대체 지가 잘한 게 뭐가 있다고 억지로 거 뭐시냐, 삐리리인지 거시기인지를 하려고 해서 죄도 없는 사람 도망치다 멀쩡한 발목 인대까지 늘어나게 해놓은 것도 모자라, 또 뭔 짓을 했다고? 그것만으로도 구제받기 힘든데, 뭐? 널 안지 못했다고 그새 딴 여자랑 약까지 처먹고 작은 로제에서 벌거벗고 지랄발광 난장을 떨어? 내 그놈의 자식을 그냥 정신병원에 확 처넣어 버릴까 보다!"

성주는 너무 화가 나서 목이 아픈 것도 느끼지 못한 채 왹 시선을 돌려 그녀가 하는 양을 지켜보고 있던 여진을 쏘아보았다.

"그래서? 그런 놈 때문에 넌 사흘 동안 굶고 잠도 못 잤단 말이야? 그따위 인간 말종보다 못한 놈 때문에 아까운 눈물을 질질 흘려댔어, 이 빙신 곱빼기에 서비스 맹추야!"

여진은 괜히 말대꾸를 했다가 성주의 화를 돋울 것 같아서 말없이 그녀를 바라보았다. 성주가 이토록 화를 낸다는 건 그녀를 그만큼 사랑하고 있다는 증거이기에.

"넌 꼴리는 뻘도 없니? 손은 뒀다 뭐 해, 국 끓여 먹을 거야? 그 자식 얼굴을 손톱으로 박박 긁어서 평생 없어지지 않을 오선지라도 그려놓지, 그 꼴을 보고 뭐 했느냐고? 남자랍시고 달고 있는 잘난 그 가운뎃다리인지 기둥인지 그걸 무릎으로 콱 찍어 뭉그러뜨려서 평생 세우지도 못한 채 쪼글쪼글 찌그러져 있게 만들어놓지 뭐 하러 기절은 하고 난리 블루스를 췄냔 말이야, 이 반 푼도 안 되는 머저리 등신아!"

체력도 좋은 성주였다. 끊임없이 퍼붓는데도 어디서 힘이 계속 솟아나는지, 파스를 붙인 목이 아프지도 않은지 고개를 세차게 흔들어대며 쏟아내는 욕설이 점점 더 무게를 더해가고 있었다.

오죽하면 저럴까 싶었다. 그래서 여진은 성주가 하는 양을 말없이 지켜보았다. 성주가 내뱉는 욕설의 무게만큼 그녀를 아끼고 있음을 너무나도 잘 알고 있는 여진이었다. 또 그만큼 석형을 못마땅해하다 못해 미워하기까지 하는 성주였다.

하지만 여진은 석형을 미워할 수가 없는 입장이었다. 약혼녀이면서도 스킨십만은 매번 거부한 사람이 바로 그녀였다. 그래서 석형이 다른 여자들을 만나 그녀에게서 채울 수 없는 욕정을 채우고 있음을 잘 알고 있었다.

석형의 그런 행동들은 여진에게 보여주려는 자극이나 신호 같은 것이었다. 다른 여자를 사랑해서 하는 행위가 아니라, 여진이 석형을 허락하지 않으면 그가 그토록 망가질 수 있다는 것을 알려주기 위한 일종의 협박이었다.

그래서 지금까지 석형이 다른 여자를 만나 무슨 짓을 하든 다 이해하려고 애를 썼다. 하지만 이번엔 정말로 충격이었다. 그녀가 직접 목격한 약에 취한 석형과 여자가 로제의 룸에서 성관계를 하던 그 모습은 사람이 아니라 미친 짐승들 같았다.

지우려고 애를 써도 지워지지 않는 그때의, 미쳐 날뛰는 야수(野獸)처럼 보였던 석형의 눈빛과 표정이 너무나 끔찍했다. 그래서 아무것도 먹을 수가 없었고 잠을 잘 수가 없었다. 자꾸만 미친 야수와도 같았던 석형의 눈빛과 표정 그리고 흉하기 그지없었던 난잡한 행위들이 떠올라서.

만약 성주만 곁에 있었다면 조금은 더 쉽게 털어버릴 수 있었을 것이다. 지금처럼.

성주가 곁에 없는 것이 얼마나 힘든지 여진은 절실하게 경험했다. 하지만 오랜만에 부모님과 함께 지내고 있는 성주한테 연락을 할 수가 없었다. 오늘처럼 앞뒤 재지 않고 무작정 그녀에게 달려올 게 뻔하기에.

"아우, 이 인간을 정말! 아니다. 지금은 그 인간 욕하는 것보다 네가 죽을 먹는 게 더 중요하니까 그만하자."

성주는 다시 자리에 앉았다.

"그날 기억 싹둑 잘라내. 다 잊어버리고 얼른 먹어. 체하지 않게 천천히."

"다 했어?"

"덜했지만 널 위해 참을 거야. 나, 입 꾹 다물고 있을 테니까 넌 죽 먹어. 그래야 와인을 마시지."

"알았어. 이 죽 다 먹을게. 정말 맛있어. 고마워, 성주야."

말했던 대로 여진이 죽 한 그릇을 깨끗이 비웠다. 그리고는 와인을 조심스레 한 모금씩 마시기 시작했다. 여진이 한 잔을 채 마시지 못하고 있는 동안 이미 성주는 석 잔째 마시고 있는 중이었다.

"사흘 내리 먹지도 않고 자지도 않았다며? 일단 죽 먹었으니까 오늘은 와인 딱 두 잔만 마시고 푹 자."

"나 사흘 동안 네가 없어서 꾀병 앓고 있었나 봐. 널 보니까 힘도 나고 네가 끓여준 죽을 먹어서 그런지 와인도 한 병 다 마실 수 있을 것 같아."

"그거야 기분일 뿐이고. 지금 네 위는 와인 한 병 마시면 못 버텨. 그러니까 내 말대로 딱 두 잔만 마시고 자."

"알았어. 딱 두 잔만 마실게."

성주는 여진이 와인 잔을 비울 때가지 기다렸다가 빈 잔에 다시 와인을 채워주고는 의미심장한 눈빛을 하고는 크게 심호흡을 했다. 중요한 말을 할 때마다 하는 그녀의 습관이었다. 여진이 그런 성주의 습관을 모를 리가 없었다. 이미 각오를 했다는 표정으로 여진이 먼저 입을 뗐다.

"궁금한 게 있으면 물어봐. 다 대답해 줄게."

성주는 다시 한 번 크게 심호흡을 하고는 진지한 표정으로 여진을 바라보았다.

"서주호 선생이란 작자랑 같이 있던 의사 선생 말이야."

"김태민 씨?"

"그 김태민 씨란 사람이 널 사랑하고 있는 거 맞지? 너도 그 사람 사랑하고 있고."

"……."

"내 눈은 못 속이니까 얼른 불어. 아까 병실에서 그 사람이 널 바라보는 눈빛에 사랑이 덕지덕지 붙어 있는 거 봤으니까. 물론 너도 마찬가지고."

"……맞아."

성주를 바라보는 여진의 눈빛에 수많은 고민이 고스란히 담겨 있었다.

"우리 서로 비밀 만들지 말자고 했는데, 말 못해서 미안해. 어차피 이루어질 수 없는 사이라서……."

여진이 말끝을 흐리며 긴 한숨을 내쉬었다.

"네가 나한테 김태민 씨와의 관계에 대해 말하지 못한 마음 다 이해해. 네가 말해주지 않아서 서운하지도 않아. 네가 왜 그랬는지 아니까."

"고마워, 이해해 줘서."

"근데 왜 이루어질 수가 없다고 생각해? 대체 뭐가 문젠데? 민석형 그 자식하고 헤어지고 태민 씰 만나면 되는 거잖아!"

"그럴 수 없다는 거…… 너도 알잖아."

여진이 죄인처럼 시선을 떨군 채 조금 전보다 더 깊고 긴 한숨을 내쉬었다.

"날 봐, 현여진. 네가 뭘 잘못했다고 죄인처럼 고개를 숙여? 너 떳떳해도 돼. 너 죄 지은 거 하나도 없으니까 날 보라고!"

성주의 말에 여진이 시선을 들어 그녀를 바라보았다.

"왜? 석형 씨 부모님 때문에? 그분들 은혜에 보답을 해야 해서, 그래서 사랑하지도 않는 민석형이랑 결혼을 하겠다는 거야? 진심으로 사랑하는 사람이 나타났는데도?"

"……."

"네가 사랑하지 않는다고 확실하게 밝혔는데도 제멋대로 부모님들께 말씀드려서 억지로 약혼까지 하게 만든 작자가 바로 민석형이야! 게다가 널 겁탈하려던 거로도 모자라 네가 충격받아서 기절까지 할 정도로 미친 짓을 한 놈이잖아, 민석형이란 그놈은! 그러니까 너 이 약혼 깨도 돼. 네가 약혼 깨도 민석형은 할 말이 없어! 그 사람 부모님도 마찬가지야. 그동안 있었던 일에 대해 말씀드리면 네가 파혼 통보를 해도 너에 대해 서운한 마음 따윈 갖지 않으실 거라고!"

"그 사람…… 석형 씨 친구야."

"뭐? 누가 민석형 친구라는 거야?"

"김태민 씨."

"뭐? 정말이야?"

"응."

"설마…… 그 작자한테 그렇게 멀쩡한 친구가 있었단 말이야?"

101

"예전엔 우리처럼 친했던 사이였는데 지금은 좀 거리를 두고 지내는 것 같아. 하지만…… 어쨌든 두 사람이 친구인 건 변함이 없어."

"그래서?"

"응?"

"태민 씨가 민석형의 친구인 게 뭐 어때서?"

"성주야?"

당당한 성주의 물음에 여진이 당황한 표정을 지었다.

"지금은 그다지 친하게 지내지도 않는 것 같다며? 그리고 현재 둘이 아무리 절친 사이라고 해도 넌 태민 씰 선택해야 옳은 거야. 네가 사랑하는 사람은 민석형이 아닌 태민 씨니까."

"어떻게 그래? 그리고 내 사랑 지키자고 석형 오빠 부모님께 파혼하겠다는 말 나 못해."

"네가 그 말을 안 하는 게 민석형 부모님께 죄짓는 거야? 나쁜 놈인 민석형한테도 마찬가지고."

"그게…… 무슨 말이야?"

"어차피 한쪽은 끝내야 해. 둘 다 안고 갈 수는 없어. 널 위해 태민 씰 선택하는 게 아니라 민석형을 위해서 민석형을 포기한다고 생각해. 그리고 그 사람의 부모님을 위해서도 민석형을 포기하는 게 옳아."

"……?"

"자기 아들이 불행해지는 걸 바라는 부모는 없어. 만약 네가 사랑 없이 민석형과 결혼했다고 쳐. 민석형은 반드시 불행해질 거야. 민석형이 불행하게 살면 넌 네가 그토록 감사하게 생각하는 그 사람의 부모님께 죄를 짓는 거야. 어떤 부모가 불행하게 살고 있는 아들을 보며 가슴 아파하지 않겠니? 결국엔 다 불행해지는 거야, 너도 민석형도 민석형의 부모님도."

"……."

입을 꾹 다문 채 성주의 말을 듣고 있던 여진의 눈빛이 흔들리고 있었다. 성주는 기회는 지금이다 싶어 설득을 이어갔다.

"네가 민석형의 부모님이라고 생각해 봐. 너한테 한 번 서운한 게 낫겠니, 아니면 아들이 너랑 결혼해서 평생 불행하게 사는 꼴을 보는 게 낫겠니? 넌 지금 은혜를 원수로 갚는 것 같아서 민석형을 밀어내지 못한 채 억지로 인연을 이어가려고 하고 있지만, 사실 그건 그분들을 위한 게 아니야. 민석형을 사랑하지도 않으면서 널 돌봐준 그분들에 대한 의무감이나 은혜에 보답하는 차원에서 민석형과 결혼을 강행한다면 그거야말로 진짜 은혜를 원수로 갚는 거야."

"정말…… 그럴까?"

"당연히 그렇지! 네 마음에 이미 태민 씨가 들어가 있다면 넌 평생 민석형의 사랑을 받아들일 수 없어. 못 이룬 사랑에 대한 미련이 널 끝까지 물고 늘어질 테니까. 그리고 짝사랑은 짝사랑일 뿐이야. 서로 사랑하지 않는다면 그 외사랑은 언제든 끝나게 되어 있어. 민석형도 한동안은 아파하겠지만 언젠간 서로 사랑할 수 있는 여잘 만날 거야. 그 사람이 내 맘에 들진 않지만, 난 그 사람한테도 사랑받을 권리가 있다고 생각해. 네가 민석형에게 그 사람을 사랑하는 여자를 만날 수 있는 기회를 줘야 해. 그게 네가 민석형 이랑 그 사람의 부모님을 위해 해야만 하는 일이야."

"……."

한동안 여진은 아무런 말이 없었다. 깊은 생각에 빠져 있는 듯 보였다. 성주는 그런 여진을 말없이 가만히 바라보았다. 그녀의 갈등과 고민과 아픔을 안타까워하면서.

얼마나 시간이 흘렀을까. 한참 동안 잔뜩 흐려져 있던 여진의 눈빛이 맑아졌다.

"성주야, 네 말이 맞는 것 같아. 내가 미적거려서 석형 오빠 더 나쁜 사람으로 만들었어. 나…… 네 말대로 할게."

성주는 벌떡 일어나 여진의 옆으로 가서 앉았다. 그리고 여진을 와락 끌어안았다.

"잘 생각했어, 여진아. 잘 선택한 거야. 모두를 위해 현명한 선택을 한 거야."

"고마워, 성주야. 네가 내 친구여서, 내 옆에 있어줘서 정말 고마워."

"미친, 내가 할 소릴 왜 네가 해? 고맙다, 현여진. 내 친구가 되어주고 늘 내 옆에, 나와 함께 있어줘서."

두 사람은 잠시 서로를 끌어안은 채 서로의 등을 쓰다듬어 주었다. 긴 어루만짐 끝에 성주가 먼저 여진에게서 떨어졌다.

"자, 이젠 얼른 한 잔 더 마시고 푹 자. 너한테 지금 필요한 건 잠이니까."

"그래. 이젠 나쁜 꿈을 꿀 것 같은 두려움이 없어진 것 같아. 푹 잘 수 있을 것 같아. 다 네가 옆에 있어준 덕분이야."

"하여간 넌 말도 참 예쁘게 한다. 자, 네 진짜 사랑을 위해 건배하자."

서로의 잔에 와인을 채운 후 두 사람은 잔을 높이 들었다.

"내 친구를 위해!"

"내 친구를 위해!"

늘 그래 왔듯 두 사람은 챙, 소리가 나도록 가볍게 잔을 부딪치며 동시에 외쳤다. 그리고는 연인들처럼 러브샷을 했다. 두 사람이 술을 마실 땐 술의 종류와 상관없이 항상 마지막 잔은 러브샷을 하던 습관 때문이었다.

그 밤, 성주는 아주 오래간만에 편안한 얼굴로 잠든 여진을 볼 수 있었다. 그리고 성주도 자신의 방이 아닌 여진의 옆자리에서 마음 푹 놓고 숙면을 취했다. 두 사람 다 아무런 꿈도 꾸지 않고.

6

며칠 후, 저녁.

얼추 몸을 추스른 여진은 마음을 굳게 먹고 석형의 집을 찾아갔다. 그녀를 반갑게 맞아주는 석형의 아버지인 병호와 어머니인 지영을 보고 잠시 갈등이 생겼지만 여진은 마음을 다잡았다. 어차피 한번은 치르고 넘어가야만 하는 일이었기에.

거실 소파에 앉은 세 사람 사이에 잠시 침묵이 흘렀다. 여진이 먼저 불편한 침묵을 깼다.

"죄송해요. 오빠와의 약혼…… 없던 걸로 하고 싶어요."

여진의 말에 병호와 지영이 동시에 올 것이 왔구나 하는 표정을 지었다. 잠시 여진을 안쓰럽게 바라보던 병호가 말문을 열었다.

"이번 일 때문에 석형이가 그동안 무슨 짓을 하고 다녔는지 내가 그놈 뒤를 캐봤다. 네가 그동안 많이 힘들었겠구나."

"진즉 나한테 얘기하지. 우리 석형이가 그런 짓을 하고 다닌다고."

병호의 위로에 이어 지영이 아쉬움과 미안함이 가득한 표정으로 말했다.

"죄송해요."

"널 좋아하는 마음은 진심인 것 같은데…… 정말 미안하지만…… 우리 석형이 한 번만 더 봐줄 순 없겠니?"

조심조심 말하는 지영을 보며 여진이 난감한 표정을 지을 때였다.

"그럴 거 없다. 서로 인연이 아니라고 생각하고 파혼해. 어차피 결혼해 봤자 넌 나쁜 기억들 때문에 힘들 거고 석형이 또한 죄책감 때문에 힘들어할 거야. 서로를 위해 파혼하는 게 나아."

"여보, 그래도……."

"여진이 마음 편하게 놔줘."

지영의 말을 자른 병호가 단호히 말했다. 아쉬워하는 지영과 굳은 표정의 병호를 보며 여진은 속으로 긴 한숨을 내쉬었다.

"그동안 많이 감사했습니다. 그리고…… 이렇게 돼서 죄송합니다. 오빠 잘못이라기보다 제가 많이 부족해서……."

지영이 울먹이느라 말끝을 흐리는 여진의 손을 잡고 손등을 쓰다듬었다.

"어차피 딸처럼 생각하고 결혼을 시키려고 했던 건데…… 이젠 그냥 우리 딸 하자, 여진아. 너 입원해 있을 때 어차피 우리도 각오하고 있었어. 그러니까…… 마음 편하게 먹고 건강 잘 챙겨. 어려운 일 생기면 연락하고."

"감사합니다, 어머니. 두 분껜 정말로 죄송해요."

여진은 결국 울음을 터뜨렸다. 울먹울먹하던 지영도 계속 여진의 손등을 쓰다듬으며 흐느꼈다. 그런 두 사람을 굳은 표정으로 바라보던 병호가 기어이 자리를 피해 방으로 들어가고 말았다. 눈물을 감추기 위해.


늦은 밤, 태민은 수소문 끝에 어렵게 알아낸, 석형이 지내고 있는 폐교를 찾아갔다. 불이 켜진 교실에서 수염도 깎지 않은 채 작은 의자에 앉아 강술을 마시고 있던 석형이 그를 보고는 깜짝 놀라 일어났다.

"여긴 어떻게 알고……?"

"비겁한 자식."

"……."

태민은 주먹으로 석형의 턱을 갈겼다. 불시에 얻어맞은 석형이 바닥에 내동댕이쳐지듯 쓰러졌다 터진 입가에 묻은 피를 주먹으로 쓱 닦으며 다시 일어났다.

"내가 비겁한 놈이란 거 나도 알아. 그러니까 얼마든지 더 쳐. 다 맞아줄 테니까."

"내 주먹이 아깝다."

태민의 말에 석형이 씁쓸한 미소를 지었다.

"기왕 앉으니까 앉아."

"그래도 양주는 챙겨왔나 보네."

석형이 앉은 책상 위에 놓인 양주병을 본 태민은 기가 막혀 헛웃음을 웃었다. 의자를 끌어다 석형과 마주 앉은 태민은 상의 주머니에서 편지 봉투를 꺼내 내밀었다.

"뭐야?"

"수표."

"수표라니?"

"청솔소극장 원래 주인한테 돌려줘. 현 시세에 맞췄으니까 아쉽진 않을 거다."

"갖고 가."

"끝까지 치사하게 굴 거야?"

"내가 그냥 돌려줄 거야. 그동안 마음고생 시킨 위자료라 생각하고."

"위자료? 미친놈, 웃기고 있네."

"······?"

"현여진은 이제 내 여자야. 네가 뭔데 위자료를 줘? 넌 위자료를 줄 자격도 없는 놈이야. 그러니까 이 돈 받고 청솔소극장 여진이 이름으로 명의 이전해."

석형이 헛웃음을 웃었다.

"너희 둘 사이 눈치채고 있었어. 그래서 더 질투가 나 몸부림쳤던 거야, 내가."

"여진인 너한테 아까운 여자야. 더 이상 비겁해지지 않으려면 이번 주 내로 명의 이전 해결해. 여진이의 위임장은 내가 받아놓을 테니까."

벌떡 일어난 태민은 거침없는 걸음으로 교실을 나왔다. 어둠 속에 갇힌 운동장에서 불 켜진 교실을 바라보았다.

"이번 기회에 진짜 사랑하는 방법을 배워라, 민석형."

태민은 차를 몰고 운동장을 빠져나왔다. 석형과 여진의 마지막 연결 고리인 청솔소극장 문제를 해결하고 나니 마음 한구석에 남아 있던 찜찜함이 사라진 기분이었다.


성주가 생각해도 여진과 태민, 두 사람은 대단한 사랑을 하고 있는 게 틀림없었다. 그럼에도 불구하고 성주는 부럽거나 그녀도 그런 사랑을 해보고 싶다는 생각은 들지 않았다. 딱 한 번 결혼은 하지 않되 귀찮더라도 연애만이라도 해볼까 하는 생각을 해봤을 뿐.

"나 음식물 쓰레기 버리고 온다!"

성주는 샤워를 하고 있는 여진을 위해 닫힌 욕실 문에 대고 크게 소리를 질렀다. 이내 샤워기의 물줄기 소리가 끊기더니 '갔다 와!' 하는 여진의 대답이 들려왔다.

성주가 살고 있는 아파트는 음식물 쓰레기의 무게를 달아 카드로 그 무게만큼의 비용을 지불하도록 되어 있었다. 성주는 싱크대 서랍에 넣어두었던 음식물 쓰레기를 버릴 수 있는 전용 카드를 꺼내 스웨터 주머니에 넣고는 음식물 쓰레기가 담긴 비닐봉지를 들고 집을 나와 승강기를 탔다.

1층에서 멈춘 승강기에서 나와 공동현관을 빠져나온 성주는 분리수거와 일반쓰레기 등 각종 쓰레기를 버릴 수 있도록 지어놓은 쓰레기장을 향해 성큼성큼 걸어갔다.

빠앙!

갑자기 클랙슨이 울리는 바람에 성주는 고개를 돌렸다. 헤드라이트 때문에 눈이 너무 부셔서 성주는 한 손을 이마에 대고 불빛을 막으며 눈살을 찌푸렸다. 하지만 불빛 때문에 운전자가 누구인지 보이지가 않았다.

"뭐야? 밤에 시끄럽게 경적은 왜 울리고 지랄이야?"

성주는 도무지 이해를 할 수가 없었다. 그녀가 차의 주행을 방해한 것도 아니고, 지나가려면 얼마든지 지나갈 수 있을 정도로 공간이 넓은데 운전자가 왜 갑자기 클랙슨을 울렸는지 그 이유를 도통 알 수가 없었다.

아무래도 그냥 넘어가서는 안 되겠다는 생각에 성주는 승용차가 서 있는 곳으로 걸어갔다.

탁. 탁.

성주는 운전석 차 문의 유리창을 두드렸다. 그러자 유리창이 스르륵 밑으로 내려갔다.

"이 아파트에 사나 봐?"

운전석에 앉아 있는 남자를 본 성주는 깜짝 놀라 뒤로 벌러덩 자빠지고 말았다. 그런 그녀의 모습을 보며 남자가 하하하하, 소리까지 내가며 웃었다. 기분이 나빠진 성주는 벌떡 일어나 웃고 있는 남자, 주호를 날카롭게 쏘아보았다.

"스토커예요? 그쪽이 왜 여기에 있어요?"

"친구의 담당의였던 사람한테 스토커라니, 거 참, 말이 너무 친절하네."

"묻는 말에나 대답해요! 그쪽이 왜 여기에 있느냐고요?"

비아냥거리는 주호에게 성주는 버럭 소리쳤다.

"천생 여자처럼 생겨서는, 이제 보니 버럭버럭 소리 지르는 게 취미구만."

"또 물어요? 대체 왜 그쪽이 여기에……?"

"나 이 아파트 117동에 살아."

성주의 말을 자른 주호가 아주 당당하게 말했다.

'우리 집이 115동이니까 117동이면 바로 옆의 옆 동이잖아. 세상에 어째 이런 일이……!'

다시는 보고 싶지도 않고, 그 어떤 인연도 만들고 싶지 않은 남자가 바로 그녀의 옆 동에 살고 있었다니. 이런 우연은 결코 그녀가 원한 것이 아니었다.

'병원에서 이 남자와 다시 만나지 않게 해달라고 기도했는데…… 젠장!'

어떤 식으로든 이 남자와 엮이면 골치가 아파질 것 같은 불길한 예감이 들었는데, 주호가 그녀가 사는 곳의 주소만 알고 있는 게 아니라 하필이면 같은 아파트에 살고 있었다니! 성주는 이 기막힌 우연에 몹시 짜증났다.

"왜 하필 이 아파트에 살아요? 왜 117동에 살고 있느냐고요? 왜요?"

성주는 말도 안 되는 질문이란 생각에 순간 아차 싶었지만 이미 내뱉은 말이라 주워 담을 수도 없고, 주호의 기억을 삭제할 능력도 없어 배 째란 심정으로 그냥 뻔뻔한 표정을 지어 보였다.

"왜라니? 나 1년 전부터 이 아파트 117동에 살고 있었는데, 내

가 사는 곳을 정하는 데 굳이 그쪽 허락을 받아야만 하는 이유라
도 있나?"

우문현답이란 말을 이럴 때 쓰는 건가 보다. 그녀의 말도 안 되
는 질문에 주호가 어이없다는 표정으로 그녀를 바라보며 되물었다.

"아, 아니, 그런 건 아니고⋯⋯."

말문이 막혔다. 성주는 자신의 인생에 말문이 막히는 일이 생길
거라고는 단 한 번도 생각하지 않았다. 오죽하면 말발이 세기로
유명한 그녀의 엄마인 이미현 여사가 '넌 물에 빠지면 아마 발만
동동 뜰 거다. 물고기랑 말싸움하느라 그놈의 주둥이는 물속에 처
박혀 있을 테니까.' 라고 했을까.

'정신 차려, 김성주. 다른 사람이면 몰라도 이 작자한테만큼은
말발에서 밀리면 안 돼!'

성주는 머리를 흔들어 충격받아 멍해진 머릿속을 재장전하고는
주호를 노려보았다.

"1년씩이나 이 아파트에 살았다면서 1층에 주차하면 안 되는 것
도 몰라요?"

"알아."

"알면서 지금 1층에 주차를 하려고 하고 있어요?"

"누가 주차한대? 나 지금 갑자기 약속이 생겨서 지하주차장에
서 빠져나온 길이야."

"지하주차장에서 빠져나오는 길이면 단지 입구 쪽으로 빠져나
가야지 왜 1층을 배회해요? 그리고 야심한 밤에 클랙슨은 왜 누르
고 난리예요? 사람 놀라게!"

"배회는 무슨. 잠깐 딴생각하다가 주차장 입구를 잘못 빠져나와서 반대편으로 가려던 중이었는데. 그리고 반가워서 살짝 클랙슨 눌렀는데, 놀랐나?"

"야심한 밤에 갑자기 뒤에서 경적이 울리는데 그럼 안 놀라요?"

"난 또 김성주는 강심장이라 클랙슨 소리 따위엔 안 놀랄 줄 알았지."

"뭐예욧!"

"이제 보니 심장이 약한 편이군. 클랙슨 울리는 소리에 기겁하듯 놀라고, 날 보고는 뒤로 벌렁 자빠지기도 하니 말이야."

"사람 같지 않은 사람을 보니 놀랄 수밖에요."

"내가 지금 시간이 없으니까 우리 승부는 나중에 내자고. 다시 볼 때까지 담력 좀 키우고 있어."

성주가 뭐라고 하려는데 주호가 제 할 말만 하고는 차를 몰고 가버렸다.

"잘못 빠져나왔으면 도로 지하주차장으로 들어가서 원하는 출구로 나갈 것이지 왜 하필 115동을 지나치는 쪽으로 차를 몰고 나와, 나오길! 하도 놀라서 갖지도 않은 애 떨어질 뻔했네!"

멀어져 가는 주호의 차에 대고 성주는 주먹을 세워 보였다.

"괜히 아는 척해서 사람 꼴 우스워지게 만들고, 아유 얄미워. 그나저나 하필이면 그 작자 얼굴을 보자마자 기겁해서 벌렁 나자빠질 게 뭐람, 쪽팔리게. 아유, 하는 짓마다 정말 마음에 안 들어!"

성주는 씩씩대며 음식물 쓰레기를 버리고는 집으로 가는 대신 편의점이 있는 후문 쪽으로 성큼성큼 걸어갔다. 시원한 맥주라도 마셔야 주호 때문에 부글부글 끓고 있는 속이 가라앉을 것 같아서였다.


"키득키득……."

운전을 하는 주호는 터져 나오는 웃음을 멈출 수가 없었다.

원수는 외나무다리에서 만난다더니, 딱 그 짝이었다. 여진과 성주가 같은 아파트에 살고 있다는 것은 알았지만, 이렇게 만날 줄은 몰랐다. 게다가 그를 보고는 귀신이라도 본 듯 놀라서 벌러덩 나자빠지는 모습이라니. 참 재미있는 여자였다. 성주와 말싸움하는 것도 재미가 쏠쏠하고.

성주는 참으로 날씬하고 예뻤다. 아니, 아름다웠다. 아름다운 여자라는 점만 따지면 성주는 배우인 여진과 같았다. 하지만 두 사람은 확연히 다른 타입이었다. 여진이 온실 속에서 키워진 여린 꽃 같은 분위기라면 성주는 야생화 같은 느낌이 드는 여자였다.

이목구비가 뚜렷하고 새하얀 피부에 얼굴이 작아서 그런지 긴 생머리를 모아 질끈 묶은 포니테일형의 머리가 참 잘 어울렸다. 날씬한 다리를 강조하는 스키니진도 셔츠도 그리고 그 위에 걸친 헐렁한 야상점퍼와 운동화, 그녀가 쓰고 있는 뿔테 안경의 테까지도 검정색 일색이었지만 멋져 보일 뿐 거북하다거나 과해 보이지는 않았다.

검정색이 이토록 잘 어울리는 여자를 본 적이 없었다. 아름다움을 겸비했으면서도 카리스마가 넘쳐 보이는 여자를 만난 것도 처음이었다. 예쁜 입술 사이로 거친 욕설을 내뱉는 여자 또한 처음 보았다. 혼자 생쇼를 하듯 고개를 삐끗하는 모습조차 귀여워 보였다. 물론 그녀 앞에서는 그런 내색을 조금도 하지 않았지만.

무엇보다 놀라운 것은 성주와 말장난을 하는 게 재미있다는 것이다. 긴말하는 걸 싫어하는 평소의 그라면 있을 수 없는 일이었다. 그조차도 이런 자신을 이해할 수가 없었다. 아무런 이유 없이 성주가 귀엽고 예뻐 보이고, 그녀와 티격태격하는 게 재미있는 주호였다.

"아무튼 만날 때마다 날 웃게 만드는 여자야! 하하하하하."

주호는 다시 한 번 벌러덩 나자빠진 성주의 모습을 떠올리며 웃음을 터뜨렸다.

사실 주호는 승부욕이 강한 편이었다. 물론 IQ도 높은 편이지만 어쩌면 그 승부욕 덕분에 우리나라 최고의 대학에서 의학을 공부한 후 곧바로 존스홉킨스에도 가고 또 미국에서 박사 학위까지 받을 수 있었는지도 모른다. 지금처럼 국내외에서 신경정신과 의사로서 인정을 받을 수도 있었을 테고.

그렇게 생각하기에 주호는 남들보다 유독 강한 자신의 승부욕에 대해 나쁘게 생각한 적이 없었다. 늘 좋은 쪽으로 이용할 수 있도록 그가 자신의 강한 승부욕을 스스로 컨트롤을 해왔으니까.

이번엔 김성주란 여자에게 승부욕이 생겼다. 그것도 아주 많이.

"볼수록 귀엽고 예쁘다니까. 하지만 아무리 귀엽고 예뻐도 무승부로 끝내는 건 안 되지. 제대로 내기를 해서 정정당당하게 승리를 해야 서주호지. 하하하하."

주호는 기분 좋은 웃음을 흘리며 술 한잔하자는 태민과의 약속 장소를 향해 차를 몰았다.

사흘 후, 낮 12시.

성주는 안경의 다리가 휘어져서 그냥 쓰기에는 너무 불편해 집에서 입고 있던 검정색 트레이닝복 위에 두터운 스웨터만 걸치고 집에서 나왔다. 어차피 청솔소극장에는 여진이만 있을 거라 굳이 차려입을 필요가 없어서였다.

소극장으로 가기 전 아파트 단지 근처에 있는 안경점을 찾은 성주는 인상을 팍 썼다.

'앗, 저 사람이 왜 또 여기에 있는 거야? 정말 스토커 아냐?'

성주는 먼저 안경점에 와서 금테만 모아놓은 장식장에서 안경테를 고르고 있는 주호를 발견하고는 말도 안 되는 생각을 했다. 스토커라면 뒤따라와야 하는데 주호가 먼저 와 있으니 스토커 운운하는 건 말이 안 된다. 이치에 맞지도 않고.

아무튼, 그제 아침에는 청솔소극장에서 극단 단원들과 미팅이 있어 아침 일찍 지하주차장으로 내려갔다가 그의 차와 부딪힐 뻔한 아찔한 순간을 경험했고 주호에게 안전운전을 하라는 충고까지 들었다. 그리고 어제저녁에는 집에 들어오는 길에 지하주차장에서 차에서 내리는 주호를 발견하고는 죄라도 지은 사람처럼 도망치듯 115동 공동현관 입구를 향해 뛰어갔다.

'저 사람은 왜 하필 오늘이 오프야? 그리고 난 왜 하필 어제 드라마를 보다 잠이 들어서 안경다리를 휘게 만든 거야? 만나고 싶지 않은데, 왜 자꾸 만나게 되는 거냐고! 미치겠네, 정말!'

성주는 안경테를 고르느라 정신이 없는 주호를 보며 그냥 집으로 돌아갈까 잠시 고민을 했다.

'내가 무슨 잘못을 했다고 자꾸 도망을 쳐? 어제도 도망쳤는데, 천하의 김성주가 두 번씩이나 도망친다는 건 안 될 말이지. 암 그렇고말고!'

사흘 내리 만나다니, 무슨 우연을 가장한 인연이 이리도 질긴지 모를 일이었다. 어쨌든 성주는 당당하게 걸어가 직원에게 안경을 빼서 내밀었다.

"안녕하세요. 안경다리가 좀 휘었어요. 수평도 안 맞고, 자꾸 흘러내려서 불편하니까 그것도 좀 고쳐 주세요."

속삭이는 듯한 소리가 주호의 관심을 끌었다. 고개를 돌려보니 다리가 휘어진 안경을 성주가 직원에게 건네고 있었다.

성주를 발견한 순간 주호의 심장이 또다시 쿵쾅쿵쾅 뛰어대기 시작했다. 그녀를 볼 때마다 매번 미친 듯 구는 그의 심장이었다. 그리고 가슴이 설레었다. 무엇보다 성주를 보면 반가웠다. 그 모든 걸 종합하니 '사랑'이란 한 단어가 떠올랐다.

'설마…… 내가 저 여자를 좋아하는 거야?'

그녀를 만나면 무조건 좋았고, 그녀와 말장난하고 말싸움하는 게 재미있었다. 그녀를 보면 웃음이 절로 나왔다. 그리고 그의 말에 성주가 보여주는 반응이 너무나 귀엽고 사랑스러웠다. 그래서 자꾸만 그녀와 말장난을 하게 되고 말싸움을 하게 된다.

'가랑비에 옷 젖는다더니…… 몇 번 만나는 동안 저 엉뚱한 여자가 내 마음속에 들어와 버렸나 보네.'

주호는 신체의 변화를 통해 성주를 향한 감정의 실체가 '사랑'임을 인정할 수밖에 없었다.

'허, 참. 사람 일은 한 치 앞도 알 수 없다더니…….'

서 박사의 채근에 주호는 결혼할 사람을 오늘 당장 만날 수도 있고 또 육십이 돼서 만날 수도 있지 않겠냐고 했었다. 바로 그날 서 박사의 진료실 앞에서 부딪힌 여자가 바로 성주였다.

'말이 씨가 됐네.'

주호는 미친 듯이 뛰어대는 심장을 애써 진정시키며 성주 옆으로 가서 섰다.

"또 만났네?"

"그러게요."

성주가 시큰둥하게 대답했다.

"우연한 만남이 세 번이면 인연이라던데, 우리는 연거푸 계속 만나는 걸 보니 완전 대박 인연인가 보네."

"누가 누구랑 대박 인연이에요? 말도 안 되는 소리 하지 말아요!"

성주는 자신도 모르게 버럭 소리를 쳤다.

"뭘 그렇게 민감하게 반응해? 그냥 웃자고 한 소린데."

소리를 버럭 질러댄 성주는 머쓱해져 묶지 않은 머리를 박박 긁었다.

"그러게 왜 쓸데없는 소릴 해가지고. 하나도 안 웃기거든요?"

"난 웃긴데."

"그럼 그쪽이나 웃어요."

"어젠 왜 도망친 거야?"

헉. 어제 도망친 걸 주호가 본 모양이었다. 주호에게 자꾸 보이지 말아야 할 꼴을 보이는 것 같아 성주는 민망하고 짜증이 났다.

"누가 도망을 쳐요? 바빠서 뛰어간 거지!"

성주가 팩 쏘는데 직원이 그녀의 안경다리를 살펴보더니 입을 뗐다.

"안경 쓰고 주무셨습니까?"

"네? 아, 네. 어젯밤에 드라마 보다가 그냥 잠이 들었는데…… 어떻게 아셨어요? 안경다리만 봐도 아세요?"

"네, 척 보면 딱 압니다."

"하하하하하."

직원이 미소를 지으며 말하자 주호가 웃음을 터뜨렸다.

"왜 웃어요?"

성주는 기분이 나빠서 인상을 썼다.

"웃기니까."

"그러니까 뭐가 웃기느냐고요? 내가 드라마 보다가 잠든 게 그렇게 웃겨요?"

"아니."

"그럼 왜 웃어요, 기분 나쁘게?"

"저 청년이 하는 말이 웃기잖아. 척 보면 딱 압니다, 하하하하."

성주는 자신 때문에 주호가 웃었다고 생각했는데 아니란다. 왠지 주호에게 당한 것 같은 기분이 들어서 안 그래도 인상을 쓰고 있던 성주의 표정이 더욱 험하게 구겨졌다.

"사람이 왜 그렇게 예의가 없어요? 저분이 한 말 때문에 웃는다고 대놓고 말하면 저분이 얼마나 곤란하시겠어요?"

"내가 웃어서 곤란했습니까?"

성주의 힐책에 주호가 웃음기를 매단 채 직원에게 물었다.

"아닙니다. 두 분 웃으시라고 농담한 거였습니다. 웃어주셔서 감사합니다."

직원의 말에 두 명의 다른 직원들과 주호가 다 같이 웃음을 터뜨렸다. 하지만 성주는 그들과 함께 웃을 수가 없었다.

'둘이 짠 거야, 뭐야? 척 보면 딱 압니다, 그게 뭐가 웃긴다는 거야? 그리고 이 직원은 그걸 농담이라고, 웃으라고 일부러 한 말이라고? 나 참 기가 막혀서……'

성주는 자신만 바보가 된 것 같았다. 아니, 그녀가 안경점 직원들과 주호에게 놀림을 당한 것 같은 기분을 시울 수가 없었다. 그렇다고 직원에게 그것도 웃기려고 농담을 한 거냐고 대놓고 따질 수도 없었다. 괜한 따짐으로 순진무구해 보이는 직원을 곤란하게 만들 생각은 추호도 없기에.

"제 안경다리나 얼른 고쳐 주세요."

성주는 따지는 대신 정색을 하고 말했다. 그러자 웃고 있던 직원이 웃음을 멈추고는 모래 같은 것에 휘어진 안경의 다리를 담가 흔들다가 꺼내 고정하는 작업을 했다. 안경을 들고 수평을 맞추며 안경다리를 모래 같은 것에 넣었다 다시 만지고를 반복하는 직원의 모습을 물끄러미 보고 있는데 주호가 성주의 어깨를 톡 쳤다.

"뭐예욧?"

성주는 주호를 돌아보며 눈살을 찌푸렸다.

"우리 슬슬 승부를 낼 때가 되지 않았나?"

"난 승부에 관심 없으니까 그쪽도 관심 꺼요."

"그럴 수는 없지."

"그럴 수 없는 건 그쪽 사정이고요."

"서주호."

"뭐라고요?"

"내 이름은 그쪽이 아니라 서주호라고."

"정 원한다면 이름 불러주죠. 그럴 수 없는 건 서주호라는 사람의 사정이니까 신경 꺼요."

"어허, 성주가 여진 씨와 동갑이면 내가 일곱 살이나 많은 건데 그냥 이름을 부르는 건 기본 예의에 어긋나도 한참 어긋나는 거지."

주호는 속으로 각오를 다졌다. 그런 그를 성주가 삐딱하게 쳐다보았다.

"나이 많은 게 무슨 벼슬이라고…… 대체 뭐라고 불러달라는 거예요? 의사 선생님이나 박사님이란 호칭을 원하는 거예요? 꿈도 꾸지 말아요. 그런 호칭은 병원에서 내가 그쪽 환자로 만났을 때나 부르는 호칭이니까."

"난 성주한테 선생님이고 싶은 생각 전혀 없는데? 박사님이라고 불리는 건 더더욱 싫고."

"그럼 설마 오빠 소리라도 듣고 싶은 거예요? 턱도 없어요. 난 원래 오빠도 없지만, 절대로 그쪽을 오빠라고 불러줄 생각 따위 없어요. 오빠? 말도 안 돼. 생각만 해도 오글거려서 두드러기가 날 것 같네."

"그럼 씨라도 붙여줘야지. 내 나이가 성주보다 훨씬 많은데."

능글거리는 주호를 잠시 쏘아보던 성주는 그의 말이 일리가 있기에 더는 우길 수가 없었다. 일곱 살이나 많은 사람에게 그냥 이름을 부르는 건 기본 예의에 어긋난다는 주호의 말을 인정할 수밖에 없어 성주는 마지못해 한다는 표정으로 입을 뗐다.

"서주호 씨. 이젠 됐어요? 만족스럽냐고요?"

주호가 씨익 미소를 지으며 엄지를 척 펴 보였다.

'뭐야? 지금 자기가 이겼다고 생각하는 거야?'

"내가 그쪽을 서주호 씨라고 부른 건 연장자에 대한 기본 예의를 지킨 거니까 승부완 아무런 상관이 없다는 것쯤은 알고 있죠?"

성주는 일부러 주호의 승리감을 깨기 위해 따박따박 말 한마디 한마디에 힘을 주어 말했다.

"알지. 우리가 아직도 무승부인 상태라는 거. 아직 내기는 시작도 안 했으니까."

"알면 됐어요."

"되긴 뭐가 돼? 승부는 가려야지."

주호는 원래 승부욕이 강하기도 했지만 어떻게든 성주와 다시만날 기회를 갖고 싶었다. 이제야 서로 사랑하며 재미있게 살 수있는 여자를 만났는데, 결혼하고 싶은 여자를 놓치고 싶지 않았다. 무슨 수를 쓰든 자주 만나서 성주가 그를 사랑하게 만들 작정이었다.

"또 승부 타령이에요?"

"내 사전에 무승부란 없거든."

"서주호 씨가 나폴레옹이라도 되는 줄 알아요? 서주호 씨가 자기 말을 멋대로 쓰는 걸 보고 나폴레옹이 하도 기막히고 코가 막혀서 무덤에서 벌떡 일어나 앉겠네."

성주는 마음껏 비아냥거렸지만 그러거나 말거나 주호는 상관치않는 표정이었다. 그래서 성주는 더 약이 바싹 올랐다.

'진짜 나폴레옹이 나타나서 뒤통수를 한 대 꽉 쥐어박아 주었으면 좋겠네.'

성주는 속으로 구시렁거렸다. 입 밖으로 꺼내봤자 실속이 전혀없는 말이기 때문이었다.

"난 무승부는 못 견디는 사람이거든. 한쪽이 이기든 지든 해야지 속이 편해, 내가."

주호가 아주 당연하다는 얼굴로 말했다.

"평화를 사랑하지 않는 사람이네요, 나와는 다르게."

"평화에 대해 잘못 생각하고 있군."

"내가 평화에 대해 잘못 생각하고 있다고요?"

성주는 무슨 개뼈다귀 같은 소리를 하느냐는 표정으로 주호를 쳐다보았다.

"무승부가 평화를 유지하게 한다는 건 착각이야. 언제든 싸움의 여지를 남겨놓는 거니까."

"궤변이에요."

"남들이 뭐라고 하든 난 이긴 쪽이 진 쪽을 포용해 주는 게 진정한 평화라고 생각해."

"그래서, 뭘 어쩌자고요?"

성주는 짜증스런 얼굴로 뾰족하게 물었다. 주호는 그녀의 표정에 짜증이 더덕더덕 묻어 있거나 말거나 아무 상관이 없다는 듯 너무나도 담담한 얼굴을 하고 있었다. 이미 그녀의 반응을 다 예견하고 있었던 것처럼.

"승부를 내잔 소리지."

"무슨 승부요?"

"연장자인 내가 인심 쓰지. 내기 종목은 성주가 제일 자신 있는 걸로 정해."

"……."

성주는 입을 꽉 다문 채 열심히 머리를 굴렸다.

"서 선배가 승부를 내자고 경고를 했다면 무슨 수를 쓰든지 성주 씨를 찾아낼 겁니다."

"차라리 서둘러 화해하시는 게 좋을 겁니다. 화해를 안 하시면 평생 승부를 가릴 때까지 성주 씨와 내기를 하자고 할 겁니다."

둘이 절친한 선후배 사이라 호형호제 한다더니 병실에서 태민이 했던 말이 다 맞는 것 같았다. 승부에 집착하는 주호를 볼 때 내기를 하지 않으면 끝까지 그녀를 쫓아다니며 내기를 하자고 괴롭힐 것만 같았다.

나름 열심히 머리를 굴려보았지만 성주는 자신이 자신 있게 주호에게 이길 수 있는 마땅한 내기 종목이 생각나지 않았다. 엄마인 이 여사에게 들은 욕이 하도 많아서 욕으로 승부를 내자면 백퍼센트 이길 자신이 있지만 사회적 체면이 있지 차마 그 짓만은 할 수 없는 성주였다.

'뭐가 있지? 무엇으로 내기를 해야 내가 이길 수 있는 거야? 달리기? 그건 안 돼. 줄넘기? 그것도 안 돼.'

성주는 중학교 졸업 이후부터 운동과 담을 쌓고 지냈던 것이 지금처럼 후회가 된 적이 없었다.

'아, 맞다! 나한테도 자신 있는 거 하나가 있지!'

자신감 넘치는 표정으로 주호를 보며 성주는 천천히 입을 뗐다.

"도전장은 서주호 씨가 먼저 내밀었으니까 서주호 씨 말대로 종목은 내가 정할게요."

"얼마든지."

"그럼 술로 승부를 가리죠. 맥주는 배불러서 곤란하니까 술 종류는 소주가 좋겠어요. 오리지널로요. 먼저 쓰러지는 사람이 지는 걸로 하고요."

성주는 술만큼은 많이 마실 자신이 있었다. 극단에 소속된 연기자들 그리고 스태프들과 걸핏 하면 술자리를 가졌던 그녀였다. 여진이 술을 잘 못 마시기 때문에 성주는 스스로 술상무를 자처할 정도로 술을 좋아하는 연극쟁이였다.

사실 성주는 정신이 완전히 맛이 갈 정도로 마신 적이 단 한 번도 없어서 자신의 주량이 얼마인지 정확히 모른다. 하지만 그게 나쁜 조건만은 아니다. 최소 소주 다섯 병 이상은 마실 수 있다는 뜻이기도 하니까.

"콜! 단 조건은 무승부일 경우 승부가 날 때까지 계속 내기를 하는 걸로 하도록 하지."

성주의 제안에 주호가 아주 자신감 넘치는 얼굴로 '콜'을 외쳤다.

"콜!"

성주는 절대로 자신이 질 리가 없다는 생각에 아주 의기양양하게 대답했다. 주호의 새하얀 얼굴을 보면 그리 술을 잘 마시지 못할 것 같아서였다. 성주는 주호가 먼저 이야기를 꺼내기 전에 얼른 말을 이었다.

"이번에 내기할 날짜랑 장소는 내가 정해서 알려줄게요."

"그것도 콜! 이번에 승부가 나지 않으면 다음에 내기할 날짜와 장소, 종목은 내가 정하는 걸로 하지."

"알았어요."

자신감 넘치는 성주의 대답에 주호가 피식 웃더니 재킷 주머니에서 휴대폰을 꺼내 성주에게 내밀었다.

"휴대폰은 갑자기 왜 내밀어요?"

"서로 연락을 할 수 있어야 내기를 하지."

"아."

성주는 주호의 휴대폰을 받아 들고 그의 휴대폰에 자신의 전화번호를 입력해 전화를 걸었다. 연결음이 서너 번 울리자 성주는 종료 버튼을 누른 후 주호에게 그의 휴대폰을 도로 건네주었다.

"내 전화번호예요. 내 이름은 서주호 씨도 알고 있으니까 직접 저장하세요."

주호가 뭐가 그렇게 좋은지 미소까지 지으며 자신의 휴대폰을 들여다보더니 전화창의 주소록에 한글 버튼을 눌러 그녀의 이름을 저장했다.

"김성주라…… 좋은 이름이군. 입에 아주 착착 붙어."

어쩐 일로 성주의 이름에 대해 칭찬을 다 하더니 주호가 통화 버튼을 눌렀다. 그러자 성주의 스웨터 주머니에 있던 휴대폰에서 진동음이 들렸다. 휴대폰을 꺼내 들고 액정화면을 보니 모르는 번호였다.

"내 번호야. 저장해 두라고."

"아까 내가 서주호 씨 휴대폰으로 내 휴대폰에 전화하는 거 못 봤어요?"

"봤어."

"근데 왜 또 걸어요?"

"확인차."

"헐."

성주는 기가 막힌 표정으로 주호를 바라보다 그 자리에서 전화창의 주소록에 '서주호'를 입력한 후 그의 전화번호를 저장했다. 저장을 끝낸 후 성주가 휴대폰을 스웨터 주머니에 넣는 모습을 만족스레 바라보던 주호가 흡족한 얼굴로 입을 뗐다.

"자, 이제 난 내 안경테를 고를 테니 성주는 안경을 써보도록 하지. 안경이 다 고쳐진 것 같으니까."

성주가 고개를 돌리니 주호의 말대로 안경다리를 다 고쳤는지 직원이 그녀의 안경을 들고 서 있었다. 성주가 다가가자 진열장 너머에 서 있던 직원이 고친 안경을 내밀었다. 직원이 내민 안경을 받아 써보니 착용감이 좋았다.

"고맙습니다."

성주는 직원에게 인사를 하고는 주호를 남겨둔 채 안경점을 나왔다.

'오늘부터 위장 관리에 들어가야 되겠군.'

원래 술을 잘 마시는 편이지만 성주는 반드시 주호와의 내기에서 이길 생각이었다. 그래야 다시는 그가 그녀를 귀찮게 하지 않을 테니까.

주호와의 술내기에서 이기려면 그녀의 컨디션이 최고일 때 승부를 가리는 게 좋다. 몸의 컨디션을 관리할 시간이 필요했기에 일부러 대결 날짜를 그녀가 정하겠다고 했던 것이다. 물론 주호는 그녀가 무슨 생각을 하고 있는지 아무것도 모르고 있겠지만 말이다.

승부욕은 주호만 있는 게 아니었다. 성주 역시 그 못지않은 승부욕을 감춰두고 있었다. 청솔극단 단원들이나 성주와 일을 해본 다른 사람들은 그녀더러 털털하고 직선적이며 뒤끝이 없는 쿨한 성격이라고 말한다. 그리고 맡은 일을 성격대로 아주 화끈하고 깔끔하게 처리한다며 칭찬을 해주곤 한다. 수시로 그녀의 두둑한 배짱에 놀라워하면서.

오죽하면 단원들이 그녀의 별명을 '남장여자'라고 붙여줬을까. 물론 바지만 입고 다니고 주로 무채색인 검정색이나 회색 옷을 고집하는 것을 두고 지어준 별명은 아니다. 그녀의 일하는 타입이나 성격 때문이지.

하지만 모두들 그녀가 얼마나 승부욕이 강한 사람인지는 모르고 있다. 그걸 아는 사람은 오직 여진뿐이었다. 털털한 남자처럼 굴지만 그녀의 내면에 사랑스러운 여성성이 꼭꼭 숨어 있다는 것도 여진만이 알고 있었다.

어쨌든, 결단력과 추진력 그리고 일에 대한 능력도 탁월한 성주였다. 하지만 그것만으로 청솔극단과 청솔소극장을 운영해 나가고, 매번 새로운 연극을 기획해 무대 위에 올릴 수는 없는 일이었다. 승부욕이 없었다면 어쩌면 일찌감치 항복하고 청솔극단에서 손을 뗐을지도 모른다. 하지만 그녀는 매번 힘차게 발동하는 승부욕으로 모든 어려움을 헤쳐 나왔다.

그녀만의 강한 승부욕과 능력으로 어려움에 처했던 청솔극단을 일으켰고, 지금처럼 좋은 연극만을 골라서 청솔소극장의 무대에 올리고 있었다.

부모님이 돌아가신 후 민석형의 부모님한테 금전적인 도움을 받기는 했지만 여진 혼자 그녀의 부모님이 남기고 가신 청솔소극 장과 청솔극단을 유지하긴 어려운 상태였다. 그렇기에 대학에 재 학할 때부터 지금까지 궂은일을 마다하지 않고 먼저 나서서 해결 해 내는 성주를 여진이 대단하게 여기며 고마워하고 있는 것이다.

어쩌다 찾아오는 귀차니즘만 발동되지 않는다면 성주가 무엇이 든 해낼 수 있는 사람이라는 것도 여진과 그녀의 부모님만이 알고 있는 면이었다.

'내 위가 말술을 받아들일 수 있게 만들 때까지만 기다려, 서주 호 씨! 내가 반드시 서주호 씰 쓰러뜨려 줄 테니까!'

의기충천해 있던 성주는 갑자기 한숨을 푸욱 내쉬었다. 주호와 만나 술을 마실 생각을 하니 귀찮은 생각이 들었기 때문이었다.

"그냥 네가 이겼다, 그리고 말 걸 그랬나? 갑자기 귀찮아지네."

후회를 해봤자 이미 내기를 하기로 했으니 별수 없지만 그래도 후회가 되었다. 갑작스레 귀차니즘에 빠진 성주는 아파트 단지 입 구를 향해 터벅터벅 걸어갔다. 지하주차장에 세워둔 차를 타려면 아파트로 돌아가는 수밖에 다른 도리가 없었다.

"아우, 이 똥만 찬 대갈빡! 차를 끌고 나와 안경점 앞에 대놨으 면 됐잖아. 머리가 나쁘면 손과 발이 고생한다더니 딱 그 짝이네."

아파트 단지 앞에 다다르자 성주는 투덜대며 단지 입구 안으로 들어갔다.

소극장 청솔의 사무실로 들어온 성주는 노트북으로 새로운 연극의 시놉시스를 쓰고 있는 여진의 옆자리에 풀썩 앉았다. 시놉의 내용이 잘 안 풀리는지 여진이 썼다 지웠다를 반복하고 있었다.

"아우, 정말이지 성가셔 죽겠네!"

여진은 아침에 감은 머리를 박박 긁으며 씩씩대는 성주를 바라보았다.

"왜? 뭐가 성가신데?"

"아마 CT촬영하면 사람이 아닌 거머리라는 게 밝혀질 거야. 보통 거머리도 아닌 찰거머리! 아니, 그렇게 시간이 많으면 집에 콕 박혀서 낮잠이나 퍼 잘 것이지, 뭐 얻어먹을 게 있다고 날 쫓아다니며 괴롭히느냔 말이야!"

사실 주호가 그녀를 쫓아다닌 적은 한 번도 없었다. 우연히, 너무 자주 만날 뿐이지. 하지만 우연한 만남이 자꾸만 생기니 성주의 기분에는 그가 그녀를 쫓아다니는 것만 같았다.

"누가 감히 겁도 없이 곤히 잠들어 있는 우리 성주의 코털을 뽑아 깨웠을까? 그렇게 간 큰 사람이 도대체 누구야?"

"현여진, 태민 씨한테 전화해서 똥개도 안 먹을 개뼈다귀의 의사 면허증이 진짠지, 브로커한테 돈 주고 산 건지 확인 좀 해달라고 해주라."

"그게 무슨 소리야?"

"누군 누구야? 쌌다 하면 오줌이고 똥이지. 요즘 내 비위 갖고 배배 틀며 노는 인간이 그 쌈닭 말고 또 있냐? 꼭 기생오라비 닭처

럼 말끔하게 생겨가지고는 쪼아대긴 엄청 쪼아대요. 기본적인 인
간의 예의 어쩌고저쩌고하면서 이름에 씨 자를 붙이라고 하질 않
나…….”

“기생오라비 닭처럼 말끔하게 생긴 사람이 누군데?”

“서주바인지 쭈쭈바인지 하는 그 인간!”

“아. 지금 서주호 박사님 얘기하는 거야?”

“박사님은 무슨, 동지에 불 지핀 아궁이 앞에서 팥죽 얻어먹다
더위 먹고 죽을 박사님이시다. 됐다 그래. 이놈 저놈한테 다 붙여
주는 게 박사님이라면 난 그 단어 이제부터 머릿속에서 말끔히 삭
제해 버릴 거니까.”

“오늘 또 만났구나? 대체 오늘은 또 어디에서 만났는데?”

처음 음식물 쓰레기를 버리러 나갔다가 만난 후 이틀 연속으로
지하주차장에서 주호를 만났다면서 성주가 1년간 같은 아파트에
살고 있으면서도 코빼기도 볼 수 없었는데 요즘은 어떻게 이렇게
자주 마주칠 수 있느냐며 툴툴거리더니 오늘도 또 그를 우연히 만
난 모양이었다.

하긴 그가 근무하는 병원이 청솔소극장이 있는 곳과 가깝기도
하거니와 같은 아파트에 살고 있으니 잦은 우연한 만남 자체가 그
리 이상한 것은 아니었다. 지난 1년 동안 한 번도 마주치지 않았던
게 신기하지.

“도대체 내가 가는 곳에 왜 자꾸 그 인간이 있냐고. 원수는 외나
무다리에서 만난다더니, 딱 그 짝이라니까. 우연한 만남이 많다고
드라마가 아니네, 소설에 개연성이 없네 하고 떠드는 사람들 죄다

재갈 물려놓고 최소 두 끼는 굶겨야 해. 무슨 세 번씩이나, 아니, 선글라스까지 합치면 네 번인가? 다섯 번인가…… 아, 모르겠다. 암튼! 내 말은, 어떻게 이렇게 계속 반복되는 우연이 있을 수 있느냐 말이야!"

"오늘은 그 외나무다리가 어딘데?"

"안경점."

"안경점?"

"그래, 하필 같은 안경점을 다닐 게 뭐냐고! 안경다리가 휘어져서 고치러 갔다가 그 거머리하고 눈이 딱 마주쳤는데, 일주일 전에 먹었던 소시지가 합체 모드를 외치며 발딱 일어서더라니까. 승부 챙길 생각만 하지 말고 신이 하사하신 잘난 쌍방울이나 잘 챙기라 이 말씀이닷, 웃기지도 않아 정말!"

"안경에서 소시지 그리고 갑자기 쌍방울로 튀기는. 허들 레이스를 하는 것도 아니고, 매번 느낀 거지만 네 말을 듣다 보면 참 재밌어. 후후후."

여진이 정말 재미있어 죽겠다는 듯한 표정으로 웃음을 터뜨렸다.

"자기 사전엔 무승부란 없대. 내가 그 말 같지도 않은 얘길 듣는 순간 기기 막히고 코가 막혀서 프랑스 경찰청에 확 고발하려다가 참을 인 자 열한 번을 새기고 꾹 참았다는 거 아니냐. 아, 난 대체 왜 이렇게 착한 거야. 오늘 하루만도 살인할 걸 열한 번씩이나 피하다니, 내 자신이 참으로 신통방통 기특한지고다."

"후후, 무슨 죄로 고발을 해? 죄목이 있어야 고발을 하지."

"Ce n'est pas possible, m'ecrivez-vous; cela n'est pasfrancais. 넌 불가능하다고 했지만 그런 단어는 불어에 없다. 프랑스식이 아니다. 프랑스인답지 않다. 나폴레옹이 Lemarois 장군에게 쓴 편지에 있는 내용을 '내 사전에 불가능이란 없다' 라고 그럴듯하게 영어 문장 한마디로 만든 게 널리 퍼진 거라는 거 너도 알지?"

"응."

"내 사전에 무승부란 없다! 그거 결국 나폴레옹이 한 말을 표절한 거잖아."

"그냥 서 박사님이 별생각 없이 자기 뜻을 표현한 말 같은데, 표절이라고 하기엔 좀 과한 거 아냐?"

"끼워 맞추면 안 걸릴 법 없이 어딨냐? 코에 걸면 코걸이고 귀에 걸면 귀걸이지."

"후후. 오늘은 도망 안 쳤나 보네? 둘이 얘기까지 나눈 걸 보면."

"내가 무슨 죄가 있어 도망을 치나 싶더라고. 확 그냥 인심 써서 져주고 싶은데 자존심 땜에 그럴 수도 없고, 태민 씨 말대로 차라리 빨리 화해를 해버리는 게 낫지 않을까 싶기도 하고…… 아이고, 내 팔자야. 아무래도 올해 토정비결에 원수를 만나는 운이 들어 있었던 게 분명하다. 그것도 보통 원수가 아니라 철천지원수!"

성주의 말을 들으며 여진은 풋 웃음을 흘렸다.

그럴 리도 없지만, 만약에 주호가 상종하지 못할 인간이었다면 아예 뒤도 안 돌아볼 성주였다. 그나마 주호를 상대해 주고 있는 것을 보면 그에 대한 느낌이 영 아니올시다는 아닌 모양이었다.

'태민 씨 말대로 두 사람 사이에 좋은 일이 생기려나?'

여진은 어쩌면 두 사람이 승부를 가리려다 정이 들지는 않을까 하는 기대마저 생겼다. 성주와 주호가 투닥투닥 말싸움하는 모습을 상상하니 자꾸만 웃음이 나왔다. 언제 승부가 판가름이 날지 모르지만, 누가 승자가 누가 될지 자못 기대가 컸다. 또 무승부가 되면 더 재밌는 일이 벌어질 것 같은 예감도 들고.

"이래저래 남자들은 죄다 골칫덩어리들이라니까. 처음부터 쌩까고 엮이질 말았어야 하는데 그놈의 내기는 왜 하자고 해갖고……."

성주는 다시 머리를 박박 긁어대며 긴 한숨을 내쉬었다.

8

일주일 후, 일요일.

여진이 새로 올릴 연극의 시놉시스를 썼던 것이 마음에 들지 않는다며 노트북에 꽤 많이 써놨던 글들을 죄다 삭제해 버렸다. 그 바람에 기획부터 다시 시작해야만 하는 상황이 되어버렸다.

성주와 여진은 브런치를 먹자마자 함께 식탁 의자에 마주 앉아 새로 올릴 연극의 장르에 대해 토의를 하고 있었다.

지난번에 무대에 올렸던 '지독한 열망'이 어두운 내용이었다. 그러니 이번엔 밝은 내용의 연극을 올리기로 두 사람은 합의를 보았다. 지금쯤 고전을 무대 위에 올리는 것도 괜찮다며 성주가 세익스피어의 '말괄량이 길들이기'와 '한여름 밤의 꿈'에 대해 열변을 토하고 있는데 식탁 위에 놓여 있던 여진의 휴대폰이 비이잉

진동을 했다.

"아, 정말! 이 중요한 때에 전화를 거는 매너 없는 사람이 대체 누구야?"

"우리가 토론 중인 걸 상대는 모르잖아."

식탁 위에 놓여 있던 휴대폰을 집어 들고 확인한 여진의 표정이 환해졌다.

"네 표정을 보니 태민 씨구만."

"응. 이따가 토론 끝나고 통화할까?"

"아냐. 그냥 받아. 내가 특별히 봐줄 테니까 아예 네 방에 들어가서 편하게 통화해."

"그래도 돼?"

"바라는 바야. 난 두 사람 사랑놀음에 낄 생각 없으니까."

"미안. 금방 끊고 나올게."

"그럴 것 없어. 실컷 수다 떨어. 나도 이참에 좀 쉬게."

성주는 태민과 여진의 연애사에 대해 궁금했지만 쉽게 물어볼 수가 없었다. 석형이야 워낙 그녀가 싫어했던 타입이라 여진에게 꼬치꼬치 캐물었다. 여진을 위로해 주고 충고해 주기 위해서였다. 하지만 서로 사랑하는 태민과 여진, 두 사람의 연애에 대해서는 시시콜콜 묻는 게 예의가 아니라는 생각이 들었다.

"말 많이 해서 힘들었나 보다. 잠깐만 쉬고 있어."

여진이 휴대폰을 들고 그녀의 방으로 들어갔다.

성주는 여진이 석형과의 관계를 끝내고 태민과 사귀면서 행복해하는 것 같아서 참으로 좋았다. 여진이 석형과 결혼하는 모습은 절대로 보고 싶지 않았다. 여진이 불행해지면 자신도 행복할 수 없기 때문이었다. 여진도 마찬가지일 것이고.

두 사람은 딱 한 가지, 서로의 생각이 좁혀지지 않는 것이 있었다. 엄마 이 여사가 고된 시집살이를 당하며 주체적인 여자로서 살지 못하는 모습을 보며 자란 성주는 독신으로 살기를 결심한 한편, 여진은 부모님을 일찍 여읜 바람에 사랑하는 남자와 다정하게 서로 사랑을 주고받으며 다복한 결혼 생활을 하고 싶어하는 것이었다.

그렇기에 성주는 여진이 원하는 결혼을 할 수 있기를 바랐다. 여진의 행복이 곧 그녀의 행복이기에. 물론 여진도 같은 마음이라 독신으로 살 것을 결심한 성주에게 결혼하라고 강요하거나 종용하는 짓 따윈 하지 않는 것이리라.

'그래. 널 미친 듯이 사랑하는, 네가 진심으로 사랑하는 태민 씨랑 알콩달콩 연애도 하고 결혼해서 잘살아. 외롭게 살았으니까 아이들도 많이 낳아서 북적북적 다복하게 살아. 내가 응원해 줄게.'

성주는 꼭 그녀의 마음처럼 되길 바라며 닫힌 여진의 방문을 애정 어린 시선으로 바라보았다.


다음 날, 밤.

태민을 만나러 나간 여진이 늦을 거란 메시지를 보내왔다. 혼자 저녁을 대충 때운 성주는 소파에 누워 제법 두꺼운 책 한 권을 다 읽었다. 시계를 보니 밤 11시였다.

"늦바람이 무섭다더니…… 훗. 여진이가 늦겠다고 톡까지 한 걸 보면 한 시나 돼야 들어오겠네."

성주는 한잔하고 자고 싶어 술을 놔두는 곳을 뒤졌다. 요 며칠 술을 안 마셔서 신경을 안 썼더니 술이 한 병도 없었다.

"편의점에 가서 술 좀 사다 쟁여놔야겠군."

대충 점퍼를 걸치고 아파트 단지 후문 쪽 상가에 있는 편의점에 가서 와인 한 병이랑 소주 네 병을 샀다. 그녀가 콧노래를 부르며 단지 내 차도를 막 건너고 있을 때였다.

"김성주!"

고함치듯 그녀의 이름을 부르는 쪽을 바라보던 성주는 눈 깜짝할 사이에 길바닥에 쓰러졌다. 부르릉 소리를 내며 오토바이가 지나가는 소리를 들은 성주가 정신을 차리고 보니 웬 남자가 손으로 그녀의 머리를 감싼 채 함께 쓰러져 있었다. 급박하게 뛰어대는 남자의 심장 뛰는 소리가 들렸다.

성주는 깜짝 놀라 남자를 밀쳐 내고는 발딱 일어났다. 몸을 이리저리 움직여 보니 다행히 다친 곳은 없는 것 같았다.

"너무하네, 생명을 구해준 사람을 밀치다니."

익숙한 음성이 들러왔다. 성주는 그제야 몸을 일으키고 있는 남자를 쳐다보았다. 그녀 앞에 선 남자는 바로 서주호였다. 성주는 그제야 정신이 번쩍 들었다.

"어디 다친 데 없어요?"

"성주는? 다친 데 없어?"

"난 괜찮아요."

"나도 괜찮아."

"휴우, 다행이다."

안심하며 주호의 몸을 살피는데 성주의 눈에 그의 손등이 까져 피가 나는 것이 보였다. 그녀의 머리를 받치고 있던 손인가 보았다.

"괜찮긴 뭐가 괜찮아요? 다쳤잖아요!"

성주가 속상해서 소리치는데 주호가 갑자기 두 손으로 그녀의 얼굴을 잡고는 서로 코가 닿을 듯 얼굴을 들이댔다. 그의 숨이 그녀의 얼굴에 닿았다.

두근. 두근두근. 두근두근두근……. 주호의 두 눈을 바라보던 성주의 심장이 갑자기 빨리 뛰기 시작했다. 놀란 성주는 얼른 주호를 밀어냈다.

"왜, 왜 이래요?"

"다신 못 볼 뻔했잖아."

"뭐, 뭐요?"

"대체 무슨 생각을 하느라 배달용 오토바이가 달려오는 것도 못 본 거야? 내가 봐서 다행이지 큰일 날 뻔했어."

"고, 고마워요."

"앞으론 주위 잘 살피고 다녀. 어디 한 곳도 다치면 안 돼."

"알았어요. 참, 내 술!"

그제야 성주는 자신의 손에 술이 담긴 봉투가 들려 있지 않다는 것을 깨닫고 주변을 살펴보려 할 때였다. 주호가 둘이 쓰러져 있던 곳에서 봉투를 집어 그녀 앞에 내밀었다.

"어? 술이 멀쩡하네?"

"내가 잽싸게 봉투를 잡아챘지."

"보기보다 민첩하네요. 나도 구하고 술도 구하고."

"술은 구하려고 구한 게 아냐."

"그게 무슨 말이에요?"

"바닥에 떨어지면 술병이 깨져서 성주가 다칠까 봐 내가 본능적으로 챙긴 거지."

주호의 말에 성주는 얼굴이 빨개졌다. 밤이어서 참으로 다행이었다. 빨개진 그녀의 얼굴을 주호가 볼 수 없어서.

"우리 또…… 우연히 만난 거예요?"

"맥주 생각이 나서 나왔어. 편의점으로 향하다 성주가 술 사갖고 나오는 걸 봤고."

"아. 그나저나 손등 다쳐서 어떡해요?"

"집에 가서 소독하고 약 바르면 돼. 얼른 집에 가. 밤이니까 주위 잘 살피고."

"네. 오늘 고마웠어요."

성주가 두어 걸음 걸어갔다. 그 모습을 보고 있자니 도저히 안심이 안 되었다. 주호는 성큼성큼 걸어가 성주의 손을 잡았다. 성주가 놀라서 손을 빼내려고 했지만, 그는 놔주지 않았다.

"115동 앞까지만 가. 그래야 안심이 될 것 같아서 그래."

성주는 아무 말도 못하고 주호에게 손을 잡힌 채 115동 건물 앞까지 왔다.

"다 왔어요."

"들어가."

"먼저 가요."

"들어가는 거 보고 갈게."

주호의 단호한 표정을 보니 그녀가 들어가지 않으면 그가 한 발자국도 움직이지 않을 것 같았다.

"그래요, 그럼. 나 먼저 들어갈게요. 서주호 씨도 조심해요."

"알았어."

"오늘 고마웠어요."

주호가 고개를 끄덕였다.

성주는 카드키로 공동현관 문을 열고 안으로 들어갔다. 그리고는 뒤도 돌아보지 않은 채 마침 1층에 머물러 있던 승강기를 탔다.

집 안으로 들어온 성주는 술 놓는 자리에 술병들을 놔두고는 소주 한 병을 손에 들고 소파에 풀썩 앉았다.

"서주호 씨 아니었음 정말 큰일 날 뻔했네. 휴우. 근데 내가 왜 이러지?"

성주는 자꾸만 양 뺨에 주호의 커다란 두 손의 온기가 느껴졌다. 그리고 그의 품에 안겨 바닥에 쓰러졌을 때 들렸던 그의 심장 소리가 들리는 것 같았다. 그의 손에 잡혔던 손을 바라보았다. 아직 그의 온기가 그대로 남아 있는 것만 같았다. 그 현상은 그녀가 소주 두 병을 다 마시고 잠이 들 때까지 계속되었다.


며칠 후.

여진이 태민과 데이트를 하러 나가자 성주는 텅 빈 집 안에 혼자 있는 게 오늘따라 심심해 죽을 지경이었다.

"에잇, 위장 보호고 뭐고 오늘은 무조건 마셔야겠다."

성주는 혼자 식탁 앞에 앉아 안주도 없이 와인을 잔에 따라 호로록 소리가 나도록 들이마시고는 입안에서 굴리다 삼켰다. 와인의 맛을 제대로 음미하기엔 최고의 방법이었다. 두어 모금 더 마시니 입안 전체에 와인의 향기가 가득 찼다. 그러자 기분이 좋아졌다.

"이제야 와인 맛 좀 즐기려는데 대체 언놈이 눈치 없이 전화질이야?"

성주는 툴툴대며 휴대폰을 집어 들고 액정화면에 뜬 번호를 확인했다. 서주호에게서 온 전화였다. 갑자기 얼굴이 화끈거리고 가슴이 두근거렸다. 편의점에서 주호가 그녀를 구해주었던 날 이후부터 그를 생각할 때마다 나타나는 현상이었다.

"용건이 있으면 메시지를 보내지 왜 전화를 하고 난리야! 안 그래도 요즘 내가 나 같지 않아서 신경 쓰여 죽겠구만."

끊기 버튼을 눌러 버리고는 휴대폰을 식탁 위에 도로 내려놓으려는데 또다시 주호에게서 전화가 왔다. 성주는 다시 끊기 버튼을 눌렀다. 그러자 또 휴대폰 벨이 울렸다. 이번에도 서주호였다.

"이보세요! 전활 안 받으면 통화할 상황이 아닌가 보다 생각하는 게 정상 아니에요? 왜 세 번씩이나 전화를 걸어요?"

어쩔 수 없이 전화를 받은 성주는 통화가 연결되자마자 씩씩대며 따다다 쏘아붙였다. 그리고는 끊기 버튼을 누르려는데 상대방의 말소리가 들려왔다.

[나야, 서주호.]

주호의 음성을 듣자 성주는 기분이 묘해졌다. 말로는 표현할 수 없는, 짜릿짜릿 전신에 전기가 흐르는 것 같은 기분이었다. 아무래도 그날 밤 이후 그녀의 몸과 마음이 이상해진 게 분명하다. 하지만 주호에게 그런 티를 낼 수는 없다. 성주는 심호흡을 크게 하고는 평소의 그녀다운 표정을 지었다.

"내가 한글도 못 읽는 줄 아나, 그래서요?"

[나, 서주호라고.]

성주는 자신의 신분을 두 번씩이나 밝히는 주호가 하도 기가 막혀 액정화면을 노려보다 다시 휴대폰을 귀에 갖다 댔다.

"댁이 서주호 씬 거 나도 안다고요! 그래서 뭘 어쩌라고요?"

[기억력이 그다지 좋지 않은 모양이군.]

주호의 말이 성주의 비위를 뒤틀리게 만들었다.

"내가 왜 기억력이 좋지 않다는 거예요? 무슨 근거로 그런 말을 하는 거냐고요?"

[우리 둘이 내기하기로 한 걸 잊은 것 같아서 말이야.]

"잊지 않고 있거든요!"

[난 또 하도 연락이 없어서 내기하기로 한 걸 잊어버린 줄 알았지.]

"이보세요, 서주호 씨! 내기할 날짜와 장소 종목은 내가 정해서 연락 주기로 한 거 잊었어요?"

[아니.]

"안 잊었으면서 왜…… 아니, 그건 그렇고 지금 나한테 계속 반말하고 있는 거 알아요?"

[알아. 안경점에서도 쭉 반말을 했었는데 왜 새삼스레 반말한다고 뭐라 하는 거지?]

"그땐 내가 정신이 없어서 따질 경황이 없었고……. 내가 언제 나한테 반말해도 된다고 허락한 적 있어요? 누구 맘대로……?"

[우리가 몇 살 차이인지는 알지? 설마 그새 잊어버렸나?]

그녀의 말을 자른 주호가 어이없다는 투로 물었다. 성주는 그와 나누었던 이야기를 토씨 하나 빼놓지 않고 다 기억하고 있었다.

"내 이름은 그쪽이 아니라 서주호라고."

"정 원한다면 이름 불러주죠. 그럴 수 없는 건 서주호라는 사람 사정이니까 신경 꺼요."

"어허, 일곱 살이나 많은 사람한테 그냥 이름을 부르는 건 기본 예의에 어긋나도 한참 어긋나는 거지."

"대체 뭐라고 불러달라는 거예요? 의사 선생님이란 호칭을 원하는 거예요? 그건 병원에서 내가 그쪽 환자로 만났을 때나 부르는 호칭 아닌가요?"

"난 성주한테 선생님이고 싶은 생각 전혀 없는데?"

"그럼 설마 오빠 소리라도 듣고 싶은 거예요? 턱도 없어요. 난 절대로 그쪽을 오빠라고 불러줄 마음이 없으니까."

"그럼 씨라도 붙여줘야지."

그날 성주는 안경점에서 일곱 살이 어리다는 죄로 주호를 '서주호 씨'라고 불러줄 수밖에 없었다. 그 후 지금까지도 그를 '씨'

146  그, 그녀에게 태클을 걸다

자를 붙여서 말하고 있었다.

"서주호 씨의 나이가 나보다 많다고 해서 나한테 반말을 할 권리는 없죠."

성주는 정색하고 말했다. 이쯤 말했으면 주호도 알아들었겠거니 생각했다. 하지만 주호는 그녀의 생각과는 전혀 반대로 생각하고 있는 모양이었다.

[법적으로나 도덕적으로나 내가 그쪽한테 반말하는 건 아무 문제가 없다고 보는데, 난.]

"지금 나이 많이 먹은 거 자랑해요?"

[자랑은 무슨. 내가 그쪽한테 반말을 할 권리가 있다는 얘길 한 거지.]

"이 사람이 정말! 빨리 죽고 싶어요? 그래서 아예 자기 무덤을 파는 거예요, 지금?"

성주는 소리를 빽 질렀다. 그러자 휴대폰 속에서 껄껄대며 웃는 주호의 웃음소리가 들려왔다. 그녀가 화를 내거나 말거나 그는 아무런 상관이 없는 듯했다. 아니, 오히려 더 재미있어 하는 것 같았다.

성주는 욕설이 터져 나올 것 같아 크게 심호흡을 하며 울화가 치민 마음을 진정시켰다. 그의 말대로 일곱 살이나 많은 사람인데다 여진을 돌봐주었던 의사인 주호가 아니던가. 마지막까지 인내심을 발휘해 예의를 지키는 차원에서 성주는 욕설만은 내뱉지 말자고 마음먹었다.

"대체 왜 전화한 거예요? 무슨 중요한 일이 있어서 세 번씩이나 전화를 걸었느냐고요?"

[내기가 너무 늦어지는 것 같아서 말이야. 그리고 성주한테 개인적으로 해줄 얘기가 있어서 봉사하는 마음으로 전화했지.]

"난 서주호 씨한테 개인적으로 들을 얘기가 없으니까 봉사하는 마음으로 전화 좀 끊어주시죠."

[후회할 텐데?]

"내가 왜 후회를 해요? 우리가 개인적인 얘길 주고받을 사이도 아닌데 후회를 왜 하겠어요? 절대 후회 안 할 거니까 전화 끊어요."

성주는 쐐기를 박듯 일부러 아주 또렷하게 한 글자 한 글자 정확하게 발음을 했다.

[생각보다 둔하군.]

"내가 둔하다고요?"

[둔하지 그럼. 우리가 공통적으로 이야기할 것이 무엇인지 아직도 알아채지 못하고 있으니까.]

"무슨 스무고개를 하는 것도 아니고…… 대체 우리가 공통적으로 이야기할 게 뭔데요? 얘길 좀 알아듣게 해요!"

인내심의 한계를 느낀 성주는 치솟는 성질을 누르지 못한 채 버럭 소리를 질렀다.

주호와 이야기를 하면 할수록 말발이 밀리는 것 같아 기분이 나빴다. 게다가 그녀답지 않게 그의 말에 연신 휘말리게 되는 것 같아 짜증이 났다.

[김태민과 현여진 씨, 현여진 씨와 김태민. 이렇게 얘길 하면 알

아들으려나?]

"그 두 사람이 뭐요?"

[두 사람에 대해 내가 알고 있는 게 많아서 정보 좀 제공해 주려고 특별히 인심을 쓰려고 했는데, 두 사람의 관계가 어떻게 진행되고 있는지 그쪽은 알고 싶지 않은가 보네. 그럼 이만 끊……]

"자, 잠깐만요!"

주호가 전화를 정말로 끊어버릴 것 같아 그의 말이 채 끝나기도 전에 성주는 다급히 외쳤다.

[왜? 이제야 관심이 좀 생기나?]

"솔직히 좀 땡기네요."

성주는 순순히 인정을 했다. 이럴 때 튕겨봤자 손해를 보는 쪽은 자신임을 잘 알고 있기에.

안 그래도 둘이 어떻게 만나 사랑을 하게 되었는지 여진에게 아주 간단히, 대충 듣기만 했던 터라 두 사람에 관해 특히 태민에 대해 궁금한 것들이 많았던 성주였다. 그러니 이 좋은 기회를 날려버릴 이유가 없다.

[좀?]

주호가 조금 궁금한 거면 말을 해줄 마음이 없다는 뉘앙스로 물었다.

"아, 아니. 아주 많이요."

[좋아. 그럼 지금 아파트 단지 입구 건너편에 있는 카페로 나오지.]

"지금 거기에서 전화하고 있는 거예요?"

[응.]

"알았어요. 금방 나갈 테니까 거기 꼼짝 말고 있어요."

성주는 서둘러 전화를 끊었다. 주호가 말한 카페라면 눈 감고도 찾아갈 수 있는 곳이었다. 집 안에 있는 게 답답할 때면 여진과 함께 산책을 나갔다가 그 카페에 들러 커피를 한 잔씩 마시고 집으로 돌아오곤 했었기 때문이었다.

태민과 여진의 자세한 러브스토리가 내심 궁금했던 성주는 잽싸게 굵은 털실로 짠 카디건을 찾아 걸치고 집에서 나와 전력을 다해 뛰기 시작했다. 그새 주호가 마음이 변해 카페를 나와 그의 집으로 돌아갈까 싶어서.

뛰어오느라 거친 숨을 고르며 카페 문을 열고 안으로 들어온 성주는 두리번거리며 주호를 찾았다.

"설마 저 사람이?"

캐주얼한 옷차림을 한 남자가 구석의 창가에 있는 테이블을 차지하고 앉아 커피를 마시고 있었다. 분명 얼굴은 서주호인데 서른다섯 살처럼 보이지가 않았다. 오토바이와 부딪힐 뻔한 일이 있었던 날 편의점 앞에서도 금테 안경을 쓰고 있었는데 지금은 연한 갈색 테의 안경을 쓰고 있었다. 그 때문인지 열 살 정도는 더 젊어 보였다.

'안경점에서 테를 고르더니 저 안경테를 샀나 보군. 병원에선 나이 들어 보이려고 일부러 금테 안경을 쓰나 보네.'

하얀 가운을 입었을 때처럼 무게감이 있는 의사 티도 전혀 나지 않았고, 지하주차장이나 안경점에서 봤을 때처럼 슈트 차림이 아닌 젊은이들이 입을 법한 점퍼 차림이라 그녀가 봐왔던 서주호가 아닌 완전히 다른 사람처럼 보였다. 누가 봐도 매력적인 꽃미남 청년 그 이상이었다.

"미남인 건 처음 봤을 때부터 알고 있었지만…… 저 사람이 저렇게 동안이었어? 누가 보면 잘생긴 대학생 모델인 줄 알겠네."

성주는 혼잣말을 중얼거리며 주호가 있는 곳으로 걸어가 털썩, 그와 마주 앉았다. 그와 눈이 마주치는 순간 성주는 심장이 멎는 줄 알았다. 그러더니 이내 심장이 들썩이기 시작하더니 점점 더 박동이 빨라졌다.

'또 왜 이래? 진정해. 진정해 김성주! 너 이러면 안 돼. 제발 진정 좀 해!'

미친 듯이 뛰어대던 심장박동이 겨우 제자리를 찾아왔을 때 그녀를 정시하고 있던 주호가 입을 뗐다. 그림 같은 미소를 지으며.

"잘 찾았네."

"내가 눈썰미가 많이 좋은 편이거든요."

"병원에서 날 본 사람들은 내가 이런 차림으로 다니면 전혀 못 알아보던데."

"그럴 것 같네요. 전혀 다른 사람처럼 보이니까."

"전혀 다른 사람처럼 보인다? 좋은 쪽이야 나쁜 쪽이야?"

"……좋은 쪽이요."

성주는 그냥 그녀의 생각대로 솔직하게 말했다.

"손은 괜찮아요?"

"다 나았어. 딱지만 떨어지면 돼."

주호가 다쳤던 손을 들어 보였다.

"다행이네요. 그때 정말 고마웠어요."

"그때도 말했지만 난 성주가 안 다친 걸로 됐어."

주호는 그녀의 목숨을 구해준 것에 대해 아무런 생색도 내지 않았다. 오히려 별일 아니라는 듯 굴었다. 술병들이 깨져 그녀가 다칠까 봐 찰나의 그 순간에 술병들이 들어 있는 봉투까지 챙기고서도. 그런 점들이 성주를 더 매료시켰다.

'그래. 어차피 혼자 살 거 짝사랑하는 대상이 한 명쯤 있는 것도 괜찮지.'

성주는 주호에 대해 호감을 넘어 사랑하고 있음을 인정했다. 그래도 달라질 것은 없었다. 사랑은 하지만 결혼은 하지 않을 테니까.

"오셨어요?"

어느새 다가온 여종업원이 인사말을 한 후 메뉴판을 펼쳐 테이블 위에 놓았다. 이곳은 요즘 보기 드물게도 셀프 오더형 카페가 아니라 종업원이 직접 주문을 받고, 주문한 차를 갖다 주는 곳이었다.

"잘 지냈어요?"

성주는 반색하며 안부를 물었다.

"네, 덕분에요."

"뜨거운 아메리카노 주세요. 오늘은 조금 연하게 마실게요."

성주는 위장 보호 기간임을 잊지 않고 주문을 했다.

"나도 같은 걸로 주세요. 난 조금 진하게."

"네. 잠시만 기다려 주세요."

여종업원이 테이블 위에 펼쳐져 있던 메뉴판을 챙겨 들고 주방 쪽으로 가자 잠시 침묵이 흘렀다. 성주를 묘한 눈빛으로 빤히 바라보던 주호가 먼저 어색한 침묵을 깼다.

"다행이네. 성주가 좋게 봐주니."

예상치 못했던 주호의 말에 성주의 심장이 또다시 마구 뛰어대기 시작했다. 이젠 아예 불치병이 되어버린 모양이다. 체념한 성주는 제멋대로 뛰어대는 심장박동을 무시해 버렸다.

"내가 서주호 씨를 좋게 봐주는 게 왜 다행이에요?"

"글쎄."

주호가 애매모호하게 대답했다. 궁금한 건 잘 못 참는 성격이라 성주는 엉덩이를 테이블 쪽으로 바짝 당겨 앉았다.

"얼버무리지 말고 정확하게 말해봐요. 내가 서주호 씨를 좋게 봐주는 게 왜 다행이라는 거예요?"

"궁금한 걸 못 참는 성격이군. 좋아, 쉽게 설명해 주지. 내가 관심을 갖고 있는 사람이 날 좋게 봐준다니 다행이라고. 이젠 이해가 됐나?"

"그, 그쪽 아, 아니, 서주호 씨가 나, 나한테…… 관심을 갖고 있다고요?"

전혀 생각지도 못했던 주호의 말에 성주는 당황스럽기도 하고 또 진정 기미가 보이던 심장이 다시 경주마처럼 뛰어대기 시작했다.

"왜? 내가 성주한테 관심을 가지면 안 되는 이유라도 있나?"

"부탁하는데, 지금 이 순간부터 그 관심 완벽하게 꺼주세요. 그린라이트가 켜질 확률 빵 퍼센트니까."

"왜지? 난 군필자고 신체적 정신적으로 하자가 전혀 없는 대한민국 국적의 건강한 남자인데 내가 왜 성주한테 여자로서 관심을 가지면 안 되는지 말해봐. 내가 이해할 수 있게."

"난 사랑보단 일하는 걸 더 좋아하는 사람이에요. 그리고……."

여종업원이 커피를 가져오는 바람에 성주는 하던 말을 멈춰야 했다. 여종업원이 커피를 테이블 위에 내려놓았다.

"뜨거우니까 조심하세요."

"네."

여종업원의 말에 성주는 본능적으로 대답을 하고는 그녀가 가자마자 얼른 커피를 한 모금 마셨다.

"앗 뜨거!"

성주는 얼른 커피 잔을 테이블 위에 내려놓고는 커피를 뱉을 수도 없어 꿀꺽 삼키고는 입을 벌리고 손부채질로 뜨거워진 입안을 식혔다. 그 모습을 보고 있던 주호가 키득키득 웃더니 이내 걱정스런 표정을 지었다.

"뜨거우니까 조심하라고 했을 때 그러겠다고 대답했잖아. 그런데 왜 뜨거운 커피를 날름 마셔? 조금 식혀서 마시든지 후후 불어서 마시든지 해야지. 입안 다 데었겠네."

"그쪽, 아니, 서주호 씨가 말도 안 되는 소릴 하니까 내가 정신이 없어서 그런 거잖아요!"

"자신의 건망증 탓은 안 하는군."

"나 건망증 없거든요?"

"이젠 거짓말까지?"

"내가 언제 거짓말을 했다고 그래요?"

주호는 톡 쏘아붙이는 성주를 보며 피식 웃음을 흘렸다.

'이렇게 귀여운 짓을 해대면서 날더러 관심을 끄라고? 말도 안 되는 소리지.'

주호는 사랑 비슷한 걸 한 경험이 몇 번 있었다. 그런데 오래가지 못했다. 이상하게 여자를 만나면 만날수록 재미도 없고 싫증이 났다. 그러다가 소원해져 헤어진 경우가 다였다. 그래서 부모님이 그의 결혼을 바라고 있음을 알면서도 지금까지 결혼할 생각을 하지 못한 것이었다.

성주 같은 여자는 한 번도 만나본 적이 없었다. 태민의 말에 의하면 성주는 일도 아주 열정적으로 한다고 했다. 그가 딱 바라던 여자였다.

주호는 김성주라는 늪에 빠져 버렸다. 눈에 콩깍지가 단단히 씌어버렸다. 성주와 결혼이란 걸 하고 싶을 정도로.

주호는 오늘따라 성주가 몹시도 보고 싶었다. 안 보면 못 견딜 것 같았다. 그래서 여진과 태민의 사랑에 대해 이야기를 해주겠다는 미끼로 그녀를 불러낸 것이었다. 그가 내건 미끼를 성주가 덥석 물어준 건 주호에겐 행운이었다.

"괜찮아?"

"입천장이 훌러덩 다 까졌어요."

"덜렁대는 성격은 좀 고쳐야겠네."

"지금 내 걱정해 주는 거예요? 아님, 지적질을 하는 거예요?"

"당연히 걱정해 주는 거지."

"의외네요. 난 서주호 씨가 그렇게 마음이 넓은 사람인 줄 몰랐는데."

"난 내가 좋아하는 사람한테만 친절한 편이야."

"엥? 그건 또 무슨 뜻이에요?"

성주가 미간을 좁힌 채 주호를 바라보다 말을 이었다.

"그 말은 설마…… 아까 했던 말이 진심이란 뜻이에요? 여자로서 날 좋아한다는?"

"응. 그것도 아주 많이."

또 성주의 심장이 날뛰어댔다. 제대로 숨을 쉬기가 벅찰 정도였다. 성주는 애써 호흡을 가다듬으며 주방 쪽을 향해 손을 들었다.

"언니, 여기 얼음 잔뜩 넣은 냉수 두 잔 주세요!"

성주의 외침에 이내 여종업원이 얼음이 담긴 냉수를 가져와 테이블 위에 유리컵을 내려놓고는 다시 주방으로 갔다. 성주는 냉수가 담긴 컵을 주호 앞으로 쓰윽 밀었다.

"냉수는 입안을 데인 성주가 마셔야 하는 거 아닌가?"

"안 그래도 마실 참이에요. 이건 서주호 씨가 마셔요."

"나더러 냉수 먹고 속 차리란 뜻이야?"

"네."

어쩐 일로 주호가 군말 없이 냉수를 쭈욱 들이켜고는 얼음만 남은 컵을 테이블 위에 내려놓았다. 그 모습을 지켜보며 냉수를 마신 성주는 의미심장한 표정으로 입을 뗐다.

"이젠 속 차리셨겠죠?"

"아니. 난 여전히 성주가 좋은데?"

"혹시 날 좋아하는 것도 서주호 씨의 대단한 승부욕하고 관련이 있어요?"

"글쎄."

"그렇게 애매모호하게 대답하지 말고 정확하게 말해요. 나한텐 중요한 문제니까."

"성주에 대한 내 감정을 내 승부욕과 연관시켜 생각한 적이 없어."

주호의 진지한 표정을 보니 진심인 것 같았다.

'대체 나한테 왜 이런 귀찮은 일이 일어난 거야? 집에선 엄마가 1년 안에 결혼하라고 난리를 치시더니 이젠 나 좋다는 남자까지 생기고……. 제발, 일만 하게 날 좀 그냥 놔두라고! 난 짝사랑을 하는 것만으로 충분히 만족하니까!'

성주는 두 손으로 머리를 박박 긁은 후 깊게 심호흡을 했다. 그리고는 진지하게 주호를 바라보았다.

"내가 서주호 씨의 마음속에 들어가 나에 대한 감정을 지우개로 싹싹 지워 버릴 수도 없고, 서주호 씨의 감정인데 내가 뭘 어쩌겠어요? 하지만 난 서주호 씨를 남자로 생각한 적이 한 번도 없어요. 앞으로도 없을 거고요."

성주는 거짓말을 진심처럼 말했다.

"미래를 함부로 장담할 순 없지."

"내 감정은 내가 컨트롤해요."

"마인드컨트롤에 그렇게 자신이 있나?"

"네."

성주는 정신없이 뛰어대는 심장을 무시하며 자신 있게 대답했다. 연극을 전공한 걸 주호에게 써먹을 줄은 몰랐지만, 지금까진 잘 먹히고 있는 것 같았다.

'김성주, 대학 다닐 때 연기 잘한다는 소리 많이 들었잖아! 서주호 씨 앞에선 무조건 넌 연기자야! 그럼 내가 서주호 씨를 좋아한다는 걸 서주호 씨는 물론이고 그 누구도 알 수 없을 테니까!'

성주는 마음을 단단히 굳혔다. 이젠 주호 때문에 심장이 제멋대로 뛰든 말든, 가슴이 설레든 말든, 얼굴이 화끈거리든 말든 신경 쓰지 않을 것이다.

"내가 신경정신과 닥터란 건 알지?"

"알죠. 그래서 뭐요? 나한테 최면이라도 걸겠다는 거예요?"

"아니. 성주가 장담하는 마인드컨트롤을 내가 흔들 수도 있단 얘기야."

"어떻게요? 설마 의대 다닐 때 사람 마음을 흔드는 방법도 배웠어요?"

"환자의 흐트러진 마음을 정리해 주는 방법 정돈 배우지. 환자한테 도움이 되니까."

"근데 어떻게 내 마음을 흔들 수 있단 거예요?"

"내가 나름 한 매력 하거든. 몸매도 착하고 얼굴도 이 정도면 잘생긴 편이고."

꽤나 거한 의학적인 소견을 말할 줄 알았는데, 완전 뜻밖의 대답이었다.

"호호호호."

예상치 못했던 주호의 말에 성주는 웃음을 터뜨리고 말았다.

"그 매력, 나한텐 안 통할 거예요."

주호의 매력이 이미 그녀에게 통하고 있었지만, 성주는 장담하는 척 연기를 했다.

"장담을 너무 쉽게 하네. 내 매력을 너무 과소평가하지 마. 나름 치명적인 매력이니까."

"호호호호."

성주는 또다시 웃음을 터뜨렸다. 자기 입으로 자신이 치명적인 매력을 가지고 있다고 말을 하다니! 주호의 엉뚱한 면에 성주는 웃지 않을 수가 없었다. 한참 웃던 성주는 갑자기 생각이 났다. 두 사람이 왜 만났는지.

"참, 김태민 씨랑 여진이에 대해서 말해준다면서요? 어디서 어떻게 만났대요? 태민 씬 여진일 어떻게 사랑하게 됐대요? 여진이의 어떤 점이 태민 씨의 마음을 움직이게 했대요? 설마 여진이의 뛰어난 미모 때문만은 아니겠죠? 빨리 말해줘요. 궁금해 미치겠으니까."

"남의 사랑엔 관심이 많군."

"여진인 나한테 남이 아니에요. 가족이지."

주호는 눈까지 흘겨대며 여진을 가족이라 말하는 성주를 미소로 지켜보았다.

사실 주호는 퇴원한 여진이 죽을 먹고 잠도 푹 잤다는 이야기를 태민에게 들었을 때 입이 떡 벌어졌었다.

아무리 친구라도 상처 입은 마음을 치유해 주기는 힘들다. 그런데 성주는 그것을 해냈다. 그건 성주가 진심으로 여진을 사랑하며 아끼고 있다는 뜻이었다. 물론 성주도 여진에게 그런 존재임이 분명하고.

주호는 상처받은 친구를 치유해 주는 능력을 가진 성주에게 감탄했다. 아니, 감동받았다는 표현이 더 적절하다. 아마도, 그래서 오랜 세월 텅 비어 있던 그의 마음속에 성주를 단숨에 들여놓을 수 있었는지도 모른다.

'이 여자라면 서로 힐링해 주면서 죽을 때까지 사랑하며 재미있게 살 수 있을 것 같아.'

주호는 앞에 앉은, 화장기라고는 찾아볼 수 없는 민낯의 성주를 그의 두 눈에 가득 담은 채 입을 열었다.

"두 사람의 얘길 해주겠다고 말을 했으니, 약속은 지켜야겠지?"

"당연하죠, 그 얘길 들으려고 내가 나와 있는 건데. 궁금해 죽겠어요. 빨리 말해줘요."

성주가 채근하며 몸이 테이블이 닿을 정도로 당겨 앉았다. 주호의 눈에 그런 성주가 얼마나 귀엽고 사랑스러워 보이는지 성주는 꿈에도 모를 것이다. 성주를 보는 주호의 입꼬리가 절로 휘어졌다.

"성주를 살리려면 얼른 말해줘야겠네. 자, 지금부터 얘기할 테니까 잘 들어."

"귀담아 잘 듣는 건 내 특기 중 하나니까 얼른 얘기나 시작해 요."

"태민이가 여진 씰 처음 만난 건 지독한 열망이란 연극을 보러 가서였다는군. 무대 위에서 스포트라이트를 받고 있는 여진 씰 보 고 한눈에 반한 태민이가 연극이 끝나기도 전에 나와서 여진 씨한 테 선물을 보냈는데……."

태민과 여진에 대한 스토리를 주호가 담담하게 말하기 시작했 다. 성주는 귀를 쫑긋 세우고 태민과 여진의 첫 만남부터 지금까 지의 상황을 다 들었다.

"하필이면 민석형이 태민 씨랑 친구였다니, 참 기가 막힌 우연 이네요."

"그러게. 아무튼 둘이 잘돼서 다행이야."

"근데 태민 씬 어떤 사람이에요?"

"의사로서 능력도 출중하고 또 자기 사람이란 판단이 들면 끔 찍하게 아껴주는 타입이야. 그건 내가 보장할 수 있어."

"다행이네요, 태민 씨가 그런 남자라. 저기, 서주호 씬 어떤 사 람인데요?"

기껏 질문을 해놓고 성주는 아차 싶어 얼른 입을 다물었다. 하 지만 후회해도 이미 때는 늦었다. 내뱉은 말을 도로 주워 담을 수 있는 능력이 그녀에겐 없었다.

"유유상종이라고 해두지."

"헐. 자기 자랑을 꽤 그럴듯하게 하네요."

"사실이니까. 어쨌든 기분 좋다. 성주가 나한테 관심을 갖기 시

161

작해서."

"헐. 그냥 물어본 거거든요? 관심이 생겨서 물어본 게 아니라!"

"일단 그렇다고 해두지."

"술내기 빨리 끝내고 우리 그만 만나죠."

"왜? 내 치명적인 매력에 성주의 굳센 멘탈이 흔들리기라도 할까 봐 걱정되나?"

"아니거든요!"

성주는 기껏 쏘아붙여 놓고는 심란해졌다.

'내 멘탈은 이미 그날 밤 깨진 것도 모르고……. 남 주기엔 여러모로 아까운 사람인데, 결혼하는 건 싫고…… 참 답답하네.'

성주는 자신의 심정을 드러낼 수 없어 일부러 정색했다.

"술 많이 마시면 다음 날 우리 둘 다 출근하기 힘들 거예요. 하루는 쉴 수 있게 이번 주 토요일 저녁 일곱 시에 시작하죠. 대낮부터 술을 마시기는 좀 그러니까."

"우리라는 말이 참 듣기 좋군. 장소는?"

주호는 그가 한 말을 듣고 성주가 또 딴죽을 걸까 봐 잽싸게 내기할 장소를 물었다.

"아파트 단지 정문 입구에서 조금 걸어가면 5층짜리 상가 있죠? 큰 마트 있는 건물이요."

"알아."

"그 건물 뒤쪽에 보면 포장마차가 있어요. 그것도 알아요?"

"응. 차 몰고 가다 본 적 있어."

"같은 아파트 단지에서 사니까 길게 설명하지 않아도 돼서 좋긴 하네요. 암튼 거기에서 이번 주 토요일 일곱 시부터 내기 시작이에요."

"정말 술내기를 해도 괜찮겠어?"

"서주호 씨한텐 절대 지지 않을 자신 있으니까 내 걱정은 하지도 마요."

"미래를 그렇게 함부로 장담하지 말라니까."

"두고 봐요. 내 장담이 그대로 들어맞을 테니까."

"그러지. 그나저나 11월이라도 이번 주 안에 비가 오기라도 하면 급격히 쌀쌀해질 텐데 포장마차에서 술 마시면 춥지 않겠어?"

"포차 천막 안에서 마시면 돼요. 좀 춥다 싶으면 서비스로 주는 어묵 국물 마시면 되고요."

"성주가 괜찮다면 됐어. 근데 얼핏 보니까 그 포차엔 거의 다 밖에 테이블이 있지 실내엔 테이블이 몇 개 없는 것 같던데 포차 안에 자리가 나려나 모르겠네."

"그렇게 걱정되면 내가 미리 가서 예약을 해둘게요."

"포차에 가면서 예약씩이나?"

"포차라고 예약하지 말란 법 있어요? 그리고 나 포차 주인 이모님하고 제법 친해요. 자주 가서."

"술을 좋아하는군."

"술을 좋아하는 게 아니라 그 분위기를 즐기는 거죠. 날 무장해제할 수 있는 그런 분위기요."

"그렇군."

주호는 술자리에선 무장해제가 될 수 있다는 성주의 말이 귀에 쏙 들어와 박혔다. 성주에 대한 새로운 정보를 주호는 머릿속에 곧장 입력했다.

"설마 술내기를 고급스런 바 같은 데서 양주로 술내기를 하겠다, 뭐 그런 말도 안 되는 생각을 하고 있었던 건 아니죠?"

"술값은 진 사람이 낼 테니까 난 어떤 장소든 무슨 술이든 상관없어."

"꼭 자기가 이길 것처럼 말하네요?"

"내가 이길 거니까."

"아뇨. 술값은 반드시 서주호 씨가 내게 될 거예요. 하지만 비싼 데 가면 난 술값 아까워서 많이 못 마시니까 무조건 포차에서 해요."

"그렇다면 더더욱 술값 비싼 바로 가야겠네. 술값 아까워서 많이 못 마시면 성주가 질 게 분명하니까."

"안 돼요! 포차에서 해요! 나더러 장소 정하라고 했잖아요!"

아이처럼 떼를 쓰듯 말하는 성주를 보며 주호는 미소를 지었다.

'하는 짓마다 이렇게 귀엽게 굴면 천천히 다가가려던 내 계획을 수정해야 하는데……. 지금부터 내가 저돌적으로 밀어붙이는 건 다 김성주 네 탓이야. 기대해. 내가 널 어떻게 몰아붙이는지.'

주호는 문득 편의점 앞에서 있었던 일이 떠올랐다. 만약 그가 그날 편의점에 가지 않았으면……. 끔찍했다. 절로 소름이 돋았다. 이젠 그의 인생에 없어서는 안 될 성주다. 그런 성주를 제 손으로 구해서 얼마나 다행인지 모른다.

'난 널 반드시 내 여자로 만들 거고, 우린 양가 축복 속에 결혼

하게 될 거야!'

주호는 한껏 부풀어 있는 성주의 볼에 입맞춤을 하고 싶은 유혹을 간신히 누르며 속으로 그녀에게 선전포고를 했다.

"이 카페 커피 맛있네. 향도 좋고."

"여긴 여진이랑 같이 자주 들르는 카페예요. 분위기도 좋고 노래도 요즘처럼 시끄럽고 랩이 많은 곡이 아닌 멜로디가 아름다운 발라드만 골라서 틀어주거든요. 서로 대화 나누면서 커피 맛이랑 노래 감상하기 딱 좋죠."

"나도 앞으로는 자주 와야겠군."

"누구랑요? 우리 아파트 단지 내에 사는 친구가 있어요? 아니면 이 동네에 사는 지인이라도 있어요?"

"아니."

"그럼 혼자 자주 오겠단 소리였어요? 청승맞게?"

"나와 같이 올 여자가 생길 것 같아."

"같이 올 여자가 생길 것 같다고요?"

"응. 곧 나한테 애인이 생길 것 같은 예감이 들거든."

성주는 가슴에 알싸한 바람이 부는 것 같기도 하고 뭔가 많이 아쉬운 것 같은 느낌이 들었다.

'이 실망감은 뭐지? 서주호 씨한테 곧 애인이 생길 것 같은 예감이 든다는데 왜 내가 실망하고 아쉬운 느낌이 드는 거냐고? 썩을! 주책바가지!'

성주는 속으로 자신을 자책하며 주호를 바라보았다. 가슴이 쓰렸다. '쳇, 여자로서 날 좋아한다고 했던 게 몇 분이나 지났다고 애인이 생길 거래?

그녀가 마다해 놓고는, 곧 애인이 생길 것 같은 예감이 든다는 말을 한 주호에게 화가 치밀고 누군지도 알 수 없을 그 애인한테 질투가 났다. 성주는 그런 자신이 한심해 속으로 깊은 한숨을 내쉬었다.

"그 예감대로 되길 바랄게요."

"진심으로 하는 소린가?"

"물론 진심이죠. 서주호 씨 예감대로 조만간 애인이 생기게 되면 잘해줘요. 절대 한눈팔지 말고요. 애인이 자기 뜻대로 움직이지 않는다고, 자기가 원하는 걸 해주지 않는다고 해서 한눈파는 남잔 남자도 아니에요. 짐승이지!"

"난 절대로 한눈팔지 않을 자신 있어. 내 애인이 될 여자는 만날수록 재미있고 유쾌하고 귀엽고 사랑스런 여자라 한눈팔 새가 없을 거거든."

주호는 내심 그가 말한 애인이 자신임을 성주가 눈치채길 바랐지만, 그녀는 전혀 감도 잡지 못한 것 같아 아쉬웠다.

두 사람은 잔에 남아 있는 커피를 마저 마신 후 카페에서 나왔다.

9

토요일.

요즘처럼 여진이 행복해 보였던 적이 있었을까.

창가에 서서 창밖의 풍경을 바라보며 기억을 더듬던 성주는 고개를 저었다. 태민과 열렬히 사랑하며 행복해하는 여진을 보니 조금은 부러웠다.

"에이, 부럽긴 뭐가 부러워. 당당했던 독신주의자 김성주는 어디에 가고 남친한테 바람맞은 여자처럼 청승 떨고 지랄이야, 지랄이!"

성주는 가슴속 한구석이 시렸다. 마치 그녀의 심장 안 모퉁이가 얼어버린 것만 같았다.

"김성주, 감상에 빠지지 마! 혼자서도 충분히 행복하게 살 수 있어! 독신으로 사는 게 더 행복할 수도 있다고! 그러니까 서주호 씨에 대한 감정은 떨쳐 버려. 그 사람한테 애인이 생기든 말든 너하곤 상관없는 일이야! 내기만 생각해. 내기하는 건데 무조건 이기고 봐야지!"

성주는 의지를 다지며 벽시계를 바라보았다. 4시 50분이었다.

"아, 맞다! 예약하러 가야지!"

포장마차는 5시부터 장사를 시작하기 때문에 주인 아주머니가 4시 30분부터 장사 준비를 시작한다. 그러니 지금 가서 포차 안 자리를 예약해야 한다.

얇은 스웨터를 걸치려던 성주는 마음을 바꿔 도로 장롱 안에 넣어놓았다. 카페에서 주호가 말했던 대로 그제 비가 오고부터는 갑자기 날씨가 꽤 추워졌기 때문이었다.

옷장 안에 걸려 있는 옷들을 보니 검정색 아니면 짙은 회색뿐이었다. 그것도 회색은 별로 없고 거의 다 검은색 옷들이었다. 때가 탄 게 잘 보이지도 않을뿐더러 옷에 대해 신경 쓰지 않고 입을 수 있는 색이 검정색이라 성주는 검은색의 옷을 선호했다.

성주가 옷을 사 들고 올 때마다 검정색 아니면 짙은 회색이라 여진한테 통박을 듣기도 했었다. 제발 좀 화사한 색도 입어보라고. 그럼 훨씬 더 여성스럽고 타고난 미모가 돋보일 거라고.

옷장 안에 걸려 있는 옷들을 손으로 대충 들척들척 뒤져 보던 성주는 검정색의 얇은 패딩 점퍼를 꺼내 입고는 서둘러 포장마차로 향했다.

원래 포장마자는 장사가 끝나면 접이식 테이블들을 접고 등받이 없는 의자들을 포개 포장마차 안에 넣어둔다. 포장마차에 도착해 보니 성주의 예상대로 포장마차의 실내와 외부에 이미 테이블들과 의자들이 세팅되어 있었다.

성주는 실내로 들어가 안주 재료들을 손질하고 있는 주인 아주머니에게 인사부터 했다.

"이모님, 안녕하셨어요?"

"오늘은 친구 없이 혼자 왔네요. 아직 식재료 손질이 덜 끝났는데, 조금만 기다려요."

"아뇨. 지금 술 마실 게 아니라 실내 테이블 하나를 예약하려고 미리 왔어요."

"예약?"

"네. 일곱 시에 와서 둘 중 한 사람이 쓰러질 때까지 마실 거거든요."

"아니, 왜 쓰러질 때까지 마셔요? 같이 사는 친구하고 무슨 일 있어요?"

"아뇨. 여진이 말고 다른 사람하고 마실 거예요."

"아. 근데 왜 쓰러질 때까지 마셔요? 술병 나면 어쩌려고?"

"누가 먼저 쓰러지나 내기를 하는 거거든요."

"에이, 술 마시기 내기하면 몸 상하는데……."

주인 아주머니가 말끝을 흐리며 걱정스런 표정으로 성주를 바라보았다.

"아직 젊잖아요. 쓰러질 때까지 마셔도 하루 쉬면 거뜬해지니까 걱정하지 마세요."

"그럼 다행이고."

"이모님, 저 예약하고 가도 되죠?"

"내가 포장마차를 시작한 후 첫 예약 손님인데 안 해줄 수가 있나. 테이블 하난 꼭 비워놓고 있을 테니까 걱정 말고 이따 와요."

"감사합니다, 이모님. 그럼 저 일곱 시에 올게요."

"그래요."

성주는 기분 좋게 포장마차에서 나왔다. 주호를 카페에서 만난 날 와인 두 잔을 마신 후부터 지금까지 술은 입에 대지도 않았던 성주였다. 식사도 일부러 거르지 않고 때맞춰 하루 세끼를 꼬박꼬박 챙겨 먹었다. 과식도 하지 않았다. 덕분에 그녀의 위장은 지금 최상의 상태였다.

'내일 아침에 먹을 죽을 미리 끓여놔야 하나? 아님 해장국을 끓여놓을까?'

성주는 일단 약국에 들러 술 깨는 약을 한 병 사 패딩 점퍼 주머니에 넣었다. 그리고는 마트에 들러 콩나물과 북어채를 사가지고 집으로 돌아왔다. 아무래도 죽보다는 해장국이 숙취를 해소하는 데 조금 더 나을 것 같아서였다.

집 안으로 들어오자마자 패딩 점퍼를 소파 위에 휙 던져 놓은 성주는 주방으로 가서 해장국을 끓이기 시작했다.

"잘 끓어라. 승리의 기쁨을 자축하는 해장국이 될 테니까!"

성주는 불이 켜진 가스레인지 위에 놓여 있는 국 냄비를 보며 승리자의 미소를 지었다.

"감히 나한테 도전장을 내밀어? 두고 봐요, 서주호 씨. 내가 반드시 서주호 씰 이기고 말 테니까!"

기합을 넣듯 팔을 휘휘 휘두르며 주방에서 나온 성주는 소파 위
에 앉았다. 소파 위에 던져 놓았던 패딩 점퍼 주머니에서 술 깨는
약을 꺼내 테이블 위에 놓은 후 휴대폰을 꺼내 들고 주호에게 카
톡을 보냈다.

「포차 예약 완료.」

주호에게 카톡을 보내자마자 기다렸다는 듯 그에게서 답이 왔
다. 엄지를 척 세운 손 모양의 이모티콘이었다.

"잘했다, 이거지!"

성주가 회심의 미소를 짓고 있는데 다시 주호에게서 카톡이 왔
다.

「 ☺~♡」

스마일과 물결무늬의 이모티콘까진 이해가 됐다. 그런데 문제
는 하트 모양의 이모티콘이었다. 하트를 본 순간 순간적으로 가슴
이 설레었던 성주는 이내 그 설렘을 떨쳐 버렸다.

"곧 애인이 생길 것 같다는 예감이 든다고, 자기 애인이 될 여자
는 만날수록 재미있고 유쾌하고 귀엽고 사랑스런 여자일 거랬잖
아. 난 그런 쪽하고는 거리가 먼데…….."

주호가 하트 모양의 이모티콘을 보낸 건 그의 실수라고 성주는
간단명료하게 판단을 내렸다.

"이런 실수는 하면 안 되는 건데…… 다신 이런 실수하지 않게
해줘야겠다."

「♡는 반려함! 다신 이런 실수하지 말 것! 오해받기 딱 좋음!!!」

주호에게 다시 카톡을 보낸 후 성주는 휴대폰을 다시 패딩 점퍼의 주머니 안에 넣었다가 다시 빼서 여진에게 카톡을 보냈다.

「나 오늘 저녁 서주호 씨랑 술내기 하러 감. 그러니까 태민 씨랑 늦게까지 놀다 와~~~♡」

카톡을 보내자마자 답장이 왔다.

「그렇게~^^ 너무 무리하진 마. 다른 건 다 이겨도 술내기는 저도 돼~」

성주는 얼른 다시 카톡을 보냈다.

「안 됨!!! 난 무조건 이길 거임^^*」

그러자 다시 여진에게서 답장이 왔다.

「파이팅!!! 난 무조건 네 편이야~ ♡♡♡」

여진의 답장을 본 성주는 휴대폰에 쪽 입맞춤을 하고는 패딩 점퍼의 주머니에 휴대폰을 넣었다. 그리고는 몸을 구부려 소파 아래 바닥에 놓여 있던 빅백에서 지갑을 꺼내려다 도로 집어넣었다. 분명 그녀가 이길 것인데 굳이 번거롭게 지갑까지 챙겨갈 필요가 없을 것 같아서였다.

"자, 이제 뭐 하면서 시간을 보낸다?"

성주의 눈에 테이블 위에 놓인 어제 읽다 만 책이 눈에 띄었다.

"책이나 보자."

성주는 승리에 대한 의욕을 불사르며 읽다 만 책을 집어 들고 자신의 방 침대 위로 올라가 헤드에 등을 기대고 앉아 책갈피가 꽂혀 있는 곳을 펼쳐 읽기 시작했다.

「♡는 반려함! 다신 이런 실수하지 말 것! 오해받기 딱 좋음!!!」

성주가 보낸 카톡 내용을 본 주호의 입에서 푸싯푸싯 웃음이 새어 나왔다.

"어떡하나, 김성주? 실수로 보낸 게 아니었는데. 스물일곱 살인 여자가 하는 짓마다 어떻게 이렇게 귀엽고 깜찍할 수가 있는 거지? 시간이 지나면 지날수록 더 재밌는 여잔 처음 본다니까."

주호는 서른다섯 살이 되어서야 그의 관심을 사로잡는 여자를 만날 줄은 몰랐다. 그가 그녀를 좋아하고 있음을 거의 대놓고 말해주다시피 해도 못 알아채는 그녀의 둔함마저도 귀여웠다. 그런 걸 보면 그는 치료약이라고는 사랑과 결혼뿐인 '김성주 병'에 걸린 게 확실했다.

주호는 다시 또 하트를 보내주려다가 참았다. 물론 저돌적으로 성주에게 다가갈 마음을 먹은 그였지만, 오늘은 아니었다. 일단 술내기에서 승부를 가린 후에 태민의 선배나 여진을 치료했던 의사가 아닌 한 남자로서 성주에게 다가갈 생각이었다.

주호는 여유 있게 집에서 나와 포장마차를 향해 걸어갔다. 여자 혼자 포장마차에서 기다리게 하고 싶지 않아 일부러 약속했던 시간보다 조금 일찍 나온 것이다.

그가 포장마차 앞에 도착한 시각은 6시 50분이었다. 한 번도 이 포장마차에 와서 술을 마셔본 적은 없지만 가끔 지나치다 본 적이 있는 곳이었다.

엊그제 비가 와서 갑자기 많이 쌀쌀해졌는데도 불구하고 야외 테이블에 사람들이 거의 다 차 있었다.

'다들 춥지도 않은가……. 하긴, 이 동네엔 예전을 추억할 수 있

는 이런 포장마차가 이곳 하나뿐이니까.'

진짜 포장마차의 옛 정취를 즐기려는 사람들이 아직은 많이 있구나, 하는 생각을 하며 주호는 천막 안으로 들어갔다.

"어서 오세요."

요리를 하다 말고 인기척에 뒤돌아본 주인 아주머니가 먼저 인사를 건넸다. 목례를 한 주호는 포장마차의 실내를 둘러보았다. 두 자리가 비어 있었다.

"테이블 예약한 사람 일행입니다. 예약된 자리가 어딥니까?"

"저기 저 구석 자리예요. 술내기를 하신다기에 일부러 구석 자리로 비워놨는데, 괜찮으세요?"

"네, 좋습니다. 감사합니다."

"가끔 친구랑 와서 소주 한 병 갖고 둘이 나눠 마시고 가는 아가씬데, 적당히 마시다 져줘요. 아가씨 속 다칠까 겁나네요."

진짜로 걱정이 되는지 주인 아주머니가 근심스러운 표정으로 말했다.

"걱정해 주셔서 감사합니다. 제가 알아서 하겠습니다."

주호는 주인 아주머니가 말한 구석 자리로 가 플라스틱 의자에 앉아 휴대폰을 꺼내 시간을 확인하고는 진동으로 바꿔놓은 후 접이식 테이블 위에 내려놓고 성주가 오기를 기다렸다. 5분쯤 지나자 긴 생머리를 포니테일 스타일로 묶은 성주가 풀썩, 그와 마주보고 앉았다.

'아우 씨, 저 눈빛 땜에 미치겠네!'

점퍼 차림의 주호는 카페에서 봤던 안경을 쓰고 있었다. 얼굴이 잘생긴 건 둘째 치고 나름 한 매력 한다는 주호의 말대로 그의 눈빛은 보면 볼수록 매력적이었다. 그녀를 온전히 빨아들일 것 같은, 치명적으로 매력적인 눈빛이었다. 성주는 얼른 속으로 '연기해!' 라고 뇌에게 명령했다.

"흠흠. 일찍 나왔네요? 언제 온 거예요?"

"기다린 지 한 오 분쯤 됐어."

"왜 그렇게 일찍 나왔어요?"

"술 마시는 곳이잖아. 포차 안에서 성주 혼자 기다리게 하기 싫었어."

"나 다칠까 봐 그 와중에 술병 든 봉투 챙긴 것도 그렇고 세심한 배려가 습관인가 보네요."

"더 좋은 점도 많아. 내가 나름 한 매력한다고 했잖아. 그것도 아주 치명적인 매력."

"이거 원 솔직한 건지 자뻑이 심한 건지 도무지 모르겠네."

"자뻑 아냐, 솔직한 거지."

"흠. 돈 드는 것도 아니니까 그런 걸로 해줄게요. 암튼 나 기다리는 거 엄청 싫어하는데 먼저 나와 있어줘서 고마워요."

성주는 주호를 본 순간부터, 아니, 그를 만나러 오기 위해 집을 나서는 순간부터 심장이 콩닥거렸지만 티 내지 않고 쿨하게 인정해 주었다. 그리고 패딩 점퍼를 벗어 옆에 있는 빈 의자에 올려놓고는 팔을 걷어붙였다. 밤엔 더 추울까 봐 입고 있던 얇은 면 티셔츠를 벗어 던지고 안에 기모를 낸 검정색 티셔츠를 입고 뛰어왔더니 더웠다.

"이기려고 작정을 하고 나왔나 보군, 오자마자 소매를 걷어붙이는 걸 보니."

"나도 한 승부욕 하거든요."

"그런 것 같네."

주호도 편하게 술을 마시기 위해 점퍼를 벗어 옆에 있는 플라스틱 의자 위에 올려놓았다.

"이런 데 처음 와보죠?"

"왜 그렇게 생각하지?"

"직업도 그렇고, 딱 봐도 금수저 물고 태어난 사람 같아 보여서요."

주호는 딱히 아니라고 하고 싶지 않았다. 거짓말로 아니라고 해봤자 성주가 믿지 않을 거란 생각이 들었다. 겸손한 것으로 보이지도 않을 테고.

"성주도 마찬가지로 보이는데? 아닌가?"

"나야 뭐 금수저 정도는 아니고 은수저 정도 될까? 암튼 난 연극쟁이니까 술 마시는 장소를 안 가리죠. 연극표가 잘 팔리면 숯불구이 식당 같은 데 가서 우리 극단 단원이랑 스태프들하고 쫌 거하게 놀고, 그렇지 않은 경우엔 이런 포장마차에서 저렴하게 회식하는 게 다반사니까요."

"그렇군."

"솔직히 말해봐요. 이런 포장마차에 와서 술 마셔본 적 있어요?"

"대학 다닐 때 친구들 따라 서너 번쯤. 그때 이후론 처음이야."

"그때 이후로 처음이면 완전 호랑이 담배 피는 시절에 왔었던 거나 마찬가지네요."

"그렇게 되나?"

"당연히 그렇죠. 저기 금수저 물고 태어난 의사 선생님, 이젠 좀 서민적인 삶도 체험하면서 살아보세요."

"성주가 원한다면 그렇게 하지."

"나는 왜 물고 늘어져요?"

"내가 한 물귀신 하거든."

"치."

성주가 흘겨보는 시늉을 하더니 짝, 손뼉을 쳤다.

"자, 그럼 이제 시작해 볼까요?"

"그러지."

"이모님! 여기 소주 여섯 병하고 돼지껍데기랑 닭똥집 주세요!"

성주의 주문에 주인 아주머니가 알았다고 대답하며 안주를 만들기 위해 분주히 움직이기 시작했다.

"소주를 여섯 병이나 시켜?"

"한 병씩 시키면 맥 끊기잖아요. 난 끊었다 마시면 많이 못 마셔요."

"평소에도 그렇게 술을 많이 마시나?"

주호는 걱정스런 표정으로 성주를 바라보았다.

"아뇨. 폭음은 아주 가끔씩 해요. 보통 땐 여진이랑 소주 한 병 시켜서 반씩 나눠 마시든지 집에서 와인 한두 잔씩 하는 정도고요. 여진이가 술을 잘 못 마시거든요."

"여진 씨 덕분에 성주가 술을 덜 마셔서 다행이군."

"설마 지금 내 건강 걱정해 주는 거예요?"

"응."

"지금은 닥터 딱지 떼고 술내기 하는 자리란 거 잊었어요?"

"아니."

"그런데 웬 내 건강 걱정?"

"성주는 내가 걱정해야 할 사람들 중 한 명이니까."

성주는 안 그래도 커다란 눈을 더 크게 뜨고 주호를 바라보았다. 그가 무슨 의미로 말을 한 건지 선뜻 이해가 되지 않았다.

"왜 내가 서주호 씨가 걱정해야 할 사람들 중 한 명이에요?"

"그 이유는 술내기 끝낸 후에 말해주지."

"흥. 그렇게 얘기하니까 뭐 대단한 이유라도 있는 것 같네."

"성주 말대로 대단한 이유가 있을 수도 있지."

"지금 선문답해요?"

"아니."

"에잇, 그냥 아무 말 말아요. 굳이 알고 싶지도 않으니까."

"알고 싶어 해야 할걸?"

"됐어요."

주인 아주머니가 주문했던 소주 여섯 병과 닭똥집볶음을 테이블 위에 내려놓았다.

"서비스 어묵 국물하고 돼지껍데기는 곧 만들어서 갖다 줄게요."

"천천히 하세요. 서둘러 하시다가 데기라도 하시면 어떡해요?"

"다들 빨리빨리 달라고 하는데 나 다칠까 봐 걱정해 주는 사람도, 천천히 해달라는 사람도 아가씨랑 아가씨 친구밖에 없어요."

"우리라도 이모님 생각을 해드려야죠."

"고마워요, 아가씨."

주인 아주머니가 보기 좋은 웃음을 남겨놓고 요리하는 쪽으로 갔다. 주인 아주머니와 대화를 나누는 성주를 보는 주호의 입가에 보기 좋은 미소가 그려졌다.

"성주는 참 묘한 여자야."

"난 그냥 나일뿐이에요. 묘한 구석이나 이상한 면이 전혀 없는 김성주라고요."

주호가 그녀를 빤히 바라보았다. 주호의 눈길에 또다시 성주의 가슴이 콩닥콩닥 뛰었다. 하지만 성주는 심장의 뜀박질을 무시했다. 어차피 주호를 향한 몸과 마음의 반응에 더는 신경 쓰지 않기로 결심했기에.

"성주는 자신이 어떤 사람이라고 생각하지?"

주호의 물음에 성주가 잠시 생각하더니 어깨를 으쓱해 보였다.

"그냥 난 나예요. 어떤 사람이라고 한마디로 정의를 내릴 수 없는, 나다운 나일뿐이에요."

보편적인 여자들의 대답과는 전혀 다른 대답을 하는 걸 보면, 역시 성주다웠다.

"그래. 성주는 성주다. 그래서 맘에 들어."

주호는 '내가 그런 성주를 많이 좋아하거든' 이라는 말은 빼고 말했다. 그리고는 소주병 한 개를 집어 들고 뚜껑을 땄다. 그가 막

성주의 잔에 소주를 따르려는데 그녀가 손으로 막았다. 그리고는 소주 세 병을 그와 가까운 쪽으로 밀어놓고 나머지 세 병을 그녀와 가까운 쪽으로 당겨놓았다.

"왜 술병을 나눠놓지?"

"소주는 각자 따라 마셔요. 그리고 이렇게 구분을 해놔야 누가 얼마큼 마셨는지 정확히 알 수 있잖아요."

역시 그가 예상했던 대로 성주의 대답은 보편적인 것과는 거리가 멀었다.

"주량에 관계없이 먼저 쓰러지는 사람이 지는 거 아니었나?"

"내기는 정확한 룰을 따라야죠. 상대방보다 적게 마시고 먼저 쓰러지면 완벽한 케이오 패지만, 이렇게 나눠놓고 마시지 않으면 누가 적게 마셨는지 알 수 없잖아요. 이번 내기 룰은 상대방보다 조금 더 먹고도 버티는 사람이 승자예요."

"일리가 있는 말이군."

"난 원래 농담은 좀 해도 쓸데없는 말은 안 해요."

"네, 잘 알아 모시겠습니다."

장담하는 성주의 표정이 귀여워 주호는 장난스런 웃음을 달고 대꾸했다.

"정말이라니까요!"

그가 비아냥거리는 걸로 받아들였는지 성주가 발끈했다.

"알았다고 했잖아."

"비꼰 거잖아요?"

"비꼰 거 아냐."

"진짜 아니에요?"

"응. 아냐."

주호는 웃음기를 싹 뺀 채 진지한 표정으로 대답했다. 그러면서 속으로 생각했다. 성주는 비아냥거리는 것에 발끈하고, 매사 정확한 것을 좋아하는 여자인가 보다고.

"근데 왜 웃었어요?"

"사실대로 말하면 또 발끈할지도 모르는데?"

"발끈 안 할 테니까 말해봐요."

"농담은 좀 해도 쓸데없는 말은 안 한다고 말하는 성주의 표정이 귀여워서."

"발끈하고 싶지만 발끈하지 않겠다고 약속했으니까 발끈 안 할게요."

'약속은 지키는 여자군.'

주호는 속으로 생각하며 성주에 대해 하나씩 알아가는 재미를 느꼈다.

"왜 발끈하고 싶지?"

"내 나이가 몇인데, 귀엽다는 소리가 가당키나 해요?"

"귀여운 거에 나이가 무슨 상관이야?"

"내가 서주호 씨더러 귀엽다고 하면 좋겠어요?"

"응."

"헐."

"난 성주한테 귀엽고 섹시한 남자가 되고 싶은데, 뭐가 잘못된 건가?"

"이보세요, 서주호 씨. 술을 입에도 안 댔는데 벌써 술 냄새에 취한 건 아니죠?"

"아니. 난 술 냄새에 취할 정도로 술에 약한 사람이 아냐."

"정신 멀쩡한 사람이 나한테 귀엽고 섹시한 남자가 되고 싶다는 말이 나와요?"

"그냥 그러고 싶은데, 왜? 그럼 안 되나?"

"……."

성주가 말없이 그를 빤히 바라보았다. 그녀의 표정을 보니 심경이 복잡한 것 같아 보였다.

"무슨 생각을 그렇게 오래 해?"

"……."

"김성주."

주호는 조금 더 크게 성주를 불렀다. 그제야 그녀가 벌게진 얼굴로 그를 바라보았다.

"……네?"

"더워? 왜 그렇게 얼굴이 빨개졌어?"

"아, 아뇨. 안 더워요. 아, 아니, 조금 더운 것 같아요."

"혹시 감기 기운 있는 거 아냐? 감기 걸렸을 땐 술 마시면 안 되는데."

횡설수설하는 성주를 걱정스레 바라보며 주호는 손을 뻗어 손바닥을 성주의 이마에 갖다 댔다. 다행스럽게도 열이 나는 건 아니었다. 그런데 손을 떼고 보니 성주의 얼굴은 아까보다 더 빨개져 있었다.

"열은 안 나는데, 안색이 왜 그래? 혹시 컨디션이 안 좋은 거 아냐?"

"아, 아니에요."

"얼굴이 벌겋게 달아올랐는데?"

"그, 그냥 조금 더워서 그래요."

주호는 고개를 갸웃했다. 아무리 실내라지만 천막을 친 포장마차였다. 아직 난로도 놓지 않은 상태라 덥기는커녕 술을 마시지 않은 지금은 오히려 쌀쌀하게 느껴질 정도였다.

"갑자기 더워?"

"네?"

"아까까진 안 그랬는데 갑자기 더워진 거냐고?"

"오늘은 닥터 딱지 떼라고 했죠! 근데 왜 그렇게 걱정스런 눈길로 쳐다봐요?"

"그거야 성주 얼굴이 갑자기 빨개지니까……."

"신경 꺼요, 이길 생각에 흥분돼서 그런 거니까. 자, 지금부터 게임 시작이에요."

성주는 자신과 가까이에 있는 소주병들 중 한 개를 집어 들고 뚜껑을 따서 빈 소주잔에 가득 따랐다. 그리고는 건배도 하지 않고 원샷했다. 그 모습을 잠시 걱정스런 표정으로 보던 주호가 젓가락으로 야채와 함께 잘 볶아진 닭똥집 한 개를 집어 성주가 말릴 새도 없이 그녀의 입안에 넣어주었다.

"빈속에 소주부터 마시지 말고 안주 먹어가면서 마셔. 그래야 위가 안 놀라지."

"내 위 걱정은 하지 말고 서주호 씨의 위장 걱정이나 하세요."

성주가 똑 쏘아붙였다. 이번에는 주호가 아무런 대꾸도 하지 않더니 그가 들고 있던 소주병을 기울여 잔을 채워 원샷했다.

'자기도 안주 먹기 전에 술부터 마시면서!'

주호가 단숨에 잔을 비우는 걸 본 성주는 속으로 중얼대며 다시 자신의 잔에 술을 채워 단숨에 잔을 비웠다.

알딸딸하니 딱 기분 좋게 각자 한 병쯤 마셨을 때 서비스로 나오는 어묵 국물과 돼지껍데기볶음이 나왔다. 두 사람이 술을 연속으로 빨리 마시기도 했지만 그사이에 손님들이 들이닥쳤기 때문에 안주 서빙이 조금 늦어진 것이었다.

새 안주가 나오자마자 두 사람이 약속이라도 한 듯 자신의 앞에 있는 새 소주병의 뚜껑을 따 빈 잔을 채웠다.

"어때요, 닭똥집 맛?"

"고소하고 쫄깃한 게 후춧가루 뿌린 참기름에 찍어먹으니까 별미네."

"그렇죠? 여기 돼지껍데기도 엄청 맛있어요. 먹어봐요."

"그러지."

주호는 가득 찬 소주잔을 집어 들고 술을 한입에 털어 넣고는 돼지껍데기 한 개와 잘 볶아진 주황색 파프리카와 양파를 함께 집어 먹었다. 그 모습을 보며 성주가 잔뜩 기대에 찬 표정을 짓고 있었다. 그의 반응이 기대가 되는 모양이었다.

"맛있네."

"이모님 음식 솜씨가 장난 아니시라니까요. 참, 여기 두부김치도 죽이는데 시킬까요?"

"아주머님, 여기 두부김치 추가요!"

주호가 곧바로 두부김치를 시키더니 빈 잔에 술을 따랐다.

"곧 애인이 생길 것 같은 예감이라더니, 생겼어요?"

"아직."

"왜 아직이에요, 금방 생길 것처럼 말하더니?"

"내가 생각했던 것보다 훨씬 더 둔한 여자라서. 나름 열심히 고백을 해도 내 말을 잘 못 알아듣네."

"안 됐네요, 눈치가 둔한 여잘 좋아하게 돼서. 애인 생기면 절대 한눈팔지 마요. 만약 서주호 씨가 애인 놔두고 한눈팔면 내가 가서 서주호 씨를 죽여 버릴지도 모르니까."

"민석형이란 사람 때문에 한눈파는 남자라면 치를 떠나 보군."

"그 사람을 알아요?"

"태민이한테 대충 들었어."

"뭐, 그 작자 때문이기도 하고 또…… 됐어요. 우리 내기에나 집중하죠."

성주는 술 한 병을 순식간에 비워 버렸다. 보조를 맞추려는지 주호도 이내 한 병을 비우더니 그녀를 따라 새 병의 뚜껑을 땄다.

각자 소주 세 병씩 다 마시고 나자 성주의 혀가 조금씩 꼬이기 시작했다.

"이모오니임! 여기이요, 소주 두 네 벼어엉 더어 주우세에요오!"

성주의 추가 주문에 주인 아주머니가 소주 네 병을 가져와 두 병씩 나누어서 테이블 위에 놓아주었다. 내내 한 번씩 두 사람이 술 마시는 모습을 걱정스레 바라보더니 주인 아주머니가 그들의 술내기 룰을 알아챈 모양이었다.

"고마압스으읍니다아앙!"

성주가 고개까지 푸욱 숙이며 주인 아주머니에게 인사를 했다.

사실 주호는 특별한 면이 있었다. 아무리 독한 술을 마셔도 잘 취하지 않았다. 얼굴색 하나 변하지 않았고 행동 또한 똑발랐다. 그런 그를 두고 지인들은 주호를 주(酒)괴물이라고 부를 정도였다.

주호는 몸을 좌우로 흔들고 있는 성주를 걱정스레 바라보았다.

'그냥 이쯤에서 그만 져줄까? 아냐. 아직 덜 취해서 져준 걸 금방 알아챌 거야.'

그새 성주가 새 병의 뚜껑을 따더니 잔을 채웠다.

"새 수울으은 새애 자아아네…… 아, 아니이다아. 새애 수우울도오 내애애 자아안에에!"

천천히 마시라고 만류할 틈도 없이 성주가 잔을 비웠다. 그런 성주의 입에 주호는 젓가락으로 두부김치를 집어 넣어주었다. 어미 새에게 먹이를 받아먹는 새끼 새처럼 성주가 날름 받아먹고는 오물오물 씹었다. 그 모습이 정말 귀여웠다.

주호는 얼른 주머니에서 휴대폰을 꺼내 오물오물 안주를 씹고 있는 성주의 사진을 찍고는 그녀가 볼까 봐 잽싸게 다시 주머니에 넣었다.

"그만 마실까?"

"무우스은 쏘오리이이! 아무도오 아안 쓰으러어져어언느은데 에 스응부우느은 내야아지이!"

눈을 부릅뜨며 성주가 소리를 높였다. 술기운에 그녀의 눈빛이 많이 흐려져 있었다.

"알았어. 승부를 내자고."

기어이 성주가 두 번째 시켰던 소주 두 병을 다 비웠다. 주호도 내기의 취지에 맞게 두 병을 다 마셨다. 어느덧 각자 다섯 병씩 마신 것이다.

성주가 눈을 찌푸리며 빈 병을 흔들어 보더니 그것을 잡고 흔들며 소리쳤다.

"이모오니임! 여어기이 소오오주우우 네에 벼어엉 더어요오!"

주호는 확연히 취해 보이는 성주가 걱정되었지만 그녀가 하는 대로 그냥 내버려 두었다. 성주 혼자 있는 게 아니라 그가 있으니 그녀가 취해서 정신을 잃는다 하더라도 별문제가 되지 않았다.

'보통 정신력은 아니군.'

주호는 지금 성주가 정신력으로 버티고 있는 것 같았다. 등받이가 없는 의자임에도 몸이 좌우로 흔들리긴 하지만 용케 중심을 잘 잡고 있었고 또 술내기가 끝나는 시점인, 둘 중 한 사람이 먼저 쓰러져야 승부가 난다는 것도 잊고 있지 않고 있었다. 주호는 내심 성주의 강한 정신력에 감탄했다.

주인 아주머니가 소주 네 병을 가져와 두 병씩 나누어 내려놓고는 걱정스레 그를 바라보았다.

"더 마시게 놔둬도 괜찮겠어요?"

성주를 걱정하는 주인 아주머니의 물음에 주호가 대답을 하려
는데 성주가 먼저 나섰다.

"괘앤차아나아요, 이모니이임! 거억쩌어엉 노오오우우!"

"아직은 괜찮은 것 같습니다. 걱정하지 마시고 그만 가셔서 다
른 손님들 챙겨주십시오."

주인 아주머니가 걱정을 채 털어내지 못한 표정으로 성주를 보
더니 그녀를 부르는 소리가 들리자 포장마차 밖으로 나갔다.

그러는 새에 성주가 새로 갖다 놓은 소주병 한 개를 들더니 눈
을 부릅뜬 채 잔을 채웠다. 몸이 좌우로 흔들리는데도 술을 한 방
울도 흘리지 않은 채 잔을 채우는 걸 보면 참으로 신기한 재주를
가진 성주였다.

주호도 새 병을 따서 잔에 따라 단숨에 들이켜는데 성주가 눈에
힘을 빡 주고는 그를 보며 웃었다.

"오오올! 서어주우호오씨이도오 수우울 자아알 마아시이네에!"

놀랐다는 듯 고개를 절레절레 젓던 성주가 다시 잔을 채우더니
원샷했다. 이젠 술이 술을 먹는 상태인 것 같았다.

주호는 성주의 입에 안주를 넣어주고는 그도 한 잔을 더 따라
마셨다. 그리고 빈 잔을 테이블 위에 내려놓고 정신을 차리려고
애를 쓰는 듯 보이는 성주를 바라보았다.

이미 한계치에 도달했는데 성주가 승부욕 때문에 정신력으로
아슬아슬하게 버티고 있는 게 주호의 눈에는 훤히 다 보였다.

'나만큼이나 네 승부욕도 대단하다. 하지만 너 몸 상할까 봐 더
는 안 되겠다!'

사실 주호의 승부욕은 이미 시작 전부터 말랑말랑해져 있었다.
성주한테 이기는 것보다 그녀의 건강이 훨씬 더 중요했기에. 그렇
다고 해서 어설프게 져줬다가는 오히려 성주의 자존심을 상하게
만들 것 같아 적절한 타이밍을 기다리고 있었던 것이다.

성주가 승복할 수 있는 정확한 시점을 포착하기 위해 주호는 그
녀의 행동 하나하나를 주시했다. 그러면서 성주 앞쪽의 테이블 위
에 있는 그릇들과 술병들, 젓가락과 숟가락 그리고 잔을 한쪽 옆
으로 치우고는 냅킨으로 깨끗하게 닦았다.

"성주야."

성주를 응시한 채 주호는 그녀의 이름을 부드럽게 불렀다. 마치
최면을 걸기 위한 준비 단계처럼.

"왜애요오?"

"성주야, 아무 말도 하지 말고 날 봐. 내 두 눈을 봐."

성주가 인상을 찌푸리며 두 눈을 부릅뜨고는 그를 바라보았다.
취했으면서도 참 대답도 잘하고 또 말도 잘 듣는 성주였다.

"이제 그만 놔도 돼."

"뭐어어얼요오?"

"네가 용을 쓰며 붙잡고 있는 정신줄. 애쓰지 말고 이제 그만
놔. 네 옆엔 내가 있으니까. 내가 네 손을 잡아줄 테니까. 안심하
고 놔버려."

"……."

부릅뜨고 있던 성주의 두 눈이 거짓말처럼 힘이 풀렸다. 그리고
는 흐려진 눈빛으로 주호를 말없이 바라보던 성주의 머리가 천천

히 테이블 쪽으로 가라앉기 시작하더니 이내 콩, 소리가 나며 테이블의 맨 끝 부분 바로 안쪽에 이마를 박았다. 그리고는 잠든 듯 꼼짝도 하지 않았다. 성주가 숨을 쉴 때마다 그녀의 등만 위아래로 움직일 뿐이었다. 다섯 병하고도 두 잔을 더 마신 후의 결과였다.

그가 태어난 이후 승부 가리기를 해서 중도에 그만둔 것도 상대방을 위해 게임을 포기한 것도 지금 이 순간이 처음이었다. 지금까지 스스로 내기를 걸든, 다른 사람과 내기를 하든 무조건 승부를 가렸던 그였다. 진 적 또한 한 번도 없었다. 그런데 오늘은 그러고 싶지 않았다. 만약 성주가 아닌 다른 사람과 마주 앉아 술내기를 했더라면 미친 소리 같지만 죽기 전까지 마셔서라도 이기고 말았을 것이다.

주호는 일어나 의자에 놓인 성주의 패딩 점퍼를 집어 들고 주머니를 뒤졌다. 두 개의 주머니에는 아무것도 없었다. 지갑은 물론이고 휴대폰마저 없었다.

"이 여자, 대체 무슨 생각을 하고 나온 거야?"

잠시 생각하던 주호는 푸싯 웃었다.

"아예 자기가 이길 거라고 생각했던 모양이군. 내가 술을 어느 정도 마실 수 있는지 알지도 못하면서……."

자꾸만 웃음이 나왔다. 엉뚱한 성주가 맹랑한 한편 귀엽고 사랑스러워서 절로 웃음이 났다.

"그나저나 어쩐다? 휴대폰이 없으니 여진 씨한테 연락을 할 수도 없고…… 아!"

주호는 패딩 점퍼를 성주에게 덮어준 후 자신의 점퍼 주머니에서 휴대폰을 꺼내 태민에게 전화를 걸었다. 태민에게 여진의 전화번호와 115동 몇 동에 사는지 물어볼 생각이었는데, 휴대폰에선 그의 전화기가 꺼져 있다는 멘트만 들려왔다.

　난감해진 주호는 일단 계산을 했다. 그리고 포장마차의 주인 아주머니에게 특별한 부탁을 했다. 그의 특별한 부탁에 응한 주인 아주머니는 둘 다 끝까지 갈까 봐 내심 걱정을 많이 했다면서 지금이라도 술내기를 끝내준 그에게 고마워했다.

　어쨌든, 주인 아주머니에게 그의 부탁을 들어주겠다는 약속을 단단히 받아낸 주호는 그녀의 도움을 받아 성주를 등에 업었다. 여자로선 키가 큰 편인 성주는 생각했던 것보다 훨씬 더 가벼웠다.

　'영양가 있는 음식을 열심히 먹여서 살을 좀 찌게 해야겠네.'

　주호는 성주를 업고 포장마차를 나왔다. 혹시라도 넘어져 그녀를 다치게 할까 봐 정신을 똑바로 차리고서.

10

115동 앞에 있는 경비실에 도착한 주호는 난감했다.

경비원 아저씨한테 성주의 얼굴을 보여주면 몇 동에 사는지 알 것 같아서 별 걱정 안 하고 왔는데, 순찰을 돌고 있는지 경비실 안이 텅 비어 있었다. 그렇다고 언제 올지도 모르는 경비원을 무턱대고 기다릴 수도 없었다. 밤이라 날씨가 낮보다 더 쌀쌀해졌기 때문에 밖에 오래 있으면 성주가 감기에 걸릴 수도 있기 때문이었다.

"어쩔 수 없네."

주호는 발길을 돌려 117동을 향해 걸음을 옮겼다.

취한 성주를 그의 집에 데려갈 거라고는 전혀 생각해 본 적이 없었기에 주호도 적잖이 당황스런 상황이었다.

"태민이 자식, 하필 오늘 같은 날 전원을 꺼놓을 게 뭐람. 여진 씨하고 데이트하는데 방해받고 싶지 않다 이거지! 좋아, 나도 성주랑 둘이 우리 집에서 잔다!"

술을 마시던 도중 성주로부터 태민과 여진이 데이트를 하고 있을 거란 말을 들었던 터라 주호는 자신의 집으로 향하는 엘리베이터를 탔다.

비밀번호를 눌러 현관문을 열고 집 안으로 들어온 주호는 일단 성주를 소파에 앉혔다.

"흐응응."

그의 등에 업혀 있던 게 편했었는지, 소파에 내려놓자마자 투정을 부리는 듯한 신음을 흘리는 성주의 미간에 주름이 잡혔다.

"자꾸 이렇게 귀엽게 굴면 곤란한데……."

주호는 성주의 입술에 뜨거운 입맞춤을 하고 싶은 유혹을 간신히 뿌리치고는 주방으로 가 딱 마시기 좋을 만큼 미지근한 물을 만들었다. 맥주와 달리 소주는 도수에 비해 수분이 적어 물을 많이 마셔주는 게 좋기도 하거니와, 꿀물을 마시게 하는 것보다는 물이 간이나 위에 부담을 주지 않아 좋기 때문이었다.

성주 옆에 앉은 주호는 그녀의 목 뒤로 팔을 둘러 안고는 물컵을 입에 갖다 대주었다. 그러자 잠든 성주가 인상을 썼다.

"히잉."

투정 어린 신음을 흘린 성주가 고개를 흔들었다. 주호의 민첩한 행동 덕분에 다행히 물이 엎질러지지 않았다.

주호는 고집스레 성주의 입에 다시 물컵을 대주었다. 그러자 마지못한 듯 눈살을 찌푸리며 성주가 물을 마시기 시작했다. 물컵이 빈 것을 확인한 주호는 다시 성주를 원상태로 앉혀놓은 후 주방으로 갔다. 그도 물 한 컵을 다 마신 후 거실로 돌아와 소파에서 잠들어 있는 성주를 난감하게 쳐다보았다.

"자, 이제 어쩐다?"

아까는 호기롭게 성주와 그의 집에서 같이 잘 거라고 했지만, 정작 만취해 소파에 잠들어 있는 그녀를 보니 마음에 걸렸다. 어떻게든 성주를 데려다주고 싶은 마음에 주호는 다시 한 번 태민에게 전화를 해봤지만 아직도 꺼져 있었다.

"데이트를 하면 했지, 대체 왜 전화기를 꺼놓는 거야?"

주호는 휴대폰을 노려보다 테이블 위에 내려놓고는 답답한 마음에 마른 손세수를 한 후 성주 옆에 앉았다. 성주가 아기처럼 곤히 잠들어 있었다. 그녀의 숨소리를 바로 옆에서 들으니 그의 귓속이 간지러웠다. 아니, 심장이 간질간질했다.

"보통 땐 성난 코뿔소처럼 굴더니 잠든 얼굴은 꼭 아기 같네."

처음 포장마차에 나타났을 땐 긴 생머리를 가지런하게 모아 포니테일 스타일로 묶었던 성주였는데 지금 보니 까만 고무줄에서 머리카락들이 제법 많이 빠져나와 있었다. 한마디로 머리 모양이 엉망이었다. 그런데 그 모습마저도 주호의 눈엔 예뻐 보였다.

주호는 손으로 성주의 얼굴 위로 흘러내린 머리카락을 귀 뒤로 넘겨주었다. 그의 손길을 느꼈는지 성주가 감겨 있는 눈살을 약간 찌푸리더니 이내 고개를 그의 어깨에 기댔다.

자신의 어깨에 얼굴을 기대고 있는 성주를 보던 주호는 문득 성주가 네 병째 마셨을 때 어쩌면 태민과 여진이 곧 결혼을 할 수도 있겠다는 그의 말에 그녀가 어눌한 발음으로 투덜거렸던 말이 생각났다.

"글쎄 우리 엄마가요. 나더러 일 년 안에 결혼을 하래요. 그게 말이 돼요? 난 결혼 생각도 없는데 내가 일 년 안에 결혼을 하지 않으면 엄마가 머리 빡빡 깎고 절에 들어가 비구니가 되겠대요. 울 엄마 한 번 한다면 하는 사람인데 그 생각만 하면 골치가 아파서 미쳐 돌아버리겠다고요!"

주호는 성주의 모친이 마음에 쏙 들었다. 엄포를 놓을 거면 그렇게 확실하게 놓아야 하니까.

"어머님, 제가 일 년 안에 성주를 데리고 오겠습니다. 그러니 절에 들어가실 일이 없을 겁니다."

주호는 미소를 지은 채 혼잣말을 중얼거렸다. 그때였다.

"이모니임 여기이 수울 더어주세요오."

갑자기 성주가 우물우물 말을 하며 눈을 떴다. 눈을 끔뻑끔뻑하며 바로 앉으려고 하는 걸 보니 정신을 차리려고 애를 쓰는 모양이었다. 주호는 눈을 부릅떴다 끔뻑였다를 반복하는 성주의 어깨를 살짝 흔들었다.

"김성주, 방에 들어가서 잘래?"

"으응."

포차에서 취했을 때에도 대답을 꼬박꼬박하더니 지금도 마찬가지였다. 참 신기했다. 성주를 방에 데려다 눕히기 위해 소파에서 엉덩이를 떼려고 했던 주호는 이내 마음을 바꿔먹었다. 문득 어떤 드라마가 생각나서였다. 그 드라마의 여주인공의 주사는 취중에 상대방이 하는 말을 그대로 따라하는 것이었다.

'혹시 꼬박꼬박 말대답을 하는 주사가 있는 건가?'

호기심이 생긴 주호는 실험을 해보고 싶어졌다.

"김성주, 본가 주소가 어떻게 되지?"

"대전광역시……."

거짓말처럼 성주가 본가의 주소를 다 말했다. 확실하진 않았지만 알아들을 수는 있을 정도의 발음이었다. 주호는 얼른 휴대폰을 집어 들고는 메모장을 열어 그녀가 말한 주소를 입력했다.

"김성주, 부모님 존함은 어떻게 되지?"

"……아빠는 김 일 자 봉 자…… 엄마는 이 미 자 현 자."

주호는 성주의 부모님 성함도 메모장에 추가 입력했다. 그리고는 아무 말도 하지 않았다는 듯 다시 아기처럼 잠들어 있는 성주를 바라보았다.

"다른 가족은 없어?"

"……으응?"

"오빠나 언니나 동생이 있느냐고?"

성주가 고개를 저었다. 없다는 뜻인가 보다, 라고 생각을 하는데 성주가 입을 열었다.

"……여진이."

'여진 씰 가족이라고 말하더니 진심으로 그렇게 생각하고 있나 보군.'

주호는 성주와 여진의 끈끈한 우정이 기특하게 생각되어 절로 미소가 지어졌다.

성주의 주사는 참으로 놀랍고 특별했다. 취중진담이라는 말에 딱 맞는 주사였다. 주호는 내친김에 자신이 정말로 궁금해하던 것들을 물어보고 싶어졌다.

"성주는 서주호를 어떻게 생각하나?"

"……좋아."

"좋아?"

뜻밖의 대답이었다. 혹시 잘못 대답한 게 아닌가 싶어 확인을 하고 싶어졌다.

"서주호가 좋다고?

"……으응…… 심장이 마구 뛰어…… ."

성주가 눈을 뜨고 있는 게 버거운지 눈을 감으며 소파에 머리를 기댔다. 다시 잠든 성주를 보며 주호는 키스하고 싶은 욕구를 다시 한 번 억눌러야 했다.

'나만 좋아하고 있었던 게 아니라 성주도 날 좋아하고 있었어!'

주호는 가슴이 설레었다. 그의 심장이 미친 듯이 뛰어댔다.

"사랑해, 김성주."

주호는 가만히 성주의 귓가에 속삭였다. 그에겐 처음 하는 사랑 고백이었다. 예전에 사귀었던 여자들에게 좋아한다는 말을 한 적은 있지만 사랑한다고 말한 적은 한 번도 없었다.

주호는 취해 잠들었어도 사랑스럽기만 한 성주의 이마에 살짝 입맞춤을 했다. 그때였다.

"결혼하기 싫어…… 내 꿈…… 잃고 싶지 않아…… ."

성주가 중얼거렸다. 그 중얼거림이 그에게 용기를 주었다.

성주는 남자에 대한 편견이나 다른 문제 때문에 독신주의를 고집하는 게 아니었다. 꿈을 이루고 싶어서, 하고 싶은 일을 하고 싶어서 결혼이란 게 하기 싫고 또 그렇기 때문에 사랑을 외면하며 살아왔던 것이다. 그런 건 그가 얼마든지 해결해 줄 수 있는 문제였다.

"이제 방에 가서 편히 자."

주호는 다시 잠든 성주를 안고 서재 겸 게스트룸으로 쓰고 있는 방으로 들어갔다.

주호는 침대 위에 조심스레 성주를 눕히고는 패딩 점퍼만 벗겨 옷걸이에 걸어놓고는 이불을 잘 덮어주었다. 그리고는 술이 깰 때 오한이 들까 봐 보일러의 온도를 올려놓고 서재를 나왔다.

주호는 보통 안방이라 불리는 자신의 방으로 들어와 방에 붙어 있는 욕실에서 샤워를 한 후 드라이어로 젖은 머리카락을 말렸다. 그리고는 더위를 타는 편이라 평소처럼 상의는 벗은 채로 팬티만 입고 침대에 누워 잠을 청했다.

서재에 성주가 누워 있다는 생각만으로도 그의 심장이 쫄깃쫄깃했다. 주호는 빨라진 심장박동을 심호흡으로 조절했다. 제 박동을 잃은 심장 때문에 쉽게 잠이 올 것 같지 않았다. 주호는 한참을 뒤척이다 자신도 모르는 사이에 잠이 들고 말았다.

새벽, 한참 동안 잠에 취해 있던 성주는 너무 더워서 설핏 잠이 깼다. 그런데 취기 때문인지 눈이 떠지지가 않았다. 그녀는 비몽사몽 이불을 발로 걷어차 버린 후 입고 있던 상의와 바지를 벗어

던졌다. 그 상태로 다시 잠을 청하려는데 땀이 날 정도로 더워서 잠을 이룰 수가 없었다.

"아이 씨. 왜 이렇게 더운 거야? 나 술 마셨다고 여진이가 보일러 온도를 높여놨나?"

브래지어와 팬티 차림의 성주는 결국 다시 잠이 들지 못하고 벌떡 일어나 앉았다. 눈을 뜨지도 못한 채.

"너무 더워서 안 되겠다. 오늘은 여진이랑 자야지."

성주는 눈을 감은 채 베개를 끌어안고 방을 나왔다. 눈이 잘 떠지지가 않았지만, 굳이 눈을 뜰 필요도 없었다. 집 주인인 여진이 안방을 쓰고 있었고 성주는 그 옆에 있는 방을 쓰고 있었다. 한집에 산 지 8년째나 되는 터라 여진의 방은 눈을 감고도 찾아갈 수 있으니 말이다.

여진의 방문 앞에 선 성주는 노크를 생략하고 곧장 문을 열고 안으로 들어갔다. 여진의 대답은 들을 필요도 없었다. 혼자 자기 싫을 때면 베개를 끌어안고 여진의 방에 들어가 같이 자자고 청하곤 했었고, 그때마다 여진이 싫다고 한 적이 한 번도 없었으니까.

"여진아, 나랑 같이 자자. 내 방 너무 더워."

성주는 품에 안고 있던 베개를 머리맡에 놓고는 곧장 여진 옆에 누웠다. 그리고는 여진을 꼬옥 끌어안았다. 술도 덜 깬데다 체온이 딱 알맞게 따스해서 절로 잠이 들었다.


잠을 자던 주호는 갑자기 침대를 침범하는 것으로도 모자라 이불 속으로 들어와 뒤에서 끌어안는 성주 때문에 잠에서 깼다. 그를 꼭 끌어안은 성주의 맨살이 팬티만 입고 자던 그의 맨살에 고스란히 느껴졌다. 느낌만으로도 그녀가 브래지어와 팬티만 입고 있음을 알 수 있었다.

"김성주."

놀란 주호는 몸이 굳은 채로 성주의 이름을 불렀다. 그러자 성주가 그를 더욱더 끌어안았다.

"같이 자자, 여진아아."

'이런, 날 여진 씨로 착각하고 있나 보군.'

주호는 난감하기 그지없었다.

술이 덜 깬 성주를 다시 서재 방에 옮겨놔야 한다는 생각이 들었지만, 제 발로 찾아온 성주를 그에게서 떼어놓고 싶지가 않았다. 성주의 체온이, 맨살의 느낌이 정말 좋았다. 비록 성주가 그가 아닌 여진으로 착각을 한 것이라 할지라도.

술 냄새가 배어 있긴 했지만 콧속으로 스며드는 성주의 체 향이 이 세상에 존재하는 그 어떤 향수의 향보다 좋았다.

'서주호, 콩깍지가 씌어도 단단히 씌었군.'

주호는 성주를 안은 채 잠을 청했다. 하지만 잠이 오지 않았다. 그동안 꾹꾹 눌러놓았던 그의 성욕이 밀착된 성주의 몸으로 인해 최고조로 치달았다. 그의 중심이 터질 듯 부풀어 올랐다.

'김성주, 널 갖고 싶다.'

하지만 그럴 수는 없는 일이었다. 취해서 잠든 여자를 안는 건 치한이나 하는 짓이었다.

'서주호, 정신 차려! 넌 이성을 가진 남자야! 치한이 아니라고!'

주호는 스스로를 다독였다.

시간이 조금 지나자 깊은 잠이 들었는지 성주의 숨소리가 규칙적으로 들려왔다. 주호는 조심스레 몸을 돌려 성주를 끌어안고 팔베개를 해주었다.

"김성주, 넌 이제 내 여자야."

성주의 귓가에 대고 속삭였다.

"……으응."

잠결에 대답을 하며 성주가 그를 더욱 끌어안았다.

"약속했다?"

"으응."

성주가 또 잠꼬대처럼 대답했다.

주호는 성주에게 약속을 받아낸 것으로 만족하기로 마음을 먹었다.

'그래도 도장은 찍어야지.'

성주의 동그란 이마에 주호는 입맞춤을 했다. 그리고는 마치 그녀가 그의 여자라는 것을 공증이라도 하듯이 붉은 입술에 짧게 입맞춤했다.

두 사람은 서로를 끌어안은 채 아침이 될 때까지 그대로 있었다. 성주는 잠에 취한 채 주호는 잠들지 못한 채 뜬눈으로 시간을 흘려보냈다.


오전 열 시.

몇 시간째 잠도 못 자고 고문 아닌 고문을 당하고 있던 주호와

막 잠에서 깨어난 성주의 두 눈이 정면으로 마주쳤다.

"까아악!"

성주의 비명 소리를 느긋하게 듣고 있던 주호는 미소로 아침 인사를 대신했다. 그런 주호를 보며 성주가 벌떡 일어나 앉더니 브래지어 차림임을 알고는 얼른 이불을 끌어당겨 몸을 가렸다. 덕분에 팬티만 입고 있던 주호의 몸이 고스란히 드러났다.

"뭐, 뭐예요? 왜, 왜 우리가 같이 자고 있어요? 더, 더구나 우리 둘 다 이런 차림으로?"

"그러게 왜 이러고 있을까, 우리가?"

"지금 장난해요? 왜 우리가 속옷만 입고 같이 자고 있느냐고요? 서, 서주호 씨, 대체 나한테 무슨 짓을 한 거예요?"

"아무 짓도 안 했어."

주호는 느긋하게 일어나 앉았다.

"제발 뭐라도 좀 입어요!"

"그러지."

주호가 벌떡 일어나자 성주가 얼른 눈을 감았다. 그런 성주를 쳐다보며 주호는 싱긋 웃었다. 그리고는 벽에 걸려 있던 트레이닝복 상의와 하의를 입었다.

"이젠 눈 떠도 돼."

얼굴만 빼고 이불로 자신의 몸을 감싼 성주가 그의 말에 눈을 떴다.

"도대체 우리한테 무슨 일이 있었던 거예요? 설명 좀 해봐요."

"술내기를 했지. 둘 다 취했었고."

"그걸 누가 몰라요? 그다음에 무슨 일이 있었던 거냐고요? 왜 내가 우리 집이 아닌 서주호 씨의 집에서 그것도 한 방에서 속옷만 입은 채 둘이 껴안고 자고 있었느냔 말이에요!"

주호는 침대에 털썩 걸터앉아서 성주를 바라보았다.

"진짜 아무 생각 안 나?"

"안 나니까 묻죠? 설명 좀 해봐요!"

"잘 들어. 지금부터 자세히 얘기해 줄 테니까."

주호는 포장마차에서 나와서부터 성주가 그의 방에 무작정 들어와 잤던 것까지 자세히 설명을 해주었다. 그녀가 고백한 것만 빼고.

"날 서재에서 재웠다는 게 정말이에요? 내가 내 발로 서주호 씨 침대 속으로 기어들어 왔다는 게 사실이냐고요?"

"물론, 한 치의 거짓 없는 사실이야. 아마 거기에 증거가 있을걸?"

"그, 그게 무슨 말이에요?"

"분명히 옷을 입은 채로 서재에 재워놓고 난 내 방으로 와서 잤는데 성주가 속옷 차림으로 내 침대에 뛰어들었으니까 성주의 옷들이 어디에 있겠어?"

성주는 이불로 온몸을 가린 채 방을 나갔다. 주호가 서재라고 했던 옆방으로 가서 문을 열고 들어가서 보니 정말이지 가관이었다. 침대 위엔 베개도 없고 이불이며 티셔츠와 바지랑 양말까지 방바닥에 나뒹굴고 있었다.

'아우, 미치겠네 정말! 왜 이 남자랑 있으면 이렇게 망가진 꼴만 보이게 되는 거냐고!'

성주는 애가 탔다. 그런 성주의 옆에 서서 구경을 하고 있던 주호가 진짜로 궁금하다는 표정을 짓고는 그녀를 보았다.

"원래 속옷만 입고 자는 거야 아님, 취하면 옷 벗는 주사도 있는 거야?"

"그걸 서주호 씨가 알아서 뭐 하게요! 너무 더워서 깼던 기억밖엔 없어요! 됐어요!"

성주는 찌릿, 주호를 노려보았다. 그러거나 말거나 주호의 눈가엔 웃음기가 가득했다.

"정말 우리 둘이 아무 일 없었던 거 맞아요?"

아무래도 걱정이 되는지 성주가 진지한 표정으로 물었다.

"아무 일이 없어서 섭섭한 건가?"

"누가 그렇대요? 묻는 말에나 대답해 줘요!"

"나, 취한 여잘 덮치는 한심한 놈 아냐."

"한심한 남자가 아닌 줄은 알고 있어요."

"그런데 뭐 하러 그런 걸 물어?"

"서재로 다시 옮겨놔도 되는데 안 그랬잖아요."

성주가 정곡을 찔렀다.

"굳이 그러고 싶지 않았어."

"왜요?"

"성주가 좋아서. 성주의 체 향도 좋았고."

"……."

"왜? 안 믿겨?"

"우리 집이랑 서주호 씨 집이 같은 평수인가 봐요."

얼굴이 화끈거리는 걸 느낀 성주는 얼른 화제를 돌렸다.

"내가 알기론 111동부터 120동까진 같은 평형이야."

"그래서 그런지 우리 집이랑 이 집이랑 구조가 똑같아요. 이 방을 내가 쓰고 안방을 여진이가 쓰는데…… 자다 말고 내가 베개 들고 종종 여진이랑 같이 자러 가요. 혼자 자기 싫을 때요. 아마 술김에 이 방이 더워서 내가 서주호 씨 방으로 들어갔나 봐요. 우리 집인 줄 알고요."

"일일이 해명할 필요 없어. 난 좋았으니까, 성주가 내 침대로 와 줘서."

성주가 째려보자 주호가 싱긋 웃었다.

"난 누구처럼 솔직한 걸 좋아하거든."

"나 남자한테 속옷만 입은 모습 보인 적 없어요. 우리 아빠도 못 본 모습이에요. 그러니까 이번 일은 우리 둘만의 비밀로 해줘요."

"우리 둘만의 비밀이라…… 좋군. 그러지. 우리 둘만의 비밀로 해줄게."

주호는 흔쾌히 그러자고 말했다. '우리 둘만의 비밀'이란 말도 좋았지만 성주가 그녀의 아버지한테도 속옷만 입은 모습을 보인 적이 없다고 한 말이 더 마음에 들었다. 그가 처음이라는 뜻이니까.

"약속한 거예요?"

"응. 대신 조건이 있어."

"조건이 있다뇨? 그게 뭔데요?"

"앞으로 나 없는 데선 절대로 인사불성이 될 정도로는 술 마시기 없기."

"왜 그런 조건을 붙여요? 내가 뭘 어쨌다고?"

"성주는 자칫하면 주사 때문에 신상정보는 물론이고 중요한 정보까지 다 털릴 거야. 주량 넘어서니까 묻는 말에 말해주면 안 될 것도 다 대답해 주는 걸 보면."

"나한테 그런 주사가 있단 말이에요?"

성주는 생전 처음 듣는 말이었지만, 주호가 크게 고개를 끄덕였다.

"대체 뭘 물어봤는데요? 취한 나한테서 뭘 알아낸 거예요?"

"김성주의 심장이 나 때문에 마구 뛴다는 거. 내가 좋다고도 했지 아마."

"서, 설마 내가 그, 그런 말까지 다 했단 말이에요?"

"했으니까 내가 알겠지?"

"……!"

성주는 너무 기가 막혀 아무런 말도 하지 못한 채 주호의 얼굴을 멍하니 바라보았다. 그놈의 술내기는 왜 하자고 했는지, 후회막급이었다.

'내가 미쳐. 그런 주사는 왜 있어가지고…… .'

정신을 바짝 차린 성주는 다시 연기자가 되어 정색하며 주호를 바라보았다.

"내가 기억하지 못하는 말은 다 헛소리예요. 그러니까 그딴 말은 잊어요. 전혀 진심이 아니니까."

"두고 보면 알겠지. 취중진담이란 말이 맞는지 틀리는지."

주호가 빨아들일 듯한 눈빛으로 성주를 응시했다. 성주는 자신도 모르게 그 시선을 피하고 말았다.

"얼른 나가요, 옷 입게."

주호가 별말 없이 나갔다. 그가 나가자마자 성주는 그 자리에 주저앉고 말았다. 울고 싶었다. 나름 일도 딱 부러지게 하는 성격이고, 다른 사람에겐 실수 같은 건 하지 않는 그녀였다. 그런데 주호에게만은 자꾸 들키고 싶지 않은 면을 보여주게 된다. 왜 하필 주호에게만 자꾸 이런 말도 안 되는 모습만 보이게 되는지 모를 일이었다. 속상했다.

"이런 된장! 진짜 돌아버리겠네!"

성주는 몸을 감싸고 있던 이불을 잘 접어 침대 위에 올려놓고 바닥에 나뒹굴고 있는 옷들을 주워 입었다. 양말까지 신은 그녀는 주호의 이불을 바닥에 내려놓은 후 침대 정리를 했다. 그리고 잘 갠 주호의 이불을 들고 서재에서 나왔다.

"여기 서주호 씨 이불이요."

성주는 거실에 서 있던 주호에게 잘 갠 이불을 건넸다. 그러자 그가 자신의 방에다 그것을 갖다 놓고는 거실로 다시 나왔다.

"아우, 속 쓰려. 내가 하룻밤 신세졌으니까 우리 집으로 가요. 내가 해장국 미리 끓여놨어요."

이미 주호에게 볼꼴 못 볼꼴 다 보인 상태였다. 이 상태에서 고고한 척해봤자 통할 것도 아니고, 신세 지고는 못 사는 성미라 성주는 주호에게 대가를 지불하고 싶었다.

"그럼 나야 땡큐지."

"잠깐 기다려요."

패딩 점퍼를 뒤진 성주는 고개를 갸웃했다. 그 모습을 본 주호가 자신의 휴대폰을 손에 들고 흔들어 보였다.

"휴대폰을 찾는 거라면 없어. 아예 안 가져왔더라고."

"어? 이상하네? 휴대폰은 챙겼었는데……."

"없었어. 포차에서 두고 나온 것도 아니고. 아마 집에서 나올 때 떨어뜨렸나 봐."

"그랬나……?"

"여진 씨한테 전화할 거면 내 거로 해."

주호가 내민 휴대폰을 건네받은 성주는 여진에게 전화를 걸었다.

[누구…… 세요?]

"나야."

[아. 모르는 번호가 떠서 누군가 했네. 근데 누구 휴대폰으로 전화하는 거야?]

"서주호 씨."

[뭐? 그럼 너 서주호 박사님이랑 밤새 같이 있었던 거야? 그런 것도 모르고 연락할 수도 없어서 밤새 얼마나 걱정한 줄 알아?]

"얘기하자면 길어. 들어가서 얘기해 줄게."

[지금 어딘데?]

"서주호 씨 집."

[서주호 씨 집이라니? 포차에서 술내기 한다더니 서 박사님 집에서 연장전을 했던 거야?]

"그건 아니고, 암튼 어쩌다 보니 서주호 씨한테 하룻밤 신세 지게 됐어."

[몸은 괜찮아? 아니다, 얼른 와. 네 얼굴을 봐야 안심이 될 것

같으니까.]

"여진아, 서주호 씨랑 같이 갈 테니까 해장국 좀 데워주라. 숙취 해소 좀 하게."

[알았어. 해장국 데워놓고 있을 테니까 얼른 서 박사님 모시고 와.]

"응. 금방 갈게."

성주는 주호에게 휴대폰을 건넸다.

"얼른 가요."

두 사람은 주호의 집을 나와 115동을 향해 걸어갔다.

"나 지금 속도 쓰리고 머리가 깨질 것 같아요. 얼른 해장국 먹고 두통약 좀 먹어야겠어요."

"술도 잘 못 마시면서 술내기를 하자고 그랬던 거야?"

"누가 술을 못 마셔요? 아, 참! 승부는 어떻게 된 거예요?"

"나도 몰라."

"몰라요? 왜 몰라요?"

"나도 쓰러졌으니까."

성주는 깜짝 놀랐다. 그녀가 주호의 집에 와서 잤다는 것은 그가 이겼다는 뜻이라 생각했었기 때문이었다.

"서주호 씨도 쓰러졌는데 어떻게 날 서주호 씨 집으로 데려간 거예요?"

"한참 있다 보니까 주인 아주머니가 문 닫을 때 됐다면서 깨우 더라고."

"이모님께서 깨워서 서주호 씨가 날 데리고 갔다?"

"응. 여진 씨는 전화번호를 모르지 태민의 휴대폰은 계속 꺼져 있지, 경비원 아저씨 순찰 중인지 경비실에 없지. 취한 성주 업고 오느라 내가 고생 좀 했지."

"어쨌든, 누가 이겼는지는 아직 모르는 거네요?"

성주는 더 말해봤자 불리한 입장임을 잘 알기에 얼른 화제를 바꾸었다. 속으로 '왜, 취한 나한테 여진이의 전화번호를 물어보지? 그럼 다 알려줬을 거 아냐, 내가. 그것까진 생각 못했나 보지? 흥.' 이라고 비아냥거리며.

"그거야 모르지."

"할 수 없네요. 이따가 이모님께 확인을 하러 가봐야지."

"그러자고. 저녁에 같이 가서 누가 이겼는지 주인 아주머니께 여쭤보자고. 그래야 내가 계산한 술값을 돌려받지."

"왜 꼭 자기가 이긴 것처럼 말해요? 아직 누가 이겼는지 모르는 건데?"

눈을 반짝이며 자신이 이겼을지도 모른다는 생각을 하는 표정으로 그를 바라보는 성주를 보며 주호는 속으로 미소를 지었다.

'주인 아주머니께 결과를 들으면 놀랄걸. 후후후.'


여진의 집에 들어서니 그녀가 현관에 서서 두 사람을 반겼다.

"어서 오세요. 식탁 위에 밥상 차려놨으니까 얼른 드세요. 속 풀어야죠, 성주도 서 박사님도요."

"실례 좀 하겠습니다."

"아우, 속 쓰려 죽을 것 같아. 머리도 깨질 것 같고. 얼른 밥 먹고 두통약 먹어야겠어."

성주가 여진을 끌어안고 푸념하듯 자신의 상태를 알렸다.

"그러게 누가 미련하게 술내기 같은 걸 하래? 차라리 다른 내기를 하지."

말은 타박을 하면서도 여진이 성주의 등을 쓰다듬어 주었다. 그러자 성주가 여진에게서 몸을 떼고 서서는 한 번만 봐달라는 표정으로 헤, 웃었다. 그런 성주가 귀엽다는 듯 여진도 미소를 지어 보였다.

"여진 씨의 말을 들으니까 양심이 콕콕 쑤시네요."

주호는 손으로 자신의 가슴을 콕콕 찌르는 시늉을 하며 농담처럼 말했다.

"서 박사님 양심 찔리라고 한 소리니까 이해해 주세요. 먹는 것 갖고 내기하는 거 난 이해 못하는 사람이거든요. 특히 술내기는 더더욱요."

"다음부턴 미련한 내기는 제외하고 건전한 내기를 할 테니까 한 번만 봐주십시오."

주호는 싱긋 미소를 지으며 여진에게 경례를 해 보였다.

"누가 또 내기한대요? 혼자 김칫국 마시지 마요."

"그거야 두고 봐야 알지."

"내가 이겼으면 얄짤 없어요! 다신 내기 같은 거 안 해요."

"그러든지."

"후후. 그만하시고 얼른 식사나 하세요. 성주야, 너도 얼른 먹어. 두통약 먹어야겠다며."

"오케이. 땡큐, 우리 여진이가 최고다!"

성주가 갑자기 여진을 끌어안고 볼에 입맞춤을 하고는 주방으로 들어갔다. 그 모습을 미소로 바라보던 주호도 성주를 따라 여진과 함께 주방으로 들어갔다.

식탁 위에 맛깔스런 밑반찬들과 김치 그리고 두 사람 몫의 밥이 놓여 있었다. 성주가 먼저 앉자 주호가 마주 앉았다. 여진이 냄비에서 해장국을 퍼 두 사람의 밥그릇 옆에 놓아주었다.

"편히 드세요."

"여부가 있겠습니까. 이웃사촌 자격으로 아주 편한 마음으로 먹겠습니다."

주호의 넉살에 여진이 미소를 지었다. 성주는 살짝 어이없는 표정을 지었지만. 그것을 여진이 봤는지 성주를 보며 눈짓을 했다.

"그러지 마. 서 박사님 불편하시게."

"내가 눈치 준다고 눈칫밥 먹을 분 아니라는 것쯤은 이미 파악했다. 그나저나 왜 우리만 먹으래? 넌 안 먹어?"

"지금 시간이 몇 신데, 난 아침 벌써 먹었지."

"아! 우리가 늦잠 잤지."

해장국을 한술 뜨려던 성주가 갑자기 고개를 들고는 여진을 의미심장하게 쳐다보았다.

"왜 그런 눈으로 봐?"

"어젯밤에 태민 씨 휴대폰 꺼놨다던데 혹시 너도 꺼놓은 거야?"

"응."

"으응? 휴대폰 꺼놓고 둘이 뭐 했는데?"

"심야영화 봤어. 그래서 휴대폰도 꺼놨던 거고."

"아."

"그랬군요."

여진의 말에 성주와 주호가 동시에 대꾸했다.

"자, 해장국 식기 전에 얼른 먹어야쥐이."

성주가 잽싸게 밥을 해장국에 말았다. 그리고 고개를 숙이고는 호호 불어가며 해장국을 떠먹기 시작했다. 여진이 못 말린다는 표정으로 성주를 보다가 주호에게 잘 드시라는 말을 하고는 주방을 나갔다.

열심히 먹는 성주가 귀여워 잠시 미소로 바라보던 주호는 해장국을 맛을 보고는 눈을 크게 떴다.

"이 해장국 정말 성주가 끓인 거 맞아?"

"당근 내가 끓였죠. 오늘을 위해 미리 끓여놓고 술내기 하러 간 거예요. 왜요?"

"너무 맛있어서."

"내가 외모도 우리 엄말 쏙 빼닮았지만 손맛도 닮았거든요. 고로 한 손맛 한다 이 말이죠. 깍두기랑 배추김치도 내가 담은 거예요. 다른 반찬들은 여진이가 만들었고요. 여진이도 음식 솜씨 대박 좋아요."

주호는 깍두기와 배추김치를 먹어보았다. 시원하니 맛이 좋았다. 주호는 엄지를 척 펴 보였다.

"이래 봬도 내가 못하는 게 별로 없는 사람이거든요?"

"인정해 줄게."

그 후로 두 사람은 열심히 먹는 데만 열중했다. 어느새 둘 다 해장국과 밥그릇을 다 비우고 거실로 나왔다. 소파에 앉아 책을 읽고 있던 여진이 두 사람이 나오는 걸 보고는 벌떡 일어났다.

"아우, 이제야 속이 확 풀리네."

"그러게. 해장국이랑 김치 깍두기도 그렇지만 다른 반찬들도 다 맛있었어. 성주도 여진 씨도 요리 참 잘하네요. 정말 맛있었어요."

"별말씀을요."

"유유상종이죠 뭐."

주호의 말에 여진과 성주가 동시에 말했다.

"하하하. 유유상종 그 말도 인정합니다!"

"자 이젠 가세요. 이따 다섯 시에 포차 앞에서 만나요."

성주가 말하자 여진이 그녀의 팔을 잡았다.

"차 드시고 천천히 가세요."

"성주 쉬어야 하니까 차는 다음에 와서 마시겠습니다. 킵해주실 거죠?"

성주는 주호의 말이 그렇게 반가울 수가 없었다. 아직도 속이 안 좋은 데다 머리까지 지끈거렸다. 얼른 두통약을 먹고 마음 편히 한숨 푹 자고 싶었다.

"그럼요. 언제든지 오세요."

여진이 미소로 대답하자 주호가 그녀에게 예의를 갖춰 인사한 후 성주에게로 시선을 옮겼다.

"다섯 시에 포장마차 앞에서 만나지."

"네."

주호가 집을 나갔다.

주호가 나간 후 성주는 두통이 더 심해졌다. 욱신욱신 머릿속이 난리도 아니었다. 성주는 두통약을 찾아 단숨에 삼켰다. 그녀가 하는 양을 말없이 그대로 지켜보던 여진이 식탁을 정리하기 시작했다.

"놔둬. 내가 할게."

"아냐. 두통 때문에 괴롭잖아. 넌 방에 들어가서 좀 더 자."

"아까까지만 해도 자고 싶었는데 지금은 잠이 안 올 것 같아. 넌 반찬 정리나 해. 설거진 내가 할게."

"너 힘들잖아. 내가 할게."

"말리지 마. 지금 설거지라도 안 하면 머릿속이 터져 버릴 것 같으니까."

성주는 설거지를 하기 시작했다. 그동안 여진이 남은 반찬들을 정리해 냉장고에 넣었다. 성주가 설거지를 끝낼 때쯤 여진이 찻잔 두 개를 꺼내 정수기에서 뜨거운 물을 받았다. 그리고는 말린 국화꽃을 찻잔에 넣었다.

"얼른 나와. 우리 국화차 마시자."

"응."

여진이 국화차 두 잔을 쟁반에 받쳐 들고 주방을 나갔다. 설거지를 마친 후 성주는 거실로 나와 여진 앞에 털썩 주저앉았다.

"딱 먹기 좋게 식었어. 마셔."

여진이 성주에게 국화 향기가 솔솔 올라오는 찻잔을 건넸다.

"땡큐."

찻잔을 건네받은 성주는 맛과 향을 음미할 새도 없이 그냥 원샷해 버렸다.

"한 잔 더 타줘?"

"아니, 됐어."

"두통은 좀 가라앉았어?"

"통증은 조금 가라앉은 것 같은데 머릿속이 복잡해."

"머릿속이 왜 복잡한데?"

여진이 조심스런 표정으로 물었다. 걱정스런 표정으로 묻는 여진을 보고 있자니 양심이 찔렸다. 주호 앞에서야 어쩔 수 연기를 하지만 여진 앞에서까지 연기를 하고 싶지는 않았다.

"사실은 내가……."

성주는 차마 더는 입이 떨어지지 않아 말끝을 흐린 채 여진을 바라보았다. 여진이 그런 성주를 의미심장한 눈빛으로 바라보더니 입을 뗐다.

"성주야, 너…… 서 박사님 좋아하지?"

"어, 어떻게 알았어?"

"우리 서로 눈빛만 봐도 표정만 봐도 다 아는 사이잖아. 서주호 씨 앞에서 긴장하는 것 같기도 하고 또 너답지 않게 자연스럽지 않아 보였어. 네가 너를 연기하는 듯한 느낌이 들었어."

여진이 귀신같이 집어냈다. 여진의 섬세한 관찰력은 성주도 따라잡지 못한 부분이었다.

"우리 숨기는 거 없기로 했는데…… 미안해. 전에 편의점 앞에서 주호 씨가 날 구해줬을 때 그때부터 시작된 것 같아. 주호 씨만 생각하면 가슴이 설레고 심장이 마구 뛰어. 얼굴도 화끈거리고. 그런 느낌들이 사랑이라면…… 나 서주호 씰 사랑하는 게 맞아."

성주는 솔직하게 털어놓았다.

함께 살기 시작할 때 서로 비밀을 만들지 말자고 약속을 한 이후부터 지금까지 여진은 시시콜콜 다 말해줬다. 그래서 석형과 무슨 일이 있었는지 성주가 세세하게 다 알 수 있었던 것이다. 물론 성주도 여진에게 모든 걸 다 말했었다.

'그러고 보니 우리 둘 다 말하지 않았던 게 하나씩 있었네.'

석형과 약혼한 상태에서 여진이 태민을 만나 사랑하게 되었지만 이루어질 수 없는 사랑이라 생각해 그 일을 성주에게 말을 하지 않았고, 성주는 결혼을 하지 않을 거라 주호를 사랑하게 된 것을 말하지 않았다.

"감사하다."

"감사는 무슨. 어차피 결혼할 것도 아닌데. 게다가 서주호 씨 곧 애인 생길 거랬어."

"그 말을 믿었어?"

"당연히 믿지. 넌 안 믿어?"

"서주호 씨가 널 바라볼 때 어떤 눈빛인지 모르지? 폭염처럼 뜨거운 눈빛이었어. 사랑하는 여자가 아니면 그런 눈빛으로 볼 수 없어. 서 박사님, 분명히 널 사랑하고 있을 거야. 내 느낌엔 곧 생길 거라는 그 애인, 널 두고 하는 말인 것 같아."

성주는 또다시 심장이 콩닥거렸다. 가슴이 설레고 얼굴이 화끈거렸다. 성주가 마른 손세수를 하는데 여진이 그녀의 두 손을 잡았다.

"내 친구 김성주. 축하해!"

"뭐, 뭘 축하해?"

"첫사랑이 찾아왔잖아. 내가 겪어봤는데 서로 사랑해야 할 연인들은 어떻게 해서든 만나지는 것 같아. 나랑 태민 씨도 그렇고 너랑 서 박사님도 그렇고."

"나하고 서주호 씬 아냐. 내가 얘기했었잖아. 그 사람이 곧 자기한테 애인이 생길 것 같은 예감이 든다고 말했다는 거. 당연히 다른 여자를 마음에 두고 있구나, 라고 생각했었어."

"그 애인이 널 두고 하는 말이라는 걸 전혀 몰랐어? 눈치도 못 챘어?"

"응."

성주는 문득 포장마차에서 주호와 나누었던 대화가 떠올랐다.

"곧 애인이 생길 것 같은 예감이라더니, 생겼어요?"

"아직."

"왜 아직이에요, 금방 생길 것처럼 말하더니?"

"내가 생각했던 것보다 훨씬 더 둔한 여자라서. 나름 열심히 고백을 해도 내 말을 잘 못 알아듣네."

곧이어 주호의 집에서 그가 했던 말이 생각났다.

"앞으로 나 없는 데선 절대로 인사불성이 될 정도로는 술 마시기 없기."

한 번도 주호에게 생길 애인이 그녀라고 생각해 본 적이 없었다. 그런데 그가 했던 말들의 의미를 생각해 보니 조금 이상했다.

'설마…… 그 둔한 여자가 바로 나라고?'

성주는 고개를 저었다. 그럴 리가 없다. 아니, 그런 일이 일어나
선 안 된다. 그녀가 주호를 사랑하는 건 짝사랑이라 혼자 사는 데
아무런 문제가 없지만, 만약 그도 그녀를 사랑한다면 문제가 커진
다. 조금 진정 기미를 보이던 두통이 다시 심해졌다.

"나 한숨 잘게. 머릿속이 복잡해서 터질 것 같아."

성주는 벌떡 일어나 자기 방으로 들어갔지만 결국 한숨도 자지
못했다.


한참을 침대에서 뒤척거리다 거실로 나오니 무슨 생각을 하는
지 소파에 앉아 있는 여진의 표정이 복잡해 보였다. 성주는 여진
옆에 앉았다.

"무슨 생각을 그렇게 해?"

"성주야, 너 말이야. 두 사람 사이에 아무것도 걸리는 게 없는데
그냥 서로 사랑하면 안 돼? 복잡하게 생각하지 말고."

여진이 여태 성주와 주호에 대해 생각을 하고 있었나 보았다.

"내가 어렸을 때부터 독신으로 사는 걸 선택했다는 거 너도 잘
알면서 왜 그런 소릴 해?"

"지금까진 사랑하는 사람이 나타나지 않았었으니까 네 생각을
존중해 줬지만 이젠 상황이 달라졌잖아. 그리고 서 박사님이라면
결혼하고도 네가 일할 수 있게 도와줄 거라는 생각이 들어. 꽉 막
힌 분도 아니고 더구나 신경정신과 의사 선생님이시잖아. 오히려

네 꿈을 이룰 수 있게 적극 협조해 주실 것 같아."

"신경정신과 의사도 남자야. 남잘 어떻게 믿니? 결혼 전엔 하늘에 있는 별도 따다준다고 하고선 결혼하면 잡은 물고기한테 밥 주는 사람이 어디에 있느냐고 떠드는 인간들인데. 그리고 만약에 서주호 씨가 내 일을 존중해서 계속 하게 해준다고 쳐. 근데 시댁에서 반대하면? 난 우리 엄마처럼 내 꿈을 포기하며 살고 싶지 않아. 결혼한 걸 후회하며 살긴 더 싫고."

"음…… 차라리 서 박사님한테 네가 염려하는 내용들을 말해보면 어떨까? 서 박사님 보면 부모님도 좋은 분들이실 것 같아."

"아니, 난 그냥 나 혼자 살 거야. 내 사랑도, 만약 서주호 씨가 사랑하는 사람이 나라고 해도 그저 인생길에 한때 지나가는 바람 같은 감정일 수도 있으니까."

성주는 진지한 표정으로 말했다. 정말 그럴 생각이었다. 남녀 사이에 좋은 감정이 생겼다가 없어지는 경우는 얼마든지 있으니까. 그러니 많은 커플들이 이별도 하고 이혼도 하겠지.

"태민 씨가 그러는데 서 박사님 참 좋은 분이래. 여자관계도 깨끗하고. 승부욕이 너무 강한 게 흠이라면 흠인데 그 승부욕도 아주 생산적으로 사용하고 있어서 외려 장점이라고 하더라. 게다가 서 박사님 부모님들도 태민 씨가 존경하는 분들이라던데…… 그냥 접어버리기엔 너무 아깝다, 너도 서 박사님도."

"여진아, 넌 내가 둘이 하는 사랑을 할 수 있을 것 같니? 난 자신이…… 없어."

성주는 솔직하게 이야기했다.

"네가 나한테 그랬잖아, 용기를 가지라고. 네 덕분에 난 태민 씨랑 잘 사랑하고 있는데 네가 자신 없다 그럼 어떡해?"

"넌 독신주의자가 아니잖아."

"둘이 만나다 보면 사랑이 더 깊어져서 결혼에 관한 네 생각이 바뀔 수도 있어."

"아니. 내 인생 계획표엔 연애도 결혼도 없어."

"인생은 계획대로 되는 게 아니라고 한 사람이 누구더라?"

"나다. 그래서 나 지금 그 말을 밥 먹듯 내뱉었던 내 주둥이를 확 꿰매 버리고 싶어 미치고 팔짝 뛸 지경이야. 난 내 감정을 남잘 생각하는 데 소모하는 게 싫다고! 연애도 싫고 결혼도 싫어! 왜 하필 그런 나한테 사랑이 찾아오느냔 말이야. 사랑이란 놈이 사람이면 콱 쥐어박고 뻥 차버릴 텐데 그럴 수도 없고."

성주가 죄 없는 머리를 박박 긁어댔다.

"성주야. 난 태민 씰 믿어. 그래서 태민 씨가 존경하고 사랑하는 서 박사님을 믿어. 서 박사님, 널 상처받게 할 사람 아닐 거야. 이 번엔 내 촉을 믿어봐. 내가 늘 네 촉을 믿었던 것처럼. 내 소원이야. 너도 연애다운 연애해봐. 응?"

성주는 크게 심호흡을 했다. 그녀에겐 아주 중요한 난제이고, 어찌 됐든 여진에게 답을 해주어야만 하기 때문이었다.

"생각은 해볼게."

11

　약속 시간인 5시보다 10분 전에 포장마차에 도착한 주호는 야
외 테이블 앞에 놓인 플라스틱 의자에 앉아 성주가 오기를 기다리
고 있었다. 이른 시간이라 그런지 포장마차의 실내에도 실외에도
손님은 한 사람도 없었다. 오직 주호뿐이었다.

　마침 포장마차 안에서 주인 아주머니가 나오더니 주호를 보고
는 반색했다.

　"나오셨네요?"

　"네."

　"아가씨는요?"

　"아직요. 다섯 시쯤 올 겁니다."

　"아. 저기 제가 부탁 좀 할 게 있는데……."

주인 아주머니가 미안한 표정으로 말끝을 흐렸다.

"무슨 부탁인지 말씀하세요. 제가 도울 수 있는 일이면 도와드리겠습니다."

주호는 선뜻 도와주겠다고 말했다. 어젯밤 그의 특별한 부탁을 선뜻 들어주겠다고 한 주인 아주머니가 아닌가. 그녀의 부탁을 들어주는 게 당연했다.

"아까 시장에 들렀었는데 오늘은 두부가 조금 늦게 나온대서 야채랑 고기, 해물들만 사왔거든요. 빨리 시장에 가서 두부만 사 올 테니까 포차 좀 봐주세요."

"우리도 어차피 아주머님께서 오셔야만 해결되는 일이니까 걱정 말고 다녀오세요."

"아이구, 고맙기도 해라. 저기, 만약에 손님들이 오시면 제가 잠깐 자리를 비웠다고만 말해줘요. 그럼 기다릴 사람들은 기다리고 갈 사람들은 갈 거예요."

"그렇게 하겠습니다."

주인 아주머니가 서둘러 횡단보도가 있는 쪽으로 걸어갔다. 길을 건너서 두 블록쯤 가면 재래시장이 있기 때문이었다. 때마침 신호가 바뀌자 서둘러 다녀오려는 듯 주인 아주머니가 뛰어서 길을 건너갔다. 잠시 그 모습을 지켜보고 있던 주호는 걱정스런 표정으로 아파트 단지 쪽으로 시선을 돌렸다.

'설마 안 나오진 않겠지? 만약 안 나오면 김성주답지 않은 건데.'

아파트 단지 쪽을 바라보고 있는데 다행스럽게도 술내기를 했던 어제처럼 5시 5분 전이 되자 저만치서 성주가 고개를 푹 숙인 채 걸어오고 있는 모습이 보였다.

"땅에 뭐라도 떨어졌나? 왜 저렇게 발밑만 보고 걸어?"

주호는 어깨까지 축 늘어뜨리고 걸어오는 성주의 모습을 보고 있자니 신경이 쓰였다.

'왜 저렇게 심란한 모습을 보이는 거지?'

성주가 포장마차 앞에 도착하자 주호는 벌떡 일어나 그녀의 코앞으로 다가가 그녀의 정수리를 바라보았다.

"땅바닥에 금덩이라도 떨어졌어?"

대뜸 묻는 그의 말에 고개를 든 성주는 주호임을 확인하고는 이내 연기자가 되었다.

"땅에 금덩어리가 떨어졌냐뇨? 그게 무슨 소리예요?"

"왜 땅만 쳐다보면서 걸어와? 그러다 다른 사람하고 부딪쳐서 넘어지기라도 하면 어쩌려고?"

"알아서 피하겠죠 뭐."

반성하기는커녕 성주가 시큰둥하게 대답했다. 그런 그녀의 반응에 주호는 어이가 없었다.

"상대방이 봐야 알아서 피하지, 저번처럼 위험한 상황에 처할 수도 있잖아. 오토바이가 어디서 튀어나올지도 모르고."

"왜 만나자마자 시비예요?"

이어지는 주호의 질책에 성주는 발끈했다.

"시비?"

되묻는 주호의 미간에 주름이 잡혀 있었다. 그녀가 한 말이 마음에 들지 않다는 뜻이었다.

"시비가 아니면요?"

"난 내 여자가 다치는 거 싫어."

내 여자? 내 여자라니! 성주는 자신이 잘못 들었다 생각하고 주호를 직시했다.

"지금 뭐라고 했어요?"

"난 내 여자가 다치는 거 싫다고 말했어."

"내…… 여자요?"

"응. 내 여자."

주호가 당당히 '내 여자'라고 말하는 순간 성주는 머리를 쇠망치로 얻어맞은 것 같은 기분이었다. 머릿속이 하얘진 반면 가슴이 콩닥콩닥 뛰어댔다. 여진이 주호에게 곧 생길 애인이 그녀라고 했을 때 설마 했다. 그런데 진짜였다.

'김성주! 당황하지 말고 연기를 해! 지금이야말로 연기가 필요할 때야!'

성주는 마음을 가다듬었다.

"내가 왜 서주호씨 여자……?"

"보고 싶었어."

그녀의 말을 자른 주호의 입에서 뜻밖의 말이 흘러나왔다. 겨우 마음을 가다듬었던 성주는 또다시 머릿속이 혼미해졌다. 게다가 심장이 콩닥콩닥 뛰다 못해 이젠 풍선처럼 빵빵하게 부풀어 올랐다. 금방이라도 뻥, 하고 터질 것만 같았다.

성주는 심호흡을 크게 하며 정신을 가다듬었다.

"왜 자꾸 이상한 소릴 해서 사람 정신없게 만들어요?"

"이상한 소릴 하다니? 내가?"

"당연히 서주호 씨죠."

"내가 무슨 이상한 소릴 했는데?"

"갑자기 나더러 내 여자라느니 보고 싶었다느니, 그런 장난치지 마요. 기분 나빠요."

주호는 정색하고 성주를 바라보았다. 그를 바라보는 성주가 잔뜩 긴장하고 있는 게 느껴졌다.

"성주의 집을 나온 순간부터 성주가 나타나기 직전까지 보고 싶었어, 미치도록. 아니, 지금 보고 있는데도 보고 싶어."

"농담으로 들을게요."

"난 내가 좋아하는, 아니, 사랑하는 여잘 상대로 농담 따윈 안해."

너무나도 쿨한 주호의 대답에 성주는 그만 시선을 돌려 버렸다. 말문이 막혀 버렸다. 그녀의 엄마 이 여사가 그녀가 물에 빠져 죽으면 물고기랑 이야길 나누느라 발만 동동 뜰 거라고 했는데, 이제 보니 그 말은 틀린 것 같았다.

지금까지 말발로는 누구한테 진 적이 없는 성주였다. 하지만 진심을 말하는 주호에겐 어떤 말도 할 수가 없었다.

여진에게는 주호와 연애하는 걸 생각해 보겠다고 했지만, 솔직히 성주는 자신이 없었다. 주호를 너무 많이 사랑하게 될까 봐, 이별의 상처를 이겨낼 수 없게 될까 봐 두려웠다.

"쌀쌀한데 실내로 들어갈까?"

"아뇨."

"들어가. 괜히 감기 걸리지 말고. 어제 폭음해서 면역력이 형편없이 떨어졌을 거야."

"그렇게 혼자 결정해 버릴 거면 뭐 하러 내 의견을 물어요?"

"미안."

주호는 즉각 사과했다. 그리고는 성주의 뒤로 가 서서 양 어깨를 잡고는 살짝 밀면서 포장마차 안으로 걸어 들어갔다.

"앉아."

플라스틱 의자를 빼준 주호는 그녀와 마주 보게 앉았다. 성주가 어쩔 수 없다는 표정으로 그가 빼준 플라스틱 의자에 앉아 포장마차 안을 둘러보았다.

"이모님 안 계시네요?"

"잠깐 시장에 가셨어. 두부 사러."

"아."

그 후로 어색한 침묵이 흘렀다. 그가 고백만 하지 않았다면 이런저런 이야기를 나누었을 테지만 성주는 어떤 말을 해야 할지 몰라 그저 유리창 대신 투명한 비닐을 붙여놓은 곳을 바라보았다. 어제보다 조금 더 쌀쌀해서 그런지 오가는 사람들의 점퍼가 두꺼워졌다. 벌써부터 목도리를 한 사람들도 있었다.

"저녁에 약속 있나?"

주호의 물음에 성주는 시선을 돌려 그를 바라보았다.

"딱히 약속은 없는데 왜요?"

"데이트해야지."

"데이…… 트요? 우리가요?"

"우리 오늘 이틀째야."

"뭐가 이틀째란 거예요?"

"연인 사이가 된 지 이틀째라고."

"어제부터 우리가 사귀기 시작했단 말이에요?"

"응."

"말도 안 돼."

성주는 어이가 없었다. 1일째라면 그나마 이해가 된다. 그런데 이틀째라니. 말이 안 되는 소리였다.

"왜 말이 안 돼?"

"서주호 씨가 나한테 고백한 지 십 분도 안 지났어요. 그런데 무슨 이틀째예요."

"이틀째 맞아. 어젯밤 우리 집에서 내가 성주한테 고백했고 성주도 나한테 고백했으니까. 속옷 차림으로 한 침대에 함께 누워서 잠도 잤고. 이 정도면 이틀째 아닌가?"

"내가 블랙아웃 상태였다고 막 말을 지어대는 거 아니에요?"

"아니."

"맹세할 수 있어요?"

"우리 부모님을 걸고 맹세하지."

부모님을 걸고 맹세까지 하는 걸 보니 거짓말은 아닌 듯했다. 성주는 기억이 나지 않는 어젯밤의 일을 기억해 내려 애를 썼다.

'내가 술에 취하면 묻는 말에 따박따박 대답을 하는 주사가 있다더니…… 진짜인가 보네.'

228  그, 그녀에게 태클을 걸다

성주는 정신을 잃을 정도로 술을 마신 적이 단 한 번도 없었다. 집에서는 술을 많이 못 마시는 여진 때문에 양껏 마신 적이 없었고, 극단 사람이나 지인들과 마실 땐 뒷마무리를 해야 하는 입장이기에 적당히 취기가 오를 정도만 마셨었다.

단 한 번, 어젯밤 술내기에서 이기고자 하는 일념 하나로 마음 놓고 술을 마셨다. 주호를 좋아하는 마음이 없었으면, 그가 믿을 수 없는 사람이었다면 어림도 없는 일이었다.

"대체 내가 무슨 말까지 한 거예요?"

"일 년 안에 결혼하지 않으면 모친께서 절에 들어가 비구니가 되겠다고 했다며?"

"헐. 내가 그런 말까지 했어요?"

"성주가 말했으니까 내가 알고 있겠지?"

"돌겠네, 정말!"

성주는 묶지 않은 긴 생머리를 박박 긁어대며 짜증을 냈다. 성주가 아무래도 안 되겠다는 얼굴로 주호를 직시했다. 그가 싱글싱글 웃고 있었다.

"왜 웃어요? 기분 나쁘게!"

"성주가 예쁘고 귀여워서."

"헐. 원래 이렇게 여자한테 사탕발림 소릴 잘하는 남자였어요?"

"아니. 김성주한테만 하는 말이야."

"이거 원. 믿으라는 건지, 말라는 건지 도통 모르겠네."

"믿어. 적어도 난 아주 특별한 경우 외엔 거짓말 따윈 안 하는 사람이니까."

"대체 내가 왜 좋아요? 어디가 좋은데요?"

"전부 다."

성주는 기가 막힌 표정으로 주호를 바라보다 갑자기 자기 머리를 마구 흐트러뜨렸다.

"이래도 좋아요?"

"응. 귀엽고 예뻐."

"미치겠네."

다시 머리를 가지런히 매만진 성주는 깊은 한숨을 내쉬었다.

"왜 한숨을 쉬어?"

"내기 종목을 잘못 정한 게 후회돼서요."

"난 좋았는데."

"좋았다고요? 대체 뭐가 좋았다는 거예요?"

"성주에 대해 많은 것을 알게 됐으니까. 내가 고백도 빨리 할 수 있었고 또 성주가 날 좋아한다는 고백도 듣게 됐고."

"퍽이나 좋겠네요."

성주의 비아냥거림에도 주호는 보기 좋은 미소를 잃지 않았다. 주호가 미소를 지은 채 성주를 바라보고 있는데 주인 아주머니가 노란색 두부판을 들고 포장마차 안으로 들어왔다. 금방 만든 두부인지 두부판 위를 덮은 비닐에 수증기가 맺혀 있었고 그 틈새로 김이 솔솔 났다.

두부판을 싱크대 위에 내려놓은 주인 아주머니가 두 사람에게 다가왔다.

"포차 봐줘서 고마워요. 서비스로 국수 말아줄게요."

"국수는 먹은 걸로 하겠습니다."

"왜요? 금방 되는데."

"이모님, 큰 도움을 드린 것도 아닌데 돈 내고 우리 국수 먹을……."

"저녁 약속이 있습니다."

성주의 말을 자른 주호가 냉큼 말했다. 성주가 흘겨보는데도 비싯비싯 입가에 웃음기를 달고서.

"저녁 약속이 있으면 국수 먹으면 안 되겠네. 그럼 다음에 오면 오늘 못 먹은 국수랑 소주 한 병 서비스로 줄게요."

"감사합니다."

주호가 미소로 대답했다.

"아, 참! 이모님, 우리 둘 중에 누가 이겼어요? 아니, 누가 먼저 쓰러졌어요?"

급한 마음에 성주는 결과부터 물었다. 이곳에 온 목적은 두 사람 중 누가 이기고 누가 졌는지를 알기 위해서니까.

"내가 똑똑히 봤는데…… 두 사람이 동시에 쓰러졌어."

"정말요?"

"확실해요. 두 사람이 동시에 쓰러졌어요. 내가 일부러 틈틈이 지켜봤었는데 마침 내가 보고 있을 때 두 사람이 동시에 머리를 테이블 위에 박더라고요."

"헐. 어떻게 그럴 수가 있지?"

성주가 믿기지 않는다는 표정으로 물었다.

"술병을 확인해 보니까 신기하게도 두 사람 다 여섯 병째 뚜껑을 따서는 두 잔을 따라 마셨더라고요. 똑같이 다섯 병하고 두 잔을 마신 걸 보면 주량이 똑같은가 봐요."

"그럼 무승부란 말이에요?"

"네. 확실히 무승부 맞아요."

무승부를 강조한 주인 아주머니가 성주 몰래 주호에게 눈을 찡긋해 보였다. 주호는 어제 했던 특별한 부탁을 들어준 주인 아주머니에게 환한 미소로 답례를 했다.

"남자라 그런지 여기 선생님이 문 닫을 때 깨우니까 벌떡 일어나더라고. 술이 덜 깼을 텐데도 아가씰 업고는 아가씨 다칠까 봐 아주 똑바로 걸어가려고 애쓰더라고요."

주인 아주머니가 덧붙인 설명에 성주는 속으로 한숨을 내쉬었다. 서주호란 남자한텐 지기가 싫어서 난생처음 소주를 정신을 잃을 정도로 마셨는데, 무승부라니! 허탈했다. 게다가 그에게 업혀갔다니, 사실은 패배한 거나 다름이 없었다.

"다음엔 술내기 같은 거 하지 마요, 선생님도 아가씨도. 그런 거 하면 몸 상해요. 내가 비록 술장사는 하고 있지만, 술은 즐길 정도로만 마시는 게 최고예요."

"명심하겠습니다."

주호가 넙죽 대답했다. 승부욕이 강하다더니 주호는 무승부임에도 불구하고 기분이 아주 좋은 모양이었다.

"꼭 무승부이길 바랐던 사람 같네요."

"솔직히 그래."

"왜요? 승부욕이 아주 강한 사람이라고 들었는데, 대체 왜 무승부이길 바랐던 거예요?"

"무승부여야 성주와 또 내기를 할 수 있잖아."

"뭐예요?"

성주는 하도 기가 막혀 헛웃음을 지었다.

"대체 무슨 내기를 또 하자고 그래요?"

"그건 시간을 갖고 생각해 보자고."

주호가 콧노래까지 흥얼거리며 자리에서 일어났다.

"가자."

성주는 집에 가서 여진과 함께 저녁을 먹을 생각으로 자리에서 일어났다. 두 사람은 주인 아주머니에게 다음에 또 오겠다며 인사를 하고는 포장마차를 나왔다. 포장마차 앞에서 성주가 아파트 단지 쪽으로 가려고 하는데 주호가 그녀의 팔을 잡았다.

"저녁 약속 있다고 했잖아."

"서주호 씨가 저녁 약속 있는 게 나랑 무슨 상관이에요?"

"우리 둘이 저녁 먹을 거니까."

"헐. 언제 우리가 저녁 같이 먹기로 약속한 적 있어요?"

"지금 얘기하잖아."

"완전 자기 마음대로네. 싫어요."

"왜 싫은데? 싫은 이유 열 가지만 대면 오늘 저녁 같이 먹는 거 취소해 주지."

"그냥 싫다는데 무슨 이유를 열 가지나 대래요?"

"열 가지 댈 싫은 이유가 없는 거지?"

"팔이나 놔줘요."

"싫어."

주호가 고집스레 잡고 있는 그녀의 팔을 놓아주지 않았다.

"왜 싫어요?"

"성주하고 저녁 같이 먹고 싶으니까. 성주하고 사귄 지 이틀째가 되는 날을 축하하는 데이트하고 싶어."

"그럼 나랑 저녁 같이 먹고 싶은 이유 열 가지 대봐요."

성주는 너도 당해봐라 하는 심보로 주호에게 요구했다.

"성주가 좋아서. 성주와 같이 밥 먹고 싶어서. 헤어지기 싫어서. 좋은 곳에 가서 제대로 고백하고 싶어서. 성주와 조금 더 오래 같이 있고 싶어서. 성주가 밥을 먹여주었으니까 나도 성주한테 맛있는 저녁을 먹이고 싶어서. 사귄 지 이틀째인 오늘을 둘이 함께 즐기고 싶어서. 저녁 먹으면서 성주와 우리의 앞날에 대해 이야기하고 싶어서. 다른 연인들처럼 데이트하고 싶어서. 다른 사람들한테 우리가 연인인 거 자랑하고 싶어서. 됐지!"

주호가 시험 문제의 답을 달달 외운 사람처럼 숨도 쉬지 않고 다다다 열 개의 이유를 다 말했다

성주는 다시 또 할 말을 잃었다. 주호가 저녁을 같이 먹어야 하는 이유 열 개를 다 댈 수 있을 거라고는 생각하지 못했다.

"성주의 요구대로 열 가지 이유를 다 댔으니까 두말없이 내가 하자는 대로 하는 거야."

"대체 어딜 가려는 건데요?"

"가보면 알아."

주호가 성주의 팔을 잡고 도로 쪽으로 조금 내려갔다. 그곳에

주호의 차가 주차되어 있었다.

'미리 다 계획하고 있었나 보군.'

성주는 더 이상 연기하는 걸 포기했다. 그리고 억지로 주호에 대한 감정을 속이는 것도 그만두기로 했다. 다 들킨 마당에 숨기려고 애써봤자 숨겨질 것도 아니었다. 그래서 그녀의 팔을 잡은 그의 손도 뿌리치지 않고 얌전히 따라온 것이다. 갈 때까지 가보자는 심정 반, 한 번 사는 인생인데 남들 다 하는 연애는 해보고 죽자 하는 심정 반인 심경으로.

"일부러 차를 갖고 나왔던 거예요? 나랑 데이트하려고?"

"당연하지."

"목적지는 알려줘야죠?"

"가보면 안다고 했잖아."

"좋아요, 장소는 가보면 안다고 쳐요. 이유가 뭐예요?"

"무슨 이유?"

"내가 서주호 씨랑 가보면 아는 장소엘 가는 이유요?"

"아까 다 얘기했잖아. 열 가지나 듣고도 모자라?"

"……."

성주는 말문이 막혀 그만 입을 다물고 말았다.

"여기에서 실랑이를 더 하면 예약 시간에 늦으니까 어서 타자고."

주호가 조수석 문을 열고는 성주가 타기를 기다렸다.

"팔을 놔줘야 타든지 말든지 하죠."

"아, 미안."

그제야 주호가 그녀의 팔을 놔주었다. 조수석에 앉은 성주가 안전벨트를 착용하는 동안 주호가 서둘러 운전석에 앉더니 안전벨트를 맸다.

"출발한다."

"마음대로 하세요. 어차피 내 말은 듣지도 않을 거면서 뭐 하러 물어요?"

"어허, 그렇게 말하면 내가 성주를 납치하는 것 같잖아."

"내가 납치당할 인물로 보여요?"

"납치당할 인물이 따로 있나?"

"이래 봬도 나 태권도 3단이에요. 내 몸 정도는 지킬 수 있어요."

성주는 외동딸이라 걱정이 됐는지 자신의 몸 하나는 지킬 수 있어야 한다는 이 여사의 주장에 어쩔 수 없이 태권도 3단 자격증을 땄다. 하지만 그 이후로는 전혀 운동을 하지 않았다. 고등학교에 들어간 후부터 지금까지 그녀가 하는 운동이라고는 숨쉬기 운동과 일을 하기 위해 동분서주하는 것뿐이었다.

"반가운 소리군."

주호는 진심으로 반색하며 미소를 지었다. 요즘 얼마나 험한 세상인가. 새삼 태권도 유단자인 성주가 대견해 보였다.

"내가 내 몸 정도는 지킬 수 있다는데 왜 서주호 씨가 좋아해요?"

"내 여자의 안전은 곧 내 안전이니까."

주호는 기분 좋은 얼굴로 차에 시동을 걸었다. 차도로 들어선 그의 차가 매끄럽게 달리기 시작했다.

"태권도는 언제 배웠지?"

운전을 하며 주호가 물었다.

"초등학교 때부터 시작해서 중학교 졸업할 때까지요."

"그 이후로는 운동 안 했어?"

"네. 고등학교에 들어가서는 대학 시험 준비 때문에 따로 운동을 할 시간이 없었어요. 몸 쓰는 게 귀찮기도 했고요."

"그렇군. 그나저나 성주는 꽤 특이한 케이스네."

"뭐가요?"

"보통 여자들은 초등학교에 들어가면서부터 피아노나 미술 같은 걸 배우지 않나?"

"피아노랑 미술도 배우긴 했었어요. 별로 적성에도 안 맞고 재능도 없어서 일찍 포기해서 그렇지."

"어렸을 때부터 판단도 빠르고 결단력도 있었군."

'콩깍지가 씌어도 단단히 씌었군.'

성주는 좋은 쪽으로 해석해 주는 주호를 보며 속으로는 설레면서도 겉으로는 뻔뻔한 표정을 지어 보였다. 그의 말이 사실이기에.

"그런 편이었죠."

"청솔에 관해서는…… 소극장하고 극단에 관한 업무와 연극 기획도 다 성주가 총괄한다고 들었는데."

"나 혼자 다 하는 건 아니에요. 여진이가 무대에 서지 않는 날은 같이 하니까."

"신경 쓸 게 많을 텐데 힘들진 않나?"

"아뇨. 난 지금 내가 하는 일이 좋아요. 아주 많이."

주호는 고개를 끄덕였다. 자신이 하고 있는 일을 즐기는 것은 참으로 좋은 현상이었다.

'그래서 결혼은 하지 않겠다고 했군. 일하는 게 좋은데 혹시 결혼이 방해가 될까 봐.'

주호는 취중에 결혼은 하지 않겠다고 말했던 성주의 마음이 이해가 되었다. 하지만 이해하는 것하고 받아들이는 것하고는 분명한 차이가 있다. 그는 반드시 성주와 결혼을 할 작정이었다. 보면 볼수록 귀엽고, 사랑스럽고, 같이 있고 싶은 여자이기에 연애만 할 생각 따윈 애초부터 하지 않았다.

성주와 함께라면 행복한 결혼 생활을 할 것 같았다. 때론 사소한 일로 다투기도 하겠지만 그럴 때마다 화해해 가며 더 깊이 사랑할 수 있을 것이다. 그와 성주가 꿈을 이뤄가며 행복하게 사는 모습을 상상하는 것만으로도 주호는 가슴 벅차고 행복했다.

12

　차로 40여 분을 달려 한옥으로 지어진 한정식당의 옥외주차장
에 차를 댔다. 어느새 어둠이 깔리기 시작했다. 아직 불을 켤 만한
시간이 아닌지 주차장 곳곳에 놓여 있는 가로등엔 아직 불이 켜져
있지 있었다. 한식당 건물 입구만 환하게 불을 켜놓았을 뿐.

　유명세를 치르는 식당치고는 오늘따라 옥외주차장에 주차되어
있는 차가 별로 없었다.

　'올 때마다 주차장이 꽉 차서 차들로 북적거리더니 오늘따라
손님이 별로 없나 보군. 한적해서 외려 좋네.'

　운전석에서 내린 주호가 조수석의 문을 열어주러 가려는데 성
주가 벌써 문을 열고 차에서 내렸다. 주호는 식당의 외경을 둘러
보는 성주에게 다가가 섰다.

"다음부턴 차 안에서 기다려. 내가 문 열어줄 테니까."

"난 그런 거 별로예요. 내 손 멀쩡한데 왜 남자가 문 열어주길 기다려요? 내가 타고 내릴 때 문 열어줄 생각하지 말아요, 그게 더 성가시니까."

주호는 속으로 고집쟁이, 라고 생각하며 식당 주변을 둘러보았다.

"이 식당 와본 적 있어?"

"아뇨. 말만 들었어요. 음식 맛이 꽤 좋다면서요?"

"응. 맛이 깔끔하면서도 감칠맛이 있어. 물론 합성 조미료는 일절 쓰지 않고."

"프랑스나 이태리 음식을 하는 식당을 예약하려다가 돼지껍데기랑 닭똥집 좋아하는 걸 보고 한정식이 낫겠다 싶어 한정식당을 예약했는데, 어때?"

"잘했어요."

"지금 나 칭찬해 주는 거야?"

"네. 아주 잘했어요. 난 칼질보단 젓가락질하는 걸 더 좋아하니까."

"성주 칭찬을 들으니 기분 참 좋다. 그만 들어가자. 미리 룸을 예약해 놔서 기본 상차림은 되어 있을 거야."

미소를 머금은 주호는 성주의 어깨를 감싸 안았다. 그러자 성주가 몸을 뺐다.

"그냥 각자 걸어서 들어가요."

"왜?"

"······."

성주는 잠시 망설였다. 솔직하게 말하면 주호가 웃을까 봐 걱정이 되었다.

"안 웃는다고 약속해요. 난 거짓말하기 싫으니까."

"좋아. 안 웃을게. 말해봐, 왜 각자 들어가자고 하는지."

"······쑥스러워요."

시선까지 떨구며 쑥스럽다고 말하는 성주가 정말 귀여웠다. 주호는 그녀의 얼굴을 부여잡고 키스를 하고 싶은 충동에 휩싸였다. 하지만 꾹 참았다. 성주는 그에게 존중받을 권리가 넘치도록 있는 여자이기에.

"김성주."

주호는 나긋나긋한 음성으로 성주를 불렀다.

"왜요?"

성주가 여전히 시선을 떨군 채 대꾸했다. 주호는 그런 성주의 얼굴을 두 손으로 잡고 그를 보게 했다. 성주가 시선을 피했다.

"시선 피하지 말고 내 두 눈을 봐."

그제야 성주가 체념한 듯한 표정으로 그와 시선을 맞추었다.

"비록 이틀째이지만 우린 연인이야. 서로 사귀는 사이라고. 그러니까 성주는 내 보호를 받을 권리가 있고, 난 성주를 보호해야 할 의무가 있어."

"그거랑 어깨 감싸 안는 거랑 무슨 상관인데요?"

"그건 내 애정의 표시이자 보호의 의미야. 성주가 쑥스러워할 행동이 아니라 마땅히 성주가 누려야 할 권리야."

"알았어요. 거참 잔소리 되게 기네."

성주가 그의 손을 잡아 그녀의 어깨에 척하니 올려놓았다.

"하하하."

"어깨에 손 올리고 싶대서 올리게 해줬는데 웃긴 왜 웃어요?"

"내 말을 잘 알아듣는 것 같아 기특해서."

"서주호 씨가 날 기특해할 것 없어요. 나도 이참에 내 목숨을 구해준 은인과 연애란 걸 진하게 한번 해보고 싶은 것뿐이니까."

"연애만?"

"네, 연애만요. 아주 진하게!"

성주가 단호히 대답했다. 연애 이상의 진도를 나가는 건 어림도 없다는 표정이었다.

'그 생각이 언제까지 가나 두고 보지.'

주호는 속으로 회심의 미소를 지으며 겉으로는 진지한 표정으로 성주를 바라보다 그녀의 어깨를 감싸 안은 채 한정식당 안으로 들어갔다.

예약했던 룸으로 들어가니 기본 상차림은 되어 있었다. 정갈하게 차려진 음식들이 꽤 맛있어 보였다. 두 사람은 동시에 점퍼를 벗고 앉아 음식들을 맛보기 시작했다. 얼마 안 있다가 메인 음식이 나왔고, 두 사람은 별말 없이 식사에 집중했다. 중간중간 주호가 성주의 손에 닿기 힘들 정도로 먼 거리에 있는 음식들을 그녀의 개인 접시에 놓아주는 걸 잊지 않고서.

식사가 끝난 후 후식으로 나온 식혜를 마시며 주호는 맛있게, 배부르게 먹었다는 티를 숨기지 않고 표정에 다 드러내고 있는 성주를 바라보았다.

"성주가 말한 진한 연애는 어떤 뜻이지?"

"애들처럼 소꿉장난하듯 하는 연애 말고 성인끼리 하는 연애
요."

"성인끼리 하는 연애라…… 거기엔 섹스도 포함되나?"

"왜 그렇게 노골적인 표현을 써요? 아, 하면 척, 하고 알아들어
야지."

"포함된다는 뜻이군. 의외인데?"

주호는 내심 놀랐다. 두 사람의 연애에 섹스가 포함된다는 성주
의 말도 놀라웠지만, 그녀의 말이 하나도 음흉하게 들리지 않았기
때문이었다. 내숭 떨지 않고 당당하게 말하는 성주가 오히려 귀엽
고 사랑스러워 보였다. 그가 그동안 봐왔던 성주다운 딱 그 모습
이었다.

이 순간 주호는 성주가 더욱더 좋아졌다.

'김성주, 이런 널 내가 어떻게 사랑하지 않을 수 있겠니? 내 앞
에 나타나 줘서 정말 고맙다, 김성주.'

주호는 사랑스런 눈길로 성주를 응시했다.

"의외일 거 없어요. 어차피 이번 연애가 내 인생의 마지막 연애
가 될 것 같아서 남들 하는 건 다 해보려고 그러는 거니까."

"내가 성주의 마지막 남자가 되는 건가?"

"네. 내 인생의 첫 남자이자 마지막 남자요. 그러니까 영광인 줄
알아요."

단언하는 성주가 주호는 고마웠다. 그에게도 성주가 마지막 여

자가 될 것이기 때문이었다.

"고맙군. 아주 대단한 영광이야."

"나한테 고마워할 거 없어요."

"그게 무슨 소리지?"

"여진이가 하도 서주호 씨가 괜찮은 사람이라며 연애 한번 해 보라고 등을 떠밀어서 연애라는 걸 해볼 생각을 하게 된 거라는 얘기예요."

"어쩔 수 없이 연애란 걸 하게 되었다는 걸 말하고 싶은 건가?"

"그건 아니에요. 나도 연애는 한번 하고 싶었고, 기왕 연애를 할 거면 새로운 남자를 만나서 멋쩍게 서로 알아가는 시간을 갖는 것 보단 이미 서로 알 만한 건 다 알고 있는 서주호 씨가 편할 것 같 고 또 서주호 씨도 날 좋아한다고 하니까 겸사겸사……."

성주의 말은 끝을 맺지 못했다. 갑자기 일어난 주호가 성주에게 다가와 일으켜 세우더니 그녀의 입술을 그의 입술로 덮어버렸기 때문이었다. 처음엔 놀란 성주가 주호를 밀어내려 했지만, 진한 키스로 넘어가자 그를 밀어내려던 성주의 두 손이 천천히 내려졌 다.

'키스가 이런 거였어……?'

자신의 입안을 부드럽게 휘젓고 다니는 주호의 혀 움직임을 음 미하던 성주는 내심 놀랐다. 사랑하는 사람과 키스를 하면 종소리 가 들린다고 하더니 왜 그런 말이 나돌고 있는지 이해가 되었다.

진짜 종소리가 들리는 건 아니었지만, 그녀의 귀에 미친 듯이 뛰어대는 자신의 심장 소리가 들렸다. 마치 심장이 가슴이 아닌 귓속에 있는 것 같았다.

성주의 가지런한 치아와 잇몸 그리고 입안을 훑던 주호의 신사적인 혀가 갑자기 돌변했다. 그녀의 혀를 휘감더니 강하게 흡입하기 시작했다.

찌릿찌릿……

전신이 짜릿짜릿했다. 혀뿌리에서 약간의 통증이 느껴졌지만, 그보다 더 큰 쾌감이 온몸으로 퍼져 나갔다.

성주는 자신도 모르게 두 손을 들어 주호의 셔츠의 가슴께를 부여잡았다. 주호의 흡입력이 얼마나 강한지 혀가 뿌리째 뽑혀 나갈 것만 같았다. 숨이 막혔다. 코로 숨을 쉬면되는데 이상하게 숨이 쉬어지지가 않았다. 이대로 조금만 더 있으면 죽을지도 모른다는 생각에 성주는 그만 주호를 밀어내고 말았다.

학학학학……

헉헉헉헉……

그녀가 거친 숨을 몰아쉬자 주호도 호흡을 하지 않고 있었던지 참았던 숨을 몰아쉬었다. 서로 거칠게 내쉬던 숨이 잔잔해지자 주호가 먼저 입을 열었다.

"달콤하군."

주호가 타액이 묻어 반드르르한 성주의 입술을 손으로 매만졌다.

"생각했던 것처럼 더럽다는 느낌은 안 드네요."

예상외의 대답에 주호가 두 눈을 크게 떴다.

"키스를 더럽다고 생각했던 거야?"

"내 침과 다른 사람의 침이 섞이는 거잖아요."

"설마 지금 첫 키스를 한 건가?"

"……."

성주가 대답 대신 어깨를 으쓱해 보이며 긍정하는 표정을 지었다.

주호는 기가 막혔다. 요즘은 중학교, 고등학교 학생들도 키스 정도는 한다고 들었다. 그런데 스물여덟 살이나 되도록 키스조차 한 번 해보지 않았다니, 성주의 사춘기 시절과 대학 시절 그리고 청솔을 이끌어가는 시간들에 대해 궁금증이 일었다.

"왜요? 내 첫 키스의 상대가 서주호 씨인 게 서주호 씨의 연애 상대자로서 결격 사유라도 돼요?"

"우리나라 남자들 눈이 삐었군."

"그게 무슨 말이에요?"

성주는 동문서답하는 주호의 얼굴을 두 눈 동그랗게 뜨고 바라보았다.

"성주처럼 매력 있는 여자를 지금까지 고이 놔둔 게 이해가 안 돼서 말이야."

"고이 놔둔 게 아니라 내가 다 차단했었어요. 어쨌든 내 매력을 알아본 걸 보면 서주호 씬 눈뜬장님은 아닌가 보네요."

성주는 갑자기 서 박사가 했던 말이 떠올라 그 말을 인용하며 말했다.

'그나저나 서 박사님과는 어떤 사이지? 같은 서 씨이고 서 박사님이 잘 아는 사람이라고 했는데…… 친척이라도 되나?'

성주는 서 박사와 주호의 관계를 물어볼까 하다가 관두었다. 연애만 하고 끝낼 사인데 친인척 관계까지 알 필요가 없다는 생각이 들었다.

"그만 나가게 점퍼나 입어요."

벗어놓았던 점퍼를 먼저 입은 성주는 앞장서서 문을 열고 룸을 나가 식당 입구로 향하는 출입문 쪽을 향해 걸어가기 시작했다. 뒤따라오는 주호의 기척을 느낀 성주는 묘하게 기분이 좋았다. 그리고 가슴이 설레었다.

'나처럼 매력적인 여자를 남자들이 고이 놔둔 게 이해가 되지 않는다고? 자긴 내 매력을 제대로 보고 있는 모양이네. 후후후.'

털털한 성격 탓에 지금까지 선머슴처럼 굴며 살아왔지만 그녀도 여자이긴 했던 모양이다. 주호의 말을 생각하니 절로 웃음이 났다. 웃는 것을 들킬까 봐 성주는 더 빨리 걸었다. 하지만 출입문을 열기도 전에 이내 입가에 머금고 있던 웃음기를 싹 지워야 했다. 이내 긴 다리로 성큼성큼 걸어온 주호가 그녀의 어깨를 감싸 안았기 때문이었다.


식당에서 나온 주호와 성주는 야경이 끝내주는 한강변의 카페로 왔다. 두 사람은 커피 잔 두 개가 놓인 테이블을 사이에 두고 마주 앉아서 창밖을 바라보고 있었다.

"연애할 때 다른 연인들이 하는 건 다 해보고 싶다고 했지?"

주호의 물음에 창밖을 바라보던 성주가 시선을 돌렸다.

"네."

대답을 한 성주는 입매가 슬쩍 올라간 주호를 보고는 한순간에 미간을 좁혔다.

"설마…… 오늘 섹스를 하자는 건 아니죠?"

성주의 직설적인 질문에 주호는 헛웃음을 웃었다.

"설마 날 색마로 보는 거야?"

"뭐 딱히 그렇게 보이는 건 아니지만…… 근데 갑자기 왜 그렇게 이상야릇하게 웃어요?"

"이상야릇하게 웃긴 누가 이상야릇하게 웃었다고 그래?"

"서주호 씨요. 내 두 눈으로 똑똑히 봤으니까 거짓말할 생각은 하지도 마요."

"내가 웃은 건…… 앞으로 성주와 연애할 생각을 하니까 너무 좋아서야. 날 왜 이상한 사람으로 몰아?"

"아, 미안해요. 내가 너무 앞서갔나 봐요."

"오케이, 사과 접수."

쿨하게 그녀의 사과를 받아들인 주호는 갑자기 벌떡 일어나 자리를 옮겨 성주 옆에 앉았다.

"자린 갑자기 왜 옮겨요?"

"보통 연인들은 마주 앉지 않아. 옆에 앉아서 손을 잡지. 이렇게."

주호는 말을 끝내자마자 대뜸 그녀의 손을 잡고 깍지를 끼고는 깍지 낀 손을 들고 흔들어 보였다.

"어때? 그냥 손잡는 것보다 훨씬 더 친근감이 들지?"

"그렇긴 하네요."

성주는 그의 손길이 닿는 순간 그녀의 손에 전기가 흐른 것처럼 짜릿했다는 말은 굳이 하지 않았다.

깍지를 끼고는 다른 손으로 그녀의 손등을 주호가 어루만졌다. 단지 손등을 어루만져 주는 것뿐인데 이상하게도 성주는 묘한 느낌이 들었다. 심장이 훈훈하게 데워지는 것 같은 느낌이랄까. 서로 연결이 된 기분이랄까. 아주 좋은 느낌을 주호와 나누고 있는 것 같은 기분이 들었다.

"진짜로 연애하는 것 같은 느낌이에요."

성주는 솔직하게 말했다.

"무슨 소리야? 우리 진짜로 연애하는 거 아니었어?"

"갑자기 웬 엉뚱한 소리예요? 가짜로 연애하는데 내가 서주호 씨랑 키스도 하고 손도 잡고 하겠어요?"

"근데 왜 진짜로 연애하는 것 같은 느낌이라고 말해? 듣는 사람 오해하게?"

"말 그대로 진짜로 연애하는 것 같은 느낌이 들어서 한 말이에요. 오해하지 마요."

"그런 거였어? 미안. 오해 취소."

다시 기분이 좋아진 듯 주호가 미소를 지으며 그녀의 손을 조몰조몰 매만졌다.

자신의 손을 조몰조몰 매만지고 있는 주호의 손을 바라보던 성주는 문득 정신이 번쩍 났다. 지금도 서주호란 남자는 그녀의 마음속 깊이 들어와 있었다. 연애를 하겠다고 선언을 했지만 결혼할 생각이 없으니 언젠가는 헤어져야 할 남자였다.

겨우 이틀째 데이트임에도 불구하고, 성주는 갑자기 주호와의 이별이 무서워졌다. 이별 후에 혼자 겪어야 할 아픔과 외로움을 생각하니 끔찍했다.

'벌써 이런 기분이 들다니⋯⋯.'

성주는 오래 연애를 해서는 안 되겠다는 생각이 들었다.

"나 할 얘기 있어요."

"해."

"서주호 씬⋯⋯ 결혼해야 하죠?"

"응. 할 거야."

"난⋯⋯ 결혼할 생각이 없어요. 솔직히 서주호 씨랑 연애만 할 생각이었어요. 결혼은 안 하고."

잠시 주호의 표정에 곤혹스러움이 스치고 지나갔지만 그녀의 말을 예상했다는 듯 이내 입을 뗐다.

"결혼에 대한 부담 갖지 말고, 우선 우리 그냥 연애만 해보자."

"정말 그래도 돼요?"

"응. 우리 둘 중 한 사람이라도 마음이 변하면 헤어지는 거야. 기간을 정하는 것보단 그게 나을 것 같아."

"좋아요."

주호는 그냥 연애만 하자고 해서라도 일단 성주를 붙잡아야만 했다. 하지만 성주와의 결혼을 포기한 건 아니었다. 자주 만나다 보면 서로 더 사랑하게 될 거고, 그렇게 되면 독신을 고집하는 성주의 생각이 달라질 것을 믿기 때문이었다.

"성주는 꿈이 뭐지?"

"지금처럼 좋은 연극 기획해서 무대에 올리는 거요. 내가 더는 일할 수 없을 때까지 그 일을 하는 게 내 꿈이에요."

"그 일을 할 수 없게 될까 봐 결혼을 피하는 건가?"

"난 두 가지 일은 잘 못해요. 일을 할 땐 일에만 신경을 써야지 그렇지 않으면 스트레스를 많이 받아요. 만약 결혼하게 되면 남편도 그렇고 시댁도 그렇고 게다가 아이까지 낳으면……. 난 결혼생활과 일, 둘 다 잘해낼 자신이 없어요."

"남편이나 시댁 쪽에서 일을 할 수 있게 해준다면? 그래도 결혼 안 할 거야?"

"그런 남편이나 시댁을 만나긴 쉽지 않죠."

"그 쉽지 않은 인연을 만난다면 결혼할 생각은 있는 거야?"

"글쎄요. 한 번도 그런 생각은 해본 적이 없어서 지금은 뭐라고 대답해야 할지 모르겠어요."

성주는 솔직한 심정을 말했다. 신경정신과 전문의인 주호라면 그녀의 마음을 이해해 줄 것 같아서였다.

"성주 마음 이해해."

"이해해 줄 줄 알았어요."

성주는 안도하며 한숨을 푸욱 내쉬었다.

"난 서른다섯이 돼서야 내가 결혼하고 싶은 유일한 여잘 만났는데, 성주한테도 내가 그런 사람이었으면 좋겠다."

"우리가 헤어진 후에 나보다 더 좋은 여잘 만날 거예요. 온갖 매력이 철철 넘치는 여자요. 그런 여자들 세상에 많아요. 서주호 씨가 몰라서 그렇지."

서주호는 성주가 봐도 꽤 멋진 남자다. 겪어보니 인성도 좋고 객관적으로 봤을 때 직업이나 외모도 최상급 그룹에 속한 그다. 그러니 그가 마음만 먹는다면 그녀보다 훨씬 더 좋은 여자를 만날 수 있을 것이다. 성주는 진심으로 그렇게 생각했다.

　운전석에 앉은 순간부터 주호가 입을 닫아버렸다. 생각이 많은 표정으로 그저 정면만 바라보며 운전을 하고 있었다. 조수석에 앉은 성주는 그런 주호의 눈치를 보다가 어렵게 입을 뗐다.
　"서주호 씨."
　"……."
　"서주호 씨."
　"……."
　"서주호 씨!"
　성주는 버럭 소리쳤다. 그제야 주호가 그녀를 쳐다보았다.
　"내가 몇 번을 불렀는데, 못 들었어요?"
　"미안. 생각 좀 하느라 못 들었어. 무슨 말을 하려고 불렀어?"
　"우리 그냥 연애만 하는 거 맞죠? 나중에 딴소리 안 할 거죠?"
　"나중 일은 생각하지 말자. 한 치 앞도 모르는 게 사람 일이라잖아. 미리부터 미래를 생각하느라 현재 행복한 순간을 놓치지 말자고, 우리."
　"그래요."
　주호의 말이 맞다. 성주는 현재만 생각할 것이다. 주호를 만나고 있는 동안에는.

집에 오니 여진이 먼저 들어와 있었다. 현관에서 신발을 벗고 거실로 들어서자마자 여진이 궁금해 죽겠다는 표정을 지은 채 성주를 바라보았다.

"첫 데이트 어땠어? 좋았어? 아니, 뭐 했어? 어디 갔었어?"

"숨넘어가겠다. 하나도 빼지 않고 다 말해줄 테니까 잠깐만 기다려."

성주는 자신의 방으로 들어와 점퍼를 벗어 장롱에 걸어놓고는 집에서 입는 편안한 트레이닝복으로 갈아입었다. 그러는 동안에도 여진이 눈을 반짝이며 그녀가 움직일 때마다 그림자처럼 따라붙었다.

"차 마실래? 우리 차 마시면서 얘기할까?"

"아니, 난 냉수 마실래. 넌 차 마셔."

"웬 냉수? 설마…… 무슨 일 있었어?"

여진이 커다란 두 눈을 동그랗게 뜨고는 성주를 바라보았다.

"아니. 한정식 식당에 가서 음식을 너무 이것저것 먹었더니 갈증이 나서 그래."

"난 또…… 무슨 일이 있었는 줄 알고 깜짝 놀랐네."

여진이 거실로 가서 앉는 사이 성주는 부엌으로 가 정수기에서 냉수를 한 컵 가득 받아 벌컥벌컥 마셨다. 그리고는 거실로 나가 너무 궁금한 나머지 아예 안달복달한 표정으로 앉아 있는 여진과 마주 앉았다.

"내기는 어떻게 됐어? 데이트는 어땠어? 재밌었어? 서 박사님이 잘해주셔?"

성주가 앉자마자 여진의 질문이 쏟아졌다.

"자, 지금부터 네가 궁금해하는 얘기들 다 해줄 테니까, 잘 들어. 포장마차 앞에서 서주호 씰 만나서 이모님께 술내기 승부가 어떻게 됐느냐고 여쭤봤더니 뭐라고 하셨는지 알아?"

"설마 네가 이긴 거야? 아님, 서주호 씨가 이겼어?"

"둘 다 아냐. 무승부래. 포차 이모님께서 지켜보고 계셨는데 정확히 여섯 병째 두 번째 잔을 마시고는 둘 다 동시에 테이블에 머리를 박았대."

"어머, 신기해라!"

믿어지지 않는다는 듯한 여진이 조금 더 앞으로 당겨 앉았다.

"술내기는 무승부라 치고, 그다음엔? 그다음부터 얘기해 봐. 얼른!"

여진의 재촉에 못 이겨 성주는 주호와 함께했던 시간들에 대해 자세히 이야기를 해야 했다. 식사 후 룸에서 진하게 키스를 했던 이야기까지. 그런데 결혼과는 관계없는, 그냥 연애만 하기로 했다고 하자 여진이 냅다 그녀의 등짝을 후려쳤다. 어지간해서는 폭력을 쓰지 않는 여진으로 볼 때 그야말로 파격적인 행동이었다.

"아얏!"

생전 처음 여진에게 맞은 성주는 놀란 표정으로 비명을 질렀다.

"넌 맞아도 싸!"

여진이 때려서 미안하다고 사과를 하기는커녕 냉담한 얼굴로 톡 쏘듯이 말했다. 성주는 이래저래 놀랄 일이었다.

"너 폭력을 쓸 줄 아는 애였어? 그리고 왜? 왜 내가 맞아도 싸?"

"그냥 연애만 하는 게 어디 있어? 네가 오죽했으면 서 박사님이 결혼하고 관계없이 그냥 연애만 하자는 얘길 꺼내셨겠느냐고! 게다가 결혼 안 할 거란 소린 왜 벌써부터 해? 나중에 어떻게 될지 알고?"

"여진아. 난⋯⋯."

여진이 성주의 말을 가로채고는 설득하기 시작했다.

"서 박사님처럼 괜찮은 사람 만나기 쉽지 않아. 태민 씨한테 내가 서 박사님에 대해 다 물어봤는데, 서 박사님 정말 좋은 사람이야. 실력 있는 의사인데다 직업에 대한 책임감도 대단하대. 직업에 대한 책임감이 강한 사람은 다른 책임감도 강해. 부모님들께서도 아주 좋은 분들이시래. 서 박사님은 진짜 멋진 남자야! 너하고도 아주 잘 어울리고!"

"나도 그 사람 사랑해. 그리고 나한텐 넘칠 정도로 멋진 남자란 것도 알아."

성주는 진지한 표정으로 여진을 바라보았다. 성주의 표정에서 심상치 않음을 느꼈는지 여진의 눈빛도 진지해졌다.

"근데 왜 결혼 안 하고 연애만 할 생각이었다는 말을 했어? 그러니까 서 박사님이 그냥 연애만이라도 하자 그러신 거 아냐?"

"솔직하게 말하지 않을 수 없었어."

"왜?"

"서주호 씨가 멋진 남자니까. 그래서 솔직하게 다 말하고 시작할 생각을 한 거야. 그렇게 하지 않으면 내가 못 견딜 것 같아서."

"그게 무슨 말이야? 네가 왜 못 견뎌?"

"내가 푹 빠져 버릴 것 같아, 그 사람한테. 아니, 이미 빠졌어. 그래서 두려워."

성주는 진심을 토로했다.

"그게 어때서? 그냥 맘 놓고 푹 빠지면 되잖아."

"여진아, 내가 너한테 누누이 말했다시피 난 결혼은 하기 싫어. 난 결혼에 얽매여 사는 것보다 혼자 자유롭게 일하는 게 더 좋아. 그래서 더 좋은 걸 선택하기로 마음먹은 것뿐이야."

"나도 너한테 누누이 말했잖아, 결혼해서도 일할 수 있다고. 나도 결혼해서 극장이랑 극단 일도 할 거고 또 연기도 열심히 할 거라고 했던 말 그새 까먹었어? 태민 씨도 이런 내 의견을 존중해 주겠다고 했는데 서 박사님이라고 안 그러시겠어? 왜 미리부터 겁을 먹어?"

사실 두 사람은 늘 의견 일치를 보았다. 하지만 딱 한 가지 서로 의견이 다른 게 있었다. 여진은 결혼해도 일을 할 수 있다고 믿었고, 성주는 결혼하면 지금처럼 일에 집중할 수 없다고 믿는 것이었다.

"우리 또 시작하는구나, 결론이 나지 않는 토론. 휴우."

성주는 땅이 꺼져라 한숨을 내쉬었다.

"태민 씨가 약속했어. 결혼해도 내가 배우로서 무대에 설 수 있게 해주겠다고. 청솔을 운영할 수 있도록 적극적으로 도와주겠다고. 난 그 약속을 믿어, 성주야. 그러니까 너도 혼자 결론 내지 말고 서 박사님과 그 문제를 상의해 봐."

"안 그래도 서주호 씨가 묻더라. 남편이나 시댁 쪽에서 일을 할 수 있게 해준다면 그래도 결혼 안 할 거냐고."

"서 박사님이 그걸 왜 물어봤겠니? 서 박사님은 결혼해도 네가 일을 할 수 있도록 해주겠단 얘기야."

"난 서주호 씰 못 믿는 게 아냐. 나도 서주호 씨의 약속은 믿을 수 있어. 하지만 현실과 생활을 믿지 못하겠어. 둘 다 잘해 나갈 자신도 없고, 사람의 마음이 영원히 변하지 않을 거라는 것도 난 믿을 수가 없어."

"성주야, 세상에 완벽한 사람은 없어. 그래서 모두들 짝을 이루고 사는 거잖아."

"너, 우리나라 이혼율이 얼마나 높은지 알지?"

성주는 여진의 말에 이혼율로 반박했다.

"그건, 그 사람들이 서로 못 맞춰서 이혼을 하는 거잖아. 그리고 이혼하는 부부들보다 서로 조화롭게 잘사는 부부들이 훨씬 더 많아."

"여진아, 네가 무슨 말을 하려고 하는지 잘 알아. 하지만 난 아까도 말했다시피 둘 다 잘해낼 자신이 없어. 만약 내가 결혼을 하더라도 결국엔 서주호 씨한테 상처만 주고 헤어지게 될 거야."

"그걸 어떻게 장담해? 살아봐야 아는 거 아냐? 왜 자꾸 헤어질 경우부터 생각을 하는 거냐고? 응?"

"나도 미치겠다. 자꾸 헤어지는 상상부터 하게 되는 걸 난들 어떡해?"

여진이 답답해하는 성주를 안타깝게 바라보았다.

"성주야, 일어나지도 않은 일에 대해선 걱정하지 마. 미리부터 걱정하는 거 아니라고, 닥치지도 않은 일 왜 걱정부터 하느냐고 네가 나한테 늘 그랬었지? 네 말이 맞아. 그래서 난 이제 미리 걱정 안 해. 닥치고 난 후에 일이 생기면 해결하려고 노력하지."

"그거야……."

"내 말부터 들어봐, 성주야."

"알았어, 말해."

"내가 석형 오빠와 헤어지면 그 후에 상처받을 석형 오빠의 부모님 그리고 석형 오빠 때문에 몇 년 동안 가슴앓이를 하면서도 헤어지지 못하고 있을 때, 그때마다 네가 그랬었어. 석형 오빠나 오빠의 부모님께서 상처받지 않을 수도 있다고. 상처받을 수도 있지만 금방 이겨내실 수 있을 거라고. 만약 사랑하지도 않으면서 내가 석형 오빠랑 결혼해서 석형 오빠가 불행해지면 그게 두 분께는 더 큰 상처가 될 거라고."

"그래. 내가 그렇게 말했었지."

성주는 자신이 했던 말이었기에 순순히 수긍을 했다.

"네 말대로 난 석형 오빠랑 헤어졌고, 석형 오빠나 오빠의 부모님께서 상처를 받긴 하셨지만 지금은 모두가 편안해졌어. 석형 오빠도 오빠의 부모님도 그리고 나도. 솔직히 난 우리 부모님께서 돌아가신 후 지금처럼 행복한 적이 없어. 내 행복의 근원은 너도 알고 있겠지만, 태민 씨가 내 곁에 있어서야. 태민 씨의 사랑이 내 삶에 활력을 주고 더 열심히 살아야겠다는 의지를 갖게 해줘. 그리고 태민 씨와의 미래를 꿈꾸게 해. 우리 둘이 결혼해서 우리를 닮은 아이들을 낳고 행복하게 사는 꿈을 꾸게 해줘. 난 그 꿈을 반드시 이룰 거야. 나 혼자선 자신 없지만 태민 씨만 내 곁에 있다면 내가 지금 꿈꾸고 있는 행복한 미래가 꼭 이뤄질 거라고 믿으니까. 물론 연기 잘하는 배우가 되는 꿈도 이룰 거고."

"그러니까 네 말은, 나도 서주호 씨와 함께라면 행복한 미래를 꿈꿀 수 있고 또 그 꿈이 반드시 이루어질 거라는 뜻이야?"

"응. 반드시!"

"여진아, 넌 서주호 씨와 함께하는 내 미래를 확신하고 있는데, 난 왜 내 미래가 불안할까?"

"네가 독신주의라는 굴레에서 벗어나지 못해서 그럴 거야. 네가 만든 울타리에 네가 갇힌 거지. 하지만 네 굴레는 이미 깨지기 시작했어."

"그게 무슨 소리야?"

"너와 서주호 씨, 두 사람이 서로 사랑하니까 네가 지금 결혼에 대해 고민을 하고 있는 거잖아. 지금까진 단 한 번도 결혼을 두고 고민한 적이 없었잖아, 너."

"그러고 보니 그러네."

여진의 말이 맞았다. 성주는 단 한 번도 자신의 결혼을 두고 고민을 해본 적이 없었다. 그런데 지금 서주호란 남자를 상대로 결혼에 대해 고민을 하고 있는 것이다. 그리고 그와 헤어졌을 경우 상처받을 걸 벌써부터 두려워하고 있었다.

"휴우우."

성주는 땅이 꺼져라 긴 한숨을 내뱉었다. 속이 답답했다. 갑자기 주호가 보고 싶었다. 미소 짓는 그의 얼굴이 보고 싶었다. 그럼 답답한 가슴이 조금이라도 뚫릴 것 같았다.

'서주호 씨도 지금 내가 보고 싶을까?'

그녀는 자신이 생각했던 것보다 서주호란 남자를 아주 많이 사랑하고 있었나 보았다. 성주 자신도 모르는 사이에 야금야금 그녀의 심장을 점령해 버렸나 보다, 서주호란 남자가.

"머리가 뽀개질 것처럼 아프다. 그만 생각하고 나 샤워나 할래."

성주는 진짜로 머릿속이 금방이라도 폭발할 것처럼 두통이 심했다. 통증 때문에 절로 인상이 구겨졌다. 생각이란 걸 그만하고 싶었다.

두 손으로 감싸 안고 일어서는 그녀를 안타깝게 바라보는 여진을 남겨둔 채 성주는 벌떡 일어나 자신의 방으로 가서 갈아입을 옷을 챙겨가지고는 곧장 욕실로 향했다.

13

며칠 후, 일요일.

샤워부스 안에서 알몸으로 샤워기의 물세례를 받으며 주호는 생각에 잠겨 있었다. 아무리 생각을 해보아도 성주를 옴짝달싹 못 하게 그의 곁에 둘 수 있는 방법은 딱 한 가지밖에 없었다.

며칠 동안 성주를 매일 만났다. 만나면 만날수록 그녀를 더 사랑하게 되었다. 지금은 그냥 연애만 하는 것으로 그녀를 묶어두고 있지만, 이대로 지내기가 싫었다.

어젯밤 성주와 헤어진 후 주호는 밤새 고민에 빠져 있었다. 두어 시간 잤을까. 잠을 잔 시간은 짧았지만 의외로 기분은 상쾌했다. 그가 생각해 낸 방법이 꽤 괜찮게 여겨졌기 때문이었다.

라면으로 점심을 때운 후 외출복으로 갈아입은 주호는 거실로 와서 테이블 위에 놓여 있던 휴대폰을 집어 들었다. 엊그제 혹시 몰라 태민에게 여진의 휴대폰번호를 물어 저장해 두었다. 이렇게 바로 쓰게 될 줄은 몰랐지만.

"지피지기면 백전백승이라. 내가 성주에 대해 많이 알 수 있도록 여진 씨가 정보 제공을 많이 해주겠지."

주호는 여진에게 전화를 걸었다.

"저, 서주홉니다. 태민이한테 여진 씨 연락처 물어서 전화했습니다."

[태민 씨한테 들었어요, 제 연락처 서 박사님께 알려 드렸다고요. 근데 저한테 무슨 일로 전화를 하셨는지……?]

"성주에 대해 물어볼 게 있어서 전화를 드렸는데, 성주한테 말하지 말고 저와 만나주실 수 있습니까?"

[……네.]

고민을 하는 듯 잠시 말이 없던 여진이 그렇게 하겠다는 뜻의 대답을 했다.

"어디서 뵐까요?"

[성주 지금 서점에 갔으니까 아파트 단지 앞에 있는 카페에서 뵙죠.]

"고맙습니다. 시간은 언제가 좋겠습니까?"

[지금도 괜찮다면 성주가 오기 전에 뵀으면 하는데요.]

"그럼 지금 카페로 나가겠습니다."

[네, 저도 바로 나갈게요.]

전화를 끊고 바로 집을 나온 주호가 카페에 도착하니 여진이 보이지 않았다. 주호가 창가에 자리에 앉는데 여진이 들어오는 모습이 보였다. 그의 손짓에 환한 미소로 걸어온 여진이 그와 마주 앉았다.

종업원에게 커피 두 잔을 시켰고, 테이블 위에 커피 두 잔이 놓였다. 그동안 두 사람은 날씨가 좋다는 둥의 일상적인 대화를 나누었다.

여진이 잔을 들고 커피 향을 맡으며 미소를 지었다.

"정말 향이 진하네요."

"그러게요."

두 사람은 커피를 후후 불어가며 두어 모금 더 마신 후에 잔을 테이블 위에 내려놓았다.

"그런데 성주에 대해 뭘 알고 싶으신 거예요?"

여진이 궁금한 눈빛으로 물었고, 주호는 진지한 표정을 지었다.

"태민이와 성주한테 들어서 이미 알고 계시겠지만, 제가 성주를 무척 아끼고 좋아합니다. 아니, 많이 사랑하고 있습니다."

"네, 알고 있어요."

"제가 본 성주는 일에 관해서는 아주 적극적인데 사랑에 대해서는 지나칠 정도로 부정적인 것 같습니다. 그렇게 된 진짜 이유를 알고 싶습니다. 두 가지 일을 다 잘할 수 없다는 이유 말고요."

주호의 말을 들은 여진은 속으로 깜짝 놀랐다. 주호가 성주에 대해 너무 잘 알고 있어서였다.

"조금 전에 말씀을 하셨지만, 우리 성주…… 얼마나 사랑하시는지 다시 한 번 확인을 하고 싶어요."

"김성주는 내 인생의 마지막 여자가 될 겁니다."

주호는 단호히 말했다.

"그 말씀…… 믿어도 되는 거죠?"

"네. 성주와 결혼할 생각까지 하고 있다면 믿으시겠습니까?"

"정말 성주와 결혼하실 거예요?"

"네. 어떻게 하든지 성주를 설득해서 결혼하고 말 겁니다."

"아……. 근데 우리 성주는 결혼을 하지 않겠다고 할 텐데……."

주호를 바라보는 여진의 두 눈이 걱정이 가득 담겨 있었다.

"저도 압니다. 하지만 그 생각, 제가 반드시 바꿔놓을 겁니다."

"자신…… 있으세요?"

주호의 확고한 말에 묻는 여진의 동공이 흔들렸다.

"네, 자신 있습니다."

주호는 다부지게 대답했다. 그의 말에 여진의 눈빛이 더욱 진지해졌다. 그 진지한 눈빛 속에 주호에 대한 믿음이 들어차 있었다.

"우리 성주…… 어머니께서 원래 배우가 되고 싶어하셨는데 부모님의 반대로 꿈을 이루지 못한 채 결혼을 하시게 됐어요. 결혼하신 후엔 호된 시집살이를 하셨고요. 그 모습을 보고 자란 성주는 결혼에 대해 부정적인 생각을 갖고 있어요. 어머니께서 꿈을 접고 결혼한 것에 대해 많이 후회를 하셨거든요. 아, 물론 그렇다고 해서 우리 성주 부모님께서 사이가 나쁘시거나 한 건 아니에요. 억척스럽게 식당 일을 해서 할아버님을 도와 집안을 일으킨 할머님과 곱게 자라신 어머니 사이에 틈이 있어서 그렇지."

"그랬군요."

주호가 진심으로 안타까운 표정을 지었다.

"어머니가 힘들어하시는 모습을 보면서 우리 성주가 이성에 대한 마음을 닫아버린 것 같아요. 게다가 어쩌다 친구들과 모여서 이야기를 할 때마다 다들 연애를 많이 하고 결혼은 조건 좋은 남잘 골라서 가야 한다고들 하니까……."

"결혼에 대한 기대감도 없어진 거군요."

주호의 말에 여진이 고개를 끄덕였다.

"거기다가 결혼한 친구들 중 두 명이나 이혼을 했어요. 결혼하기 전엔 서로 자기 목숨까지 내줄 것처럼 열렬하게 사랑했던 친구들이었는데……."

"이제야 성주 씨가 왜 그렇게 사랑이나 결혼에 대해 부정적인지 이해가 되네요."

"성주가 겉으로는 단단하고 거칠어 보여도 속은 참 여리고 순한 편이거든. 사랑도 많고요. 성주도 그런 자신의 속내를 잘 알고 있기 때문에 일부러 남자가 아예 접근하지 못하게 미리 단단하게 마음에 담을 쌓아놓은 것 같아요. 서 박사님이 그 벽을 허무신 거고요."

"오히려 내 마음의 벽을 허문 사람은 성주입니다."

"그런 거예요?"

"네. 저도 결혼에 대해선 아주 신중한 편이었습니다. 그런 날 결혼하고 싶게 만든 사람이 바로 성주입니다. 낯간지러운 얘기지만 성주 씨의 귀여움 사랑스러움 따뜻한 배려심 그리고 엉뚱함이 전

정말 좋습니다."

주호의 말에 여진은 깜짝 놀랐다. 그녀만이 알고 있는 성주에 대한 장점을 주호가 이미 파악하고 있다는 사실이 놀라웠다. 성주를 사랑하지 않고는 볼 수 없는 그녀의 장점들이었다.

'이 사람…… 성주를 제대로 알고 있어. 많이 사랑하고 있는 게 맞아. 물론 그러니까 결혼까지 하겠다고 하겠기만.'

태민이 좋은 선배이자 좋은 남자라고 하도 칭찬을 해서 인이 박인 것처럼 막연히 그런 사람이구나 하고 생각해 왔던 여진이었다. 태민을 믿기에 그의 말을 믿었던 것이었다. 그런데 태민의 말은 진실이었다. 서주호는 잘난 남자이자 제대로 된 남자였다.

여진은 내심 성주에게 서주호 씨와 잘해보라고 했던 자신이 대견하게 느껴졌다. 원래 어느 정도 믿음이 있긴 했지만, 이 남자라면 반드시 성주를 행복하게 해줄 것 같은 믿음이 더욱더 확고해졌기 때문이었다.

주호에 대한 믿음이 더 커진 건 이곳에 오는 동안 태민과 통화하며 들었던 말 때문이었다.

"뭐? 두 사람의 술내기가 무승부로 끝났다고? 하하하하하."

"두 사람의 내기가 무승부로 끝난 게 그렇게 재밌어요?"

"재밌지."

"왜 그게 재밌어요?"

"서 선배는 원래 양주 두 병을 혼자 다 마시고도 눈빛 하나 흐트러지지 않고 발걸음조차 평소와 다름이 없는 사람이야. 그래서 서 선배와

술을 마셔본 사람들 모두 서 선배를 술 주(酒) 자를 써서 주괴물이라 불러. 그런 서 선배가 겨우 소주 여섯 병에 두 잔을 더 마시고 쓰러졌다니까 웃지 않을 수가 없지."

"서 박사님 주량이 그렇게 세요?"

"폭음을 잘 안 하지만 작정하고 마시면 장난 아냐. 나도 여태 형이 취한 모습을 본 적이 없을 정도야."

"이상하다. 분명히 포차 이모님께서 무승부라고 하셨다는데⋯⋯."

"성주 씨와 계속 만나기 위해서 형이 일부러 포장마차의 주인 아주머니와 짜고 술내기를 무승부로 만든 게 분명하네. 형, 정말 성주 씨를 많이 사랑하나 보다."

"그건 또 무슨 소리예요?"

"성주 씨를 아주 많이 사랑하고 있지 않는다면 내기에서 절대로 무승부를 낼 형이 아냐. 아무리 성주 씨가 여자라고 해도 형의 성격상 그깟 소주 정도는 작정하지 않고 마셔도 이겼을 테니까."

"아."

"어쩌면 형이 성주 씨한테 또다시 내기를 하자고 할지도 모르겠네. 자꾸 연결이 돼야 독신주의 신봉자인 성주 씨를 잡을 수 있을 테니까. 아마 그렇게 해서라도 형은 성주 씨를 반드시 자기 여자로 만들고 말 거야. 한 번 목표를 정하면 무슨 일이 있어도 기어이 승리를 쟁취하고 마는 형이니까."

"네. 우리 성주 많이 사랑해 주세요. 부탁드려요."

여진은 진심을 담아 말했다.

"걱정하지 마십시오. 성주, 아무도 채가지 못하게 제가 빠른 시일 내에 데려올 겁니다."

"우리 성주가 만약 뒷걸음질을 치면 어떻게 하실 거예요?"

"제가 꽉 붙들고 안 놔줄 겁니다. 절대 도망가지 못하도록 하겠습니다."

단호한 주호의 말에 여진은 미소를 지었다.

태민의 말에 의하면 주호는 자신이 책임지지 못할 헛말을 하는 사람이 아니라고 했다. 그러니 지금 이 말도 그는 반드시 책임을 질 것이다.

"여진 씨, 우리가 먼저 결혼해도 서운하다고 하지 마십시오."

"아뇨. 절대로 서운해 안 할 거예요. 제가 옆에서 열심히 응원할 게요. 서 박사님과 성주가 먼저 결혼할 수 있게요."

주호의 장담에 여진도 장담으로 대답했다. 흔쾌히, 아주 기쁜 마음으로.


2주 후, 일요일.

매일 데이트를 했던 터라 주호는 오늘도 성주를 만나 산책을 했다. 성주는 그와 키스를 하고 사랑을 나누지만 아직도 결혼에 대해선 부정적이었다. 성주의 마음에 쌓여 있는 벽을 완벽하게 무너뜨리려면 그를 도와줄 사람이 필요하다는 결론을 내렸다. 주호는 하루라도 빨리 성주와 한집에 살고 싶어 큰 결심을 했다.

헤어지는 게 아쉬웠지만 약속이 있다는 핑계로 성주를 먼저 집에 들여보냈다. 주호는 곧장 집으로 가 점잖아 보이는 슈트로 쫙

빼입었다.

백화점에 들러 고급 한우세트와 한과세트를 산 주호는 꽃집에 들러 직접 꽃들을 골라 플로리스트에게 예쁘면서도 화려한 꽃바구니를 만들게 했다. 뒷좌석에 그것들을 모두 실은 주호의 차는 고속도로를 힘 있게 달렸다.

대전 시내에 도착한 후부터는 신경을 곤두세운 채 운전에 집중했다. 미리 주소를 입력해 놓은 터라 내비게이션의 안내를 받으며 목적지로 향했다.

어떤 주택 앞에 차가 다다르자 목적지에 도착했다는 내비게이션의 멘트가 들려왔다.

"이 집인가 보군."

사람들의 통행에 불편을 주지 않도록 담벼락에 차를 바짝 붙여 주차를 한 후 차에서 내린 주호는 뒷좌석에 놓아두었던 한우세트와 꽃바구니를 꺼내 들고는 낯선 집의 대문 앞으로 가 초인종을 눌렀다.

ㅡ누구세요?

초인종과 연결된 스피커에서 여자의 목소리가 들려왔다.

"김성주 양의 부모님을 찾아뵈러 왔습니다."

주호는 당당하면서도 공손하게 말했다. 그러자 잠시 침묵이 흐른 후 문의 잠금이 풀리는 소리가 들렸다.

조심스럽게 문을 열고 마당 안으로 들어가자 중년의 부부가 현관문을 열고 나오는 모습이 보였다. 중년의 남자는 중후하면서도 인자한 호남이었고, 함께 나온 중년의 여자는 아직도 미모를 간직

한 아름다운 여성이었다.

'성주가 모친을 쏙 빼닮았군. 성주를 보고 어머니께서도 미인이시겠거니 생각했었지만, 저렇게 천생 여자처럼 생기신 분의 입이 그렇게 걸걸하시다니⋯⋯.'

성주의 부모로 보이는 두 사람을 눈으로 스캔을 끝낸 주호는 미소를 지은 채 그들과 마주 섰다. 그리고 허리를 굽혀 정중히 인사했다.

"안녕하십니까, 전 서주호입니다."

"서주호⋯⋯? 처음 듣는 이름인데⋯⋯?"

예의를 갖춰 인사하는 주호를 성주의 부친이 경계하듯 바라보았다. 주호는 꽃바구니를 잠시 내려놓고 주머니에서 명함을 꺼내 부친에게 공손히 건넸다. 그러자 부친이 그의 명함을 자세히 들여다보았다.

"A종합병원 신경정신과 전문의?"

"네, 그렇습니다."

"근데 어쩐 일로 우리 집엘 찾아온 건지⋯⋯ 인터폰으로 들으니 우리 성주의 부모인 우리를 찾아왔다고 하던데, 내가 맞게 들은 거요?"

"네, 전 두 분의 따님인 김성주 씨를 사랑하는 사람입니다."

"그게 무슨⋯⋯?"

"지금 뭐라고 했어요?"

주호의 말에 두 눈이 휘둥그레진 성주의 부모님이 동시에 물었다. 표정을 보니 엄청 놀란 모양이었다.

"미리 연락을 드리고 찾아뵀어야 했는데 이렇게 불쑥 찾아뵈서 죄송합니다."

"아니, 뭐 죄송할 것까진 없고…… 그쪽이 진짜 우리 성주를 사랑하는 남자 맞아요?"

이 여사는 믿기지 않는 표정으로 주호의 위아래를 훑어보며 물었다. 잘생긴 건 둘째 치고 키도 훤칠하고 또 인상이 꽤나 기품이 있어 보이는 남자였다. 슈트 차림임에도 불구하고 뿔테 안경을 쓴 남자는 생김새만 보면 성주와 동갑처럼 보였다.

꿀꺽, 이 여사는 앞에 서 있는 서주호라는 남자를 보니 사윗감으로 탐이 나서 군침이 절로 삼켜졌다.

"네. 제가 성주를 아주 많이 사랑합니다."

"그런데 우리 성주랑 같이 오지 않고 왜 혼자 왔어요?"

"성주는 제가 여기 온 걸 모릅니다."

"아."

이 여사는 고개를 끄덕였다.

'하긴 그년이 같이 가자고 했으면 가지 말자고 하고도 남을 년이지.'

이 여사는 앞에 서 있는 주호가 마음에 쏙 들었다. 잘생긴 건 둘째 치고 허튼짓을 할 사람처럼 보이지도 않고, 속이 꽉 찬 사람처럼 보였다.

'허, 참 잘난 청년일세. 아니, 성주 그년은 이렇게 멀쩡한 놈을 숨겨놓고 사귀는 남자가 없다고 나불댔단 말이야? 헛말하는 고놈의 주둥이를 확 꿰매 버릴까 보다. 아무리 내 딸년이지만 고년 참

맹랑한 년이네.'

이런들 어떠하고 저러한들 어떠한가. 이 여사는 성주를 사랑하는 남자가 있다는 것만으로 흡족했다.

"우릴 찾아왔다니 일단 들어갑시다."

"그래요, 들어가요."

김 사장의 말에 동조를 한 이 여사는 앞장서서 현관으로 향했다. 주호를 지켜보던 김 사장도 이 여사의 뒤를 따라 현관 쪽으로 향하자 주호도 두 사람을 따라 걸어갔다.

거실로 들어서자마자 주호의 눈에 띈 것은 커다란 액자였다. 소파 위쪽 벽에 머리에 촘촘히 다이아몬드가 박힌 듯한 티아라를 머리에 쓴, '미스 서울 진'이란 띠를 두른 여자의 사진이었다. 한눈에 봐도 지금의 성주와 너무나 똑 닮아서 그녀의 사진이라고 해도 믿을 정도였다.

"아, 그거 내가 젊었을 때 나갔던 미인 대회에서 1등한 사진이에요. 성주 외할아버지께서 하도 반대가 심하셔서 본선에는 참가를 못했지만 만약 참가했다면 미스코리아에 당선돼서 지금쯤 중견 배우가 되어 있을 텐데……. 아, 내 젊었을 적 꿈이 배우였거든요. 그래서 대학 다닐 때 동아리도 연극부에 들어갔었고. 근데 결혼하는 바람에……."

이 여사는 아쉬운 마음을 숨기지 않은 채 말끝을 흐렸다.

"성주가 왜 그렇게 예쁜가 했더니 어머님의 미모를 물려받았네요."

"그렇지요. 그년, 아니, 우리 성주가 천만다행으로 날 쏙 **빼닮**

앉어요. 지가 안 가꿔서 그 모양이지 조금만 가꾸면 미용실에서 미스코리아 대회 나가라고 졸졸 쫓아다녔을 텐데……. 선머슴처럼 풍덩한 옷만 입고 화장도 안 하고 다니니 원 내가 속이 부글부글 끓어서……."

"흠흠, 이 사람아. 손님을 계속 세워둘 참인가?"

이 여사의 말이 길어지자 김 사장이 나서서 그녀의 말을 끊었다.

"지금 막 앉으라고 할 참이었어요."

이 여사의 말에 주호가 들고 온 한우와 한과세트 그리고 꽃바구니를 내밀었다.

"처음 찾아뵙는데 빈손으로 올 수 없어서 준비했습니다. 약소하지만 두 분 마음에 드셨으면 좋겠습니다."

이 여사가 꽃바구니를 받아 들고 요리조리 돌려 보았다.

"꽃들이 참 예쁘네요. 고마워요."

"그냥 와도 되는데 뭐 이런 걸 다……. 여하튼 이왕 갖고 온 거니 고맙게 받겠소."

한과와 한우세트를 받아 든 김 사장이 답례 인사를 했다.

"앉아요."

김 사장에 이어 이 여사가 앉은 후에 주호는 그들 앞에 무릎을 꿇고 앉았다. 어색한 침묵이 흘렀다. 일단 그를 집에 들여놓긴 했지만 김 사장과 이 여사가 반신반의하며 주호를 경계하는 듯 보였다. 하긴 혼자 불쑥 찾아왔으니 그럴 만도 했다.

"어머님 아버님의 심정 충분히 이해합니다. 제가 저를 보장할 수 있는 사람한테 전화를 걸어 바꿔 드리겠습니다."

"그쪽을 보장할 수 있는 사람이라니, 그 사람이 누구요?"

"성주 씨와 함께 살고 있는 현여진 씹니다."

주호는 서둘러 여진에게 전화를 걸었다. 여진과 통화를 끝낸 김 사장이 그제야 경계심을 풀었다. 김 사장 바로 옆에 붙어서 통화 내용을 엿들은 이 여사도 덩달아 표정이 편안해졌고.

"우리 성주랑 같이 왔으면 이런 일이 없었을 텐데, 멀쩡한 사람을 의심한 것 같아 미안해요."

"말씀 편하게 하십시오."

"초면인데 그래도 되겠어요?"

김 사장이 난처한 표정으로 주호를 보며 물었다.

"사위도 자식인데, 말씀을 편하게 해주시는 게 전 더 좋습니다."

"사…… 위? 지금 사위라고 했어요?"

이 여사가 놀라움을 금치 못한 표정으로 주호를 보며 재차 물었다.

"네, 어머님 아버님께서 허락만 해주신다면 두 분의 귀한 따님인 성주 씨와 결혼하고 싶습니다. 그리고 어머님께서도 말씀 편하게 해주십시오. 제가 불편합니다."

"정 불편하다면 어쩔 수 없지."

이 여사가 이게 웬 떡이냐는 표정으로 주호를 스캔하듯 살펴보았다.

"정식으로 인사드리겠습니다."

일어나 두 사람에게 큰절을 한 주호는 다시 무릎을 꿇고 앉았다.

"서주호입니다. 앞으로 잘 부탁드립니다, 어머님 아버님."

"나야말로 잘 부탁하네. 우리 성주가 결혼 얘길 할 때마다 뺀질뺀질 도망치는 덴 기름 잔득 바른 미꾸라지보다 더 잘 빠져나가거든. 그래서 말인데, 우리 성주 잘 잡고 있어야 하네."

이 여사는 다짐을 받으려는 목적으로 주호를 직시하며 말했다.

"명심하겠습니다."

주호는 미소를 지으며 대답했다. 어른한테 하는 표현은 아니지만, 욕을 하지 않으려고 애쓰며 우아한 표정으로 말을 하는 이 여사의 모습이 주호의 눈엔 참으로 귀여워 보였다.

"편하게 소파에 앉아 있게. 당신도 소파에 앉아요. 요즘 젊은이들 바닥에 잘 못 앉아요."

주호가 괜찮다고 하려는데 김 사장이 소파에 앉는 바람에 그도 소파에 앉았다. 그런 주호를 흡족하게 바라보던 이 여사가 일어났다.

"내 모과차 타가지고 올 테니까 잠깐 기다리게. 생긴 건 못난이 저리 가라지만 건강엔 아주 좋아."

"괜찮습니다, 어머님."

"내가 직접 담은 건데 거절하는 건 예의가 아니지."

"그럼 주십시오. 감사히 마시겠습니다."

이 여사의 고상한 엄포에 주호가 미소로 대답했다.

소파에 앉은 세 사람은 이 여사가 타온 뜨거운 모과차를 마시며 담소를 나누었다. 주호가 성주와 술내기를 한 부분만 쏙 빼고, 그동안 두 사람이 만났던 일들을 대충 이야기했다. 주호의 말을 듣던 김 사장이 깜짝 놀란 표정을 지었다.

"우리 성주도 자넬 사랑하고 있다고? 우리 성주가 자네한테 직접 그렇게 말했다는 게 확실한가?"

"네."

"결혼 이야기도 서로 나누었나?"

이번엔 이 여사가 물었다.

"아직 결혼 이야긴 나누지 않았습니다."

"연애만 하기엔 둘 다 적지 않은 나이인데……."

생각했던 것보다 나이 차가 많아 걱정했던 것을 다 잊어버린 듯 아쉬운 표정으로 말끝을 흐리던 이 여사가 갑자기 두 눈을 반짝이며 주호를 바라보았다.

"내 다시 한 번 확인을 해야겠네. 자네가 성주 몰래 우릴 직접 찾아온 건 자넨 우리 성주와 결혼할 생각이 있다는 뜻이지?"

"네. 두 분께서 허락만 해주시면 전 성주와 결혼하고 싶습니다."

"그럼 됐네."

"뭐가 됐다는 거야? 성주는 결혼할 생각이 아직도 없다는데?"

김 사장이 흡족해하며 냉큼 됐다고 말하는 이 여사를 보며 물었다.

"닥터 서가 결혼할 마음이 있다면 우리가 그냥 밀어붙이면 되는 거잖아요."

"흠흠. 우리 성주 말도 들어봐야지."

이 여사의 말에 김 사장이 헛기침을 하며 말했다.

"성주 말을 들어서 뭐 하게요? 결혼 얘기만 나오면 뒤꽁무니 뺄 생각부터 하는 앤데."

"아무리 그래도 결혼은 둘이 하는 건데, 성주 의견을 들어봐야 하지 않나?"

"서로 사랑하는 사이라는데 따로 물어볼 게 뭐 있어요? 딱 봐도 천생연분이에요. 무조건 이 결혼 진행시켜요, 우리."

"이 사람이······."

"닥터 서, 우리 성주랑 언제 결혼하고 싶은가? 말만 하게. 내 그 날짜에 맞춰서 우리 성주를 예식장으로 데리고 갈 테니까."

김 사장의 말을 싹둑 잘라 버린 이 여사가 주호를 보며 물었다. 이 여사는 이 기회를 절대로 놓치고 싶지 않았다. 더구나 사윗감 이 마음에 쏙 드니 성주와 주호를 결혼시키지 않을 이유가 없는 이 여사였다.

"이 사람이 왜 이래? 누가 보면 딸내미 결혼 못 시켜 안달난 사 람처럼 보이겠구만."

"당신도 참, 원래 결혼은 말 나온 김에 서둘러 해야 탈이 안 생 기는 거예요."

"아무리 그래도 너무 성급하게······."

"저번에 성주가 왔을 때 내가 했던 말 그새 잊으셨어요? 아니 죠?"

"허허 참. 그 소린 왜 또 꺼내?"

"어머님 절에 들어가시지 않게 제가 성주와 1년 안에 결혼하겠습니다."

김 사장과 이 여사가 나누는 말을 미소로 지켜보던 주호는 두 사람의 걱정을 덜어주기 위해 일부러 장담하는 표정으로 말했다. 그의 말을 들은 김 사장이 깜짝 놀란 얼굴로 주호를 바라보았다.

"우리 성주가 자네한테 그런 말까지 하던가?"

"네. 성주한테 들었습니다."

주호의 대답을 들은 김 사장은 그제야 안심이 됐다.

성주가 그런 말까지 한 걸 보면 주호를 특별히 좋아하고 있는 게 확실했다. 성격이 털털한 것 같으면서도 내성적면이 있어서 여진 외엔 제 속을 잘 드러내 보이지 않는 성주가 아니던가. 성주와 주호의 결혼을 밀어붙이려는 이 여사 때문에 걱정이 되었던 마음이 김 사장은 한결 가벼워졌다.

"1년은 너무 긴데…… 결혼을 좀 더 서두르면 안 되겠나?"

미간을 좁힌 채 생각에 잠겨 있던 이 여사가 주호를 바라보며 불쑥 물었다.

"성주가 허락만 한다면 전 내일이라도 결혼할 수 있습니다."

"그래?"

혹한 이 여사가 몸을 주호 쪽으로 앞당겨 앉았다.

"하지만 좋은 추억을 많이 가질 수 있도록 성주한테 어느 정도 연애 기간을 주고 싶습니다."

"연애는 결혼하고도 얼마든지 할 수 있는데……."

주호의 말에 이 여사가 아쉬운 표정으로 말끝을 흐렸다.

"성주가 최대한 빨리 결혼 결심을 할 수 있도록 제가 최선을 다하겠습니다. 그러니 두 분께서도 절 좀 도와주십시오. 결례인 줄알면서도 제가 오늘 두 분을 찾아뵌 것도 두 분의 지원사격이 필요해서입니다."

"그러세."

"그럼, 당연히 지원사격 해야지. 암 하고말고."

김 사장과 이 여사가 동조하며 미소로 서로를 바라보았다. 아주흡족한 표정으로. 이제는 한시름 놨다는 심정을 숨기지 않은 채.


[서 서방 다녀갔다.]

성주는 휴대폰 너머로 들려오는 이 여사의 말에 어리둥절한 표정을 지었다.

"서 서방이 다녀가다뇨? 그게 무슨 말이에요?"

[이젠 귀까지 먹었어? 말 그대로 네가 꽁꽁 숨겨놓았던 서 서방이 집에 다녀갔단 말이야, 이년아! 그런 녀석을 숨겨놓고 뭐? 남자가 없어서 결혼을 못해? 에라, 이 팥으로 팥죽을 쑨다고 해도 못믿을 년아!]

"엄마! 지금 대체 무슨 소릴 하는 거예요? 좀 알아듣게 말해봐요!"

[서 서방, 서주호가 다녀갔다고!]

"서주호 씨가 엄마 아빠가 계신 집에 다녀갔단 말이에요?"

[그래!]

"말도 안 돼."

[말이 왜 안 돼? 너도 닥터 서 사랑한다며?]

"그, 그거야 그렇지만……."

[그놈의 주둥아리 닥치고 내 말 들어! 1년 안에, 아니, 그보다 더 빨리 결혼해! 서로 좋아 죽는 사람이 있는데 뭐 하러 허튼 시간을 보내? 그리고 서 서방한테 잘해줘. 쓸데없이 성질머리 부리다가 멀쩡한 놈 놓친 후에 땅 치며 후회하지 말고! 그놈 놓치면 니년을 호적에서 아주 파버릴 거니까 내 말 허투루 듣지 말고 귓속에 콕 박아두고 있어!]

"엄마?"

[내 말이나 명심해!]

전화가 일방적으로 툭 끊겼다.

거실에서 뒹굴며 여진과 함께 티브이를 보다가 이 여사의 전화를 받은 성주는 통화가 끊긴 휴대폰을 멍하니 바라보았다. 자신이 지금 무슨 말을 들었는지, 성주는 도통 이해를 할 수가 없었다.

주호가 왜 그녀의 본가엘 다녀갔단 말인가? 본가의 주소를 어떻게 알고? 게다가 1년 안에 결혼을 하기로 했다니, 이 여사가 했던 말들이 도무지 이해가 안 되었다. 무심히 있다가 날벼락을 맞은 기분이었다.

성주는 이 여사와 통화를 한 게 현실인지 상상인지 알 수가 없어서 자신의 볼을 힘껏 꼬집었다.

"아얏!"

아픈 걸 보니 현실이 맞았다.

"대체 이게 어떻게 된 일이야? 도대체 그 사람이 왜?"

"서 박사님이 대전 집에 찾아가셨대?"

성주가 하는 양을 지켜보던 여진은 시치미를 뚝 뗀 채 물었다.

"응. 혹시 네가 우리 집 주소 가르쳐 줬어?"

"아니. 너한테 물어보지도 않고 너희 집 주솔 내가 왜 가르쳐 드려?"

"그럼 어떻게 주소를 알고 찾아갔지?"

"그러게."

"주소는 어찌어찌 알게 됐다 쳐. 근데 어떻게 나한테 한마디 상의도 없이 우리 집엘 찾아가? 어떻게 그럴 수가 있어?"

"자기가 사랑하는 여자의 부모님이니까 찾아가서 인사드리고 싶었겠지."

"아무리 그래도 그렇지, 이건 말도 안 돼! 우리 엄마 이젠 하루가 멀다 하고 전화해서 결혼하라고 닦달할 텐데……. 이 사람을 내가 가만두나 봐라!"

서둘러 소파에 널브러져 있던 휴대폰을 집어 든 성주는 냉큼 주호에게 전화를 걸었다. 벨이 몇 번 울리지 않아 통화가 연결되었다.

"지금 어디예요?"

성주는 안부 인사고 뭐고 다 생략한 채 다짜고짜 물었다.

[차 안.]

주호가 평온한 음성으로 대꾸했다.

"오늘 우리 집에 갔었다고요?"

[응.]

"우리 집 주소는 어떻게 알았어요?"

[성주의 주사 덕분이지.]

"술내기 했던 날 내가 서주호 씨한테 우리 집 주소까지 가르쳐 줬단 말이에요?"

[응. 내가 물어보니까 아주 친절하게 가르쳐 주던데?]

성주는 기가 막혔다. 아니, 성주 자신도 몰랐던 그녀의 주사가 그녀를 기막히게 만들었다.

"그건 그렇다 치고, 우리 집엔 왜 갔는데요? 어떻게 나한테 한 마디 상의도 없이 우리 집엘 갈 수 있어요? 그게 말이 돼요?"

[부모님께 허락을 받고 사귀는 게 예의라서 찾아뵌 건데 내가 실수한 건가? 미안해서 어쩌지?]

"누가 누구랑 사귄다고 허락을 받으러 우리 엄마 아빨 찾아가 욧?"

성주는 소리를 빽 질렀다.

[누구긴 누구야? 성주하고 나지.]

얄밉게도 주호가 너무나도 담담한 음성으로 대답했다. 마치 어느 누구도 거부할 수 없는 진리를 말하는 것처럼.

[감사하게도 날 마음에 들어 하시더라. 다행스럽게도 성주처럼 성주 부모님께서도 사람 보는 눈이 있으시더라고. 아주 잘 대접받고 왔어.]

"서주호 씨!"

성주는 버럭 소리쳤다.

[귀 아파. 소리 지르지 말고 말해. 아주 잘 들리니까.]

"지금 장난해요?"

[겨우 장난이나 하려고 애인의 부모님 댁까지 찾아가는 바보 봤어?]

성주는 어이가 없었다.

하긴 주호의 말이 맞다. 장난하려고 애인의 부모를 찾아가는 사이코는 없을 테니까. 하지만 한마디 상의도 없이 그녀의 부모님을 찾아가서 서로 사귀는 걸 허락받았다고 하는 주호의 말을 들으니 머리끝까지 화가 치밀었다.

"운전 중이니까 통화 그만하고 끊어요. 대신 도착하면 무조건 나한테 전화해요!"

[오케이.]

주호의 대답을 듣자마자 성주는 신경질적으로 전화를 끊어버렸다.

성주는 미치고 팔짝 뛸 노릇이었다. 이 여사와의 통화도 주호와의 통화도 그녀를 미치게 만들기에 충분했다.

"뭐래?"

여진이 씩씩대는 성주를 보며 물었다.

"내가 가르쳐 줬대, 우리 집 주소."

"네가? 언제?"

"내가 글쎄 블랙아웃이 될 정도로 취하면 상대방이 묻는 것에 대해 친절하게 다 대답해 주는 주사가 있단다!"

"너한테 그런 주사가 있었어?"

"있대. 아휴, 내 한계치가 여섯 병하고 두 잔이라니. 우리 엄마가 나더러 허구한 날 그렇게 정확한 주량도 모른 채 술을 처마시다가 언젠간 큰코다칠 거라고, 술이란 놈이 원래 약은 놈이라 언제 뻑 가게 만들지 모른다고 하시더니 그 말이 맞았어."

"그러게. 그런데 서 박사님은 어떻게 너한테 그런 주사가 있다는 걸 알아냈을까?"

"내 말이! 완전 귀신이 곡할 노릇이라니까! 암튼 그놈의 술내기는 괜히 하자고 해서는⋯⋯. 내가 누굴 탓하겠니? 내기 종목을 정한 것도 나고, 이겨보겠다고 죽어라 퍼마신 것도 난데!"

성주는 이래저래 후회막급이었다. 그놈의 주사만 아니었으면 주호가 대전에 있는 그녀의 집에 찾아가 부모님을 뵙는 일은 없었을 것이었다.

"그놈의 승부욕 땜에 내가 아주 지랄을 떨었어. 술이 원수다. 아니, 내 망할 주사가 원수다!"

성주는 자신과 술에 대해 한탄을 하며 주방으로 가 정수기에서 한 컵 가득 차도록 냉수를 받아 단숨에 들이켰다. 그런다고 해서 달라질 건 아무것도 없지만 그나마 부글부글 끓는 속이라도 식혀야 했다.


주호가 집에 도착했다는 전화를 받자마자 성주는 그에게 꼼짝 말고 집에서 기다리라고 하고는 전화를 끊었다. 그리고는 곧장 그의 집으로 달려갔다.

남은 열불 나서 죽겠는데, 주호는 너무나 얄밉게도 아무 일도 없었다는 듯 평온한 얼굴로 그녀를 맞이했다.

"차 마실래? 아님 커피?"

소파에 마주 앉자 주호가 물었다.

"냉수나 한 컵 주세요. 얼음 듬뿍 넣어서."

주호가 주방으로 가서 얼음이 가득 든 냉수 한 컵을 가져와 성주에게 건넸다. 성주는 채가듯 컵을 받아 들고는 단숨에 얼음물을 들이켰다. 그리고는 얼음을 입안 가득 넣고 와드득 와드득 씹어댔다.

"날 그렇게 씹고 싶다는 뜻인가?"

소파에 앉은 주호가 미소를 지우지 않은 채 물었다.

"아니 다행이네요!"

입안 양쪽으로 얼음을 모아놓고 성주는 주호를 노려보며 쏘아붙였다. 그러더니 다시 와드득 와드득 입안에 남아 있는 얼음을 씹어 삼켰다.

"성주 허락을 받지 않고 부모님을 찾아뵌 것 때문에 이렇게 화를 내는 건가?"

"그걸 지금 말이라고 해요? 내 허락도 허락이지만 서주호 씨가 왜 우리 부모님을 맘대로 찾아뵙느냐고요? 무슨 자격으로요?"

"성주의 애인 자격."

"서주호 씨, 지금 장난해요?"

"아니, 그 어느 때보다도 진지해."

주호가 정색하고 말했다.

"그럼 사과부터 먼저 해야죠!"

"말하지 않고 다녀온 건 미안해. 말하면 가지 말라고 할 게 뻔해서 그랬어."

"우리 엄마 전화해서 1년 안에 결혼하라고, 아니, 더 빨리하라고 난리를 치시는데 이제 어쩔 거예요?"

"우리 둘이 서로 사랑하는 사이라는 말씀만 드리고 난 결혼 얘기 한 적 없는데."

주호는 시치미를 떼었다. 어쨌든 지원사격이 시작됐으니 그에겐 대전에 다녀온 보람이 있었다.

"아우, 정말! 그게 그거잖아요? 서로 사랑한다고 했으니까 우리 엄마 입에서 대뜸 결혼하란 소리가 나오죠!"

"이런, 일이 곤란하게 됐군."

"이제 어쩔 거예요! 엄마 성화에 결혼하게 생겼는데! 내가 미쳐 정말!"

"시간을 두고 진지하게 생각을 해보자."

"뭘요? 무슨 생각을 해요?"

성주의 물음에 가시가 돋아 있었다. 주호는 성주에게 거짓말을 하는 게 미안했지만, 이번 한 번만 눈을 질끈 감을 생각이었다. 평생 잘해주는 것으로 거짓말한 것에 대한 속죄를 하면 되니까.

"어머님의 생각을 바꿀 수 있는 방법."

"뭐요? 우리 엄마 생각을 바꿀 수 있는 방법을 찾자고요?"

"응."

"서주호 씨가 우리 엄말 몰라서 하는 소리예요! 우리 엄마 몇 해 전부터 나더러 결혼하라고 노래를 불렀던 분이에요. 일 년 안에 결혼 안 하면 비구니가 되겠다고 협박하던 분 생각을 어떻게 바꿔요?"

"그럼 어떻게 하지?"

"나도 몰라요! 서주호 씨가 저지른 일이니까 서주호 씨가 책임져요!"

주호는 씩씩대는 성주를 끌어안고 등을 쓰다듬었다. 화난 아이를 달래는 것처럼.

"알았어. 내가 다 책임질게. 그리고 미안해, 말도 안 하고 부모님을 찾아봬서. 다음부턴 뭐든 성주와 상의할게."

동상이몽. 주호는 결혼하는 것으로 책임을 질 생각을 하고 있었지만, 성주는 그가 어떻게든 이 여사를 설득해 줄 것으로 믿었다.

두 사람은 한참을 포옹한 채로 서 있었다. 서로의 체온을 느끼며.


성주의 화가 풀린 후 주호와 그녀는 소파에 앉아 있었다. 커피를 다 마신 후라 빈 잔 두 개가 테이블 위에 놓여 있었다.

"우리 집 주소도 망할 내 주사 때문에 알게 된 거예요?"

"응."

"내 주사는 대체 어떻게 알아낸 거예요?"

"우연히."

"우연히, 어떻게요?"

"포차에 있을 때 많이 취하니까 오히려 내가 묻는 말에 꼬박꼬박 대답을 잘해주더라고. 그땐 별다른 생각을 못했었는데, 정신을 잃은 성주를 업고 와서 소파에 앉혀놓고 나니까 문득 어떤 드라마가 생각났어."

"드라마요?"

"그 왜 여주인공이 술에 취하면 다른 사람이 하는 말을 따라 하는 주사가 있었던 드라마."

"알아요, 그 드라마. 그래서요?"

"그래서 혹시나 하고 내가 성주한테 물어봤지. 본가 주소가 어디냐고."

"그랬더니 내가 술술 불었다?"

"응."

"헐."

"그러니까 앞으론 절대로 나와 함께하는 술자리가 아니면 여섯 병 이상은 마시지 마. 아니, 아예 취할 정도로는 마시지 마."

"반칙 아니에요?"

"뭐가?"

"술 취한 사람 이용해서 그 사람의 정보를 캐내는 거요!"

"반칙이라고는 생각 안 하는데?"

"그게 왜 반칙이 아니에요? 난 말한 기억조차 없는데 그쪽은 내 정보를 시시콜콜 다 꿰고 있잖아요! 분명한 반칙이에요!"

"좋아, 반칙이라고 우기니까 반칙이라고 인정해 주지. 그런다고 뭐가 달라져? 내가 들었던 것들이 내 머릿속에서 지워지기라도 하나?"

"그게 안 되는 거 아니까 내가 더 열 받는 거잖아욧!"

"김성주."

갑자기 주호가 진지하면서도 낮은 음성으로 그녀의 이름을 불렀다.

"……."

"날 믿어."

"서주호 씨…… 믿으라고요? 그게 무슨 뜻이에요?"

"난 너한테 상처 따윈 주지 않아. 사랑만 줄 거야. 그러니까 내 사랑이 무서워서 도망칠 필요 없어. 난, 네 일을 포기하게 만드는 사랑을 할 마음 없어. 네 꿈을 이룰 수 있도록 도와주는 사랑을 할 거야. 그러니까 날 믿고 내 사랑을 믿어. 네가 불안해하는 일들은 절대로 일어나지 않을 테니까."

"그걸…… 어떻게 장담해요? 우리 둘만 사는 세상이 아니잖아요."

성주는 솔직한 생각을 말했다.

"그래, 그 누구도 미래를 장담할 수는 없어. 하지만 적어도 노력은 할 수 있어. 성주가 상처받지 않게 노력할 거야, 내가. 그리고 성주가 행복한 마음으로 내 사랑을 받을 수 있도록, 날 사랑할 수 있도록 노력할 거고. 그리고 성주가 하는 일을 더 잘할 수 있도록 배려도 해주고 격려도 해줄 거야, 난."

"서주호 씨……."

성주가 자신 없는 표정으로 주호를 바라보았다. 주호는 그런 성주를 품에 안았다.

"난 절대로 한눈팔지 않아. 그 약속은 내 목숨을 걸고서라도 지킬 수 있어. 나한테 더 가까이 다가오는 게 겁난다면 그냥 지금 이대로만 있어도 돼. 다가가는 건 내가 해. 지레 겁먹고 무서워서 도망치지만 마."

"서주호 씨…… 난 자신이 없……."

성주의 말이 끝나기도 전에 주호는 그녀를 안았던 팔을 풀었다. 그러더니 두 손으로 성주의 얼굴을 잡고는 채 다물어지지 못한 그녀의 입에 키스를 했다. 그녀가 하려고 했던 말들은 주호의 갑작스런 키스로 인해 목젖 저 밑으로 삼켜져 버렸다.

"읍."

주호의 입맞춤에 놀란 성주가 숨쉬기를 멈추었다.

주호는 성주의 보드라운 입술을 혀로 핥다가 문을 두드리듯 그녀의 입술을 톡톡 혀로 두드렸다. 그러자 머뭇거리던 성주의 입술이 벌어졌다. 그 틈을 놓치지 않은 주호의 혀가 성주의 입안으로 들어가 매끄러운 위아래 잇몸과 가지런한 치아들을 거침없이 핥았다. 그리고는 곧장 그의 혀로 그녀의 혀를 휘감았다.

"흐응."

주호의 입술에 덮인 성주의 입술 사이로 야릇한 신음이 새어 나왔다.

그것을 신호로 주호는 정신없이 자신의 혀로 성주의 혀를 희롱하기 시작했다. 그의 혀로 그녀의 혀를 핥고, 휘감아 흡입하듯 빨고, 다시 부드럽게 애무하듯 쓸어주고, 또다시 성주의 혀뿌리를 뽑아버릴 듯 과감하게 흡입하기를 반복했다.

그러는 사이 어느새 성주는 그를 꼭 끌어안고 있었다. 주호가 그녀의 혀를 난폭하게 희롱하고 농락할수록 그를 잡은 성주의 손힘도 세어졌다. 한참 동안 두 사람의 입술은 떨어질 줄을 몰랐다.

얼마나 시간이 흘렀을까. 겨우 주호의 입술이 성주의 입술을 놓아주었다. 그와 동시에 두 사람은 거친 숨을 몰아쉬었다.

"하악 하악 하악⋯⋯."

"허억 허억 허억⋯⋯."

숨이 넘어갈 듯 가빴던 호흡이 조금 가라앉자 성주가 주호를 쏘아보았다.

"날 죽일 작정이에요?"

"설마."

주호는 빙긋 웃어 보였다. 키스로 인해 상기된 성주의 붉어진 얼굴이 정말 사랑스럽고 예뻐 보였기 때문이었다.

"설마가 사람 잡는단 말 몰라요?"

"그 말은 이런 경우엔 해당 안 되지."

"나, 진짜 죽을 뻔했단 말이에요!"

톡 쏘아붙이는 성주의 말을 들은 주호는 고개를 갸웃했다. 키스를 하다가 죽었다는 말은 들어본 적이 없었다. 그런데 진짜 죽을 뻔했다니! 성주가 왜 그런 말을 하는지 그 이유가 궁금했다.

"왜 죽을 뻔했다는 거지?"

"숨이 막혀서, 숨을 쉴 수가 없어서 죽을 뻔했다고요!"

"요령 있게 코로 숨을 쉬어가면서 해야. 이젠 익숙해졌을 텐데."

"많은 여자랑 키스를 수도 없이 해본 서주호 씨는 그런 요령이

빨리 습득이 됐었겠지만, 난 그게 잘 안 돼요."

"그래서, 싫었어?"

"뭐, 뭐가요?"

말을 더듬는 성주의 얼굴이 더 새빨개졌다.

"지금 한 키스의 느낌."

"공적인 대답을 원해요 아님, 사적인 대답을 원해요?"

지극히 성주다운 물음이었다.

"나야 당연히 사적인 대답을 원하지."

"흠…… 새로운 깨달음을 얻었어요."

"무슨 깨달음?"

"그동안 사람들이 했던 말들이 다 순 뻥이었다는 거요."

"사람들이 했던 말? 어떤 말들이 뻥이었다는 거지?"

"키스를 하면 종소리가 들린다면서요? 내 귀엔 종소리 같은 건
들리지 않았어요. 그러니까 다들 뻥친 거죠."

첫 키스를 했을 땐 정신없이 뛰어대는 그녀의 심장박동 소리가
마치 종소리처럼 느껴졌다고 생각했었는데, 성주도 이젠 알았다.
그건 종소리가 아니라 키스에 전율하는 그녀의 심장박동 소리란
것을.

"사람마다 키스할 때 느끼는 느낌이 다른 거 아닐까?"

"그런가……?"

성주가 고개를 갸웃했다. 그런 모습이 얼마나 귀여운지 그녀는
아마 모를 것이다. 오직 주호만이 볼 수 있는 성주의 깜찍한 귀여
움이었다.

"종소리가 들리는 것 말고 다른 걸 느끼는 사람들도 많거든. 나도 키스하면서 단 한 번도 종소리 같은 건 듣지 못했으니까."

"서주호 씨도 종소리 못 들었어요? 단 한 번도?"

"응."

"그렇구나."

성주가 동지 의식을 느낀 사람처럼 고개를 끄덕였다. 그런 그녀를 잠시 사랑이 가득 담긴 미소로 바라보던 주호가 정색을 하더니 입을 열었다.

"아직 난 대답을 못 들었는데."

"무슨 대답이요?"

"이번 키스의 느낌."

"그걸 꼭 말로 해야 해요?"

"알았으면 좋겠어."

"왜요?"

"그걸 알면 성주가 나한테 어떤 감정을 갖고 있는지 알 수 있으니까."

"서주호 씨와 키스할 때 내가 느낀 걸로 서주호 씨에 대한 내 마음을 알 수 있다고요?"

"당연히."

"어떻게요?"

"말해주면 알려줄게."

잠시 망설이던 성주가 어쩔 수 없다는 표정으로 입을 열었다.

"머릿속이 멍해지다가 짜릿짜릿하기도 하고 또 온몸에서 힘이 빠져나간 것처럼 다리가 풀리는 것 같기도 하고, 심장이 가슴이 아닌 귓속에 달려서 마구 뛰어대는 같기도 하고…… 아무튼 한마디로는 그 느낌을 명확하게 표현할 수 없을 정도로 복잡해요."

"나도 그랬어."

"서주호 씨도 나하고 똑같이 느꼈단 말이에요?"

"응."

"그럼 우리 감정이 같다는 뜻이잖아요, 서주호 씨의 말대로라면."

"그렇지."

"그럼 우리가 똑같이 느끼는 그 감정이 뭔데요?"

"사랑."

"우리가 사랑하는 사이니까 그건 당연한 거잖아요. 난 또 뭐 특별한 얘길 할 줄 알았네."

성주가 어이없다는 표정으로 주호를 바라보았다.

"사랑하는 사람끼리 스킨십이나 키스를 하면 온몸에 전기가 흐르는 것처럼 짜릿하고 힘이 빠지는 것처럼 나른한 느낌을 느끼거든."

"그 정돈 나도 알아요. 그리고 내가 언제 서주호 씰 사랑하지 않는다고 했어요?"

"아니."

"근데 뭐 하러 다시 상기시켜요? 쓸데없이."

"사랑한단 말은 언제 들어도, 몇 번을 들어도 좋으니까."

"애 같아."

"사랑을 하면 모두가 애 같아져."

"참 장하네요. 별걸 다 알아서."

"사랑해."

"……나도 말해야 해요?"

"그럼 좋지."

"좋아요. 나도 서주호 씰 사랑해요. 됐어요?"

"응. 됐어."

"그런데 사랑하지 않는 다른 남자랑 키스를 해도 똑같은 느낌일지도 모르잖아요. 안 그래요?"

뜬금없는 성주의 질문에 주호는 풉, 웃었다.

"내가 아닌 다른 남자랑 성주가 키스를 한다……. 만약 그런 일이 생긴다면 성주는 맨 처음 더럽다는 느낌이 들 거고 어쩌면 너무 역겨워서 토할지도 몰라. 사랑하지 않는 사이에선 조금 전에 나와 키스했을 때 느꼈던 짜릿함과 쾌감, 애정 같은 걸 절대로 느낄 수가 없으니까."

"그걸 뭐로 장담해요?"

주호는 난감했다. 그렇다고 자신의 말이 맞음을 증명하기 위해 성주더러 아무 남자하고 키스를 해보라고 할 생각은 추호도 없다.

이미 성주의 마음과 몸 그리고 그녀가 하는 일들, 성주와 관련된 모든 것들은 바로 그의 것이었다. 그 어떤 남자에게도 성주를 양보할 생각 따윈 없다. 김 사장과 그가 아니면 그 어떤 남자도 성주의 머리카락 한 올조차 만지는 것을 허락하지 않을 것이다. 절대로 용납할 수 없는 일이기에.

"내가 경험해 본 적이 있거든."

주호는 솔직히 고백했다.

존스홉킨스에 근무할 때 한국인 후배인 배유미를 여러모로 챙겨준 적이 있었다. 유미는 그에게 여자가 아니었다. 단지 같은 길을 가는 동료이자 후배였을 뿐. 그래서 잘해줬더니 온갖 핑계를 대며 매달리듯 사적인 만남을 요구해 왔다.

유미의 요구를 매번 매몰차게 거절하는 것도 선배로서 할 짓이 아니다 싶어 몇 번 함께 만나서 식사를 하거나 가벼운 술자리를 가졌다. 가급적 단둘이 있는 상황을 피해 다른 사람을 불러내 함께하곤 했었고.

그런데 그녀가 자꾸만 선배와 후배의 선을 넘으려고 했다. 그녀에겐 마음이 없었기에 더 이상의 사적인 만남은 거절하겠다고 선언했었다. 널 좋아하지 않는다는 말까지 하면서. 그럼에도 불구하고 그녀는 틈만 나면 그에게 만나달라고 사정을 했고, 계속 거절하자 어느 순간 무방비 상태였던 그에게 덤벼들어 막무가내로 키스를 했었다.

바로 밀어버려서 아주 잠깐 그녀의 혀가 깜짝 놀라서 저절로 벌어졌던 그의 입안에 머물렀던 게 다였지만, 주호는 그때의 불쾌감을 잊을 수가 없다. 유미를 밀어낸 순간 역겹고 더럽고 추한 느낌에 화장실에 가서 키스하기 전에 마셨던 커피를 다 토했을 정도였다.

주호는 대충 그 이야기를 성주에게 해주었다.

"그 여자도 참 대단하네요. 어쩜 그렇게 맹목적일 수가 있을까요?"

"자긴 사랑이라 말하지만 상대방이 원치 않는 사랑은 진짜 사랑이 아니야. 집착일 뿐이지."

"하긴, 그 말도 맞네요."

"난 원래 맞는 말만 해."

"허, 이제 잘난 척까지?"

"잘났으니까."

"거기까지!"

"더 보태면 재수 없겠지?"

"아니 다행이네요."

"내가 주제 파악도 잘하는 편이거든."

"대체 못하는 게 뭐예요?"

"딱 하나 있지."

"그게 뭔데요?"

"성주한테 결혼 허락을 받는 거."

"아."

곤혹스런 표정으로 그를 보며 잠시 생각하던 성주가 말을 이었다.

"결혼 말고 연애만 하면 안 돼요?"

"솔직히 말하면 그러고 싶지 않아."

"왜요?"

"사랑하는 사람끼린 같이 살고 싶어지는 게 인지상정이야. 그래서 다들 결혼이라는 걸 하는 거고."

"사랑하는 사이라고 해서 반드시 같은 집에서 살아야 한다는 건 모순 아닐까요? 오히려 자유롭게 사생활을 즐기며 자주 만나는 사랑이 더 나을 것 같은데, 아니에요?"

"나한텐 아냐."

"그럼 서주호 씬 반드시 결혼을 해야겠네요."

"그러고 싶어."

좁혀지지 않는 의견 차이에 성주는 한숨을 푸욱 내쉬었다.

"그럼 할 수 없네요. 서주호 씬 다른 여잘 만나서 사랑하고 그 여자와 결혼해요."

"싫어. 내가 결혼한다면 그 사람은 반드시 김성주여야 해."

"난 서주호 씨의 아내와 며느리 역할 그리고 내 일까지 다 잘할 수 없는 사람이에요."

"아니, 내가 아는 성주라면 다 잘할 수 있을 거야."

"난 내가 더 잘 알아요."

"나도 성주를 알 만큼은 알아. 닥치면 잘해낼 수 있으면서 단지 미리부터 겁을 먹는 것뿐이야. 내 말을 믿어."

"서주호 씨의 말을 내가 무조건 믿을 정도로 서주호 씨가 나한 테 신뢰감이 있는 남자라고 착각하나 보네요."

"착각이라고?"

"그래요, 착각!"

"왜 착각이지?"

"우리가 만난 지 일 년이 됐어요, 아님 십 년이 됐어요? 게다가 나한텐 한마디 상의도 없이 우리 부모님을 찾아간 남자가 바로 서

주호 씨예요! 그런 무모한 남자의 말을 내가 어떻게 무조건 믿어요?"

"그건 내가 미안하다고 했잖아. 그 이후론 나 혼자 내 멋대로 한 거 하나도 없어."

"그건 인정. 하지만 매일 전화로 엄마한테 시달릴 때마다 서주호 씨가 미워요."

"미워해. 같은 상황이 오면 난 또 똑같은 행동을 할 거니까."

"또 똑같은 행동을 할 거라고요? 도대체 왜요?"

"성주를 사랑하니까. 그리고 난 내가 사랑하는 성주의 부모님을 찾아뵙고 싶으니까. 그리고…… 성주랑 결혼하고 싶으니까."

"대체 왜, 굳이 나랑 결혼이 하고 싶은 건데요?"

"더 많이 같이 있고 싶어서. 한 침대에서 자고 아침에 같이 일어나고 싶어서. 성주를 쏙 빼닮은 딸을 갖고 싶어서. 이유야 차고도 넘치지."

"휴우."

끝없이 되풀이되는 탁상공론. 지치는 기분에 성주는 긴 한숨을 푸우욱 내쉬었다. 도대체가 이해를 할 수가 없었다. 보통 여자들처럼 예쁘게 가꾸는 편도 아니고 날생선처럼, 그것도 누가 봐도 선머슴 같아 보이는 그녀를 왜 주호가 결혼이라는 게 하고 싶을 정도로 사랑하게 되었는지, 도통 이해가 되지 않았다.

"다시 한 번 물을게요. 대체 내 어디가 그렇게 좋아서 사랑까지 하게 된 건데요?"

"전부 다."

"농담하지 말고요. 나 지금 진짜 진지해요."

"농담 아냐. 그냥 지금의 김성주 이 모습 이대로 다 좋아, 난."

"지금 이러고 다니는 내 꼴이 서주호 씨의 마음에 든단 말이에요? 날 보는 사람들마다 다들 선머슴처럼 하고 다닌다고 뭐라고 한마디씩 하는데도요?"

"남들이 뭐라든 뭔 상관이야? 내가 좋으면 그만이지."

"그러니까 왜 이런 날 좋아하냐고요?"

"난 성주 자체를 사랑하니까. 성주가 갖고 있는 어떤 부분만이 아니라 성주의 마음과 몸, 성주의 일을 포함한 너의 전부를 사랑하니까."

"끄응."

성주는 신음을 흘렸다.

생각했던 것보다 주호는 말발이 셌다. 세도 너무 셌다. 어느 학원에서 말을 배워왔는지 물어보고 싶을 정도로.

"좋아요, 그 말이 맞는다고 쳐요."

"맞는다고 치는 게 아니라 맞아."

"알았어요. 그래요, 맞아요. 하지만 그 마음이 얼마나 갈 것 같아요?"

"음, 내 나이가 더 많으니까 내가 먼저 죽는다는 가정하에 말하자면 내가 성주 품에 안겨서 눈을 감는 그 순간까지."

"거짓말."

"거짓말 아니야."

"그건 그 누구도 장담할 수 없어요. 그런데 서주호 씨는 지금 장담을 하고 있잖아요."

"난 내 성격을 누구보다 잘 알아. 그리고 난 내 유전자를 믿어."

"성격을 잘 안다는 건 그렇다 치고, 유전자를 믿는다니 그게 무슨 말이에요?"

"우리 부모님 지금도 서로 아주 많이 사랑하시거든. 그 유전자를 물려받았으니 나도 그럴 거란 말이지."

"말도 안 돼."

"왜 말이 안 된다고 하지?"

"우리 엄마 아빠도 서로 아끼고 사랑하면서 살고 계세요. 그런 부모님한테서 태어난 난 사랑을 믿지 못하고 있고요."

"그건, 성주가 아직 제대로 된 사랑을 해보지 못해서 그런 거야. 그리고 성주는 사랑에 빠지는 게 무서운 게 아니라 결혼하는 게 두려운 거 아닌가? 어머니처럼 성주가 꿈꾸는 일들을 포기하게 될까 봐."

"……."

정곡을 찔린 성주는 말문이 막혀 아무런 말도 할 수 없었다.

주호의 말대로 그녀는 단 한 번도 제대로 된 사랑을 해보지 않았다. 중학교 때 멋진 과학 선생님을 잠시 짝사랑했던 게 그녀가 했던 사랑의 전부였다.

일에 관해서는 다들 무리라며 해낼 수 없을 거라고 하는 일들도 겁 없이 추진해 성공시킬 정도로 능력이 출중한 그녀였지만, 유독 사랑에 관해서는 미리 방어막을 친 채 살아왔다.

자라를 보고 놀란 가슴 솥뚜껑 보고 놀란다는 말도 있지 않은

가. 주호의 말대로 사랑에 빠지는 게 무서운 게 아니라 꿈을 잃은 엄마 이 여사의 힘겨운 결혼 생활을 보고 자란 터라 결혼 자체를 하지 않겠다고 마음먹었다. 그 마음에 굳은살이 박였는지 이젠 결혼한다는 것 자체만으로도 겁이 났다. 이 여사처럼 자신의 모든 꿈을 희생한 채 아내와 며느리, 엄마로만 살고 싶진 않았다.

'사랑하면 왜 꼭 결혼을 해야 하는 걸까? 그냥 사랑만 하면서 살 수도 있는데……'

성주는 절로 한숨이 나왔다.

비록 지금은 주호가 결혼 후 그녀의 꿈을 이룰 수 있도록 도와 줄 거라고 말을 하지만, 그녀는 그 말을 액면 그대로 믿을 정도로 순진하지 않다.

지금까지 살아오면서 사랑이 미움으로 변하는 걸 많이 봐왔다. 게다가 환경이나 상황도 무시할 수 없다. 일을 할 수 없는 환경이나 상황이 되면 주호도 그녀에게 일을 그만두라고 할지도 모른다.

"서주호 씨."

성주는 진지한 표정으로 주호를 불렀다. 그러자 주호가 하고 싶은 말이 있으면 하라는 표정을 지어 보였다.

"난, 내가 계획한 내 인생을 살고 싶어요. 서주호 씨로 인해서 내 인생 계획이 틀어지는 거 원치 않아요. 그러니까 제발 내 인생에 태클 걸지 말아요."

"태클?"

"네, 태클이요."

"내 태클에 넘어지기라도 할까 봐 불안한가?"

"아뇨. 절대로 넘어지는 일 없어요."

"그렇게 자신만만해?"

"네."

"그럼 성주가 계획한 인생에 내가 태클을 걸어도 상관없는 것 아닌가? 그렇게 자신이 있는데 뭘 걱정하는 거지?"

"걱정돼서 하는 말이 아니에요."

"그럼?"

"귀찮아서요."

"귀찮다?"

"네. 귀찮아요. 서주호 씨의 태클을 피하는 게 귀찮을 뿐이에요."

"성주에 대한 내 사랑이 성주한텐 태클이라면 난 그 태클 걸기를 포기할 마음 없어. 난 성주 인생 안으로 들어가서 아주 중요하고 소중한 존재가 되기로 결심했으니까."

"서주호 씨!"

성주는 주호를 쏘아보았다. 그런 그녀의 시선을 주호가 정면으로 직시했다. 침묵 속에 두 사람의 눈싸움이 결국 기 싸움이 되고 말았다.

얼마나 지났을까. 주호가 뭔가 결심한 듯한 표정으로 입을 뗐다.

"김성주, 우리 내기하자."

"무슨…… 내기요?"

"술내기가 무승부였으니까 다시 내기를 정해서 승부를 가려야지."

"태클 막는 것도 귀찮다는 사람한테 다시 내기까지 하잔 말이에요?"

"우리 승부를 가리지 못했잖아. 난 우리가 무승부인 게 찜찜해. 성주는 안 그래?"

"물론 그렇긴 하지만……."

"내기해서 확실하게 승부 가리자. 서로 찜찜하지 않게."

"……좋아요."

성주 또한 주호와의 술내기에서 승부를 가리지 못했던 것이 내심 찜찜했던 차였기에 내기를 하자는 주호의 말에 순순히 동의했다.

그녀가 내기를 거절한다고 해서 주호가 쉽게 물러서지 않을 것 같지도 않았고, 그녀 또한 항상 승부는 가려야 제 맛이라고 주장하던 바였다. 하지만 주호가 말한 내기에 순순히 응한 진짜 이유는 따로 있었다.

이번 내기에서 이기면 주호의 태클을 원천 봉쇄할 수 있음! 그것이 성주가 주호의 내기 요구에 응한 가장 중요한 이유였다. 패자가 승자의 소원을 들어주는 것으로 조건을 걸면 되니까.

"이번엔 내기 종목과 조건을 내가 정하기로 하지. 전에 성주가 정했었으니까."

"그게 공평하겠네요. 무슨 내기가 하고 싶은데요?"

"전에 우리 둘 중 한 사람 또는 서로 사랑하는 마음이 식으면 헤어지기로 했었지?"

"네."

"그거랑 다를 바 없어. 단 기간을 정하자는 거야."

"기간이요?"

주호가 고개를 끄덕였다.

"우리, 지금처럼 오늘부터 딱 백 일 동안만 더 사귀자. 백일 동안 사귀었는데도 성주가 나하고 결혼할 생각이 없다면 내가 깨끗이 헤어져 줄게. 결혼에 대한 성주의 생각이 바뀌면 내가 이기는 거고 안 바뀌면 내가 지는 거니까."

"날 사랑하는 것과 주호 씨의 승부욕은 상관없다면서요? 근데 우리의 사랑을 갖고 내기를 하자는 거예요, 지금?"

"성주 부모님께서 성주가 결혼하길 바라시는 것보다 우리 부모님께선 내가 결혼하길 더 간절히 바라고 계셔. 그런 상황인데 그냥 연애만 하다 늙어 죽을 수는 없잖아."

"그래도 그렇지, 어떻게 사람 마음을 갖고 내기를 해요? 마음이 변했는데 안 변했다고 할 수도 있는 거잖아요! 안 변했는데 변했다고 할 수도 있고요!"

"우린 그런 비양심적인 사람들이 아니잖아. 이번 내기의 전제 조건은 서로 솔직하기야! 그리고 아까도 말했다시피 지금까지 사랑해 왔던 것처럼 오늘부터 백 일 동안 더 사귀어야 해."

"……."

성주는 곤혹스러운 제안에 마땅히 대꾸할 말이 생각나지 않아서 멀뚱멀뚱 주호의 얼굴을 쳐다보고만 있었다.

"왜? 자신 없어?"

"누가 자신 없대요? 나, 만만하게 보지 마요. 서주호 씨의 이런 태클 정도에 넘어갈 내가 아니니까!"

주호는 속으로 미소를 지었다. 그가 의도한 대로 성주가 걸려들었기 때문이었다. 주호는 좀 더 성주를 몰아붙이기로 마음먹었다.

"그렇게 자신이 있으면 내기하는 걸로 결정을 하면 되겠네."

"정말로 오늘부터 백 일 동안 만난 뒤에 내가 서주호 씨한테 더는 사랑하지 않으니까 그만 만나자고 하면 순순히 떠나줄 거예요? 더 이상 우리 부모님께 안부 전화를 드려서 우리 엄마한테 나 시달리게 하거나, 결혼하자거나 하는 태클도 안 걸고요?"

"약속해, 승부는 승부니까. 만약 내가 패자가 된다면 군말 없이 성주 눈앞에서 사라져 줄게."

"알았어요."

"내기 성립된 거지?"

"……네."

"참고로 내 소원은 성주와 결혼해서 오래오래 행복하게 잘사는 거야. 대전 어머님 삭발하시고 절에 들어가시는 일을 없게 만드는 거고."

"지금 한 얘긴 안 들은 걸로 할게요."

어차피 내기를 하기로 했으니 이제 와서 못하겠다고 번복할 수는 없다. 성주는 머릿속이 복잡했지만 어쩔 수 없이 주호가 말한 내기와 조건을 받아들이고 말았다.

'오늘부터 백 일 동안 이 남자를 서서히 떠나보낼 준비를 해야겠네.'

아직 그 누구와도 결혼할 생각이 없는 그녀였지만, 깊이 사랑하게 된 주호와 헤어질 생각을 하니 벌써부터 가슴이 아팠다. 하지만 결혼이 전제 조건이라면 주호와의 사랑을 끝내야만 한다.

"내 조건 잊지 마."

"무슨 조건이요?"

"지금까지 우리가 사랑했던 것처럼 서로를 사랑해야 한다는 것. 그리고 미리 헤어질 연습 따위를 하면 무조건 반칙패야."

성주는 가슴이 뜨끔했다. 그녀의 속을 들여다본 것처럼 주호가 미리 헤어질 연습을 하면 반칙패라고 못을 박았기 때문이었다.

"자."

갑자기 주호가 손을 내밀었다.

"뭐예요?"

"비록 백 일이라는 기간이 정해져 있긴 하지만, 진짜 일일 차 연인이 된 기념으로 악수하자고."

성주는 주호가 내민 손을 잡았다. 적어도 끝을 미리 정하고 하는 사랑이라면 주호와 헤어지더라도 상처 따윈 받지 않을 거란 믿음을 갖고서.

14

　집으로 돌아온 성주는 소파에 나란히 앉은 여진에게 주호와의 백 일간의 내기 연애에 대해 말을 했다. 그런데 여진의 반응이 의외였다.

　"잘했어."

　"어? 그런 쓸데없는 내기는 뭐 하러 한다고 했느냐고 잔소리 한 바가지 들을 걸 각오하고 왔더니, 뭐? 잘했어, 라고?"

　"응, 아주 잘했어."

　"정말 잘했다고 칭찬해 주는 거야, 너?"

　"그래."

　"아니, 왜?"

　"술내기 같은 것보단 훨씬 더 좋은 내기니까. 적어도 네 건강은 해치지 않는 내기잖아."

"아."

"그런데 너 서 박사님을 이길 자신 있어?"

"당연하지!"

한 치의 의심도 없이 이길 거라고 자신하는 성주를 보며 여진은 속으로 미소를 지었다. 야금야금 깊어지는 사랑의 힘이 얼마나 무서운지 성주가 모르는 것 같아서였다. 게다가 이미 성주는 주호를 사랑하고 있었다. 그러니 성주는 이미 지고 들어가는 게임이었다. 성주 본인만 모를 뿐이지.

그럼에도 불구하고 자신이 이길 거라고 자신만만해하는 성주를 보고 있자니 여진은 내심 안타까운 마음마저 들었다.

'서 박사님이 아주 큰 결단을 내렸네. 사랑의 힘을 믿으시는 거겠지. 성주야, 난 네가 이번 내기에서 지면 좋겠어. 아니, 네가 패하길 간절히 기도할 거야. 널 위해서, 그리고 서 박사님을 위해서.'

여진은 자신도 모르게 미소를 지었다.

"어? 그 미소의 의미는 뭐지? 너 혹시?"

"혹시 뭐?"

"너, 내가 지길 기도한다거나 그런 짓을 하면 알지?"

"내가 뭐 하러. 그런 거 안 해."

여진은 가슴이 뜨끔했지만 내색하지 않았다. 그리고 '어차피 네가 질 게 뻔한데'라는 말도 꿀꺽 삼켰고, '둘이 정말이지 잘 어울리는 한 쌍이다'라는 말도 목젖 너머로 넘겨 버렸다. 이다음에,

내기가 끝난 뒤에 해도 늦지 않은 말들이기에.

"지면 무조건 결혼해야 하는 내기야. 그러니까 이번 내기는 누가 뭐래도 내가 이길 확률이 백 퍼센트야. 너도 알지? 내가 절대로 결혼 따윈 안 할 사람인 거."

"알아. 하지만……."

"하지만, 그 뒷얘긴 안 들어도 빤하니까 하지 마."

여진의 말을 자른 성주가 빠르게 말했다.

"내가 무슨 말을 할 줄 알고?"

"여진이 넌 내가 결혼하길 바라잖아, 우리 엄마 아빠처럼. 그러니까 잘해봐라, 서로 사랑이 깊어지면 결혼에 대한 내 생각이 바뀔 수도 있다 뭐 그런 얘기 하려던 거 아니었어?"

"다른 건 몰라도 결혼에 대해선 내가 얘기해도 안 들을 게 빤한데 뭐 하러 그런 얘길 하겠어? 입만 아프게."

"그래? 그럼 무슨 얘길 하려던 거였는데?"

"어차피 이길 내기라며? 그러니까 백 일 동안만큼은 서 박사님이랑 제대로 연애하라고. 서로 사랑하는 사이니까 좋은 추억들도 많이 만들고."

"그럴 생각이야. 지금이 아니면 내가 언제 또 연애라는 걸 해보겠어? 나, 진짜 진하게 사귀다가 쿨하게 헤어질 거야."

"헤어질 땐 헤어지더라도 종종 태민 씨하고 나 그리고 서 박사님이랑 너, 우리 같이 모여서 더블데이트도 하고 그러자."

"그거야 어려운 일도 아니지."

여진이 갑자기 성주를 끌어안았다.

"왜?"

"정말 좋아서."

"뭐가 그렇게 좋아?"

"네가 사랑을 하고 있어서."

성주는 여진을 떼어놓고 그녀의 얼굴을 빤히 바라보았다.

"여진아, 이젠 내기일 뿐이야. 잊지 마."

"알아. 그래도 좋아. 네가 백 일 동안은 지금처럼 서 박사님을 사랑하며 데이트도 하고 또 예쁘고 좋은 추억들을 쌓을 거니까."

"맞아."

"진짜 그럴 거야?"

여진이 의외라는 듯 깜짝 놀란 얼굴로 성주를 바라보았다.

"난 뭐 여자 아니니? 평생 독신으로 살 건데 혼자 살면서 심심할 때가 왜 없겠어? 나, 사는 게 심심해질 때마다 가끔씩 되씹어볼 수 있는 좋은 추억들을 만들 거야. 헤어진 후에도 아쉬움 안 남게."

대견한 듯 성주를 바라보던 여진이 또다시 두 팔로 그녀의 목을 끌어안고는 정말로 기분이 좋다는 걸 증명이라도 하려는 것처럼 마구 몸을 흔들어댔다.

"야, 숨 막혀!"

"좀 참아. 네가 예뻐서 나 미칠 것 같으니까."

"한 번만 더 예쁜 짓했다간 아예 목 졸려 죽겠구나."

"설마 내가 널 죽이기야 하겠어?"

"하긴, 네가 날 죽일 리가 없지. 자, 맘껏 내 목 조이고 흔들어

봐, 어디."

허락도 받았겠다. 여진이 조금 더 힘을 주어 성주를 끌어안고는 그녀의 얼굴을 성주의 얼굴에 대고 마구 비벼댔다.

"야, 간지러워!"

"간지러워도 참아."

"오늘따라 참으란 소리 참 많이도 하네."

"그러게. 암튼 참아. 오늘은 좋은 날이니까."

성주의 목을 끌어안고 있던 여진이 아까보다 더 세게 얼굴을 비벼댔고, 두 사람은 동시에 웃음을 터뜨렸다.

사랑할 수 있는 기간을 정해놔서 그런지 시간이 참 빠르게 흘러 갔다. 한 달이 후딱 지나 벌써 12월 중순이었다.

토요일 오후라 그런지 차도를 오가는 차들이 많았다. 성주는 주호의 차 조수석에 앉아 스치듯 지나가는 차창 밖의 풍경들을 바라보고 있었다.

지난 한 달 동안 대여섯 번 여진과 태민 커플과 더블데이트를 했다. 사랑에 푹 빠진 두 사람을 보고 있노라니 가슴이 뭉클했다. 여진이 석형 때문에 얼마나 마음고생이 심했는지 알기에 두 사람의 밀착된 관계가 더 감동으로 다가왔다. 더할 수 없이 행복해 보이는 두 사람을 보며 성주는 속으로 기도했다. 부디 여진과 태민만은 끝까지 서로 변치 않는 사랑을 하기를……!

비록 이젠 내기 연애가 되어버렸지만, 한 달 내내 주호와 데이트를 하는 동안 성주는 매 순간 가슴이 설레었다. 그전에도 그랬지만, 한 달 동안 하루도 빼놓지 않고 매일 만났는데도 만날 때마다 설렘이 줄어들기는커녕 더 커져만 갔다. 그리고 키스를 하면 할수록 심장의 콩닥거림이 더 심해졌다. 그녀의 몸에 그의 손길만 닿아도 짜릿한 전율이 느껴졌다. 부드러운 애무와 딥키스가 더해질 때에는 심장이 아예 몸 밖으로 튀어나올 것만 같았다.

주호와 몸으로 사랑을 나누는 건 상상할 수조차 없었던 세상이었다. 성주에겐 마치 롤러코스터를 타고 천국을 여행하는 듯한 기분이었다. 벌거벗은 두 사람의 은밀하고 농염한 신체적 접촉이 주는 힘은 실로 위대했다. 매번 피임 기구는 그녀를 위해 주호가 착용을 해주었다. 성주는 무심한 척하면서도 세심하게 배려를 해주는 주호가 늘 고마웠다.

성주는 주호와 만나면서 심야영화의 팬이 되어버렸다. 여진 커플이 즐겼듯이 그들도 상영되는 신작들을 다 보았을 정도였다. 그리고 주말에는 인사동도 거닐고, 드라마에서나 봤던 커플 자전거를 타기도 했다.

그리고 남이섬에도 놀러 갔다. '겨울 연가'를 찍었던 장소들도 돌아보고 화덕 피자도 먹고 어린 커플들처럼 마음껏 수다도 떨었다.

여진 커플과 함께 놀이공원에 갔을 땐 롤링 엑스 트레인을 타려는데 여진이 무서워서 못 타겠다고 하자 주호도 타지 않겠다며 버텼다. 거꾸로 매달리는 건 딱 질색이라며 주호가 뒤로 물러서는 바람에 결국 태민과 성주만 탔다. 타긴 성주가 탔는데 주호의 안색이 마치 그가 탄 것처럼 얼굴이 하얘져서는 그녀에게 괜찮으냐고, 놀라지 않았느냐고 몇 번이나 물었다. 그 모습이 얼마나 귀여웠는지, 주호의 성주 빠돌이 짓에 세 사람은 기어이 참고 있던 웃음을 터뜨리고 말았었다.

매일매일 그녀의 마음속에 더 깊숙이 파고들어 오는 주호로 인해 성주는 머릿속에서 울려대는 위험 신호를 계속 들어야만 했다. 하지만 성주는 애써 무시했다.

성주는 시선을 돌려 운전석의 주호를 바라보았다.

"우리 지금 어디에 가는 거예요?"

"비밀."

정면을 보며 운전하는 주호의 입가가 슬며시 올라가 있었다.

지하주차장으로 나오라고 전화를 해서 나갔더니 무조건 그녀를 차에 태운 주호였다. 어딜 가느냐고 물어도 싱긋 웃기만 했다. 몇 번이나 물어봤지만 기껏 들은 대답은 '좋은 곳'이라는 말뿐이었다. 그러더니 이젠 비밀이란다. 성주는 비위가 틀려 주호를 흘겨보았다.

"비밀 좋아하는 사람치고 음흉하지 않은 사람 없다던데."

"여기 있잖아."

"뭐가요?"

"비밀은 좋아하는데 음흉하지 않은 사람."

"헐."

성주는 하도 어이가 없어 헛웃음을 웃었다.

"진짜 말 안 해줄 거예요?"

"도착하면 성주도 좋아할 곳이야. 좋은 구경도 할 수 있고."

"그러니까 좋은 구경도 할 수 있는 그 좋은 곳이 대체 어디냐고요?"

"좋은 곳."

또 되풀이다.

"가서 안 좋은 곳이면 가만 안 둬요!"

성주는 자세히 말해주지 않는 주호가 얄미워 협박했다.

"얼마든지."

자신 있게 대답한 주호가 싱긋 미소를 지으며 성주를 바라보았다.

"지루하면 좀 자. 도착하면 깨울 테니까."

"알았어요."

주호의 말대로 잠을 자보려고 성주는 두 눈을 감았다. 한 달 내내 낮엔 여진과 다음 무대에 올릴 연극에 대해 토론을 하고 저녁엔 매일 주호와 데이트를 하고, 주말마저 여기저기 놀러 다니느라 피곤했던 터라 눈을 감은 지 얼마 안 돼 까무룩 잠이 들었다.

얼마나 잤을까. 잠에서 깬 성주는 차창 밖을 바라보았다. 해가 지기 전에 출발했는데 어느새 짙은 어둠이 깔려 있었다. 도심지를 벗어났는지 창밖의 풍경 속에 불빛이 보이지 않았다. 성주는 기지개를 켜며 자세를 고쳐 앉고는 주호를 바라보았다.

'매번 느끼는 거지만 참 잘났네. 성격도 저만하면 원만한 편이고 또 자기가 사랑하는 여자를 진심으로 아낄 줄도 알고 매너도 좋은 편이고 또 직업도 훌륭하고……. 그냥 두 눈 딱 감고 결혼을……? 내가 지금 무슨 생각을 하고 있는 거야? 정신 차려,

김성주!'

성주는 머리를 흔들어 머릿속에 떠돌던 위험한 생각들을 떨쳐 냈다.

"왜? 머리 아파?"

머리를 흔들어대는 그녀를 보고 주호가 오해를 했는지 걱정스 레 쳐다보았다.

"아뇨. 하도 차를 오래 탔더니 몸이 좀 찌뿌드드해서요."

성주는 속내를 들킬세라 얼른 둘러댔다.

"곧 도착할 거야. 거의 다 왔어."

"알았어요."

"불편하면 의자 눕히고 누워 있어."

"그럴 정돈 아니에요."

"그럼 다행이고."

주호의 말대로 십여 분간 더 달린 차가 멈춰 섰다.

"다 왔어."

운전석에서 내린 주호가 그녀가 안전벨트를 푸는 동안 잽싸게 뛰어와 조수석의 문을 열어주었다. 차에서 내린 성주는 숨을 깊게 들이마셨다. 어둠이 깔린 주변의 공기가 참 좋았다. 어디선가 바 다 냄새를 실은 바람이 불어오고 있었다. 그 내음마저도 좋았다.

주위를 둘러보니 어두워서 주변 광경이 잘 보이지가 않았다. 하 지만 주호가 아직 헤드라이트를 끄지 않은 덕에 차가 주차된 곳, 즉 그녀와 그가 서 있는 곳이 하늘색 철제 대문 앞이라는 것은 알 수 있었다.

"여기가 어디예요?"

"강원도에 있는 별장."

"갑자기 별장엔 왜……?"

주호가 손으로 그녀의 코를 잡고 살짝 흔드는 바람에 성주는 말을 채 끝맺지 못했다.

"엊그제 바다 보고 싶다며?"

"아, 그래서 이곳에 온 거예요?"

"응."

"굳이 그럴 필요 없었는데…… 운전하느라 피곤하겠네요."

지나가는 말처럼 바다가 보고 싶다는 말을 했었는데 그걸 기억하고 있다가 바다가 있는 곳에 데려오다니. 성주는 주호의 마음씀씀이가 고마웠다.

"하나도 안 피곤해. 난 거꾸로 매달리는 것만 빼면 뭐든 즐기며 할 수 있는 사람이거든."

"후후. 알았어요. 아 참, 우리 그럼 오늘 집에 안 돌아가요?"

"당연하지."

아직 한 번도 둘이 밤을 온전히 보내느라 집에 들어가지 않은 적이 없었다. 주호의 집에 같이 있다가도 새벽 2시나 3시쯤이면 성주는 반드시 그녀의 집으로 갔었다. 여진도 그랬고. 그런데 자고 간다니, 성주는 화들짝 놀랐는데 주호는 빙글빙글 웃고 있었다.

"나 여진이한테 아무 말 안 하고 나왔단 말이에요!"

"내가 미리 얘기했어. 오늘 성주 못 들어갈 거라고."

"그, 그런데도 여진이가 나한테 아무런 말도 안 했다고요?"

"응."

"헐."

성주는 기가 막혔다.

"이상하네. 여진이가 나한테 그런 말을 안 해줄 리가 없는데."

"이상할 거 없어."

"이상한데 이상할 게 없다는 게 말이 돼요?"

"내가 성주한테 말하지 말아달라고 부탁했거든. 서프라이즈 파티 겸 바다 구경하러 갈 거라고."

"아무리 그래도 그렇지……."

성주는 여진에게 서운한 마음이 들었다. 아무리 주호가 비밀로 해달라고 했어도 그렇지 그녀에게 언질을 주기는커녕 샐샐 웃는 얼굴로 그냥 잘 놀다 오라고만 하다니, 성주는 마음 한구석이 휑해지는 기분이었다.

"여진 씨한테 너무 서운해하지 마. 내가 하도 부탁을 해서 어쩔 수 없이 입을 다물어준 것뿐이니까."

성주의 마음을 읽기라도 한 듯 주호가 미안한 표정을 지었다.

"여진이…… 날 위해서, 내 생각해서 말 안 했을 거예요."

이리저리 생각을 해봐도 여진이 입을 다문 이유는 그것밖에 없었다. 아무리 주호가 부탁을 했다고 해도 그녀에게 좋지 않은 일이라면 여진이 절대로 말을 하지 않았을 리가 없다. 성주는 잠시 여진에게 서운함을 느꼈던 마음을 싹 지워 버렸다.

"들어가자."

"어차피 왔는데 들어가야죠 뭐."

불퉁거리는 그녀를 미소로 쳐다보던 주호가 철제 대문에 부착된 디지털 도어록의 비밀번호를 눌러 잠금을 해제하고는 대문을 활짝 열었다. 그리고는 대문 안 쪽에 있는 뭔가를 건드렸다. 그 순간 정원에 세워둔 가로등이 일제히 켜졌다. 달처럼 노란 불빛이었다.

"정원이 참 아름답네요."

성주는 눈앞에 펼쳐진 정원의 모습에 감탄했다.

"아버지 어머니께서 좋아하시는 곳이라 신경을 많이 쓰셨지."

"아."

"잠깐만 기다려. 차 제대로 주차해 놓고 들어가자, 우리."

"네."

성주의 대답에 얼른 차에 탄 주호가 별장의 주차장에 주차를 하고는 그녀 옆으로 다가왔다.

"서울보다 기온이 낮은 지역인데 안 추워?"

"차 안에 계속 있었는데요 뭐. 안 추워요."

"춥다고 했으면 외투 벗어서 입혀주려고 했는데 기회를 놓쳤군."

"별장이 코앞인데 얼마나 걷는다고요."

"그러게. 후후후."

뭐가 그렇게 기분이 좋은지 주호가 유쾌하게 웃었다.

"뭐가 좋아서 그렇게 웃어요?"

"서프라이즈 성공했잖아."

"날 속여먹은 게 그렇게 좋아요?"

"물론이지. 자, 들어가자. 들어가면 좋은 구경을 할 수 있을 거야. 아마 성주 마음에 쏙 들걸?"

"그래요?"

"응. 기대해."

"좋아요, 기대 만땅으로 채워놓고 있을게요."

주호가 성주의 어깨를 감싸 안고 별장 안으로 들어갔다. 달빛색이 나는 전등들의 포근함 속으로 들어간 두 사람은 예쁘고 큰 정원을 가로질러 별장 건물의 현관 앞에 다다랐다. 주호가 익숙한 손놀림으로 비밀번호를 누르고는 문을 열고 그녀와 함께 실내로 들어갔다. 보일러를 미리 틀어놨었는지 실내에 들어서니 따뜻했다.

톡.

스위치 올리는 소리와 동시에 깜깜했던 별장 거실의 등이 켜졌다. 높은 지붕에 매달린 크리스털 샹들리에 불빛이 참으로 아름다웠다.

"어머, 이게 무슨 냄새예요?"

"주방에서 나는 냄새야."

"아무도 없는데 어떻게 이렇게 맛있는 냄새가 나요? 누가 금방 요리를 한 것 같아요."

"우리 올 시간에 맞춰서 요리해 달라고 부탁했지."

"누구한테요?"

"별채에 사시는 아주머니께."

"아."

"배고프지? 우리 밥부터 먹자. 바다 구경은 내일 해 뜨면 하고."

두 사람은 동시에 겨울용 코트를 벗어 소파 위 한쪽에 놓아두고는 나란히 욕실로 들어가 손을 씻었다. 그리고는 주호의 안내를 받아 식욕을 돋우는, 맛깔난 냄새가 나는 주방으로 향했다.

식탁 위에는 한눈에 봐도 정성 들여 만든 음식들이 차려져 있었다. 음식을 차려놓은 지 1분도 채 지나지 않은 것처럼 바닷가로 왔다는 게 실감날 정도로 푸짐한 해산물이 들어간 해물탕이 담긴 제법 커다란 냄비에서는 김이 폴폴 올라오고 있었다. 아마도 주호가 차를 주차해 놓을 때 아주머니가 음식들을 차려놓고 재빨리 별채로 간 모양이었다.

성주는 주호와 마주 앉아 허기진 배를 채우기 시작했다. 해물탕은 물론이고 밑반찬으로 차려놓은 나머지 반찬들도 하나같이 다 맛이 있었다.

"아주머니께서 요리 실력이 대단하시네요. 음식들이 다 맛있어요. 하다못해 맨밥도 맛이 있어요."

"아주머니께서 손맛이 좋으셔. 그리고 이곳에 도정기가 있어서 그때그때 벼를 도정해서 밥을 하니까 밥맛도 다를 거야."

"그렇구나."

두 사람은 허겁지겁 밥 한 그릇을 뚝딱 해치웠다.

"맛있는 밥 먹여줬으니까 설거지는 내가 할게요."

성주가 일어서며 말을 하자 주호도 벌떡 일어났다.

"아니, 내가 할 거야."

"내가 한다고요!"

"내가 할 거라니까!"

겨우 설거지를 누가 하느냐를 두고 팽팽한 눈싸움이 이어졌다. 결국 먼저 입을 뗀 사람은 성주였다.

"좋아요, 그럼 같이해요."

"오케이."

두 사람은 남은 반찬들을 정리해 냉장고 안에 넣어두고 설거지할 그릇들을 싱크대의 개수대에 모아놓았다.

"내가 세제로 닦을 테니까 서주호 씬 물로 헹궈요."

성주는 고무장갑을 끼며 아크릴 실로 짠 수세미에 주방세제를 묻혀 주호가 서 있는 쪽 개수대 안에 놓았다. 그러자 주호가 수돗물을 틀어놓고 세제로 닦은 그릇을 헹구었다.

도란도란 이야기를 나누며 둘이 함께 설거지를 하는 것도 좋았다. 설거지할 그릇들도 별로 없어서 두 사람은 일찌감치 설거지를 끝냈다.

"이제 뭐 할 거예요?"

"뭐 하고 싶은 거 없어?"

"딱히 생각나는 게 없어요. 나보다 연애 경험이 많으신 서주호 씨가 뭘 할지 결정해요. 난 군말 없이 따라줄 테니까."

"좋아. 우리 와인 마시자."

"배부른데 와인이 들어갈 배가 남아 있어요?"

"여자들은 디저트 채울 배가 따로 있다면서? 남자도 그래. 술 들어갈 배는 따로 있어."

"그럼 마셔요. 난 밥 두 공기 먹고 싶은데 한 공기만 먹고 참아서 와인 들어갈 자린 충분하니까."

"두 그릇 먹지 왜 참았어?"

"너무 배부르면 난 졸아요. 설마 밥 먹자마자 자는 내 모습이 보고 싶었던 건 아니죠?"

"당연히 아니지. 잘 참았어."

"별것도 아닌 걸로 칭찬을 다 받네."

성주가 헛웃음을 웃자 주호가 미소를 지었다.

"당연히 칭찬받을 일이지. 나와 함께하는 시간을 배려한 거잖아."

"그럼 마음껏 칭찬해요. 배려한 거 맞으니까."

"무지 착해. 그리고 엄청 예뻐."

"아우 오글거려. 칭찬하란다고 진짜 해요?"

"우리 성주가 칭찬해 달라는데 당연히 칭찬해 줘야지."

"농담이었다고요."

"나도 농담이었어."

"뭐예욧!"

성주가 찌릿, 빙글거리는 주호를 쏘아보았다.

"아냐, 진담이었어. 성주, 진짜 착하고 예뻐."

"피. 이제 보니 서주호 씨 농담을 진담처럼 하는 버릇이 있네요. 사람 헷갈리게."

"잘못 알았어."

"뭘요?"

"내 약점은 농담을 잘 못하는 거야."

"거짓말."

"진짜야. 내가 태민이한테 뒤지는 게 딱 두 가지가 있는데 그게 바로 유머감각 없는 것하고 거꾸로 못 매달리는 거야."

"정말이에요?"

"응."

"흠…… 그래도 약점이 있다니 사람처럼 보이네요."

"좋은 쪽으로 해석해 줘서 고맙군."

"별게 다 고맙다네. 참, 그런데 부모님 허락도 안 받고 이곳에 주호 씨 마음대로 여잘 데리고 와도 돼요?"

"내 나이가 몇인데 여자 문제를 부모님께 허락을 받아?"

"아, 그쪽 나이가 많은 걸 깜빡했네요."

"앞으로도 성주가 내 나인 깜빡깜빡해 줬으면 좋겠군."

"왜요?"

"나이 차이가 많이 난다고 노친네 취급받는 건 딱 질색이거든."

"그래요?"

"응."

"그럼 차라리 내 동생 할래요? 난 누나 노릇해 줄 자신 있는데."

성주는 의기양양한 표정으로 말했다.

"됐습니다, 아가씨. 그냥 애인으로만 생각해 주세요."

주호가 말을 하며 성주가 귀여워 죽겠다는 듯 손으로 그녀의 코를 살짝 비틀었다 놓아주었다.

"내 코가 성형수술을 한 건지 안 한 건지 그렇게도 확인이 하고 싶어요?"

"무슨 말이야?"

"왜 걸핏하면 내 코를 잡고 비틀어요?"

"그러게, 이상하네. 다른 사람들 코엔 손 안 대는데 성주 코가 너무 예뻐서 그런가, 나도 모르게 자꾸만 손이 가네. 왜? 불쾌해?"

"불쾌할 것까진 없는데 나도 내 코를 비트는 남잘 처음 만나서 요."

"다행이군, 내가 처음이라. 그냥 내 애정 표현이라고 생각해 줘."

"애정 표현이라…… 알았어요. 아프게 비트는 것도 아니니까 그 정돈 참아줄게요."

"역시 성주답군. 고마워."

주호의 말에 미소를 지으며 주방에서 나가려던 성주가 몸을 다시 돌려 그와 마주 보고 섰다. 그 바람에 그녀를 따라 발걸음을 떼려던 주호도 그대로 멈춰 섰다.

"나, 별장 구경 좀 해도 돼요?"

"얼마든지."

"2층에 올라가 봐도 돼요?"

"보고 싶은 곳 있으면 다 봐. 누가 뭐랄 사람 아무도 없으니까."

"고마워요."

"가서 구경해. 난 와인 마실 때 먹을 안주 좀 준비해 갖고 나갈 게."

"네."

주방에서 나온 성주는 거실로 나와 실내를 꼼꼼히 둘러보았다. 가족사진이라도 걸려 있을 줄 알았던 벽면에 멋진 그림들이 걸려 있었다. 벽에 걸린 그림들을 돋보이게 하려는 듯 깔끔한 인테리어에 커튼이나 소파 색깔도 단순한 하얀색이었다.

1층에는 주방 외에 문이 다섯 개가 있었다. 그중 하나는 아까 주호와 함께 들어가 손을 씻었던 욕실이었다. 성주는 나머지 문들을 하나씩 열어보았다.

처음 문을 열어본 방은 부모님이 쓰시는 곳인지 킹사이즈의 침대와 붙박이장 그리고 화장대가 놓여 있었다. 참 아늑하게 꾸며놓은 방이었다.

두 번째로 열어본 방은 게스트룸인지 싱글 침대와 간단한 가구들이 놓여 있었다. 다음 방문을 열어보니 그곳은 서재였다. 책장에 의학서적들과 미술에 관한 서적들이 가득 차 있었다.

"의학서적은 서주호 씨가 보는 책일 테고…… 미술에도 관심이 많은 사람이었나? 미술에 관한 전문서적들이 꽤 많네."

성주는 조용히 서재의 문을 닫고는 마지막 방문을 열었다. 방 안에 욕실 문이 있는 걸 보니 부부가 쓰는 침실처럼 보였다.

성주는 2층으로 향하는 계단으로 올라갔다. 컴컴했다. 벽을 더듬어보니 스위치가 만져졌다. 톡, 스위치를 올리자 예상치 못했던 광경이 드러났다. 성주는 눈을 휘둥그레 뜨고는 주위를 둘러보았다. 셀 수 없을 정도로, 전문가의 솜씨로 걸어놓은 듯한 그림들을 보니 흡사 미술품 전시회장을 옮겨놓은 듯했다.

중간중간 벽을 세워 그림들을 걸어놓은 곳이라 미로처럼 되어 있는 공간을 걸으며 성주는 그림 하나하나를 눈여겨 바라보았다. 그런데 이상하게도 그림들을 보면 볼수록 낯이 익었다.

"어디서 봤지? 분명히 눈에 익은 그림들인데……."

고개를 갸웃하며 코너를 돌아 두 번째 줄의 벽면에 걸려 있는 그림을 본 순간 생각이 났다.

"아, 맞다! 진지현 화백님 작품 전시회에서 봤던 그림들이야! 그런데 왜 진지현 화백님의 작품들이 여기에 다 모여 있는 거지? 이 많은 그림들을 다 산 건가?"

성주는 2층에 전시되어 있는 그림들을 대충 훑어보고는 3층으로 향하는 계단으로 올라가 2층의 스위치가 있던 곳과 똑같은 벽면을 더듬어 스위치를 찾아 불을 켰다. 3층도 2층과 마찬가지로 미로처럼 만들어진 전시회장과 같은 곳이었다. 그림들을 보니 다 진지현 화백의 작품들이었다. 3층에 전시되어 있는 그림들을 다 본 성주는 급속도로 마음이 불안해졌다.

"전부 다 진지현 화백님 작품들뿐이네. 그렇다면 혹시……?"

성주의 머릿속에 그녀의 엄마인 이 여사의 암 수술을 담당했던 서현준 박사의 얼굴이 떠올랐다. 분명 진지현 화백은 서 박사의 부인이었다. 성주가 초대권을 준 후부터 매번 청솔소극장을 부부가 함께 찾아와 그녀가 기획한 연극을 관람하곤 했었던 터라 직접 인사를 나눈 적도 있는 진 화백이었다.

"설마…… 서 박사님과 진 화백님 아들이 서주호 씨? 에이, 아닐 거야. 만약 그런 거면 완전 인연인 거잖아, 우연한 만남이 겹친

게 아니라. 아냐, 그럴 리가 없어. 우리 만남이 숙명적인 만남이라면 피할 수도 없는데…… 아니야! 아닐 거야!"

성주는 주호의 부모님이 진지현 화백의 팬이라 그림들을 수집했을 거라고 결론지으며 불현듯 떠오른 생각을 애써 부정했다. 그때 3층으로 향하는 계단을 걸어오는 발걸음 소리가 들렸다. 돌아보니 주호였다.

"뭐가 아니야?"

"아, 벼, 별거 아니에요. 그림들이 너무 좋아서 혼자 감탄하고 있던 중이에요. 근데 다 진지현 화백님의 작품들만 있네요?"

"진지현…… 화백님을 알아?"

주호가 놀란 눈으로 성주를 바라보았다. 의외라는 표정이었다.

"이보세요, 서주호 씨. 나, 예술을 하는 사람이거든요? 연극 뮤지컬 음악 그림 정도는 기본적으로 알아요. 더구나 전지현 화백님은 내가 가장 좋아하는 화백님이시라 전시회할 때마다 갔었고 또 서현준 박사님이라고, 우리 엄마 수술해 주신 의사 선생님이 계시거든요. 그분과 부부 동반으로 우리 소극장에 연극 보러 오셨을 때 직접 인사를 나눈 적도 몇 번 있어요."

성주의 대답에 주호가 몹시 놀란 얼굴로 그녀의 얼굴을 바라보았다.

"뭐? 서현준 박사님이 성주 어머님 수술을 해주셨다고? 그리고 서현준 박사님하고 진지현 화백님과 성주가 직접 인사를 나눈 적이 있단 말이야?"

"네. 서 박사님과는 제법 친분이 두터운 편이에요. 엄마 암 수술도 해주셨지만 지난 5년 동안 우리 엄마 담당 의사 선생님이시라서 내가 새로운 연극 올릴 때마다 직접 찾아가서 초대권을 드렸거든요. 아, 서 박사님 진료실 앞에서 우리가 처음 만났을 때 그때도 지독한 열망 초대권 드리러 내가 서 박사님을 찾아뵈러 갔었던 거였어요."

"정말…… 이야?"

"내가 뭐 하러 거짓말을 하겠어요? 정말이에요. 근데 이곳에 다른 작가들 작품들은 하나도 없고, 어떻게 진지현 화백님의 작품들만 있어요?"

"나도 아버지도 진지현 화백님의 그림을 아주 좋아하거든. 물론 진지현 화백님도 좋아하고."

"단지 화가와 그 화가가 그린 그림들을 좋아한다는 이유로 이렇게 많은 작품들을 사들였단 말이에요?"

"그러게."

주호가 싱긋 웃으며 어깨를 으쓱해 보였다. 그런 주호를 보며 성주는 그제야 그가 서 박사 부부와 인척관계로 엮인 것이 아닌 것 같아 마음이 놓였다.

"혹시 좋은 구경시켜 준다는 게 이 그림들이었어요?"

"응."

"그럼 성공했네요. 진 화백님의 이 많은 그림들을 혼자 감상할 수 있는 기회는 흔치 않으니까."

"다행이네. 성주가 좋아하지 않으면 어쩌나 걱정했었는데."

"진짜 진 화백님의 작품들을 다 사 모은 거예요?"

성주는 뭔지는 알 수 없지만 계속 찜찜한 기분이 남아 다시 한 번 확인을 해야 했다.

"뭐 다 사서 모은 건 아니지만, 진 화백님의 그림들은 여기 말고 다른 곳에도 있어."

"더 있다고요? 어디에 있는데요?"

"나중에 나머지도 보여줄게. 다른 곳에 있으니까."

"정말요?"

"응."

"서주호 씨랑 연애를 하니까 이런 횡재도 하네요."

"진 화백님의 그림들을 보는 게 횡재한 거야?"

"당연하죠. 여진이도 진 화백님 작품들 정말 좋아하는데……
언제 여진이도 이곳에 데려와 줄 수 있어요?"

"얼마든지."

"고마워요. 여진이가 아주 좋아할 거예요."

"그러길 바라. 자, 그림 감상 끝났으면 우리 이만 와인 마시러 갈까?"

"좋아요."

진 화백의 작품들을 혼자 감상할 수 있어서 기분이 좋은 성주는 흔쾌히 동의했다. 그러자 주호가 성주의 손을 잡았다. 이제 익숙해질 만도 한데 성주는 아직도 자신의 손을 잡은 주호의 손에서 전해져 오는 따뜻한 느낌이 매우 좋았다. 심장이 콩닥거리면서 가슴이 설레는 한편 말로는 표현할 수 없는 오묘한 흥분이 고조되었다.

성주는 그 느낌들을 온몸으로 느끼며 주호와 함께 1층의 거실로 내려왔다. 소파 앞 테이블 위에 이미 와인잔 두 개와 와인병 그리고 먹기에는 아까워 보일 정도로 예쁜 카나페와 치즈 안주, 한눈에 봐도 싱싱해 보이는 연어샐러드가 놓여 있었다.

"설마 이 안주들을 서주호 씨가 직접 만든 거예요?"

소파에 앉으며 성주가 물었다.

"응. 성주가 그림 감상하는 동안 만들었어."

성주의 옆에 앉으며 주호가 대답했다. 아주 당연하다는 표정으로.

"오올!"

성주는 감탄했다.

"왜? 난 이런 거 못 만들 줄 알았어?"

"네. 이제 보니 서주호 씬 요섹남이었네요."

"요섹남이라니?"

"요섹남이란 말 몰라요?"

"응. 처음 들어보는데?"

"그럼 뇌섹남은요?"

"무슨 외계어도 아니고…… 내가 그런 말들을 꼭 알아야 하나?"

"흠. 서주호 씨 말대로 유머감이나 유행어 쪽은 아주 젬병인가 보네요."

"무슨 젬병씩이나. 조금 떨어지는 편인 거지."

"티브이도 잘 안 보고 라디오도 잘 안 듣죠? 잡지책도 안 보고요."

"별로. 난 주로 내 일에 관련된 책들이나 논문들을 보니까."

"정신분석학에 대한 지식은 충분히 있는 것 같으니까 이젠 가끔 티브이도 보고 라디오도 듣고 잡지도 보고 그래요. 우리가 사는 세상이 어떤 곳인지, 사람들이 어떻게 살아가는지를 알아야 환자들의 심리 상태를 파악하는데도 도움이 될 테니까. 적어도 요즘 사람들이 어떤 말들을 쓰고 어떤 생각들을 하는지는 알아야죠. 대화가 통해야 환자들이 서주호 씨한테 마음을 더 쉽게 열지 않겠어요?"

"그건 성주 말이 맞네. 알았어. 앞으로는 일부러 시간을 내서라도 티브이도 보고 라디오도 듣고 잡지책도 볼게. 근데 대체 요섹남이 뭐야? 뇌섹남은 무슨 뜻이고?"

"뭐 쉽게 표현하자면…… 에잇, 내가 인심 팍팍 쓴다. 바로 서주호 씨 같은 남자가 요섹남이고 뇌섹남이에요."

"내가?"

"네."

주호가 부연 설명을 기다리며 성주를 바라보았지만 그녀는 말을 하는 대신 그를 놀리듯 싱글거리며 웃고만 있었다.

"무슨 뜻인지 그만 뜸들이고 알려주지 그래. 안 그럼 휴대폰으로 직접 검색해 볼 거니까."

그녀가 말을 안 해주면 금방이라도 주머니를 뒤져 휴대폰을 꺼낼 기세의 주호였다.

"휴대폰 검색할 필요 없어요, 내가 알려줄 테니까. 요섹남은 요리를 잘하는 섹시한 남자, 뇌섹남은 뇌가 섹시한 남자! 머리가 아주 명석한 남자를 말해요. 이젠 알겠죠?"

"결국 줄임말이었군."

"그렇죠."

"사실 난 줄임말이나 은어 같은 말들을 안 좋아해. 한글을 파괴하는 것 같아서."

"물론 그런 병폐도 있죠."

성주는 순순히 인정했다. 주호의 말이 틀린 말은 아니니까.

"어쨌든 나에 대한 칭찬인 거지?"

"네."

"나 한 가지 더 섹시한 거 있는데."

"뭔데요?"

"내 몸."

"헐."

"왜?"

"난 그런 말을 한 적이 없는데 대체 누가 그런 말을 해줬어요?"

성주는 질투가 나서 주호를 흘겨보았다.

"내가 다니는 헬스클럽 여직원들이."

"여직원들 앞에서 홀렁홀렁 다 벗고 다니기라도 했어요? 그런 말을 듣게?"

"미치지 않고서야 내가 아무데서나 홀렁홀렁 벗고 다니진 않지. 성주 앞에서만 벗으니까."

"치, 근데 헬스클럽 여직원들이 어떻게 알아요, 서주호 씨의 몸이 섹시한지?"

"셔츠가 땀에 젖어서 몸에 딱 달라붙은 걸 보더니 그러던데? 내 몸이 아주 섹시하다고."

성주는 살짝 기분이 상했다.

"표정이 왜 그래?"

"내 표정이 뭐요?"

"질투하는 사람 같아 보여."

"지, 질투요? 내, 내가 왜 지, 질투를 해요?"

속내를 들킨 성주는 당황해서 말까지 더듬었다.

"그러게."

아주 평온한 표정으로 말하는 주호가 얄미웠다. 너무나 얄미워서 한 대 패주고 싶을 정도였다. 하지만 성주는 이를 악물고 참았다.

'내가 질투하고 있는 걸 주호 씨가 알게 되면 안 돼. 어차피 백 일을 채우면 끝날 사인데 저 사람을 더 사랑하고 있는 걸 들키면 안 돼. 결혼에 대한 생각이 바뀌지 않았다고 해도 내 말을 믿지 않을 거야.'

성주는 와인을 잔에 따르고 있는 주호를 정시했다. 확실하게 해두어야 할 것이 있었다.

"우린 백 일 동안 내기 연애를 하는 사이일 뿐이에요. 그런 내가 뭐 하러 질투 따월 하겠어요? 안 그래요?"

"그러니까."

주호가 빙글거렸다.

"뭐가 그러니까예요?"

"그러게 말이야."

주호의 표정엔 아직도 빙글거리는 웃음기가 남아 있었다.

"지금 나 약 올려요?"

성주가 소리를 빽 지르자 그제야 주호가 와인이 담긴 두 개의 잔을 들고는 한 잔을 그녀에게 내밀었다. 여전히 입가엔 미처 지우지 못한, 아니, 아예 지울 생각이 없는 것처럼 보이는 웃음기가 남아 있는 채로.

"받아."

"나 정말 질투한 거 아니에요!"

잔을 받으며 성주는 쐐기를 박았다.

"내 눈에 그냥 그렇게 보였을 뿐이야. 그래서 그렇게 말한 거고. 그러니까 너무 신경 쓰지 마. 성주가 아니라면 아닌 거지 뭐."

성주는 뭐라고 톡 쏘아붙이려다 입을 다물고 말았다. 신경 쓰지 말라고, 그녀가 아니라면 아닌 거라고 말을 하는데 거기다 주호한테 더 길게 말해봤자 성주 자신만 손해라는 생각이 들었다.

'서주호 씨한테 이렇게 자꾸만 더 깊이 빠져들면 안 되는데…… 그럼 어쩌면 이 사람하고 결혼이란 걸 하고 싶어질 텐데…….'

성주는 속으로 자신의 의지와는 상관없이 자꾸만 허물어지곤 하는 마음을 다잡았다. 주호와의 연애는 백 일이라는 기한이 정해져 있는 게임이고 내기일 뿐이라는 생각을 하면서.

"우리 사랑을 위해!"

잔을 들고 건배사를 외치는 주호의 말에 겨우 다잡아놓은 성주의 마음이 허물어졌다. 심장마저 콩닥콩닥 뛰어댔다. 정말이지 미칠 노릇이었다.

'이러지 말라고 했잖아! 제발 정신 좀 차려, 김성주!'

성주는 자신의 마음과 심장에 경고를 한 후 크게 심호흡을 했다. 그녀의 경고가 제대로 먹힌 건지 아니면 크게 심호흡을 한 것이 효과가 있는 것인지는 알 수 없지만 다행스럽게도 이내 평정심이 되돌아왔다.

"우리 내기의 끝을 위해!"

성주는 일방적으로 주호의 잔에 자신의 잔을 챙, 부딪히고는 와인을 음미할 새도 없이 단숨에 마셔 버렸다. 속이 타서, 기분이 상해서 와인을 음미할 상태가 아니었다. 그런 성주를 보며 입안에 머금었던 와인을 넘긴 주호가 그녀의 잔에 와인을 다시 따라주었다.

"천천히 마셔. 이거 꽤 몸값 비싼 와인이야. 향과 맛을 음미해야지."

"아무리 몸값이 비싸봤자 와인이지 뭐."

성주는 또다시 원샷을 했다. 그러자 주호가 또 잔을 채워주었다.

"좋은 그림들 감상하곤 좋아했던 성주 기분이 뭐 때문에 갑자기 상했을까?"

성주가 와인 잔을 입에 막 갖다 대는데 주호가 물었다. 성주는 와인을 다시 원샷하고는 빈 잔을 테이블 위에 내려놓았다.

"내 기분이 왜 상했을 거라고 생각해요?"

"와인 마시는 속도가 평소답지 않잖아. 표정도 별로고."

"나, 멀쩡해요. 기분 상할 일도 없고요."

"내 눈엔 분명히 기분이 상한 것 같아 보여. 말해봐. 뭐 때문이야?"

"아니라니까요!"

성주는 빽 소리쳤다. 그러자 주호가 웃었다. 그런 주호를 보자 성주는 더 기분이 나빠졌다.

"왜 웃어욧?"

"성주가 나한테 화내는 게 좋아서."

"뭐라고요?"

"성주가 나한테 화를 낸다는 건 그만큼 가깝게 느껴진다는 뜻 아닌가?"

"난 가까운 사람 아니어도 화 무지 잘 내거든요!"

"김성주."

주호가 낮은 목소리로 부드럽게 그녀의 이름을 불렀다.

"왜요?"

성주는 불퉁스레 대답했다. 그럼에도 불구하고 주호의 입가에 지어진 미소는 지워지지 않고 있었다.

"내 전공이 뭔지 알지?"

"그거야…… 설마 신경정신과 전문의라 내 속을 꿰뚫어 보고 있기라도 한단 말이에요?"

"뭐 딱히 그런 말을 하려던 건 아닌데……."

"아니면요?"

주호의 말을 자른 성주는 삐딱한 말투로 물었다.

"내 여자가 어떤 성향의 여자라는 것쯤은 파악하고 있단 말을 하려던 거였어."

"그게 그 말이잖아요!"

"아니, 달라."

"다르긴 뭐가 달라요?"

"내가 아는 김성주는 배려심이 강한 사람이라 친한 사람이 아니면 절대 화를 내지 않지. 그리고 분명한 이유 없이 화를 내진 않지. 대전 어머님께서 아무한테나 심한 욕을 하시는 게 아니라, 욕 먹을 짓을 한 사람한테만 엄청난 욕을 퍼부으시는 것처럼 말이야."

"뭐, 틀린 말은 아니네요. 내가 또 한 배려하는 사람인 건 맞으니까. 그건 서주호 씨도 마찬가지예요."

주호가 고개를 끄덕였다. 그린 주호를 보며 꼭 한 번은 짚고 넘어가고 싶었던 걸 말하고 싶어 다시 입을 뗐다.

"나 부탁 하나 해도 돼요?"

"얼마든지."

"난 서주호 씨의 환자가 아니에요. 그러니까 앞으로는 나에 대해 분석하려 하지 마요. 그건 서주호 씨의 환자가 아닌 나에 대한 월권행사를 하는 거예요."

"분석한 게 아냐. 사랑하는 사람이라 그냥 알아진 거지."

"그 사랑…… 어차피 백 일이 채워지는 날이면 끝나잖아요."

"그건 아무도 모르는 일 아냐?"

"난 내가 이길 거라고 생각해요."

"그렇게 자신이 있어?"

"네. 자신 있어요."

"어떡하나. 난 내가 이길 자신이 있는데."

주호의 표정이 확신에 차 있었다. 그런 주호의 얼굴을 본 순간 성주는 가슴이 철렁 내려앉았다. 확신에 차 있는 주호의 눈빛과 표정이 정말 멋져 보였다. 성주는 멀어져도 시원찮을 판국에 자꾸만 그에게 더 다가가고 있는 자신 때문에 혼란스러웠다.

'너 왜 이러니 정말? 진짜로 이 남자를 놓치고 싶지 않은 거야? 그런 거야?'

성주는 깜짝 놀랐다. 자문한 내용이 너무나 충격적이었다. 어떤 자답이 나올지 무서웠다. 고개를 절레절레 젓던 성주는 두 손으로 머리를 박박 긁었다. 그리고 속으로 주문을 외우기 시작했다.

'사랑은 미친 짓이다. 사랑은 미친 짓이다. 사랑은 미친 짓이다. 결혼은 더 미친 짓이다. 결혼은 더 미친 짓이다. 결혼은 더 미친 짓이다!'

미친 듯이 주문을 외우고 나니 마음이 조금 편해졌다. 이래서 마법사들이 주문을 만들고 주술을 행할 때 그 주문을 외우는 모양이다.

성주는 와인을 마시고 있는 주호를 냉정한 표정으로 정시했다.

"백 일 채우기 전에 우리 내기가 끝나도 난 상관없으니까 나에 대한 사랑이 조금이라도 식으면 언제든 백기 들어요."

"천만에. 난 먼저 백기 같은 거 안 들어. 그런데 성주는 아직도 이번 내기에서 승자가 되고 싶은 건가?"

"패자보다야 승자가 되는 게 여러모로 낫죠. 내기는 이기기 위해 하는 거니까."

"풋."

주호는 가볍게 웃음을 터뜨리며 들고 있던 와인 잔을 테이블 위에 내려놓았다. 그러자 성주가 기분 나쁜 얼굴로 그를 바라보았다.

"왜 웃어요, 기분 나쁘게? 서주호 씨도 이기기 위해 내기를 하는 거 맞잖아요?"

"물론. 그래서 난 승산 없는 내긴 절대 안 해."

"나도 마찬가지예요!"

"조금 전엔 왜 혼자 머리를 흔들고 박박 긁은 거지?"

"그건……"

성주는 차마 솔직하게 말을 힐 수가 없어서 말을 꺼내다 말고 그만 입을 다물고 말았다.

"흔들리는 거지?"

주호가 다짜고짜 물었다. 핵심을 콕 찔러서.

"흐, 흔들리긴 뭐, 뭐가 흔들려요?"

"당황해하는 걸 보니 흔들린 게 맞나 보네."

"아, 아니라니까요!"

"알았어. 아니라는 거로 믿어줄게."

"믿어줄게가 아니라 믿어라고 말을 해야죠!"

"그건 안 되겠는데?"

"왜요? 왜 안 되는데요?"

"믿어주는 거니까. 내가 누누이 말했잖아, 난 아주 특별한 경우 외엔 거짓말 따윈 안 하는 사람이라고."

"서주호 씨!"

주호는 자신을 노려보는 성주를 사랑스레 말없이 한참 동안 바라보았다. 그리고는 천천히 일어나 성주 바로 옆에 몸을 대고 앉았다. 두 사람 사이가 조금의 틈도 없이 밀착되었다.

"성주야."

부드러운 주호의 부름에 성주는 고개를 돌렸다. 성주의 기억으로는 주호가 그녀를 처음으로 '성주야'라고 불렀다. 단지 그냥 이름을 불렀을 뿐인데도 '성주'와 '김성주'라고 불렀을 때와는 느낌이 너무나도 달랐다. 가슴이 미친 듯이 뛰면서 얼굴이 화끈거리고 온몸에 전기가 흐르는 것 같았다. 그녀에겐 좋지 않은 현상이었다.

"성주야, 라고 부르지 마요."

"왜?"

"그, 그냥요. 처음 들어서 그런지 어색해요."

"성주가 기억을 못하지만 술내기 하던 날 이미 성주야, 라고 불렀었어, 내가."

"그, 그랬어요?"

"응."

"기억 안 나는데……."

"많이 취했었으니까."

"아."

말을 할 때마다 서로가 내쉬는 숨이 서로의 얼굴에 닿았다. 얼굴과 목덜미에 닿는 주호의 따스한 숨결이 성주의 몸을 달아오르게 만들었다. 당장이라도 그의 품에 안기고 싶었다. 뜨겁게 사랑을 나누고 싶었다. 그녀의 몸이 이미 주호의 몸에 아주 익숙하게 길들여진 모양이다.

성주는 아무래도 안 되겠다 싶어 조금 떨어져 않으려고 엉덩이를 움직였다. 그러자 주호가 조금 떨어져 않으려는 그녀의 허리를 잡고 다시 그의 몸에 밀착시켰다.

"성주야."

주호는 애정을 가득 담아 다시 한 번 성주의 이름을 불렀다.

"왜…… 요? 바로 옆에 앉아 있는 사람 이름은 왜 자꾸 불러대요?"

쏘아대는 말투였지만 다행히 이번에는 성주가 떨어지려 하지 않고 밀착된 자세 그대로 앉아 있었다. 주호는 손으로 성주의 턱을 잡고 자신을 바라보게 만들었다. 그리고 성주의 눈을 그윽한 눈빛으로 바라보았다.

"우리 말다툼하느라 시간 보내는 바보 같은 짓 그만하자. 성주도 나도 즐겁고 행복하려고 이곳에 온 거니까."

"……좋아요."

주호가 하는 말이 옳았기에 성주는 그러자고 대답했다. 솔직히 성주도 더 이상의 말싸움은 시간 낭비라고 생각했다. 그리고 말을 길게 해봤자 그녀에게 이로울 것도 없고.

주호가 내쉬는 뜨거운 숨이 얼굴에 와 닿을 때마다 성주는 얼굴이 화끈거리고 주책없이 가슴이 벌렁벌렁했다.

주호의 두 눈동자에 들어 있는 자신의 모습을 보는 느낌이 이토록 가슴 설레게 할 줄이야. 마치 벌거벗은 채로 주호의 눈동자 속에 들어가 있는 것 같은 기분이었다.

"난 내 인생에서 두 번의 행운을 가졌어."

미묘한 침묵을 주호가 먼저 깼다.

"두…… 번이요?"

"응. 한 번은 좋은 부모님한테서 태어난 것 그리고 다른 하나는 성주를 만나게 된 것."

"날 만난 게…… 행운이라고요?"

"응."

"왜…… 그렇게 생각해요?"

"지금까지 살면서 단 한 번도 결혼하고 싶은 여자를 만난 적이 없었거든."

"휴우우."

성주는 긴 한숨을 내쉬었다. 그리고는 입을 열었다.

"정말 안됐네요. 그 결혼…… 할 수 없을 테니까요."

"결혼…… 정말로 하지 않을 생각인가? 평생토록?"

주호가 진지하게 물었다.

"내가 그랬잖아요. 사랑도 결혼도 내 인생엔 태클일 뿐이라고요."

"내가 태클을 걸면…… 못 이기는 척하고 넘어가 줄 생각은 전혀 없는 거야?"

"그럴 일은…… 없을 거예요. 난 내 인생만큼은 내 계획대로 살아갈 거니까."

"그렇군."

주호가 많이 아쉬운 표정으로 대답했다. 그러더니 이내 미소를 지었다.

"하지만 괜찮아."

"뭐가 괜찮아요?"

"이렇게 성주와 내가 함께 있잖아. 지금까지 그래 왔던 것처럼 남은 날들 동안 죽어라 사랑도 할 거고."

"그거야 그렇죠. 근데 우리 좀 떨어져 앉으면 안 돼요?"

"왜? 불편해?"

"불편하다기 보단 좀 민망해서요."

"뭐가 민망해?"

"내 얼굴에 있는 모공까지 다 보일 거 아니에요. 굳이 그런 것까진 보여주고 싶지 않아요."

"난 상관없는데."

"난 상관있어요."

"그럼 방법이 있지."

"무슨 방법이요?"

"……."

주호가 대답은 하지 않은 채 그윽한 눈빛으로 그녀를 잠시 바라보더니 그의 입술로 그녀의 입술을 덮어버렸다. 부드러운 입술끼리 맞닿았다. 성주는 그 느낌이 참 좋았다. 이내 그의 혀가 그녀의 입술에 닿았다. 성주는 흔쾌히 입술을 벌렸다. 그러자 기다렸다는 듯이 그의 혀가 그녀의 입안으로 들어와 가지런한 치아와 잇몸을 어루만지듯 핥기 시작했다.

잇몸을 핥는 따뜻하고 촉촉한 주호의 혀가 어느새 짝을 맞추기라도 하려는 듯 그녀의 혀를 찾아냈다. 성주는 짜릿한 쾌감과 오묘한 느낌에 두 팔로 주호의 몸을 끌어안았다.

주호의 혀가 그녀의 입안에서 때로는 거칠게, 때로는 솜사탕보다 더 부드럽게 강약을 조절하며 마음껏 뛰어놀았다. 그리고는 그녀의 혀를 희롱하기 시작했다. 어느 순간 그녀의 혀가 그의 입안으로 빨려 들어갔다. 혀가 뿌리째 뽑힐 것처럼 그가 그녀의 혀를 세차게 빨았다.

성주는 코로 숨을 쉬기 위해 노력했다. 하지만 마음대로 되지 않았다. 숨이 찼다. 머릿속에서 불꽃들이 팡팡 터지는 것 같고 가슴이 터질 것 같았다. 키스를 더 오래하다가는 빵빵하게 불어진 풍선이 터지듯 몸이 터져 버릴 것만 같았다.

성주는 손으로 그의 가슴을 밀어 키스를 멈추게 했다.

"하악하악하악……."

"허억허억허억……."

서로의 얼굴을 마주 본 채 두 사람은 가쁜 숨을 내쉬었다. 주호의 입술이 그녀의 타액으로 젖어 있었다. 그리고 그의 눈동자는 농밀한 열망에 푹 젖어 있었다.

'내 눈도 내 입술도 서주호 씨랑 똑같겠지.'

아무래도 상관이 없었다. 이젠 부끄럽지도 않았다. 성주는 자신으로 인해 흥분한 주호를 보는 것이 좋았다. 뜻 모를 쾌감마저 느껴졌다. 한 남자를, 그것도 이토록 잘난 서주호란 남자를 저토록 흥분시킨 여자가 다른 사람이 아닌 바로 성주 자신이라는 사실이 그녀를 흡족하게 만들었다.

"오늘은 키스만으로 만족할 수 있겠어?"

흥분이 가라앉지 않은 음성으로 주호가 물었다. 그의 말이 무엇을 의미하는지 성주는 너무나도 잘 알고 있었다.

"아뇨. 그러지 마요."

"왜? 왜 그래야 하지?"

주호가 뭘 확인이라도 하듯 물었다. 대체 무엇을 확인하고 싶은지 알 수는 없지만, 성주는 솔직한 감정을 털어놓자 마음먹었다.

"이제 와서 돌려 말해봤자 폼 나는 것도 아니고 그냥 솔직하게 말할게요. 난, 내가 서주호 씨헌테 안기는 게 좋아요. 내 안에서 서주호 씨가 반응하는 걸 느끼는 게 좋아요. 그러니까 우리 오늘도 끝까지 가요."

원하는 대답을 들은 듯 주호가 만족스런 미소를 지었다.

"성주가 원한다면 당연히 그래야지."

성주는 처음 주호와 사귀기로 한 지 며칠 안 돼 첫 경험을 했다. 그녀가 먼저 하자고 했다. 주호를 사랑하기에, 그녀를 사랑하는 그이기에 아낌없이 줄 수 있었다. 처음엔 생살이 찢기는 것 같이 아팠지만 그때뿐이었다.

주호와 사랑을 나누면 나눌수록 온몸으로 퍼져 나가는 쾌감이

증폭했다. 폭주하는 기관차처럼 그녀의 몸 안에 들어온 주호의 몸이 휘몰아쳐 댔다. 그럴 때면 성주의 온몸에 흐르는 혈관에서 불꽃이 튀는 것 같았다. 뜨거운 열기와 야릇한 쾌감에 온몸이 비틀리고 정신을 차릴 수가 없었다.

"어맛!"

주호가 갑자기 그녀를 안고 벌떡 일어섰다. 그 바람에 성주는 깜짝 놀라서 비명을 지르고 말았다.

"놀랐어?"

"네."

"그러게 날 앞에 두고 왜 다른 생각을 해?"

"아무 생각도 안 했는데……."

"이 얼굴에 다 쓰여 있었어. 다른 생각을 하고 있다고."

말을 끝낸 주호가 그녀의 뺨에 입맞춤을 했다. 그리고는 그녀의 두 눈을 빤히 바라보았다.

"긴장돼?"

"아뇨."

"우리가 지금 뭘 하려는지 아는데, 정말 긴장이 안 된다고?"

"내가 무슨 열일곱 살인 줄 알아요? 나, 이래 봬도 방년 스물일곱이라고요. 그리고 몇 번이나 했는데 아직도 긴장하면 어디가 모자란 거지 정상이랄 순 없죠."

"하하하. 하긴 그러네. 아무튼 성주가 스물일곱 살이라 다행이야?"

"무슨 뜻으로 하는 말이에요?"

"성주가 열일곱 살이었으면 안으면 안 되는 거잖아."

성주를 안은 주호가 한 방으로 들어가더니 곧장 욕실 쪽으로 향했다.

"어, 어딜 가요?"

"욕실."

"아, 안 돼요!"

주호의 집에서 사랑을 나눌 때마다 매번 성주가 먼저 샤워를 하고 난 후 주호가 샤워를 마쳤고, 그 이후에 사랑의 행위가 이어졌었다. 그런데 갑자기 함께 욕실로 들어가려 하다니. 성주는 당황스러울 수밖에 없었다.

"오늘은 특별한 장소에 왔으니까 같이 씻자."

깜짝 놀란 성주는 펄쩍 뛰었다.

"아직 한 번도 그런 적 없었잖아요. 왜 새삼스레 같이 샤워를 하재요?"

"처음부터 같이 샤워하고 싶었는데 그동안 내가 참아준 거야. 성주가 부끄러워할까 봐."

"아, 그, 그랬던 거예요?"

성주는 주호와 함께 벌거벗은 채 샤워를 할 생각을 하니 부끄러웠다. 하지만 달리 생각해 보니 부끄러워하는 게 더 이상했다. 사랑을 나누는 사이에 함께 샤워하는 게 뭔 대수냐 싶었다.

"특별한 곳에 왔으니 새로운 경험을 해보는 것도 나쁘지 않겠죠. 좋아요. 오늘은 샤워 같이해요. 내가 인심 팍팍 썼다. 내가 여진이하고도 같이 샤워하지 않는 사인데."

"인심 팍팍 써줘서 고마워. 여진 씨와도 안 한 걸 같이하게 해주는 건 더 고맙고."

"고마운 줄 알았으면 됐어요."

성주를 안은 채 주호는 곧장 욕실 문을 열었다. 그리고 주저 없이 욕실 안으로 들어갔다.

주호는 스위치를 올려 욕실 전등을 켜고는 안고 있던 성주를 바닥에 내려놓았다. 성주는 어디다 시선을 두어야 할지 몰라서 욕실 내부를 훑어보았다.

'무슨 욕실이 이렇게 크담. 거짓말 조금 보태서 내 방 두 개를 합친 것보다 큰 것 같네.'

성주는 일단 욕실의 크기에 입이 떡하니 벌어졌다. 아까 혼자 각 방문을 열고 대충 둘러봤을 때만 해도 이 방 안에 이렇게 큰 욕실이 숨겨져 있을 거라고는 생각하지 못했었다.

서너 사람은 너끈히 들어가서 앉을 수 있는 커다란 월풀 욕조도 그렇고, 두 사람이 동시에 사용할 수 있도록 나란히 설치되어 있는 두 개의 세면대, 그리고 구석 쪽에 있는 샤워부스. 아주 깔끔하게 청소가 되어 있는 욕실은 모든 것이 다 반질반질 윤이 났다.

특히나 인상적인 것은 창가 쪽에 놓여 있는 원목 반신욕조와 그 위편, 즉 창문 옆 벽에 부착되어 있는 유리문이 달린 작은 책장이었다.

작은 책장 안에는 베스트셀러인 책들과 전혀 처음 보는 책들이 뒤섞여 가지런히 놓여 있었다. 한눈에 봐도 습기가 차지 않도록 신경 써서 잘 만든 책장이었다. 아마도 창문 쪽에 반신욕조를 놓은 것은 반신욕을 하는 동안 지루하지 않도록 바깥 풍경을 보게 하기 위해서인 것 같았다. 물론 책장도 반신욕의 무료함을 덜어내기 위해 고안한 것일 테고.

"뭘 그렇게 열심히 쳐다봐?"

"저 반신욕조요. 나무가 참 튼튼해 보이네요. 향도 좋고, 보통 나무랑은 달라 보여요."

"아, 그거 삼백 년 이상 된 히말라야 노송으로 만든 거야."

"헉. 삼백 년 이상 된, 그것도 히말라야 노송으로 만든 욕조란 말이에요?"

"응. 어머니의 말씀에 의하면 히말라야 노송은 천연 나무향이 지속적으로 유지되고 저항력이 있어서 썩거나 곰팡이가 잘 끼지 않는대. 안정성도 뛰어나고."

"아, 그렇구나."

성주는 고개를 끄덕이며 새삼스러운 기분으로 원목 반신욕조를 바라보았다. 주호 모친의 성격이 무척 꼼꼼하고 세심할 것 같다는 생각을 하면서.

"주호 씨 방이라면서 꼭 부부 욕실 같네요. 세면대도 두 개고."

"우리 부모님께서 내가 결혼할 경우를 생각해서 미리 이렇게 만드신 거야."

"아, 그렇구나."

성주가 욕실을 찬찬히 둘러보는데 주호가 두 손으로 그녀의 얼굴을 잡고는 고개를 돌리게 해 그와 마주 보게 만들었다.

"김성주."

"왜요?"

"성주야."

"왜 자꾸 불러요? 사람 코앞에 놔두고?"

"계속 욕실 감상만 할 거야?"

"그게 무슨……!"

성주는 말을 하다 말고 얼른 입을 다물어 버렸다. 그제야 이곳에 들어온 이유가 생각났기 때문이었다. 그 이유가 떠오르자마자 그녀의 얼굴이 화끈거렸다. 성주는 일부러 아무렇지도 않은 표정을 지어 보였다.

"이젠…… 우리 할 일을 해야죠."

"당연히 그래야지."

주호가 미소를 지었다. 지독히도 섹시한 미소를. 성주는 그 미소를 보지 않으려고 헐렁한 니트 셔츠를 벗기 위해 양손을 엇갈려 허리춤에 갖다 댔다.

"잠깐."

주호가 다급히 그녀의 행동을 제지했다.

"왜요? 벗어야 샤워를 하죠."

성주는 쑥스러움과 부끄러움을 감추기 위해 최대한 평소 말투로 말했다.

"내가 할 일을 뺏는 건 곤란하지."

"그게 무슨 말이에요?"

"기다려. 내가 다 벗겨줄 때까지."

성주는 도무지 이해를 할 수가 없었다. 여자가 손이 없는 것도 아니고 손을 다친 것도 아닌데 왜 제 손으로 옷을 벗지 않고 남자가 벗겨줄 때까지 기다려야 한단 말인가.

"싫어요. 내 옷은 내 손으로 벗을 거니까 서주호 씬 서주호 씨 옷이나 벗어요."

"이런, 처음부터 다시 가르쳐야 할 모양이군."

"남녀 간의 사랑에 대해선 이미 넘치도록 알고 있는데 대체 뭘 또 처음부터 다시 가르쳐 준다는 거예요?"

발끈하는 성주를 주호가 미소로 바라보았다.

"남자와 여자, 여자와 남자 둘이 같이 샤워를 하러 들어왔을 땐 남잔 여자의 옷을 여잔 남자의 옷을 벗겨주는 거야. 다른 연인들도 다 그렇게 해."

"꼭 그러란 법이 어디에 있어요? 우린 우리 식대로 하면 되지."

입을 삐죽이며 불평하는 성주를 주호가 싱그러운 미소를 지켜보았다. 그래도 그의 말대로 따르려는지 성주가 니트 셔츠에서 손을 뗐다.

"잠깐만 기다려. 성주 감기 걸리면 안 되니까 뜨거운 물부터 틀어놓자."

"이곳에 들어와서 들었던 얘기 중 가장 명분이 있는 말이네요."

주호가 샤워부스 안에 있는 샤워기의 물을 틀고 그녀 앞에 와설 때까지 성주는 꼼짝 않고 서서 그를 기다렸다.

"나 먼저 벗겨줄래요? 아님 서주호 씰 먼저 벗겨 드릴까요?"

성주는 애써 평정심을 유지하며 당당하게 말했다. 마치 사무적인 일을 처리하려는 사람처럼.

"아직 찬기가 있으니까 나 먼저."

"알았어요. 접수!"

매는 먼저 맞는 게 유리할지 몰라도 옷은 나중에 벗는 게 더 나았다. 괜히 먼저 벗겠다고 했다가 그녀의 나신을 감상할 시간을 주호에게 더 많이 주고 싶지 않았다.

막상 주호의 옷을 벗기려고 하니 손이 바들바들 떨렸다. 성주는 손 떨림을 없애기 위해 주먹을 꼭 쥐었다 폈다를 반복했다. 그리고 속으로 주문을 외웠다.

'촌스럽게 굴지 말자! 대담하게 해내자! 현재 내가…… 사랑하는 사람이니까. 날 사랑하는 남자니까! 뭐든 사랑하면서 경험할 수 있는 건 최대한 다 해보기로 했잖아! 그러니까 다른 연인들이 하는 거라면 다 해보는 거야!'

마음을 다잡은 성주는 손을 뻗어 주호가 입고 있는 체크무늬 남방셔츠의 맨 위에 있는 단추부터 하나씩 풀어가기 시작했다. 마음을 굳게 먹었어도 자꾸만 손이 떨렸다. 성주는 입술을 깨물었다. 깨물린 입술의 통증 덕분인지 손의 떨림이 조금은 가라앉았다.

환하게 불을 켜놓은 장소에서 서로의 옷을 벗겨주는 건 처음인지라 성주는 밀려드는 어색함과 긴장감을 애써 밀어내며 주호의 옷을 벗겨주었다. 그러자 주호도 애정 어린 손길로 그녀의 옷을 벗겨주었다. 벗겨진 두 사람의 옷들은 반신욕조 뚜껑 위에 가지런히 놓였다.

뜨거운 물을 틀어놔서 그런지 욕실 안이 가득 찬 수증기만큼 따듯해졌다.

"정말 아름다워. 아니, 아름답다는 말로는 부족해. 경이롭게 느껴질 정도로 예뻐."

성주를 바라보는 주호의 두 눈은 이미 황홀경에 빠져 있었다. 사실 주호는 사랑을 나눌 때 이미 성주의 몸이 얼마나 아름다운지 알고 있었다. 하지만 이렇게 환한 곳에서, 수증기가 가득 찬 곳에서 보니 아름다움이 더욱더 빛이 났다. 안개 속에 서 있는 천사 같았다.

'흐음, 맞아 죽을 각오하고 사고 한 번 쳐봐? 아냐. 성주한테 그런 치사한 짓을 할 순 없어. 그럼 딱 한 가지 방법밖에 없네. 오늘 피임 기구가 제발 불량품이길 기도하는 수밖에.'

주호는 간절한 마음으로 기도했다. 그녀와 똑 닮은 아기가 성주의 뱃속에서 자랄 수 있게 도와달라고.

"민망해 죽겠으니까 얼른 샤워나 해요, 우리!"

두 사람은 샤워타월을 하나씩 들고 샤워바스 제품을 묻혀 풍성한 거품을 낸 후 서로의 몸을 닦아주었다. 주호가 성주의 어깨를 감싸 안고 샤워기의 물줄기 속으로 들어가 섰다. 쏟아지는 물줄기에 두 사람의 몸을 감싸고 있던 거품들이 씻겨 내려갔다.

샤워가 끝난 후 두 사람은 거의 동시에 목욕가운을 입었다. 성주가 마른 수건으로 머리를 털고 있는데 주호가 그녀를 욕실 안에 있는 화장대 의자에 앉혔다.

"왜요?"

"이것도 내 로망 중 하나였어."

"뭐요? 수건으로 여자 머리에 묻은 물기 닦아주는 거요?"

"아니, 드라이어로 내 여자 머리 말려주는 거."

"아, 난 또 뭐라고."

"해도 돼?"

"뭐, 죽은 사람 소원도 들어준다는데 산 사람 소원쯤 못 들어줄 것도 없죠. 해봐요. 어차피 그 로망도 얼마 못 가 이룰 수 없는 꿈이 될 테니까."

"참 부정적이야."

"결혼에 관해서만 그래요."

"알아."

주호는 더 이상 말을 잇지 않았다. 아직 희망을 잃지 않고 있는 그였다. 괜히 말다툼을 했다가 계약 기간이 끝나기도 전에 성주와 헤어지고 싶지 않았다.

어떻게 해서든지 이번 내기에서 이기는 게 그의 목표였다. 승리자가 되어 1년 안에 행복한 마음으로 성주와 함께 결혼하는 것! 그것을 위해서라면 못할 짓이 없는 그였다. 그와 그녀, 양가 부모님, 여진과 태민 그리고 그 외 두 사람을 아끼는 모든 사람들을 위해서라도 반드시 이루고 싶은 꿈이었다.

내기 상대인 성주가 워낙 고집쟁이인데다 팔랑 귀는커녕 자신이 뜻한 바는 절대로 굽히지 않는 성격의 여자라 그가 승리자가 되기까진 험난한 여정이 남아 있겠지만, 그 또한 극복하리라 마음먹은 주호였다.

주호는 드라이어로 성주의 긴 머리카락을 다 말려주었다. 그리고는 그 드라이어를 끄지 않은 채 그대로 집어 들고는 자신의 머리 위로 몇 번 왔다 갔다 했다. 그것만으로도 주호의 짧은 머리카락은 대충 다 말랐다.

새하얀 목욕가운만 걸친 두 사람은 욕실을 나와 안방에 있는 테이블 의자에 앉았다. 어느새 1층에서 마시던 와인 상이 다시 차려져 있었다.

"어? 이게 어떻게 된 거예요? 분명히 우린 이 방에 빈손으로 들어왔는데……."

"별채 아주머니께서 다녀가셨나 봐."

"아이, 그러지 마시지."

"왜?"

"우리가 같이 샤워하는 거 아셨을 거잖아요."

"아시면 어때? 우린 엄연히 서로 사랑하는 사이야. 불륜도 아니고 불법적인 관계도 아냐. 그 누구도 신경 쓸 거 없어."

"그래도……."

"민망해할 거 없어. 하다못해 대전 어머님께서 다녀가셨다고 해도 우릴 이해해 주실 거야. 어쩜 격하게 격려해 주실지도 모르지. 아님 아예 우리가 못 나가게 밖에서 방문에 나무판자를 대고 못을 치실 수도 있겠네."

"에이 설마…… 정말 그렇게 생각하는 거 아니죠?"

"왜 아냐? 딸 1년 안에 결혼 못 시키면 절에 들어가 비구니가 되겠다고 하신 분이잖아."

"하긴…… 우리 엄마라면 그럴 수도 있겠네요. 아빠 몰라도."

"겉으로 티는 잘 안 내시지만 아버님은 무조건 어머님 편이신 것 같은데?"

"반평생 할머니 시집살이를 다 견디며 살아줬는데 아빠야 무조건 엄마 편이셔야죠. 주호 씬 시집살이가 대물림된다는 거 모르죠? 우리 할머니도 시집 왔을 때 시어머니께 엄청 시집살이를 했대요, 그걸 그대로 우리 엄마한테 푸셨고요. 나도 여자지만 여자들 참 이상해요. 내가 당해서 싫었으면 후대에는 물려주지 말아야 하는 거 아닌가? 난 그렇게 생각하는데."

"물론 성주 말이 맞아. 하지만 할머님도 꼭 당신께서 당한 만큼 갚아줘야지, 하는 생각으로 어머님께 시집살이 시키신 건 아닐 거야. 보고 배운 거라 그대로 따라하신 거겠지, 습관처럼."

"아무튼 난 맘에 안 들어요. 고부관계도 장서관계도…… 그냥 서로 얽히지 말고 자유롭게 살아가는 게 제일 좋은 것 같아요."

"기쁨은 나누면 두 배, 슬픔은 나누면 절반! 이런 말 못 들어봤어?"

"그거야 상징적인 의미죠."

"결과가 드러나지 않았으면 상징적인 가치도 없었겠지. 함께 살면서 기쁨을 두 배로 누리고 슬픔을 절반으로 나눠 갖고 견디며 살아가는 사람들이 대부분이니까."

"치, 결국 또 그 얘기네?"

"그 얘기라니?"

"나랑 결혼하자는 얘기요."

"아닌데?"

"정말 아니라고요?"

"성주가 나한테 먼저 프러포즈를 할지도 모르잖아. 난 내기가 끝나는 날까진 기다릴 거야."

"꿈도 꾸지 마요. 절대로 그런 일은 없을 테니까!"

"인생은 자기가 장담한 대로 살아지는 게 아니야. 늘 복병이라는 놈이 숨어 있지. 그래서 인생이 지루하지 않은 거야. 암튼 난 꿈꿀 거야. 돈도 안 드는데 그렇게 좋은 꿈을 왜 마다해? 매일매일 꿀 테니까 방해만 하지 마."

"치, 마음대로 하세요. 서주호 씨 말대로 돈 드는 거 아니니까."

한숨을 살짝 내쉬는 성주를 미소로 바라보던 주호가 두 개의 빈 잔에 와인을 채웠다.

"오늘 밤을 위해!"

"우리의 뜨거운 열정을 위해!"

성주와 주호는 건배 후 와인 잔을 단숨에 비우고는 잔을 테이블 위에 도로 내려놓았다.

"자, 이제 우리도 우리가 좋아하는 것을 해야지."

"하나 둘 셋 하면 동시에 벗기로 하죠."

"오케이."

"하나 두울 세엣!"

성주가 '세엣!'을 외치자 주호가 목욕가운을 벗었다. 간발의 차이로 성주도 끈을 풀고 목욕가운을 벗어버렸다.

또다시 나신의 몸으로 마주 선 두 사람. 다른 때와 달리 불을 끄지도 않았지만 서로의 시선을 피하지 않았다. 함께 샤워를 했던 것이 효과가 있었다.

"정말 아름다워!"

"아무도 몰라서 그렇지 내가 원래 한 몸매 해요."

성주는 이제 농담을 할 정도로 뻔뻔해졌다.

"후후. 성주다운 대답이군."

"난, 나니까요. 아무튼 백 일 되는 날까진 서주호 씨가 원할 땐 기꺼이 보여줄게요. 하지만, 그다음엔 어림도 없어요."

"그건 그때 가서 다시 생각해 보면 안 될까? 계약 기간을 연장하는 건 어때?"

주호는 진심으로 사정이라도 하고 싶었다. 아니, 매달리고 싶었다.

결혼하고 싶은 여잘 난생처음 만났다. 그것도 기적 같은 일인데, 그 여자가 이리도 아름답고 매혹적인데 백 일이 되는 날 이후에는 헤어져야 한다니! 기간을 그렇게 짧게 정한 게 후회되었다.

'아냐, 후회할 거 없어! 난 반드시 성주와 결혼할 거야!'

주호는 다시 한 번 다짐했다. 성주를 절대로 놔주지 않겠다고! 그녀가 계획한 인생에 제대로 태클을 걸어서 반드시 쓰러뜨리고야 말겠다고!

"자, 이젠 우리가 해야 할 일을 해야겠지?"

"부, 불부터 끄고요."

"오늘은 불 켜놓고 하자."

"왜 오늘따라 새롭게 하자는 게 그렇게 많아요? 그냥 하던 대로하지."

"특별한 날이니까."

"특별한 날이라니, 오늘이 뭐 서주호 씨 생일이라도 돼요?"

"빙고."

무심코 그냥 던진 말이었는데 진짜 주호의 생일이라니! 성주는 깜짝 놀랐다.

"미리 말을 해주지. 말 안 해줘서 아무런 선물도 준비 못했잖아요."

"성주가 내 선물이야."

"그럼…… 생일 선물 준비 못 한 대신 더 뜨겁게 사랑해 줄게요. 나 공부 많이 했으니까 기대해도 좋아요."

"기대할게."

주호가 흡족하게 웃으며 나신의 성주를 안아 침대 위에 눕혔다. 그리고 다른 날과는 달리 성주의 주도하에 그들의 사랑은 시작되었다. 두 사람은 깊은 열락의 낙원에 빠져들기 시작했다. 쾌락의 한계를 넘어설 때까지.

15

　새벽녘이 되어서야 열락의 늪에서 빠져나온 두 사람은 늦잠을
잤다. 먼저 눈을 뜬 주호가 팔베개를 베고 잠들어 있는 성주를 애정
가득한 눈빛으로 바라보았다. 한 십여 분쯤 지나자 성주가 깼다.

　"언제 깼어요?"

　"나도 금방 깼어."

　성주가 기지개를 켜며 일어나 앉았다. 주호도 따라 일어나 앉아
협탁 위에 있던 휴대폰을 집어 들고 메시지를 보냈다.

　"어디에 연락하는 거예요?"

　"아주머니. 우리 깼으니까 밥상 차려달라고 부탁했어."

　"아."

　"우리 밥 먹고 운동하러 나갈까?"

"운동 싫어요."

"운동하면 건강해지고 좋은데, 태권도 3단까지 딸 정도면 운동신경이 둔한 것도 아닌데 왜 운동이 싫어?"

"귀찮아서요."

"게을러서는 아니고?"

"뭐 귀차니즘에 빠지면 그땐 게을러지는 거죠."

성주는 솔직하게 말했다. 굳이 거짓말을 할 이유가 없었다.

"나도 귀차니즘에 빠지면 게을러져. 같이 살면서 누가 더 게을러지나 내기나 할까?"

"뭐라고욧?"

성주가 고개를 돌리려는데 주호가 두 손으로 머리를 잡고 있는 바람에 꼼짝도 하지 못했다.

"또 삐끗하면 어쩌려고 왜 자꾸 갑자기 고개를 돌려?"

주호가 성주의 목과 어깨를 다시 주물러 주며 물었다.

"서주호 씨가 이상한 소릴 하니까 그렇죠?"

"이상한 소리? 내가 무슨 이상한 소릴 했는데?"

"같이 살면서 누가 더 게을러지나 내기나 할까? 그렇게 말했잖아요! 그거 동거하잔 말이잖아요!"

"아, 그 말이 그렇게 해석되나? 별생각 없이 그냥 해본 소린데."

"헐."

성주는 자신이 바보가 된 기분이었다. 별생각 없이 그냥 해본 소리 갖고 흥분한 여자가 되어버린 꼴이었다.

"이제 그만 주물러요."

"이젠 괜찮아? 살살 고개 좀 돌려봐."

성주는 살살 고개를 돌려보았다. 주호가 계속 주물러 준 게 효과가 있었는지 고개를 움직여도 아무렇지도 않았다.

"괜찮아요. 아니, 아주 멀쩡해요."

"내 손이 그냥 손이 아니야."

"그냥 손이 아니면 뭐 금으로 만든 손이라도 돼요?"

"금손보다 더 좋은 의사의 손."

"아니라고는 말 못하겠네요. 전공은 전혀 다르지만 의사는 의사니까."

빈정거리듯 인정하는 성주의 말에 주호가 풋 웃음을 터뜨렸다.

"뻑하면 웃어."

"성주가 반응하는 거 보면 재밌어. 웃음이 절로 나와."

"그래서 자꾸 놀리는 거예요? 그럼 나 이제부터 아무런 반응도 안 할 거예요."

"그러지 마. 웃으면 건강해진다는데 내 건강은 성주가 책임져 줘야지."

"그럼 나는요? 유머 감각 없는 사람이라 웃을 일도 없는데, 내 건강은 누가 책임져 줘요?"

"내가 책임질게, 평생토록. 의사로서, 사랑하는 남자로서."

성주는 평생토록이란 말은 해당이 안 된다고 말을 하려다 참았다. 그의 말에 휘말리는 게 싫어서였다.

"배 안 고파?"

"고파요. 우리 얼른 가서 밥 먹어요."

두 사람은 새벽까지 사랑을 나눈 후 샤워를 하고 잤기에 입고 잤던 목욕가운을 벗고 어제 입었던 옷으로 갈아입었다. 주호는 여분의 옷이 옷장 안에 많이 있었지만 자신만 새 옷으로 갈아입는 게 미안해서 그냥 입었던 옷을 입었다.

"아주머니께서 밥상 차려놓으셨을 거야. 얼른 가서 먹자."

"네."

두 사람은 방에서 나와 주방으로 갔다. 주호 말대로 식탁 위에 음식들이 가득 차려져 있었다. 맛있는 냄새를 맡으니 더 시장기가 느껴진 성주는 얼른 의자에 앉았다. 성주가 앉기를 기다렸는지 그녀가 앉자마자 주호가 마주 앉았다.

음식들은 어제만큼이나 다들 맛이 있었다. 성주는 밥 한 공기를 후딱 먹어치우고는 반 공기를 더 먹었다. 주호도 배가 많이 고팠었는지 밥을 두 공기나 먹었다.

"어제처럼 설거지할까요?"

"아니, 안 해도 돼."

"왜요?"

"어젠 밤이라 아주머니께 죄송해서 우리가 설거지를 한 거였어. 지금은 이대로 두면 아주머니께서 알아서 치워주실 거야."

"우리가 먹은 건데…… 그냥 우리가 설거지해요."

"지금 몇 신 줄 알아? 오후 1시야. 나가서 바다 보고 저녁에 회먹고 출발하려면 시간 빠듯해."

"헉, 우리가 그렇게 오래 잤어요?"

"새벽에 잤잖아."

"아, 참. 그랬지."

"설거지 신경 쓰지 말고 우리 세수하고 이빨 닦고 어서 나가자고."

"네."

주호가 그녀의 손을 잡고 그의 방 안에 있는 욕실로 걸어갔다. 두 개의 세면대 앞에 나란히 서서 이빨을 닦고 세수를 했다.

"화장은 왜 안 해? 특별한 이유라도 있나?"

욕실을 나와 방에 들어서자 주호가 물었다.

"귀찮아서요. 근데 왜 물어요?"

"그냥 다른 이유가 있나 해서. 성준 워낙 민낯도 예쁘니까 앞으로도 계속 화장 안 했으면 좋겠어."

"서주호 씬 화려한 여자랑 어울리게 생겼는데 취향이 참 독특한 것 같아요."

"내 취향이 독특하다고?"

"네. 톱스타 부럽지 않게 잘생겨가지곤 나처럼 화장은커녕 아예 꾸미지도 않고 설렁설렁 다니는 여잘 사랑하고 있잖아요."

"그러니 천생연분인 거지."

점퍼를 입다가 톡 쏘아붙이려던 성주는 입을 벌린 채 주호를 바라보았다. 지금 생각해 보니 아무래도 그가 고단수의 수법을 쓰고 있다는 의심이 들었다.

'날 세뇌라도 시키고 있는 거야?'

말할 때마다 결혼에 관련된 말들을 은근슬쩍 끼워 넣는 걸 보면 그게 분명했다. 이제라도 캐치했으니 다행이었다. 성주는 앞으로는 그의 수법에 말려들지 않으리라, 결심하고는 안방을 나가 1층

소파 한쪽에 두었던 코트를 챙겨 입었다. 주호도 코트를 입었다. 두 사람은 서로 손을 잡고 별장을 나왔다.

강릉과 삼척 사이에 있는 해수욕장의 넓은 주차장에는 주호의 차 한 대뿐이었다. 두 사람은 히터를 틀어놓은 차 안에 앉아 파도가 넘실거리는 푸른 바다를 바라보고 있었다.

"아무래도 안 되겠어요. 나 밖에 나가서 바다 볼래요."

"추워. 바닷바람이 얼마나 센데. 아무도 없는 거 보면 몰라?"

"나 추위 별로 안 타요. 주호 씬 차 안에 있어요."

주호가 뭐라 말릴 새도 없이 성주는 잽싸게 문을 열고 밖으로 나와 곧장 모래사장으로 걸어갔다. 그녀는 원래 여름바다보다 철 지난 바다를 더 좋아했다. 사람이 북적거리는 게 싫어서 여름엔 아예 바다 근처에도 올 생각을 하지 않았다.

겨울바다와 마주 서니 차디찬 바람에 얼굴이 얼얼하긴 했지만 가슴속이 뻥 뚫린 것처럼 시원했다.

"아 좋다!"

밀려왔다 사라지고, 밀려왔다 사라지는 파도를 보고 있는데 뛰어온 주호가 검은색 캐시미어 목도리를 그녀의 목에 감아주었다. 그리고는 자기도 똑같은 목도리를 목에 둘렀다.

"어? 똑같은 목도리네요?"

"커플 목도리야. 성주가 차 안에만 있을 것 같지 않아서 어제 오전에 샀어."

"선물 고마워요. 이젠 아예 날 다 꿰고 있네요. 후후."

"뭘 이 정도 갖고 그래. 다음엔 커플링 살 건데."

"커플링은 관둬요."

"왜? 사귀는 동안 끼면 되는 건데."

"마음대로 하세요."

성주는 더는 그의 잔꾀에 넘어가지 않기 위해 무심히 말했다.

주호가 성주 뒤에 서서 코트로 그녀를 감싸주는 바람에 두 사람은 마치 한 사람처럼 서서 겨울바다를 바라보았다. 십여 분이 지났을까. 주호가 그녀 앞에 와 섰다.

"왜요?"

"그만 차 타자. 추워서 얼굴이 벌게졌어."

"음, 움직이면 덜 춥겠죠?"

"어쩌려고……?"

주호의 말이 끝나기도 전에 성주가 모래사장을 뛰어가더니 밀려드는 파도와 장난을 치기 시작했다.

"그러다 젖는다!"

"주호 씨도 해봐요! 정말 재밌어요!"

주호는 어린아이처럼 마냥 신나하는 성주를 보고는 고개를 절레절레 젓고는 근처에 있던 나무 막대기를 집어 모래사장에 글을 쓰기 시작했다. 모래가 언 상태라 잘 안 써져서 힘을 주고 써야 했다.


―성주야, 사랑한다! 우리 결혼하자!


주호는 흡족한 표정으로 자신이 쓴 글씨를 휴대폰으로 사진을 찍었다. 그때였다.

"아악!"

성주의 비명에 놀라 쳐다보니 앞으로 달려갔다 뒤로 물러섰다 하며 파도와 놀던 성주의 바지와 코트 하단이 젖은 게 보였다. 제대로 파도에 맞은 모양이었다.

주호는 재빨리 코트를 벗으며 오들오들 떨고 있는 성주에게 뛰어가 코트로 그녀의 몸을 감쌌다. 그리고 그녀를 번쩍 안아 들고 차까지 뛰어갔다.

성주를 조수석에 앉힌 후 운전석에 앉은 주호는 서둘러 시동을 걸고는 히터를 틀었다.

"춥지?"

"조금요. 후후. 주호 씨 말대로 젖었어요."

"얼른 가서 옷부터 사자."

주호는 차를 몰았다. 지방에 있는 것치고는 제법 큰 옷가게 앞에 차를 정차시킨 주호는 성주를 바라보았다.

"내가 가서 사올까? 아님, 성주가 가서 아예 새 옷으로 갈아입고 올래?"

"탈의실 있을 테니까 내가 가서 대충 사 입고 올게요. 주호 씬 차 안에 있어요, 신경 쓰이니까."

주호는 지갑에서 빼낸 카드를 성주에게 건넸다.

"내 거 사는데 왜 주호 씨 카드를 줘요?"

"괜찮아. 이걸로 다 사."

"됐어요. 그리고 따라오지 마요."

성주가 자기 몸에 감싸고 있던 주호의 코트를 넘겨주고는 차에서 내려 옷가게로 뛰어들어 갔다. 운동화와 양말도 팔고 있는 매장이라 다행이었다.

십 분 정도 기다리자 새 바지를 입고 양말과 운동화도 새 것으로 신은 성주가 젖은 것들이 들어 있는 비닐봉투를 들고 조수석에 탔다.

"코트도 사지 왜? 밑에 젖었잖아."

"이 정도 젖은 건 괜찮아요. 히터 틀어놔서 금방 마를 거예요."

주호는 자기가 나가서 코트를 사올까 하다가 그만두었다. 그가 계산할까 봐 옷가게에 따라오지도 말라던 성주가 뭐라 할 게 빤해서였다.

주호와 성주는 해안도로를 달리며 차 안에서 물리도록 바다를 보았다. 그러다 보니 어느새 저녁 시간이 다 되었다. 주호는 바다가 정면으로 보이는 횟집을 찾아 차를 주차시켰다.

"무슨 회 좋아해?"

"세꼬시만 빼고 다 잘 먹어요."

"세꼬시는 왜 싫어해?"

"뼈 씹히는 식감이 별로라서요."

"그렇군. 지금 또 성주에 대해 한 가지 더 알았네."

"나에 대해 아는 거 다 머릿속에 저장하려면 머리 터져요. 그러니까 그냥 다 흘려들어요."

자신에 대해 모든 것을 기억하려는 주호가 너무나 사랑스럽고 고마웠지만 성주는 나중을 위해 냉정하게 말했다.

"내 머릿속은 내 관할이야."

"알았어요. 신경 안 쓸게요."

성주는 톡 쏘아붙이듯 말하고는 얼른 차에서 내려 횟집 안으로 들어갔다. 주호도 뒤따라 횟집 안으로 들어왔고, 두 사람은 유리창 너머로 바다가 보이는 자리에 앉았다. 금방 해가 져서 아무것도 안 보이겠지만 주호는 조금이라도 더 성주에게 바다를 보여주고 싶었다.

얼마 안 가 주호가 주문한 회와 함께 상이 차려졌다. 회를 안주 삼아 주호가 운전 때문에 먹지 못하는 소주를 성주 혼자 홀짝홀짝 마셨다. 주호가 따라주겠다니까 그마저 귀찮다며 굳이 자작을 하면서.

소주 한 병에서 마지막 잔을 따라 마신 성주의 눈에서 눈물이 또르륵 흘러내렸다. 주호는 우는 성주를 보고 깜짝 놀랐다.

"왜? 어디 아파?"

성주가 고개를 저었다.

"근데 갑자기 왜 울어?"

"그냥 눈물이 나요. 이유 같은 거 없어요."

주호가 일어나 성주 옆으로 가서 앉아 두 손으로 성주의 뺨을 타고 흐르는 눈물을 닦아주었다. 그리고는 성주의 얼굴을 가슴에 안았다.

'안 그래도 이렇게 좋은 남자랑 헤어질 생각하니까 저절로 눈물이 나는데, 하필이면 왜 왼쪽 가슴이람. 더 눈물 나게.'

성주는 귀를 주호의 왼쪽 가슴에 댄 자세로 안겨 그의 심장 소리를 들었다. 힘차게 뛰던 그의 심장이 점점 더 빠르게 뛰었다. 그 심장박동 소리를 듣고 있노라니 성주는 가슴이 설레었다. 그리고 알았다. 그녀의 심장도 그의 심장처럼 빠르게 뛰고 있을 거라는 것을.

"들어봐. 성주 때문에 뛰는 내 심장 소리야. 내 심장이 널 원해. 내 심장이 널 갖고 싶어 해. 내 심장이 너만을 원해. 지금부터 내 심장은 널 위해 뛸 거야. 네가 떠나면 내 심장은 멈춰. 그래도 도망갈래?"

"……."

성주는 아무런 말도 할 수가 없었다. 그를 향한 그녀의 사랑도, 그녀를 향한 그의 사랑도 지금은 믿고 있었다. 하지만 사람의 사랑이란 것이 얼마나 쉽게 움직일 수 있는지를 잘 알고 있는 성주였다. 주호의 마음이 먼저 변할지, 그녀의 마음이 먼저 변할지 모르지만 이 뜨거운 사랑도 언젠가는 식을 것이다.

성주는 천천히 고개를 들어 간절한 눈빛으로 그녀를 바라보고 있는 주호를 쳐다보았다.

"미안해요, 날 만나서 주호 씨가 힘든 사랑을 하게 돼서."

"성주야."

성주는 안타까운 표정으로 자신을 바라보는 주호의 두 눈을 더 안타까운 눈빛으로 가만히 응시했다.

"하지만 약속할게요. 반칙 같은 거 안 할게요. 미리 겁먹지 않을게요."

"고맙다, 김성주. 그거면 됐어. 그것부터 시작하는 거야."

주호는 품에 안겨 흐느끼는 성주의 머리를 부드럽게 쓰다듬어 주었다.

에필로그

드디어 내기 연애 기간 백 일째가 되는 마지막 날이었다.

사랑의 힘은 실로 위대했다. 여진과 성주는 서로 각자의 애인 집에서 밤을 보내고는 새벽에야 집에 들어왔고, 낮에는 무대에 올릴 연극을 준비하고 저녁을 먹은 이후엔 또 같은 생활을 되풀이했다.

원래 성주의 의도대로라면 그녀의 사랑에 대한 일탈은 오늘로 마지막이었다. 오늘이 바로 주호와 약속한 내기 연애 기간 중 딱 백 일째가 되는 날이었다.

오늘 자정이면 어떤 식으로든 승부를 가려야만 한다. 마음으로만 따지면 성주도 주호도 승자였다. 둘 다 서로 사랑하는 마음이 식지 않았으니까. 하지만 진정한 의미의 패배자는 바로 그녀였다.

표현을 안 해서 그렇지, 그의 태클에 걸려 넘어져도 이미 수십 번도 넘게 넘어졌었으니까. 그와의 결혼을 상상한 적이 한두 번이 아니었으니까.

성주는 원래 생리 불순이 심했던 터라 별 신경을 쓰지 않고 있었는데 유난히 며칠 전부터 몸이 안 좋았다. 노트북으로 희곡을 쓰고 있던 여진이 성주를 보고는 안색이 안 좋다며 병원에 가든지 아님 약국에라도 가서 증상을 말한 후 약을 사먹으라며 성화를 부렸다. 아니면 주호에게라도 말을 하든지.

성주는 병원에 가서 진료받기를 기다리는 게 귀찮아 동네 약국으로 들어갔다. 나이가 지긋해 보이는 여자 약사에게 몸살 기운이 있어서 그런지 으슬으슬한 게 자꾸 잠이 오고 소화도 잘 안 되고 허리도 좀 많이 아프다고 했더니, 약사가 의미를 알 수 없는 미소를 짓더니 이내 그녀의 손에 임신 테스트기를 쥐여주었다.

"아, 아니에요, 약사님! 그냥 몸살 감기약만 주시면 돼요. 저 임신한 거 절대 아니에요!"

"이 세상엔 절대 일어나지 않을 것 같은 일이 일어나기도 해요. 가셔서 테스트해 보세요. 테스트해 보고 임신이 아니면 제가 테스트기값 환불해 드릴게요."

확신에 찬 약사의 말에 더는 뭐라 대꾸할 마음이 없어 임신 테스트기를 사들고 집으로 돌아온 성주는 곧장 화장실로 직행했다. 1초라도 빨리 임신이 아님을 확인하고 싶어서였다.

"아아악!"

욕실 문을 열고 튀어나오며 비명을 지르는 성주를 보며 여진이 깜짝 놀라 글 쓰던 걸 멈추고는 벌떡 일어났다.

"왜? 왜 그래, 성주야? 욕실에서 이상한 벌레라도 봤어?"

"여, 여진아. 나, 나……."

그제야 성주의 손에 들려 있는 임신테스트 기구를 발견한 여진은 화들짝 놀랐다. 여진은 잽싸게 임신 테스트기를 뺏어 들고 보았다. 두 줄, 임신이란 뜻이었다. 여진은 성주를 와락 안았다.

"축하해! 축하해, 성주야. 정말 잘됐다! 정말 정말 잘됐어!"

성주는 좋아서 방방 뛰는 여진을 떼어놓았다.

"이게 지금 축하받을 일인 거야? 결혼도 안 한 처자가 임신을 했는데?"

임신한 사실이 누구보다 기뻤지만 성주는 한편으로는 덜컥 임신을 하게 된 게 걱정되었다.

"당연히 축하받아야 할 일이지. 너 서 박사님 사랑하잖아. 서 박사님도 널 사랑하고. 그리고 무엇보다 서 박사님이 너와의 결혼을 바라고 있는데 뭐가 문제야?"

"왜 하필, 왜 하필 오늘 알아야 하느냐고! 오늘이 바로 승부를 가리는 마지막 날인데!"

"그러니까 더 의미가 있지. 이건 바로 너희 두 사람이 결혼을 하란 계시야. 난 그렇게 생각해."

사실 성주는 지금까지도 고민 중이었다. 지난 주말에 예기치 않게 주호의 부모님과 식사를 하게 되었다. 미리 말을 하면 부담스러워할까 봐 주호가 일부러 둘만이 식사를 하는 것처럼 얘기해서 그녀를 그쪽 부모에게 인사를 시킨 것이었다.

주호의 부모를 보고 얼마나 놀랐는지 모른다. 지금 생각해 보면 뱃속에 있는 애가 떨어지지 않은 게 행운이었다. 성주의 엄마인 이 여사의 담당의였던 서 박사와 진지현 화백이 주호의 부모님이 라니! 성주는 이 기막힌 인연에 너무 놀라 인사를 하는 것마저 잊 어버릴 뻔했다.

간신히 정신을 차린 후 인사를 나누고 함께 도란도란 이야기를 나누며 식사를 했다. 서 박사가 자신의 아들인 주호를 성주에게 소개시켜 주려고 했었다는 얘기를 들은 진 화백이 두 사람의 인연 이 참 깊은 모양이라고 했다. 진 화백도 성주가 마음에 쏙 든다면 서.

그날, 주호와 진 화백이 했던 말들이 성주가 결혼에 대해 다시 한 번 생각할 수 있도록 도와주었다.


"사람은 누구나 전부 다 잘할 수 없어. 자기가 잘할 수 있는 것을 하 고, 자기가 감당하기 힘든 건 그걸 잘하는 사람의 도움을 받으면서 살 아가면 돼. 여기 계신 우리 엄마 화가로는 성공하셨어도 집안일이나 요 리 솜씬 젬병이나 마찬가지야. 그래서 늘 가사도우미 아주머니의 도움 을 받으면서 사셨어. 지금도 마찬가지고. 그러니까 성주도 다 잘해야 한다는 생각 버려."

"내 남편 서 박사님처럼 우리 주호도 성주 양이 원하는 대로 살게 해 줄 거예요. 특별한 재능이 있는 여자들 모두가 가사일 때문에 자신의 재능과 능력을 포기하고 사는 건 말이 안 돼요. 나나 성주 양은 후대에 물려줄 예술만 생각하며 살아도 돼요. 이 두 남자는 사람 목숨 살리고 또 상처 난 마음 어루만져 주며 살면 되고. 다른 건 부부가 서로 도와가며, 때론 다른 사람의 도움을 받아가며 해결하면 되는 거예요. 힘에 부치는 걸 알면서도 혼자 다 감당하려고 애쓰면 당사자는 물론이고 상대방도 불행해질 수밖에 없어요."

주호와 진 화백의 말을 듣고 나오던 날 성주는 하마터면 그녀가 먼저 결혼을 하자고 주호에게 말할 뻔했다. 그제야 결혼에 대해 용기가 생겼기 때문이었다. 하지만 성주는 입을 다물었다. 어차피 승부는 가려야 하니까. 원래 계획했던 승자와 패자의 개념에선 이미 너무 많이 빗겨갔지만, 주호가 먼저 결혼하자고 매달려야 그녀가 제대로 이기는 게 될 것이다.

'이 상황에 아기라니! 아기라니!'

성주는 아직도 실감이 나지 않아 두 줄 표시가 되어 있는 임신 테스트기를 바라보았다.

"축복이야. 그것도 아주 커다란 축복. 괜히 아기한테 죄지을 마음 같은 건 같지 마, 성주야. 나중에 후회하게 될 거야."

"알아, 나도 아기가 찾아온 건 기뻐! 하지만 왜 하필 오늘이냐고? 내일이나 모레쯤 알았어도 되는데."

"그게 뭐가 그렇게 중요해?"

"당연히 중요하지. 내가 애 갖고 서주호 씨 발목 잡는 꼴이 되는 건데!"

"발목을 잡는다니, 말도 안 돼. 그건 서 박사님이 너랑 결혼하기 싫어할 때나 해당되는 얘기잖아. 누구보다 너와의 결혼을 원하는 사람이 서 박사님이셔. 반드시 축하해 줄 거야.”

물론 주호가 축하는 해줄 것이다. 그건 성주도 알고 있다. 하지만 시기가 문제였다. 그래도 아기 아빠한테 말을 하지 않고 넘어갈 순 없는 상황이라 성주는 휴대폰을 찾아 들고 주호에게 전화를 걸었다.

[어쩐 일이야, 내 근무 시간에 전화를 다 하고? 무슨 일 있어?]

주호가 반가움과 궁금증을 감추지 않았다. 오늘이 내기 연애 기간의 마지막 날이라는 것조차 모르는 사람처럼 평상시의 음성 그대로였다.

“내 인생에 태클 걸지 말라니까 빼도 박도 못하게 태클을 걸어오면 어쩌자는 거예욧! 서주호 씨, 반칙패예요!”

[갑자기 그게 무슨 소리야? 빼도 박도 못하게 태클을 걸었다는 건 무슨 뜻이고, 내가 왜 반칙패야? 난 여전히 성주를 사랑하고 있고 또 아직 자정도 안 됐는데?]

“무조건 서주호 씨가 반칙패예요! 그러니까 시간 좀 빼요. 나랑 갈 데가 있으니까.”

[갈 데가 있다니? 나 아직 근무 중인데……?]

“그 병원에서 볼일이 있어서 그래요. 십 분 정도만 무조건 나한테 시간 내줘요. 안 그럼 가만 안 둘 거니까!”

[성주가 빼라면 빼야지. 병원에 도착하면 전화해. 어디든 잽싸게 달려갈 테니까.]

“알았어요.”

[참, 어디 아픈 건 아니지? 우리 병원에서 볼일이 있다니까 갑

자기 걱정되네.]

"나 아픈 데 없어요. 잠시 시간만 내주면 돼요. 우리 둘이 함께 확인해야 할 게 있으니까."

[우리 둘이 확인할 거라…… 뭔지 모르지만 무조건 오케이! 기다리고 있을 테니까 조심히 와.]

주호가 전화를 끊었다. 성주는 통화가 끊어진 휴대폰을 바라보다 시선을 여진에게 돌렸다.

"지금 가서 예약하면 너무 오래 기다릴 텐데, 어떡하지?"

"흠…… 태민 씨가 도와줄 수 있을 거야."

"아, 그럼 오늘만 부탁 좀 하자."

마음이 급한 성주가 서둘러 병원에 갈 준비를 하는 동안 여진이 태민에게 전화를 걸어 사정 이야기를 하고 산부인과 예약 좀 해달라고 부탁했다. 태민이 축하한다는 인사말과 함께 선뜻 성주의 산부인과 예약을 도와주겠다고 했다.

"운전하지 말고 그냥 택시 타고 가. 서두르다 아기 놀랄까 봐 걱정되니까. 기적처럼 찾아온 아기니까 지금부턴 무조건 아기가 우선이야. 알았지?"

"알았어. 택시 타고 갈게."

여진의 주문에 군소리 없이 대답한 성주는 아파트 단지 앞으로 나와 택시를 잡아타고 주호와 태민이 근무하고 있는 병원으로 향했다.

산부인과 대기실에 도착해 간호사한테 물으니 다음 차례라고 하면서 이번만 특별히 선처해 주는 것이니 다음엔 정식으로 예약하고 그 시간에 맞춰오라고 했다. 그러마고 약속한 성주는 주호에게 전화를 걸어 빨리 산부인과로 내려오라고 했다. 산부인과라는 말에 놀랐는지 5분도 채 지나지 않아 주호가 헉헉거리며 성주 앞으로 뛰어왔다.

"산부인과엔 왜? 몸에 무슨 이상이라도 있는 거야?"

"덕분에요."

"덕분…… 이라니?"

"들어가 보면 알아요."

성주의 마지막 말을 들은 주호가 덥석 그녀의 손을 잡았다.

"왜? 어디가 어떻게 아픈데? 많이 아파?"

그때 산부인과 진료실에서 임산부 한 명이 나오고, 간호사가 '김성주님 들어오세요'라고 말했다. 성주가 앞장서서 진료실 안으로 들어가자 주호가 걱정 가득한 표정으로 뒤따라 들어갔다.

산부인과 의사와 상담을 마친 후 두 사람은 손을 맞잡은 채 긴장된 표정으로 성주의 자궁 속을 촬영한 초음파 화면을 보았다.

"아기 크기를 보니 9주나 10주쯤 된 것 같아요. 근데 여태 임신한지 모르셨어요?"

"제가 워낙 생리불순이 좀 심한 편이라 1년에 서너 번 할 정도거든요. 임신한 것도 몸살 감기약을 사러 약국에 갔다가 우연히 알게 된 거예요."

"아, 그럼 어려운 일을 해내신 거네요. 혹시 최근에 약 드신 적 있으세요? 엑스레이를 찍으셨다거나……?"

"아, 아뇨. 그런 적 없어요. 제가 평소에도 약 먹는 걸 워낙 안 좋아해서 무식하게 참고 있다가 오늘에야 약국에 들렀던 거예요. 제 증상을 들은 약사님께서 임신 테스트기 안 주셨으면 아마 지금도 제가 임신한 줄 모르고 있었을 거예요."

"좋은 약사님을 만나서 다행이네요."

"그러게요."

배에 바른 젤을 간호사가 닦아주자 성주는 침대에서 일어났다. 별생각 없이 옆을 봤더니 주호가 초음파 화면에서 눈을 떼지 못한 채 눈물을 펑펑 흘리며 울고 있었다. 외려 그 모습에 당황한 건 성주였다.

"왜 울어요? 내 뱃속에 있는 서주호 씨 애 땜에 우는 거예요? 내가 임신한 게 그렇게 부담되면 아빠 노릇 안 해도 돼요!"

"무, 무슨 소리야! 내가 아빤데 왜 내가 아빠 노릇을 안 해! 해! 맘껏 할 거야! 죽을 때까지 아빠 노릇 남편 노릇 톡톡히 할 거야!"

"귀청 떨어지겠네. 그렇게 하고 싶음 아빠 노릇 실컷 해요. 그만 울고요. 창피해 죽겠네, 정말."

"너무 감격스러워서 그래. 성주의 몸 안에 내 아기가 있다는 게, 성주가 내 아이의 엄마가 된다는 게 너무 좋아서 자꾸만 눈물이 나."

성주는 우는 주호를 품에 안고 등을 도닥거렸다.

"이 남잘 대체 어쩌면 좋아. 결국 내가 책임져야겠네."

"그래, 나 책임져. 우리 아기랑 나 책임져, 성주가!"

"알았어요. 책임질 테니까 제발 그만 울어요."

"알았어. 성주 신경 쓰이게 하면 안 되니까 그만 울게."

주호는 조심스러워하면서도 으스러질 듯 성주를 끌어안았다. 그리고 머릿속으로 생각했다.

'9주나 10주 정도 됐다면…… 별장에서 했던 내 기도를 들어주신 거네. 감사합니다, 하나님!'

감사 기도를 올리고 있는데 그의 품에서 빠져나온 성주가 노려보듯 주호를 보았다.

"왜? 이, 이건 우연이야. 내가 일부러 그런 게 아니라 그냥 선물처럼 우연히 찾아온 보물이야."

"누가 뭐래요?"

"근데 왜 그렇게 무섭게 쳐다봐?"

"아기랑 주호 씰 나더러 책임지라고 했으니까 나와 결혼하겠다는 뜻이죠?"

"당연하지!"

"그럼 이 승부는 내가 이긴 거예요! 난 끝까지 결혼하지 않겠다는 생각을 버리지 않았으니까!"

"그래, 성주가 이겼어. 무조건 성주가 승자야!"

"또 한 가지."

"말만 해. 뭐든 들어줄 테니까!"

"배 더 불러오기 전에 웨딩드레스 입을 거예요."

"그래, 그렇게 해야지. 언제, 우리 언제 결혼할까?"

"당장 내일 할 순 없으니까 4월 말이나 5월 초요. 더 늦는 건 안 돼요."

"난 당장 내일 해도 되는데……."

"결혼 준빈 안 해요?"

"성주는 우리 아기만 잘 지키면 돼. 다른 건 아무것도 신경 쓰지 마. 결혼 준비는 내가 다 알아서 할 테니까. 최고의 신부가 되게 해줄게, 기대해 성주야."

명석한 사람이 바보가 되는 순간도 참 한순간이다 싶다. 아기를 보고 나니 뇌 활동이 정지된 사람처럼 주호가 다시 눈물을 흘리며 웃고 있었다. 그런데 이상하게도 그런 주호가 싫지 않았다. 아니, 몹시 사랑스러워 보였다.

그때 산부인과 의사가 태아 초음파 사진 두 장을 출력해 성주와 주호에게 한 장씩 쥐어주었다.

"자, 서 박사님과 아름다우신 임산부께선 그만 나가주세요. 뒷얘긴 다른 데 가서 하시고 제 진료실 좀 비워주시죠. 진료 받을 임산부들이 밀려 있어서요. 아, 그리고 밖에 나가면 간호사 선생이 산모수첩 드릴 거예요. 꼭 받아 가시고 정기검진도 잊지 마세요."

성주와 주호는 말 한마디 더 뻥끗도 못한 채 산부인과 의사의 손에 의해 등을 떠밀려 진료실로 나왔다. 그래도 행복하기만 했다. 아기가 있어서, 성주가 있어서, 주호가 있어서. 세 사람이 함께 있어서!

+ THE END +

작가 후기

　이 글 속의 주인공인 김성주와 서주호는 이미 출간된 '지독한 열망'
의 주인공인 여진의 절친한 친구와 태민이 친형처럼 생각하는 선배입
니다.
　'지독한 열망' 을 탈고하면서 성주와 주호의 사랑 이야기도 써야지,
하고 마음을 먹었었는데 이제야 두 사람의 사랑 이야기가 세상에 나오
게 되었네요.
　사실 성주와 주호 둘 다 제가 좋아하는 캐릭터입니다. 그래서 그런
지 두 사람이 옥신각신 말다툼을 하는 장면을 쓸 때는 저도 모르게 미
소를 짓고 있었습니다. 자의 반 타의 반, 독신주의자가 된 성주가 주호
의 태클에 걸려 사랑을 하게 되는 과정도 흡족한 마음으로 지켜보았고
요.

성주와 주호, 두 사람이 독자님들께도 많은 사랑을 받았으면 좋겠습니다.

아직 아침과 밤엔 시원하지만, 낮엔 벌써부터 여름처럼 덥네요. 곧 장마도 무더위도 시작되겠죠.

무더운 여름이 와도 독자님들 모두 건강하시고, 매일매일 행복하시길 소망합니다!

봄과 여름의 길목에서…….